中国古代叙事文法理论研究

A Study on Chinese Narrative Theory

方志红 著

人民文学出版社

图书在版编目（CIP）数据

中国古代叙事文法理论研究/方志红著. —北京：人民文学出版社，2020
国家社科基金后期资助项目
ISBN 978-7-02-016090-7

Ⅰ.①中… Ⅱ.①方… Ⅲ.①中国文学—叙事文学—古典文学研究 Ⅳ.①I206.2

中国版本图书馆 CIP 数据核字(2020)第 027369 号

责任编辑 徐文凯
责任印制 任 祎

出版发行 人民文学出版社
社　　址 北京市朝内大街 166 号
邮政编码 100705
网　　址 http://www.rw-cn.com

印　　刷 三河市中晟雅豪印务有限公司
经　　销 全国新华书店等

字　　数 259 千字
开　　本 710 毫米×1000 毫米 1/32
印　　张 15.5 插页 2
版　　次 2020 年 9 月北京第 1 版
印　　次 2020 年 9 月第 1 次印刷

书　　号 978-7-02-016090-7
定　　价 90.00 元

国家社科基金后期资助项目
出版说明

后期资助项目是国家社科基金设立的一类重要项目，旨在鼓励广大社科研究者潜心治学，支持基础研究多出优秀成果。它是经过严格评审，从接近完成的科研成果中遴选立项的。为扩大后期资助项目的影响，更好地推动学术发展，促进成果转化，全国哲学社会科学规划办公室按照“统一设计、统一标识、统一版式、形成系列”的总体要求，组织出版国家社科基金后期资助项目成果。

全国哲学社会科学规划办公室

目　录

序

曹顺庆

早在1995年,我提出了中国文论"失语症"问题,在中国古代文论、文艺理论以及中外文论研究界引起巨大反响,众多专家学者都认为这是一个关系到中国文化发展战略以及中国文学批评理论之命运的重大问题。长期以来,中国现当代文艺理论基本上是借用西方的一整套话语,没有一套自己的文论话语,处于文论表达、沟通和解读的"失语"状态。我们一旦离开了西方文论话语,就几乎没办法说话。这种"失语症"是一种严重的、隐而难见并将遗患深远的文化病态,是中西文化剧烈冲撞的结果,是"五四"以来文化大变革的后果之一。

认识到中国文论"失语症"是一种严重的文化病态,我又提出了"重建中国文论话语"的重大命题,着手寻求具体的重建路径与方法,并通过文论话语的批评实践来证实其方法的可操作性。最早,我提出主要是借助古代文论的现代转换来实现文论话语的重建。近年来,我一再反思这一路径的科学性,逐渐认识到这其实是一个具有误导性的口号,因为转换的前提就是否定中国文化与文论,而转换用以参照的理论还是西方文论,中国文论明明有自己的体系,却在与西方文论的对照研究中被认为没有体系。转换的结果,是"科学的"西方理论堂而皇之地成为宰制中国古代文论的元话语,转换反倒加强了西方理论话语的霸权地位。"转换论"暴露了我们民族文化自信的严重不足。只有重塑文化自信,才能重塑中国文论话语。基于这样的反思,我认为,中国文论建设的路径,有三个方面:一是中国文论中国化;二是西方文论中国化;三是走向世界的中国当代文论。重建中国文论话语,要承认中国文论的异质性和独立性,以中国文论的基本话语为主,讲意境、滋味、气韵、风骨、虚实相生、言外之意等,而不是结构主义、解构主义、精神分析这样的西方话语。当然这不是说不要西方,关键是以什么为主的问题。中国文论要重建起来,必须在观念上承认中国文论的本然主体地位,域外文论只作辅助参照。在承认中国文论异质性和独立性的前提下,进行跨文明对话,最终达到化合中西。这种化合,必然还是以中国文论思想为根基,把西方的文论思想化合进来,使西方文论中国化。王国维、钱锺书、朱光潜、宗白华、季羡林、叶维廉等其实都是这样的典范。

我的“重建中国文论话语”问题也得到了学术界的积极回应。不少学者积极参与,思考中国传统的根本话语规则,清理中国古代文论话语,探索西方文论中国化的策略。李思屈的《中国诗学话语》(四川人民出版社,1999 年)、我与人合著的《中国古代文论话语》(巴蜀书社,2001 年)、李怡《西方文论在中国如何“化”》(《河北学刊》2004 年第 5 期)、顾祖钊《论中西文论融合的四种基本模式》(《文学评论》2002 年第 3 期)等都是这方面的成果。

方志红是我的博士生,2005 年她考入四川大学跟随我攻读文艺学专业古代文论方向博士研究生,受我“重建中国文论话语”主张的影响,又恰逢赵毅衡教授回国,被我引进到川大,为她们开设叙事学研究课程,她便萌生了清理中国古代叙事理论话语,建设中国叙事学的想法。我也很支持她,鼓励她克服学界仍不免用西方叙事学话语进行中国古代叙事理论研究的不足,把古代诗论、文论、小说戏曲评点都翻一遍,真正发掘中国自己的叙事理论话语。她沉静勤勉,潜心治学,到 2008 年博士毕业时,拿出了近 30 万字的博士论文《中国古代叙事理论研究》,在外审评审中得到陈伯海、陈良运、刘绍瑾、申丹、李清良等教授的很好的评价。认为论文“对一些概念的内涵和外延进行了明晰的厘定,并清晰地梳理了其演变轨迹”“在当前学界试图建立‘中国叙事学’,却未能对中国固有的叙事理论进行清理与分析的情况下,显现出较大的理论价值与现实意义”“以融通中西古今的宏观视野,将中国传统叙事理论同西方叙事理论放在可资比较的位置上,让它们围绕共同话题开展有效的对话与交流,对建设当代叙事理论话语极有价值”。毕业后,她回到她的母校信阳师范学院工作,继续进行古代叙事理论研究。2014 年,她以博士论文为基础,认真进行了修订增补,申请并获批了国家哲学社会科学后期资助项目“中国古代叙事文法理论研究”,本书稿就是这一项目的最终成果。

在我看来,这部书稿在中国叙事理论话语重建方面具有较高的理论价值和突破意义。书稿对中国古代叙事文法理论体系的建构,采用的是中国传统文论话语“部法理论”“章法理论”“笔法理论”,既符合中国古代叙事理论的实际,也具有一定的科学性。在这一理论体系下归并的“结构第一”“首尾大照应,中间大关锁”“伏脉”“起承转结章法”“两对章法”“春秋笔法”“虚实相生”“闲笔”等范畴或理论话语也都具有合理性。书稿对上述理论话语或范畴既有历史发展的梳理,也有现代的阐释和重建,还有中西文论的比较研究。如对“起承转结章法”“春秋笔法”“虚实相生”“闲笔”等话语或范畴的梳理与理论建构,中西叙事结构理论中的三对概念比较,中西叙事开头、中部、结尾理论的比较等。这些研究对于深化中西叙事理论的比较研究,建构中国叙事学都有很高的借鉴价值。

中国文论建设不是创造一个包打天下的文论,也不是一劳永逸便可完成。文论总是在不断地言说之中,不断地建构之中。在重建中国文论话语的学术道路上,学人不断求索,表现出热情参与的能动性;见仁见智,发挥了理论创新的自主性。我相信,在学界同仁的共同努力下,我们能够不断地取得中国文论话语重建的新成就,不断地推进中国当代文论走向世界。

2019 年 3 月 25 日于川大花园

绪　论

叙事是人类古老的文化现象，它并非西方民族所独有，中华民族也有着悠久、深厚的叙事传统和叙事经验。单就文本形态的叙事作品来说，从《诗经》《尚书》到《春秋》《左传》，再到诸子百家、汉赋、魏晋至明清的小说、唐宋律诗与叙事文、元明清戏曲等，其叙事作品渊源深远、纷繁多姿。但人们却常在不经意间忘记中国实际上是一个"叙事大国"。大半部中国文学史，只是一部诗史；我们的文学理论，也大半是（抒情）诗学、诗论。中国固有的叙事理论——从《毛诗序》到金圣叹、李渔、毛宗岗、张竹坡、脂砚斋、王希廉、蔡元放等人的小说、戏曲评论（点）中的叙事理论，淹没在了（抒情）诗学、诗论的汪洋大海中。

20 世纪 80 年代初，随着中国政治、经济、文化全方位的改革开放，西方建立在结构主义和现代语言学基础上的叙事学传入我国，打破了中国文论以（抒情）诗学、诗论为主潮的研究局面，拓展了中国叙事学、叙事理论研究的新领域，出现了不少富有新见的力作。然而，中国叙事学、叙事理论研究也因此存在着明显的不足。最根本的问题就是我们失去了文化与理论的自信，唯叙事学理论话语独尊，用西方叙事学理论全面审视、解读中国叙事作品、叙事理论，叙事者、叙事视角、叙事时间、叙事结构等西方叙事学理论话语几乎成为唯一的思维模式和言说理路。实际上，中国的叙事作品其本身有着丰富、独特的叙事形式和叙事特征，中国古代有着丰富、深厚的关于其叙事作品的叙事理论总结，参照中国固有的叙事理论本身，可以形成独具特色的中国叙事学。故此，系统地发掘、清理中国固有的叙事理论资源，建构中国叙事理论话语，对中国的叙事学研究来说，当是深为迫切和必要的。

一、中国古代"叙事"概念内涵与理论论域

丁琴海先生曾指出，探讨中国古代叙事观念，大致有几条途径，其中之

一是语义研究，通过文字考古来追索古人对事物的认识[①]。的确，从认识论的角度来说，对某一观念或理论的最本源性的认识之途就是从词源和语义上探究它的关键性概念的产生、使用、发展、演变的轨迹，因为观念或理论的确立与支撑往往依恃某一个或几个关键词。从中国古代叙事理论的关键词“叙事”入手，进行词源和语义探究，并在与西方叙事理论的比较中认识中西“叙事”概念内涵及其关联域之差异，由此进入对中国古代叙事理论的研究，或许是中国古代叙事理论研究的一条最为根本、有效的路径。

“叙事理论”是“关于所有种类的叙事的本质的理论”[②]，进行叙事理论研究，首先必须回答的问题是“什么是叙事？”“叙事”一词并非舶来品，而是中国文论里早就有的术语。那么，在中国文论中，“叙事”的含义是什么？它又经过了怎样的演变历程？关涉着哪些内容？我们不妨从词源和语义上对中国古代“叙事”一词的历史演进做一番考索。

1. 等级观念印记下的《周礼》语中的“序事”

中国古代文字中，“叙”“序”相通，故“叙事”常通“序事”。“序事”“叙事”二词最早出现在《周礼》中。《周礼·春官宗伯》集中记载有“序事”四条[③]，“叙事”两条：

(1)小宗伯之职，……掌衣服、车旗、宫室之赏赐，掌四时祭祀之序事与其礼。(《小宗伯》)

(2)乐师掌国学之政，以教国子小舞。凡舞，有帗舞，有羽舞，有皇舞，有旄舞，有干舞，有人舞。……凡乐，掌其序事，治其乐政。(《乐师》)

(3)大史掌建邦之六典，以逆邦国之治。掌法，以逆官府之治；掌则，以逆都鄙之治。凡辨法者考焉，不信者刑之。……正岁年，以序事，颁之于官府及都鄙。(《大史》)

(4)保章氏掌天星，以志星辰、日月之变动，以观天下之迁，辨其吉凶。以星土辨九州之地，所封封域，皆有分星，以观妖祥。以十有二岁之相，观天下之妖祥。以五云之物，辨吉凶、水旱、降丰荒之祲象。以十有二风，察天地之和命，乖别之妖祥。凡此五物者，以诏救政，访序事。

① 丁琴海《中国史传叙事研究》，国际文化出版公司，2002 年，第 1 页。

② 〔美〕阿瑟·阿萨·伯格《通俗文化、媒介和日常生活中的叙事》，姚媛译，南京大学出版社，2006 年，第 33 页。

③ 《周礼注疏》，[清]阮元校刻《十三经注疏》(上)，中华书局影印，1980 年。

(《保章氏》)

(5)冯相氏掌十有二岁,十有二月,十有二辰,十日,二十有八星之位,辨其叙事,以会天位。冬、夏致日,春、秋致月,以辨四时之叙。(《冯相氏》)

(6)内史掌王之八枋之法,以诏王治。一曰爵,二曰禄,三曰废,四曰置,五曰杀,六曰生,七曰予,八曰夺。执国法及国令之贰,以考政事,以逆会计。掌叙事之法,受讷访,以诏王听治。(《内史》)

另外,《春官宗伯》中还用"序……事"的形式表示"序事"的含义,如:"职丧掌诸侯之丧。……士凡有爵者之丧,以国之丧礼莅其禁令,序其事"(《职丧》),"乐师……飨食诸侯,序其乐事"(《乐师》)等。

《周礼》又名《周官》,是记载二三千年前周代官制的书。周代官制取法天地四时,设天官、地官、春官、夏官、秋官、冬官六官。春官宗伯掌典礼,辅佐天子管理宗庙祭祀、国家礼仪,安排政事、生产、生活等事务。因此,上列引文(1)记载的是春官宗伯的属下小宗伯的职责,其中之一是掌管一年四季的祭祀,按照周代礼法有秩序地安排祭祀时的行事程序和礼仪;(2)记乐师的职责,其中之一是根据礼乐仪式的要求,安排乐器陈设的位置与奏乐的先后次序;(3)记大史的职责,其中之一是修正岁年,制定历日,有次序地安排人民四时应作的事情,颁给官府与都鄙;(4)记掌占天上恒星的保章氏,其职责之一是根据星辰日月的变动占视妖祥水旱等吉凶,诏告王者采取补救措施或计划适时推行所宜的事务;(5)记掌年月日时四时季候的冯相氏,其职责是根据时令有次序地安排四时应行之事;(6)记掌管国家爵、禄、废、置、杀、生、予、夺法则的内史,其职责之一是依照尊卑次序的行事法则,接纳臣下的谋议,转告王者处治。另外还有职丧官的职责,是掌理王国内诸侯、卿大夫、士的丧事,按照国家规定的丧礼,亲临执行禁令,调度丧事的次序①。显然,上引各条中"序事""叙事"中的"事",指的是在周代社会生活中占重要地位的祭祀、丧葬、农作、政治等各项事务。古代"序"与"叙"相通,故"序事"即"叙事"。"叙"(敘),《说文解字》释为"次弟也"②,进一步引申为按时间、空间或等级等的次序安排。"序",《尔雅·释宫》谓"东西墙谓之序"③,就是说,"序"本指隔开正室东西夹室的墙,如《大戴礼·主言》云:"曾子惧,退负序而立",清孔广森补注云:"序,东西墙也。堂上之墙曰

① 参见林尹注译《周礼今注今译》,书目文献出版社,1985年。

② [汉]许慎撰,[清]段玉裁注《说文解字注》,中州古籍出版社,2006年,第126页。

③ 《尔雅注疏》,卷第五,《释宫》,[清]阮元校刻《十三经注疏》(下),前引书,第2597页。

序，堂下之墙曰壁，堂中之墙曰墉。”可见，“序”的本义并不表示“次第”，只因与“叙”同音而通用①。所以，“序事”“叙事”中的“序”“叙”都是次序、次第之意。如前引(1)“小宗伯……掌四时祭祀之序事与其礼”，贾公彦疏云：“序，谓次第先后”②；又(2)“凡乐，掌其序事”，郑玄注曰：“序事，次序用乐之事”，贾公彦疏云：“掌其叙事者，谓陈列乐器及作之次第，皆序之使不错谬。”③

因此，《周礼》中的“序事”其基本含义即指依照时间、空间或等级的次序安排祭祀、农作、丧葬、政务等周代社会生活中的各项事务。它并不表示“记述”之义，与语言、故事也毫无关系，而与时间的顺序、空间的位置关系密切④，尤其表现出对尊卑、贵贱、大小、主次的等级秩序的重视。甚至时间的顺序、空间的位置本身也是这种等级秩序的表现。如前引文(6)中记内史的职责是“掌叙事之法，受讷访，以诏王听治”中的“叙事之法”，即指依官职尊卑大小的秩序行事的法则。《周礼·天官冢宰·小宰》中记录了官府中的六种秩序，即“六叙”：“一曰以叙正其位，二曰以叙进其治，三曰以叙作其事，四曰以叙制其食，五曰以叙受其会，六曰以叙听其情。”⑤换言之，官吏的朝位、官吏政绩呈报的先后、国家大事的执掌、月俸的订定、王者接受会计文书的先后、平治裁决群臣的咨事辨讼等各项事务⑥，都必须“以叙”——依照爵秩的尊卑、高低有次序地施行。“叙事”一词明显地包含着古人对尊卑、主次等次序的重视。正如丁琴海先生所指出：“《周礼》‘叙事’一语表达了西周礼乐文化对次序的重视和强调。‘叙’所表示的‘次第’总是与尊卑秩序联系在一起。‘事’也总是在等级次第中出现的事物。这种重道德、重实用的思维路径对‘叙事’后来的词义走向不无影响。隋唐以降人们开始用‘叙事’表示记述之义时，也总是自觉不自觉地赋予它以浓郁的政治道德意味。”⑦可以说，中国文论“叙事”一词从出现之初就深深地烙上了中国文化中的等级观念的印迹和政治道德的意味。明了这一点，我们还能较易理

---

① 参见丁琴海《中国史传叙事研究》，前引书，第3页。

② 《周礼注疏》，卷第十九，《春官宗伯·小宗伯》，[清]阮元校刻《十三经注疏》(上)，前引书，第767页。

③ 《周礼注疏》，卷第二十三，《春官宗伯·乐师》，[清]阮元校刻《十三经注疏》(上)，前引书，第794页。

④ 杨义先生详细论析了“序事”一词对时间、空间上的位置和顺序的考虑(杨义《中国叙事学》，人民出版社，1997年，第10—11页)，可参见，此不赘论。

⑤ 《周礼注疏》，卷第三，《天官冢宰·小宰》，[清]阮元校刻《十三经注疏》(上)，前引书，第653页。

⑥ 参见林尹注译《周礼今注今译》，前引书，第23页。

⑦ 丁琴海《中国史传叙事研究》，前引书，第5页。

解中国古代的宾主、旁正等叙事技法理论。

从上文的分析可以看出,中国古代“叙事”一词的原初义虽并不表示记述之义,“但其初始义中却蕴含着日后向这个方向延展的可能。特别是‘叙’(序)所含有的在一定时空中按某种等次对事物加以排列的强烈秩序感,与人们有条理、有次序的记述事物相仿佛。”①

2. 作为艺术表现手法的“叙事”

《周礼》中的“序事”与语言、故事均无关。与语言有关的叙事在当时称作“记事”,而记事是周代就兴起的史官的职责。《说文解字》释“史”为“记事者也”②。中国古代史官的“记事”,并不仅仅是对事件的简单记录,还要讲究一定的记事方法,记事时采用一定的技巧、方法就是“叙事”。《三国志》载王肃称:“司马迁记事,不虚美,不隐恶。刘向、扬雄服其善叙事,有良史之才,谓之实录。”③换言之,司马迁记事,注重贯彻“不虚美,不隐恶”“实录”的记事原则和记事方法,因此刘向、扬雄才称服他“善叙事”。范晔《后汉书》也记载了华峤对司马迁、班固父子历史叙事的赞论:“迁文直而事核,固文赡而事详。若固之序事,不激诡,不抑抗,赡而不秽,详而有体,使读之者亹亹而不厌,信哉其能成名也。”④《晋书》则记载了时人对陈寿叙事本领的称赞:“(寿)撰魏吴蜀《三国志》,凡六十五篇。时人称其善叙事,有良史之才。夏侯湛时著《魏书》,见寿所作,便坏己书而罢。”⑤陈寿的《三国志》绝不是魏吴蜀三国历史的记事簿,而是善于叙事的典范,这一点不仅从夏侯湛因之废书上可以见出,后来以其为蓝本加工而成的《三国演义》,成为众多历史演义类著作中的佼佼者,在明代更被视为“奇书”,也说明陈寿叙事技巧的高妙。总之,上举诸例都说明了“叙事”是古代史官“记事”的根本艺术表现手法。因为他们在“记事”时善用“实录”“特笔”“附出”等叙事技巧,所以形成历史叙事“赡而不秽,详而有体”“详密”“首尾典赡”的美学风格,深得后人称赞。

中国古代文化中最早、最丰富的用语言进行叙事的活动主要是记述历史。故而,人们对“叙事”内涵的理解也主要通过对史传艺术表现手法和美学特色的评价来表述。“叙事”作为史传的根本艺术表现手法,既表现在内

---

① 丁琴海《中国史传叙事研究》,前引书,第 6 页。

② [汉]许慎撰,[清]段玉裁注《说文解字注》,前引书,第 116 页。

③ [晋]陈寿《三国志》,卷十三,《魏书·钟繇华歆王朗传》,中华书局,1959 年,第 418 页。

④ [南朝宋]范晔《后汉书》,卷四十,《班彪列传》,中华书局,1965 年,第 1386 页。

⑤ [唐]房玄龄《晋书》,卷八十二,《陈寿列传》,中华书局,1974 年,第 2137 页。

容层面，又表现在技巧、语言等形式层面。内容层面强调的是对所叙之事的真实性的追求，扬雄称司马迁“其文直，其事核，不虚美，不隐恶，故谓之实录”为“善序事理”①，正是从内容层面对“叙事”“记实”内涵的强调，由此亦可见出，中国古代叙事其初即形成了与西方叙事不同的传统，即“叙事”是对真实历史史实的客观记述，而不是对虚构故事的讲述②。“叙事”作为史传艺术表现手法，其形式层面的内涵指的是“特笔”等叙事技巧和“辨而不华”“质而不俚”的语言表达③。

唐代刘知幾进一步丰富发展了作为史传艺术表现手法的“叙事”的内涵。《史通》中不仅专设《叙事》篇，而且“叙事”一词在其他篇目中也频频出现。“叙”指有条理、有剪裁地记述，“事”则专指历史事件。刘知幾在历史叙事层面上，针对历史创作，从历史叙事的语言技巧、表达方式等方面发展了“叙事”的内涵。《史通》中，刘知幾非常重视“叙事”在历史创作中的地位，认为“史之称美者，以叙事为先”④，“叙事”是历史写作的最重要方面。刘知幾在他的历史叙事理论体系中，还着重提出了历史叙事“简要”“隐晦”、戒“妄饰”三大美学原则和“张本”“类叙”“附出”等历史叙事技法。

“叙事”作为与语言相关联的艺术表现手法既始于史传，因此，从魏晋南北朝始，文论家们在概括诔、碑、铭等文体的叙事特征时，把其与史传相比，也就不可避免了。刘勰《文心雕龙》中即以史传叙事比拟“诔”“碑”“哀辞”等文体的叙事特征：

> 傅毅所制，文体伦序；孝山崔瑗，辨絜相参：观其序事如传，辞靡律调，固诔之才也。（《诔碑》）⑤
>
> 建安哀辞，惟伟长差善，《行女》一篇，时有恻怛。及潘岳继作，实踵其美。观其虑善辞变，情洞悲苦，叙事如传，结言摹诗，促节四言，鲜有缓句；故能义直而文婉，体旧而趣新，《金鹿》《泽兰》，莫之或继也。（《哀吊》）⑥

当然，叙事作为一种艺术表现手法，并非史传专有。从刘勰所论可以看出，“诔”“碑”“哀辞”等文体都是以叙事为根本表现手法。

---

① ［汉］班固《汉书》，卷六十二，《司马迁传》，中华书局，1962 年，第 2738 页。

② 王成军《纪实与纪虚：中西叙述学的两大走向》（载《江西社会科学》2002 年第 4 期）对这一问题有详细论述，可参看，此不赘述。

③ ［汉］班固《汉书》，卷六十二，《司马迁传》，前引书，第 2738 页。

④ ［唐］刘知幾撰，［清］浦起龙释《史通通释》，上海古籍出版社，1982 年，第 165 页。

⑤ ［南朝梁］刘勰著，范文澜注《文心雕龙注》，人民文学出版社，2006 年，第 213 页。

⑥ ［南朝梁］刘勰著，范文澜注《文心雕龙注》，前引书，第 240 页。

总之,“叙事”作为史传、碑、诔、铭、小说等以记述事情为主的文体的共同艺术表现手法,指的是用一定形式的叙事技巧和一定风格的语言表达有条理地记述历史或现实生活中真实或虚构的事件。

3. 作为文类的“叙事”

南宋真德秀《文章正宗》首列叙事门类,从此“叙事”在中国文论中的含义又进一步扩大为一种文类的名称。在《文章正宗·纲目》中,真德秀说道:

> 正宗云者,以后世文辞之多变,欲学者识其源流之正也。自昔集录文章者众矣,若杜预、挚虞诸家,往往湮没弗传,今行于世者,惟梁昭明《文选》、姚铉《文粹》而已。由今视之,二书所录,果皆得源流之正乎?夫士之于学,所以穷理而致用也。文虽学之一事,要亦不外乎此。故今所辑,以明义理切世用为主。其体本乎古,其指近乎经者,然后取焉,否则辞虽工亦不录。其目凡四:曰辞命、曰议论、曰叙事、曰诗赋,今凡二十余卷云。①

真德秀把“叙事”与“辞命”“议论”“诗赋”并列为四大文类,第一次使“叙事”成为一种独立的文类名称,拓展了“叙事”的内涵。《文章正宗》中“辞命”占3卷、“议论”12卷、“诗赋”3卷、“叙事”6卷;《续文章正宗》中又有“叙事”14卷,可见真德秀对“叙事”文类的重视。真德秀《文章正宗》《续文章正宗》所选“叙事”门类,除《左传》《史记》外,还有人物传记、自传、碑(庙碑)、墓志铭(墓志、墓铭、墓表、表)、行状、记、序等文体。对于“叙事”文体的内涵,真德秀解释道:

> 按叙事起于古史之官,其体有二:有纪一代之始终者,《书》之《尧典》《舜典》,与《春秋》之经是也。后世本纪似之。有纪一事之始终者,《禹贡》《武成》《金縢》《顾命》是也。后世志记之属似之。又有纪一人之始终者,则先秦盖未之有,而于汉司马氏,后之碑志事状之属似之。今于《书》之诸篇与《史》之纪传,皆不复录,独取《左氏》《史》《汉》叙事之尤可喜者,与后世记序传志之典则简严者,以为作文之式。若夫有志于史笔者,当深求春秋大义而参之以迁、固诸书,非此所能该也。②

这段话从三个方面论析了作为文体的“叙事”的内涵:

---

① [宋]真德秀《文章正宗》,文渊阁《四库全书》,第1355册,第5—6页。

② [宋]真德秀《文章正宗》,前引书,第10—11页。

第一，指出“叙事”文体的起源。真德秀指出，叙事起源于古代史官，把《尚书》《春秋》《左传》《史记》《汉书》等都看作叙事文，把史传包括在叙事文体中，这是真氏的进步之处。

第二，辨析“叙事”文体的类别。指出叙事文体包括“本纪之属”“志记之属”“碑志事状之属”等。具体来说即上文提到的纪传、碑志、行状、记、序等文体，相当于现代记事和记人散文。这些文体的源头都是经、传。“本纪”是“纪一代之始终”，源于《尚书》的《尧典》《舜典》和《春秋》；“志”“记”之类常“纪一事之始终”，源于《尚书》的《禹贡》《武成》等；“碑志”“事状”之类“纪一人之始终”，源于《史记》。依今天的角度，真氏的文类划分显然缺乏明确的界定，不免模糊混乱。他的叙事也多指“史事”，与西方“叙事文”专指虚构小说截然不同。

第三，指出“叙事”文体特征——“典则简严”。当然这一艺术风格是真德秀的选文标准，并不一定是所有叙事文体的共同品格。但由此也可以看出古代理论家对叙事文体风格的自觉认识与要求。对叙事文体语言风格的讨论因此也是中国古代叙事理论的重要内容。

经真德秀阐发，“叙事”作为一种文体的内涵基本确立并被普遍接受，明代王维桢就特别强调了真氏对“叙事”一体的确定，他说：“文章之体有二，序事议论，各不相淆，盖人人能言矣。然此乃宋人创为之，宋真德秀读古人之文，自列所见，歧为二途。”①吴纳《文章辨体·凡例》亦谓：“独《文章正宗》义例精密，其类目有四：曰辞命，曰议论，曰叙事，曰诗赋。古今文辞，固无出此四类之外者。”清人邵作舟认为，文章不论种类多少，其实不外记事、议论两类：“文章之体，虽有纪、传、志、状、碑、颂、铭、诔、诏、告、表、序、论杂体之殊，总其大要，不外纪事、议论两端。”②姚永朴《文学研究法》中云：

> 吾尝论古今著作，不外经、史、子、集四类，约而言之，其体裁惟子与史二者而已。盖诸子中，《管》《晏》《老》《墨》《列》《庄》《扬》《韩非》《吕览》《淮南子》皆说理者也；屈、宋则述情者也；《左》《国》、马、班以下诸史，则叙事者也。经于理、情、事三者，无不备焉，盖子史之源也。如子之说理者本于《易》，述情者本于《诗》；史之叙事者，本于《尚书》《春秋》、三《礼》。此其大凡也。集于理、情、事三者，亦无不备焉，则

---

① ［明］王维桢《驳乔三石论文书》，［明］贺复征编《文章辨体汇选》，卷二三九，文渊阁《四库全书》，第1408册，第76页。

② ［清］邵作舟《论文八则》，转引自王凯符《古代文章学概论》，武汉大学出版社，1983年，第151页。

子、史之委也。自鄙夫小生，以肤辞浅说，附诸大雅之林，于是四部之书，惟此一类为杂。苟欲翦刈卮言，别裁伪体，使不明其范围所在，何出振雅而祛邪哉？大抵集中，如论辨、序跋、诏令、奏议、书说、赠序、箴铭，皆毗于说理者；词赋、诗歌、哀祭，皆毗于述情者；传状、碑志、典志、叙记、杂记、赞颂，皆毗于叙事者。必也质而不俚，详而不芜，深而不晦，琐而不亵，庶几尽子史之长，而为六经羽翼，其义若狭，实按之，乃所以为广耳。①

这里，姚氏将古今著作分为说理、述情、叙事三类，把集部的传状、碑志、典志、叙记、杂记、赞颂都归入叙事类，显然也将叙事作为了一种文体类别。

如前所述，真德秀虽然指出了“叙事”是一种文类，但真氏没有对叙事文类应包含的文体作出具体明确的说明。元代的陈绎曾、明代的吴纳和徐师曾在这一方面丰富完善了真德秀的叙事文类内涵。陈绎曾《文筌·古文谱五》“文体”不仅继承真德秀将古代文章分为叙事、议论、辞令三大类，还指出了“叙事”类包括有叙、传、录、碑、述、表、谱、记、纪、誌、志、碣、状、注十四小类，对每一文类的文体特征、源、流等作出解析②。吴纳《文章辨体序说》中指出的叙事文体有记、序、碑（墓碑、墓碣、墓表、墓志、墓记）、诔辞、哀辞等几种③。徐师曾《文体明辨序说》中的叙事文体则有序、碑文、记、志、纪事、墓志铭、传、行状等④。《文章辨体序说》和《文体明辨序说》对各叙事文体的流别、体制、体貌等进行了辨析，如对“记”这一文体，吴纳《文章辨体序说》中论道：

《金石例》云：“记者，纪事之文也。”西山曰：“记以善叙事为主。《禹贡》《顾命》，乃记之祖。后人作记，未免杂以议论。”后山亦云：“退之作记，记其事耳；今之记，乃论也。”窃尝考之，记之名，始于《戴记》《学记》等篇。记之文，《文选》弗载。后之作者，固以韩退之《画记》、柳子厚游山诸记为体之正。然观韩之《燕喜亭记》，亦微载议论于中。至柳之记《新亭》《铁炉步》，则议论之辞多矣。迨至欧苏而后，始专有以论议为记者，宜乎后山诸老以是为言也。

大抵记者，盖所以备不忘。如记营建，当记月日之久近，工费之多

---

① 姚永朴《文学研究法》，黄山书社，1989年，第22页。

② [元]陈绎曾《文筌》，《续修四库全书》，第1713册，第437—438页。

③ [明]吴纳《文章辨体序说》，于北山校点，《文章辨体序说 文体明辨序说》，人民文学出版社，1962年。

④ [明]徐师曾《文体明辨序说》，罗根泽校点，《文章辨体序说 文体明辨序说》，人民文学出版社，1962年。

> 少，主佐之姓名，叙事之后，略作议论以结之，此为正体。至若范文正公之记《严祠》、欧阳文忠公之记《画锦堂》、苏东坡之记山房藏书、张文潜之记《进学斋》、晦翁之作《婺源书阁记》，虽专尚议论，然其言足以垂世而立教，弗害其为体之变也。①

首先，"记"是纪事之文，以叙事为主。就其源流上来说，《尚书》中的《禹贡》《顾命》是其远祖，其创作繁盛始自唐代。吴纳指出，《文选》中没有"记"这一文体，徐师曾进一步指出，"扬雄作《蜀记》，而《文选》不列其类，刘勰不著其说，则知汉魏以前，作者尚少；其盛始自唐也。"②其次，"记"的文体特征是以叙事为主，辅以议论。因此，叙事之后，略作议论以结之，是"记"之正体；专以议论为"记"，是变体；"又有托物以寓意者（如王绩《醉乡记》是也），有首之以序而以韵语为记者（如韩愈《汴州东西水门记》是也），有篇末系以诗歌者（如范仲淹《桐庐严先生祠堂记》之类是也）"，皆为"别体"③。

中国古代文体繁多，因此，文体理论也异常发达。"文体"一词，在中国古代有体类、体貌等多重内涵，体类即指文章体裁、文体类别。对各种文章体裁进行辨析是古代文体理论的一个重要方面。关于文体辨析的方法，刘勰早在《文心雕龙·序志》中就提出了"原始以表末，释名以章义，选文以定篇，敷理以举统"四大方面④。"原始以表末"，即叙述各体文章的源流、发展；"释名以章义"，即说明各体裁的含义；"选文以定篇"，即评述各体文章的代表作家、作品；"敷理以举统"，即论述各体文章写作的道理和特色。中国古代的文体辨析基本上即围绕各文体的源流、体制、特点等展开。辨析文体的目的是指导写作。因此，在文体辨析的基础上，古代文论家就不同文体的创作技法展开了研究。叙事文类的独立也为理论家进一步研究叙事文的创作技法提供了基础，对叙事文"叙事之法"的探讨因之成为叙事文理论研究的重要内容。

4."叙（序）事之法"：中国古代"叙事之学"的核心论域

对叙事作品"叙事之法"的讨论，是中国古代"叙事之学"的核心论域。明代李开先《一笑散》称崔后渠等谓"《水浒传》委曲详尽，血脉贯通，《史

① ［明］吴纳《文章辨体序说》，于北山校点，前引书，第41页。
② ［明］徐师曾《文体明辨序说》，罗根泽校点，前引书，第145页。
③ ［明］徐师曾《文体明辨序说》，罗根泽校点，前引书，第145页。
④ ［南朝梁］刘勰著，范文澜注《文心雕龙注》，前引书，第727页。

记》而下,便是此书。且古来更未有一事而二十册者。倘以奸盗诈伪病之,不知序事之法,学史之妙者也”①。可见,从《史记》到《水浒传》,在古代理论家眼中,都是讲究“叙事之法”的典范。指出这些叙事作品的“叙事之法”,既欣赏作家叙事时的独特匠心,又有效指导写作,是古代文论家对叙事作品理论研究的主要目的。换言之,古代文论家对叙事作品的理论探讨,最集中处在于探讨其“叙事之法”。刘熙载说:“叙事要有法,然无识则法亦虚。论事要有识,然无法则识亦晦。”②认识到叙事讲究技法,故刘熙载在熟读《左传》《史记》《庄子》等叙事作品基础上,总结出了特叙、类叙、正叙、带叙、实叙、借叙、详叙、约叙、顺叙、倒叙、连叙、截叙、预叙、补叙、跨叙、插叙、原叙、推叙 18 种“叙事之法”,并认为这些叙法“种种不同,惟能线索在手,则错综变化,唯吾所施”③。

刘熙载还说:“叙事之学,须贯六经九流之旨;叙事之笔,须备五行四时之气。‘维其有之,是以似之’,弗可易矣。”④这是中国文论中唯一提出“叙事之学”处。在刘熙载看来,中国古代“叙事之学”,来自对六经九流的叙事研究。这与西方叙事学主要建立在对小说的叙事研究上截然不同。因此,中国古代叙事理论体现出史、诗、文、小说、戏曲等不同体裁叙事作品叙事理论相通的特点。这从古代史论家、诗论家、文论家、小说、戏曲理论家的叙事“文法”理论中可以清晰地看出。如清代史学家赵翼曾指出历史叙事有直叙法、类叙法、带叙法、附传法、家传法、回护法、春秋法、曲笔等叙法⑤。李绂《秋山论文》中,把叙事文叙事笔法概括为顺叙、倒叙、分叙、类叙、追叙、暗叙、借叙、补叙、特叙 9 种⑥。清人邵作舟《论文八则》中,把叙事笔法归为 14 种:正笔、旁笔、原笔、伏笔、结笔、补笔、带笔、铺叙立案之笔、提掇呼应之笔、关锁串递之笔、断制咏叹之笔、详略虚实之笔、宾主映射之笔、点缀传神之笔⑦。林纾《春觉斋论文》以《史记》为例,讨论了八则散文叙事用笔技法:起笔、伏笔、顿笔、顶笔、插笔、省笔、绕笔、收笔⑧。唐彪《读书作文谱》卷

---

① [明]李开先《一笑散·时调》,朱一玄、刘毓忱编《水浒传资料汇编》,南开大学出版社,2002 年,第 167 页。

② [清]刘熙载《艺概》,卷一,《文概》,上海古籍出版社,1978 年,第 44 页。

③ [清]刘熙载《艺概》,卷一,《文概》,前引书,第 42 页。

④ [清]刘熙载《艺概》,卷一,《文概》,前引书,第 41 页。

⑤ [清]赵翼《廿二史劄记》,商务印书馆,1987 年。

⑥ [清]李绂《秋山论文》,转引自郑奠、谭全基编《古汉语修辞学资料汇编》,商务印书馆,1980 年,第 521 页。

⑦ [清]邵作舟《论文八则》,前引书,第 151 页。

⑧ [清]林纾《春觉斋论文》,《论文偶记 初月楼古文绪论 春觉斋论文》,人民文学出版社,1959 年。

七“文章诸法”中，总结出36种技法：浅深虚实、开阖、描写、对面描写、衬贴、对面衬贴、跌宕、详略、先后、宾主、翻论、进退、转折、推原、推广、反正、照应、关锁、代、咏叹、遥接、带叙、附叙、抑扬、顿挫、虚衍、顺逆、预伏、补法、挨讲、穿插、省笔、分总、一意推出三四层、牵上搭下法、类叙法①。唐彪还评《左传》云：

左氏文章佳处，一曰老健，笔能截铁，句可掷金；二曰风华，云锦天章，灿然炫目；三曰变化，其叙事，或预点于前，或齐列于中，或悬缀于末，不为一律，无非神妙；四曰波澜，或引诗词，或说梦兆，或详卜筮，其最得意者，在追述旧事中，故作奇峰插天，即平叙者，亦必一唱三叹，淋漓尽致；五曰接渡，山尽逢山，水穷逢水，但见改观，不见承接；六曰双收，或用两人，或用两事，或用两诗；七曰空中预埋，有意无意虚插在前，到后阐明，脉络联贯；八曰闲情照应，用闲情点染，回环照应，别有佳趣；九曰陡然而住，令人神惊，却有余音未绝，又令人神远；十曰详略有方，或于正面处，用略笔点过，而于旁见侧出，闲情闲事，则尽力发挥，露其姿态；十一曰若断若续，可合可分，或其事在数年之后，而端绪预见于数年之前，或论断在本人传中，而伏案已见他人篇内，线索缜密，脉络绵长。开辟以来，不得不推为文章鼻祖也。

《左传》多用从类并叙法。从类并叙者，或将往日零散之事，或将现在零碎之事，或集同类之理，或集同类之言，叙于一处也。如晋杀其大夫三郤，楚公子比自楚归宋，魏献子为政，此并叙于篇之首者也；吴使子札来聘，韩宣子如楚，晋楚战于邲，此并叙于中幅者也；吕相绝秦，中行献子伐齐，此并叙于篇之末者也。②

方东树则将历史叙事之法、叙事文叙事之法和七言长古叙事之法相提并论。《昭昧詹言》卷十一“总论七古”云：

七言长篇，不过一叙、一议、一写三法耳。即太史公亦不过用此三法耳；而颠倒顺逆、变化迷离而用之，遂使百世下目炫神摇，莫测其妙，所以独掩千古也。

一叙也，而有逆叙、倒叙、补叙、插叙，必不肯用顺用正。

欲知插叙、逆叙、倒叙、补叙，必真解史迁脉法乃悟，以此为律令，小

---

① ［清］唐彪辑著《家塾教学法》，赵伯英、万恒德选注，华东师范大学出版社，1992年，第110—124页。

② ［清］唐彪辑著《家塾教学法》，前引书，第138—139页。

才小家学之，便成乱杂不通也。此非细故，乃一大门径，非哲匠不解其故。所谓章法奇古，变化不测也。坡、谷以下皆未及此。惟退之、太史公文如是，杜公诗如是。①

金圣叹指出了《水浒传》的15种文法：倒插法、夹叙法、草蛇灰线法、大落墨法、绵针泥刺法、背面敷粉法、弄引法、獭尾法、正犯法、略犯法、极省法、极不省法、欲合故纵法、横云断山法，鸾胶续弦法②。毛宗岗总结《三国》的16"妙"，即16种叙事技法为：总起总结、六起六结；追本穷源之妙；巧收幻结之妙；以宾衬主之妙；同树异枝、同枝异叶、同叶异花、同花异果之妙；星移斗转，雨覆风翻之妙；横云断岭，横桥锁溪之妙；将雪见霰，将雨闻雷之妙；浪后波纹，雨后霡霂之妙；寒冰破热，凉风扫尘之妙；笙箫夹鼓，琴瑟间钟之妙；隔年下种，先时伏着之妙；添丝补锦，移针匀绣之妙；近山浓抹，远树轻描之妙；奇峰对插，锦屏对峙之妙；首尾大照应，中间大关锁③。张竹坡也明确指出了《金瓶梅》叙事中的大照应、大关键、板定大章法、两对章法、曲笔、逆笔、直笔、顺笔、实写、虚写、隐写、加倍写、消闲之笔、犯笔、文笔、显笔、俏笔、钝笔、深笔、傲笔、韵笔、秀笔、呆笔、蠢笔、太史公笔法、起伏顿挫之法、反射法等多种文法技巧④。《红楼梦》脂砚斋批语中涉及的叙事之法有40种之多：不写之写法、春秋字法、一笔多用法、烘云托月法、横云断岭法、草蛇灰线法、回风舞雪倒峡逆波法、就简生繁法、云罩峰尖法、一击两鸣法、偷渡金针法、错综法、山断云连法、避难法、未扬先抑法、倒卷帘法、暗透之法、衬贴法、反衬法、避俗套法、避繁文法、白描法、分叙单传法、重作轻抹法、金蝉脱壳法、进一步法、退一步法、层峦叠翠法、一击空谷八方皆应、烘染法、自难自法、间色法、双管齐下法、画家三五聚散法、画家三染法、"柳藏鹦鹉语方知"之法、画家山水树头丘壑具备、未用浓淡墨点苔法、避繁章法、转换法、省却闲文之法、虚敲旁击反逆隐回之法等。蔡元放指出《水浒后传》有相间成文法、跳身书外法、犯而不犯法、明点暗照法、忙里偷闲法、借树开花法、烘云托月法、加一倍写法、火里生莲法、水中吐焰法、欲擒故纵法、移花接木法等

① ［清］方东树《昭昧詹言》，卷十一，人民文学出版社，1961年，第233页。

② ［清］金圣叹《读第五才子书法》，朱一玄、刘毓忱编《水浒传资料汇编》，前引书，第223—224页。

③ ［清］毛宗岗《读〈三国志〉法》，朱一玄、刘毓忱编《三国演义资料汇编》，南开大学出版社，2003年，第258—266页。

④ ［明］兰陵笑笑生著，［清］张道深评《金瓶梅》，王汝梅、李昭恂、于凤树校点，齐鲁书社，1991年。

叙法①。

这些叙事“文法”，涉及人物、事件、场景、情景、叙述等叙事作品各种要素与艺术，名目既繁多，理论家对其又缺少具体地界定和说明，因此，往往显得琐碎杂乱、不成体系，常被现代的研究者诟病为有“陋儒”的迂腐之气。而究其实质，诸叙事“文法”固无比繁杂，然又无不同归于篇章字句之法。在诗有章法、句法、字法，在文有篇法、章法、句法、字法，在小说有部法、章法、句法、字法，其别只在文体，其理则一贯。因此，以叙事“文法”为核心论域，在史、诗、文、小说、戏曲等文体间实现理论贯通，这是中国古代“叙事之学”不同于西方叙事学的根本特征。对叙事“文法”这一中国古代“叙事之学”的核心论域进行“披沙拣金”的工作，发掘其中极有价值、极有生命力的理论话语，无疑是中国古代叙事理论研究独具价值的领域②。

5. 与西方“叙事”概念及关联域之比较

如前所述，“叙事”一词，并非舶来品，而是中国文论里早就有的术语。然而，作为现代范畴的“叙事”，其内涵却是西方的。浦安迪就指出，他所研究的“叙事”，“与其说是指它在《康熙字典》里的古义，毋宁说是探索西方的‘narrative’观念在中国古典文学中的运用。”③这一说法正适合于中国当代叙事研究。中国当代叙事研究，多是西方叙事观念在中国文学、文论中的运用。那么，西方有着什么样的叙事观念？在西方叙事观念中，“叙事”概念有着怎样的内涵和关联域？又由此决定了西方叙事理论有哪些研究内容和特征？

西方现代意义上的“叙事”概念虽迟至1966年才正式提出④，但“叙事”意识的发生则可溯至柏拉图“单纯叙述”（diegesis）和“模仿叙述”（mi-

---

① ［清］蔡元放《〈水浒后传〉读法》，黄霖、韩同文选注《中国历代小说论著选》（上），江西人民出版社，2000年，第428—430页。

② 以笔者管见，中国古代叙事理论有文道论、文情论、文法论、人物论等内容。文道论多就叙事文旨意立论，所言常将小说等摹写世情乃至幻构神仙鬼怪、愉情悦性之文牵强至《论语》《大学》《中庸》以及正史，发明其劝善惩恶、“救世婆心”“正人心而维世道”“扶植纲常”“阐发三教”之旨，有很大的历史局限性，没有太多研究价值。文情论多就叙事文法美学效果而言，人物论多讨论人物形象特点和刻写人物之方法。文法论内容驳杂，既有具体叙事技法，某些文法也就是人物刻写技法，同时也常论到某种叙事技法所造成的美学效果，即文情。所以，笔者以为中国古代叙事理论研究最有价值的领域在叙事文法理论研究。

③ 〔美〕浦安迪《中国叙事学》，北京大学出版社，1996年，第4页。

④ 1966年，法国《交流》杂志设“叙事作品结构分析”专号，标志了叙事学的诞生。现代意义的“叙事”概念于此产生。

mesis)的区分①。《理想国》第三卷中，柏拉图认为，故事作者和诗人们所说的都是对过去、现在和未来的事情的叙述，但其叙述方式有“单纯叙述”与“模仿叙述”之分。“单纯叙述”指诗人用自己的语气叙述人物言辞；“模仿叙述”指诗人假扮人物、模仿人物的声音说话。

如《伊利亚特》开头，荷马说起克律塞斯向阿伽门农请求赎回他的女儿，遭到阿伽门农的斥骂，于是克律塞斯就向神祷告，祈求神让希腊人遭殃。让我们来看诗的叙述：

> 他这样的一顿咒骂，使老人心里害怕，不敢违抗。
> 老人沿着波涛呼啸的海边，默默地离开，
> 走了很远，便向阿波罗，美发的勒托的儿子
> 祈祷，念念有词地说：
> “保卫克律塞斯和神圣的基拉的银弓之神，
> 统治着特涅多斯的灭鼠神，请聆听我的祈祷：
> 如果我曾盖了你的庙宇，欢悦了你的心胸，
> 或者曾为你烧烤过肥美的公羊和山羊的
> 大腿，请你实现我的祷告：
> 用你的神箭让达那奥斯人赔偿我的眼泪。”②

这段叙述，根据柏拉图关于“单纯叙述”和“模仿叙述”的区分，是“单纯叙述”和“模仿叙述”的混合，诗人不仅对克律塞斯被阿伽门农斥退后的害怕等进行了叙述，还模仿当事人克律塞斯说话，使自己的声音、情态仿佛是他自己，这就是“模仿叙述”。柏拉图指出，如果荷马在说过了克律塞斯怎样带礼物来救赎女儿，怎样恳求希腊人和他们的领袖后，不变成克律塞斯在说话，而仍是荷马本人，那就是“单纯叙述”，让我们再来看柏拉图将这段混合了“单纯叙述”和“模仿叙述”的文本改成“单纯叙述”后的文本：

> 那老人听了这番话，心里很害怕，一声不响地走了。
> 但是离开希腊军营之后，他向阿波罗祷告，用神的许多徽号呼他，
> 请神记起他过去一切敬神的功德，修盖庙宇和奉献牺牲，

① 朱光潜将这两个词译为“单纯叙述”和“模仿叙述”（〔古希腊〕柏拉图《柏拉图文艺对话集》，朱光潜译，人民文学出版社，1959 年，第 43 页），申丹将其译为“纯叙述”和“模仿”（申丹《叙述》，载《国外文学》2003 年第 3 期）。其实“模仿”也是“叙述”，因此，“模仿”和“模仿叙述”这两种称名并无差别，此处采用朱先生旧说。

② 〔古希腊〕荷马《伊利亚特》，第一卷，《荷马史诗》，袁飞译，远方出版社，1998 年，第 4 页。

现在求他报答，求神的箭射杀希腊人，来赔偿他的眼泪。①

这样，原来“单纯叙述”与“模仿叙述”的混合体就成了“单纯叙述”。究其实质，柏拉图所谓的“单纯叙述”就是诗人间接讲述故事，“模仿叙述”则是对人物语言的直接再现。柏拉图指出，在已有的文类中，悲剧、喜剧是从头到尾都用“模仿叙述”，颂歌纯用“单纯叙述”，史诗则是模仿和单纯叙述的混合体。不过柏拉图是反对模仿的，但他同时又认为混合体也确有其引人入胜之处。不管柏拉图对两种叙述方式的态度如何，《理想国》中“叙述”概念的最早提出及区分，在两层意义上基本确立了现代“叙事”概念内涵：第一，“叙事”的内容是虚构的故事。柏拉图认为，文学有“写真的”和“虚构的”两种②，“虚构的”文学就是“故事”，赫西俄德、荷马和其他诗人都讲过虚构的故事，诗人们的叙述是对过去、现在、未来的或人或神的故事的叙述。第二，诗人的叙述言语方式可以有直接再现或展示人物语言和间接讲述或叙述两种。这直接开启了当代叙事学对叙述言语的区分和研究。

对“叙事”概念作出最系统解释的还是经典时代的叙事学家热奈特③。

---

① 〔古希腊〕柏拉图《柏拉图文艺对话集》，前引书，第45页。

② 〔古希腊〕柏拉图《柏拉图文艺对话录》，前引书，第19页。

③ 关于西方叙事理论发展分期，当前大陆学界已基本达成共识，认为西方叙事理论大致经历了三个界限明晰的发展阶段，即：20世纪60年代中期以前的古典叙事理论、20世纪60年代中后期至70年代的经典叙事学（又称“结构主义叙事学”）和20世纪90年代以来多元发展的后经典叙事理论（又称“后结构主义叙事学”“后现代叙事理论”）。一般来说，传统叙事理论阶段叙事理论的系统性不强，往往是作家或评论家针对作品中的某个具体问题提出自己的见解和看法，主要代表有柏拉图、亚里士多德、詹姆斯、卢伯克、弗斯特等，主要讨论的有叙述与模仿的区分、视点、人物等问题。结构主义叙事学是在20世纪60年代受俄国形式主义、法国结构主义等思潮影响发展而来的，它建立了独立的叙事学学科，具有相当完备的叙事理论体系，其理论论域集中在“叙述话语”和“所述故事”两个层次，主要回答“讲什么”和“怎么讲”两个问题，时间、人物、事件、聚焦、言语、声音等等问题都得到了系统研究。布斯《小说修辞学》、托多罗夫《〈十日谈〉语法》、热奈特《叙事话语 新叙事话语》、查特曼《故事与话语》、普林斯的《叙事学：叙事的形式与功能》、米克·巴尔《叙述学》、里蒙·凯南《叙事虚构作品》都是这一时期的经典名著。后经典叙事学是相对于经典叙事学而言的，主要进行跨学科研究和边缘性考察，侧重社会历史语境的叙事研究。主要发展了认知叙事学、女性主义叙事学、修辞叙事学等叙事学科门类，代表有詹姆斯·费伦《作为修辞的叙事：技巧、读者、伦理、意识形态》、希利斯·米勒《解读叙事》等。（参见申丹《经典叙事学是否已经过时？》，载《外国文学评论》2003年第2期；《20世纪90年代以来叙事理论的新发展》，载《当代外国文学》2005年第1期；《叙事学研究在中国与西方》，载《外国文学研究》2005年第4期；乔国强、张甜《叙事学与作为文化力量的叙事学研究》，载乔国强主编《叙事学研究：第二届全国叙事学研讨会暨中国中外文艺理论学会叙事学分会成立大会论文集》，武汉大学出版社，2006年，第36—49页。）

在《叙事的界限》中[1],热奈特首先通过辨析传统学校教育中流行的叙事与非叙事的三组对立,从表达方式上对"叙事"进行了新的阐释与界定:

第一组:叙事与模仿的对立。热奈特指出,作为表现的文学所有的唯一方式是叙事,模仿即叙事[2]。传统观点则误读了柏拉图和亚里士多德关于模仿和叙事的划分,以为模仿是叙事的对立面,或把叙事视为模仿的一种方式。

第二组:叙事与描写的对立。热奈特以为,尽管描写的表现能力很强,可以独立于叙述进行构思,但描写的使命却只是辅助叙事。因此研究叙事和描写的关系,其实主要是研究描写的叙述功能。作为文学表达方式的描写,与叙述并没有明显区别,完全可以把一切文学表现形式都包括在叙事概念之中。确切地说,描写并不是叙事的一种方式,而是叙事的一个方面。而传统文学观念中,叙述与描写的对立,是文学意识的主要特征之一。在表现领域,描写和叙述各有不同的功能:描写是对人物的表现,叙述是对行动与事件的表现。

第三组:叙事与话语的对立。话语,这里指的是"直接用于作品陈述的言说",即陈述或直接表达。热奈特指出,叙事和陈述具有一定程度上的对称,二者从不以单纯的状态存在于任何作品中,陈述中总包含一定比例的叙事,叙事中也总有一定比例的陈述。当然,二者的不对称也是明显的,陈述中插入叙述成分只是叙述者暂时消失或暗中存在于背景中,如"俗气的媚眼""像……似的""因为他沿着"等叙述都在暗中包含着叙述者的判断、评价或解释。因此,插入陈述中的叙事变成陈述部分,插入叙事的陈述仍是陈述。叙事比陈述更具纯粹性。叙事是一种特殊的、带有特征的表达方式;陈述是语言的"自然"表达方式,在叙事中使用最广泛、最普遍,可以接受一切形式的表达方式。简单来说,热奈特这里的陈述,就是各种形式的客观叙述,如叙述者直接出面讲述故事、叙述者让故事中的人物以第一人称的形式

---

① 〔法〕热拉尔·热奈特《叙事的界限》,王文融译,张寅德编选《叙述学研究》,中国社会科学出版社,1989年,第279—293页。

② 柏拉图《理想国》第三卷区分了"模仿"和"单纯叙述"。"单纯叙述"就是"诗人都以自己的身份在说话,不叫我们以为说话的是旁人而不是他。"与之相反,"模仿"则是"诗人站在当事人的地位说话""尽量使那话的风格口吻恰符合那当事人的身份"。(〔古希腊〕柏拉图《柏拉图文艺对话集》,前引书,第44页。)亚里士多德《诗学》中认为"诗歌模仿有两种方式,其一为叙事,其二为演员通过说话与动作当众表演,对事件进行直接表现"。(〔法〕热拉尔·热奈特《叙事的界限》,王文融译,张寅德编选《叙述学研究》,前引书,第280页。)亚里士多德的"叙事"相当于柏拉图的"单纯叙述","直接表现"则类似于柏拉图的"模仿"。

讲述事件等;叙事是指主观性的、作者或叙述者的介入或干预评论,二者都是叙事,都是叙事学研究的重要内容。而以本维尼斯特为代表的传统观念认为,某些语法形式——如代词“我”、代词“符号”或副词“符号”、动词的现在时或将来时等是留给陈述专用的,陈述具有主观性;而严格的叙事或纯叙事则只用第三人称和过去时,有客观性,二者之间是彻底对立的①。

从表达方式上将模仿、描写、陈述都归为叙事,使叙事成为叙事文唯一表达方式后,热奈特在文学表达领域给“叙事”下了这样的定义:“叙事即用语言,尤其是书面语言表现一件或一系列真实或虚构的事件。”②对于“叙事”概念所包含的更为具体的内容或谓“叙事”的复杂关联域,热奈特觉得这一定义语焉难详,于是,在《论叙事文话语》中,热奈特更为详明地指出了“叙事”的三层含义③:

> 第一层:指用来联贯一个或一系列事件的口头的或书写的话语。
>
> 第二层:指构成一段话语主题的一连串真实的或虚构的事件,以及它们之间的衔接、对比、重复等关系。
>
> 第三层:指某人讲述某个事件这一叙述行为本身。

热奈特分别用三个概念概括上述三层内涵:“故事”表示叙述所指或内容;“叙事文”表示能指,即陈述语句、叙述话语或原文本身;“叙述行为”表示产生叙述的行为及叙述行为所处的真实或虚构的情境。所以,叙事文话语的分析就是研究三者之间的交互关系,即:叙事文和故事之间的关系、叙事文和叙述行为之间的关系、故事和叙述行为之间的关系。而这构成了叙事的关联域,即叙事理论的基本论域。以此为理论论域,热奈特建构起了他在西方叙事理论史上具有举足轻重地位的叙事学巨著——《叙事话语》。在《叙事话语》中,热奈特以叙事学首创者托多罗夫 1966 年提出的将叙事文诸问题分为时况、形态、语式三方面为基础,充分借鉴语言学术语,对叙事文的研究领域做了新的更为具体的划分,提出了包括时

---

① 本维尼斯特的划分承柏拉图和亚里士多德而来。《理想国》和《诗学》中,柏拉图和亚里士多德都把文学范围缩小到表现文学的特殊领域,因此抒情诗、讽刺诗、教训诗被排除在外,其原因是这些作品“不是通过叙事或舞台表演模仿存在于诗人及其话语之外的或真或假的行动,而仅仅是以本人的名义直接进行陈述”。(〔法〕热拉尔·热奈特《叙事的界限》,王文融译,张寅德编选《叙述学研究》,前引书,第 288 页。)

② 〔法〕热拉尔·热奈特《叙事的界限》,王文融译,张寅德编选《叙述学研究》,前引书,第 279 页。

③ 〔法〕热拉尔·热奈特《论叙事文话语——方法论》,王文融译,张寅德编选《叙述学研究》,前引书,第 188 页。

况、语式、语态三大内容的叙事理论论域。时况和语式都是关于故事和叙事文的关系，其中时况研究叙事文时况和故事时况的关系，包括时序、时长、频率三大论题；关于叙述“表现”的方法称语式，它的两个基本形式为距离和透视点。语态既关涉叙述行为和叙事文的关系，又关涉叙述行为和故事的关系。包括叙述行为时况、叙述层次、元虚构叙述等在内的叙述情境及叙述情境的两个主角——叙述者和叙述接收者等是叙事文语态研究的重要问题。

从“叙事”的含义到其关联域，热奈特集前人之大成，不仅完成了对“叙事”的系统解析，还实现了叙事学根本研究范式的确立和基本理论论域的设置，从而建立了较为科学、系统的叙事学理论体系，以后的叙事学家大都是在此基础上的补充、调整与完善。

后现代叙事理论是西方叙事理论发展的最新阶段。后现代叙事理论的典型特征是“泛叙事化”。一方面，西方叙事理论越来越逼近叙事学建构之初所设定的研究范围——一切带有“叙述性”的作品，包括用书面语、口头语、非语言的或和语言相结合的电影、连环画、广告等各种手段作载体的叙事作品；另一方面，“叙事”成为整个社会科学研究领域中的热门词汇，法学、心理学、医学、哲学、历史学、社会学等领域都广加关注。仅以文学领域而言，叙事研究就扩展到了修辞学、伦理学、女性主义、文化研究等领域。因此，有人形象地用“×+叙事”称后现代社会中的这种“泛叙事化”现象。后现代叙事理论中“叙事”一词，延续并扩展了“叙事”一词产生之初的基本内涵。伯格作为后现代叙事理论的代表，在《通俗文化、媒介和日常生活中的叙事》中指出：“叙事即故事，而故事讲述的是人、动物、宇宙空间中的异类生命、昆虫等身上曾经发生或正在发生的事情。也就是说，故事中包括一系列按时间顺序发生的事件，即叙述在一段时间之内，或者更确切地说，在一段时期间发生的事件。”①依据传统叙事学的入思理路，他探讨了通俗文化中的叙事技巧，如描写、对话、概要、人物塑造、信件、电话、自白等。在此基础上，伯格对梦、童话、连环漫画、电视商业广告、通俗小说、广播、电影、日常生活等通俗文化、媒介、日常生活进行了叙事研究。显然，后现代叙事理论中的“叙事”，因其所涉领域、使用媒介等各方面存在着巨大差异，其关联域已经逾越出经典叙事学阶段在文学领域里对叙事文叙事形式与功能、故事等层面的研究，而拓展到在文化、社会等更为广阔的天地里探讨新的叙事产品和叙事媒介，正如荷兰叙事学家米克·巴尔所指出的，叙述学已成为“关

① 〔美〕阿瑟·阿萨·伯格《通俗文化、媒介和日常生活中的叙事》，前引书，第 4 页。

于叙述、叙述本文、形象、事象、事件以及‘讲述故事’的文化产品的理论。”①后现代叙事理论的发展，给“叙事”概念增加了更为丰富的内涵和广泛的功能，正如祝克懿对“叙事”的界定：

> 叙事是在特定的社会文化语境中用口语、书面语或辅之态势语、音像、图片等综合手段表述一件或一系列真实或虚构事件的行为过程或所有具有叙事性的言语成品。②

这一界定，显然拓展了叙事媒介、叙事作品的外延，在文化层面上界定“叙事”。

当然，以上笔者所论，是将西方叙事理论发展史上的两个关键术语“叙述”和“叙事”未加区别地加以讨论。其实，“叙述”“叙事”二词在含义上是存在着差别的。申丹从构词法的角度指出了两个术语相互区别的构成及内涵：

> “叙事”一词为动宾结构，同时指涉讲述行为（叙）和所述对象（事）；而“叙述”一词为并列结构，重复指涉讲述行为（叙+述）。“叙述”一词与“叙述者”紧密相连，宜指话语表达层，而“叙事”一词则更适合涵盖故事结构和话语表达这两个层面。③

当代文化语境中，“叙事”也正因在外延上对“叙述”的涵盖能力而得到了更为广泛、深入的应用，成为包括人文学科和社会学科在内的多门学科共享的核心术语、关键术语。在文学领域，叙述学与叙事学也基本成为可以互相置换的术语④。

从对西方“叙事”概念与叙事理论的演进历史的梳理中，不难看出，其与中国“叙事”概念及“叙事之学”存在着根本的差异。

首先，理论内容不同。中国古代“序事”“叙事”相通，其内涵经历了从

---

① 〔荷〕米克·巴尔《叙述学：叙事理论导论·导言》（第二版），谭君强译，中国社会科学出版社，2003年，第1页。

② 祝克懿《“叙事”概念的现代意义》，载《复旦学报》2007年第4期。

③ 申丹《叙事学的中国之路——全国首届叙事学学术研讨会论文集·序》，祖国颂主编《叙事学的中国之路——全国首届叙事学学术研讨会论文集》，中国社会科学出版社，2006年，第1页。

④ 赵毅衡在《“叙事”还是“叙述”——一个不能再“权宜”下去的术语混乱》（载《外国文学评论》2009年第2期）中，旗帜鲜明地主张统一用“叙述”，包括派生词组“叙述者”“叙述学”“叙述化”“叙述理论”，以消除在叙事学学科基本概念的命名上的混乱。这一主张遭到了申丹的反对（见《也谈“叙事”还是“叙述”》，载《外国文学评论》2009年第3期），目前学术界的情形基本还是叙事学、叙述学相通。

“有次序地安排事件”到作为一种独立的文体，再到记叙事件的方法的发展演变，在这一演变过程中，叙事的关联域不断增益，中国古代叙事理论内容得以建构：叙事时如何按照等级次序安排人物事件、叙述事件都有什么样的方法、不同叙事方法都有怎样的艺术效果、叙事文类中的不同文体都有怎样的叙事特征等，成为中国古代叙事理论讨论的主要内容。

叙事学理论中，“叙事”的基本含义是“由一个、两个或数个叙述者向一个、两个或数个受述者传达一个或更多真实或虚构事件的表述”[①]，这一概念所关联的是叙述话语、叙述者、受述者、叙述行为、事件等内容，是叙事学关注的基本问题。

当然，中西叙事理论也有共同关注的问题，但又表现为不在同一层面讨论或理论话语不同的情况。如插叙、倒叙、预叙问题，在叙事学中属于时间问题，在中国叙事理论中则是章法技巧；叙事学中的视角理论，即金圣叹所言“从……眼中看”的问题等。

其次，知识背景不同。任何理论都不是凭空产生的，总有丰厚的滋其产生的土壤。西方叙事学和中国古代叙事理论各有相应的知识背景。

赵毅衡曾描述过叙事学产生的背景：“叙述学是 20 世纪的文学文化理论大潮的最具体实用的产品：世纪初的俄国形式主义，索绪尔语言学，布拉格学派，新亚里士多德学派诸家群起；60 年代结构主义积富而发，直扣门扉；直到后结构主义符号学以人类学术思想提供的最精密分析方法，登堂入室。”[②]也就是说，语言学、形式主义、结构主义、符号学、后结构主义等共同构成了叙事学的基本知识背景。

瑞士语言学家索绪尔在他的《普通语言学教程》中革命性地改造了传统语言学的研究对象与研究方法，他首先区分了语言和言语，言语是“人们所说的话的总和”[③]；语言，是社会所有成员共同遵守的语言结构规律，它是一个符号系统，是现代语言学的研究对象。这一思想对叙事学有开启之功。叙事学或借其术语，直接采用语言学的某些范畴；或采用其观念和方法，将二元对立、演绎法等贯穿于叙事学的框架之中。俄国形式主义在文学研究指导思想、研究方法、研究步骤上都为叙事学的诞生准备了土壤。“陌生化”概念的提出，重要的还是陌生化方法，它也表现在叙事文方面。托马舍夫斯基提出的指事件自然延续的“事序结构”与使事件陌生化的“叙事结

① 〔美〕杰拉德·普林斯《叙述学词典》，乔国强、李孝弟译，上海译文出版社，2011 年，第 136 页。

② 赵毅衡《当说者被说的时候：比较叙述学导论·自序》，中国人民大学出版社，1996 年。

③ 〔瑞士〕索绪尔《普通语言学教程》，高铭凯译，商务印书馆，1982 年，第 42 页。

构”概念的区别与分析启发了叙事学叙述时间问题。尤其是俄国民俗学家普洛普《民间故事形态学》一书对叙事学有奠基之功。他采用的分析故事的构成单位及其相互关系的方法，成为叙事学结构分析方法的有力参考。

中国古代叙事理论知识来源于史论、诗论、文章学。中国古代戏曲、小说等主要虚构叙事文学类型，是在史、诗、散文甚至词都相当成熟以后才产生，中国古代虚构叙事理论也以大量的史论、诗论、文论为基础。

再次，两套理论话语。中西叙事理论知识背景差异导致了中西叙事理论分别采用了两套完全不同的理论话语。

中国古代叙事理论史论、诗学、文章学的知识背景，导致其历史叙事理论话语、诗学话语、文章学理论话语、虚构叙事理论话语相互融通。中国古代虚构叙事理论的代表人物为明清的小说戏曲评点家李渔、金圣叹、毛宗岗、张竹坡、脂砚斋、王希廉、蒙古文论家哈斯宝等。他们详细探讨了小说叙事技法，大到部法、章法，小到句法、字法在他们的评点中都有论说，虽然这些论说限于中国古代理论表达感悟性、比喻性特点，未能形成一套如叙事学一样有着严密体系的理论，但对中国古代叙事作品叙事特点的揭示和理论上的总结仍有重大价值。“结构第一”“春秋笔法”“虚实相生”“谶语叙事”“宾主之法”“两对章法”“闲笔”等都是典型的中国古代叙事理论话语。

语言学、形式主义、结构主义、符号学等的知识背景决定了叙事学的一套基本话语体系。关于叙事学的研究对象，不同的理论家着眼点各不相同，这从他们对叙事的构成与叙事学的定义可以看出：“叙事的必要而且仅有的构成成分”是“故事”和“话语”①，“叙事学研究叙事的形式与功能”②，叙事学是“关于叙述、叙述本文、形象、事象、事件以及‘讲述故事’的文化产品的理论”③。总之，叙事学研究的是叙事文的“形式和功能”“结构”“叙述”等问题，叙述者、叙述时间、叙述视角、叙述结构、叙述话语等等即为叙事学的主要理论论题。

虽然中西叙事理论话语差异巨大，但叙事毕竟是人类共有的文化现象，因此中西叙事理论不同话语，往往讨论着共同的问题，而相似的话语又往往讨论的是不近相同的话题。

中西不同知识背景、思维方式产生了中西差异巨大的叙事理论话语。

---

① 〔美〕西蒙·查特曼《故事与话语：小说和电影的叙事结构》，徐强译，中国人民大学出版社，2013 年，第 5—6 页。

② 〔美〕杰拉德·普林斯《叙事学：叙事的形式与功能》，徐强译，中国人民大学出版社，2015 年，第 4 页。

③ 〔荷〕米克·巴尔《叙述学：叙事理论导论》（第二版），谭君强译，前引书，第 1 页。

中国的具象思维及史学、诗学、文章学的知识背景使中国古代叙事理论着重于叙事文法的探讨，包括部法、章法、句法、字法，并用诗性的语言表达；西方抽象思维及语言学、结构主义、形式主义等的知识背景使叙事学着重探讨叙述者、叙述语法、叙述结构等问题，其语言表达抽象，长于逻辑推理论证。西方叙事理论固然有其体系性、逻辑性强的优点，但过于封闭、繁琐的形式分析一方面遮蔽了文学作品鲜活的生命，另一方面割裂了文学与社会、与作者的生动联系。中国古代叙事理论话语因其小到字法的琐碎探讨、诗性的表达而使理论性、体系性缺失，零散难以归类。中西叙事理论形态各异，各有优缺。唯叙事学理论是尊而否弃中国叙事理论，或妄自尊大而排斥叙事学都是不恰当的，科学的态度是深入系统地整理中国叙事理论，明确自己有什么，再切实全面地与叙事学比较、对话，在中西叙事理论的互识、互补中构建更为丰富的叙事理论。

二、中国古代叙事理论研究现状

严格说来，中国古代叙事理论研究的兴起，是随着西方叙事学在中国的引进及研究的深化而逐渐发展起来的。1983 年，张隆溪在《读书》杂志第 11 期发表论文《故事下面的故事——论结构主义叙事学》，标志着叙事学理论首次进入中国。之后，西方叙事学理论在中国的译介、研究声势不断壮大。叙事学在中国的研究热潮带来了自觉的中国古代叙事理论研究与中国叙事学建设的热潮。

在此之前，对中国古代叙事理论的关注则可推到 1920 年代。首先是胡适在《〈水浒传〉考证》中将金圣叹的“《水浒》文法”扣上了“八股文法”的大帽子。此后，对大量类似于金圣叹“《水浒》文法”的中国古代叙事理论的研究呈现出低迷的局面。仅以金圣叹的叙事理论研究为例，鲁迅、刘大杰、章培恒、敏泽等都基本否定了金圣叹的“草蛇灰线法”“绵针泥刺法”“倒插法”“夹叙法”等叙事理论①。

而 20 世纪 20 年代至 20 世纪 80 年代先后出版的几部文学批评史、文学理论史著作，则不自觉地整理了部分中国古代的叙事思想与叙事理论。

---

① 分别见鲁迅《论金圣叹》（《南腔北调集》），刘大杰、章培恒《金圣叹的文学批评》（《中华文史论丛》第 3 辑），敏泽《中国文学理论批评史》（人民文学出版社，1981 年）。参见蒋述卓、刘绍瑾等著《二十世纪中国古代文论学术研究史》，北京大学出版社，2005 年，第 399 页。

罗根泽只完成了三卷的《中国文学批评史》中“史传文的批评”和“刘知幾的意见”等部分，简要分析了史传文叙事“尚简”的理论及刘知幾的繁简、虚实与曲笔等叙事思想与叙事理论。朱东润《中国文学批评史大纲》，是文学批评史类著作中比较独特的一种。它以人为纲，以其关于文学的理论为目，不分诗、文、小说、戏曲地论述他们的理论思想，其中着重介绍了杨雄、王充、刘知幾、金圣叹、李渔等的叙事理论。敏泽《中国文学理论批评史》虽否定了金圣叹在叙事理论方面的贡献，但对杨雄、刘知幾、李贽、李渔、冯镇峦等的叙事思想与叙事理论予以了肯定。而一直广为流行的郭绍虞的《中国文学批评史》则未谈到中国古代的叙事理论。

真正大规模、自觉的中国古代叙事理论研究是在1983年叙事学引进中国大陆之后，尤其是1990年代叙事学在中国大陆渐成显学之时。以下试详细审视这一时期中国古代叙事理论的研究状况。

对“中国古代叙事理论研究”，可以有两种理解：一种是指研究中国古代文论中的叙事理论，一种是指通过研究中国古代叙事作品，总结其叙事思想，提炼出相关的叙事理论①。依此，目前学术界对中国古代叙事理论的研究主要在三个向度上展开：一是对古代文论中的叙事思想、叙事理论的研究。中国古代叙事传统源远流长，关于叙事的思想和理论也颇为丰富，它们散落在历代的叙事性诗歌、叙事文（包括史传）、小说、戏曲等的笔记、序跋、评论、评点中，也集中在一些较为系统的文论、史论著作中。对这些或零散或集中的叙事思想与叙事理论的研究整理是当前学界对中国古代叙事理论研究的第一个向度。二是研究中国古代叙事作品，总结其叙事思想、叙事理论。单就文本形态的叙事作品来说②，从《诗经》《尚书》到《春秋》《左传》再到诸子百家、汉赋、魏晋至明清的小说、唐宋律诗、叙事文、元明清戏曲等，中国古代叙事作品可谓渊源深远、纷繁多姿。这些叙事作品有着独特的叙事形式和叙事特征，但因为中国古代的理论思维不够发达，它们有些没有得到系统总结。西方叙事学理论的传入，激发了国内研究者总结中国古代叙事作品中的叙事理论的热潮。这是目前中国古代叙事理论研究的第二个向度。三是在前两者基础上，对中国叙事学建设的思考与尝试。不论是引进西方叙事学理论，还是在西方叙事学影响下去发掘中国古代的叙事理论资源，最终目的都是在当代的文化语境中建构中国的叙事学。因此，中国古代

---

① 赵炎秋《中国古代叙事理论研究刍议》，载《中国文学研究》1998年第1期。

② 刘宁在《中国叙事理论的发展及研究评价》（载《西安文理学院学报》2005年第4期）一文中把中国古代叙事作品分为三种形态：文本叙事、舞台叙事、民间口头叙事。本处采用此说。

叙事理论研究中必然包含着对中国叙事学建设的思考和尝试,包含着对中国古代叙事理论在中国叙事学建设中的地位和作用的思考与讨论,这项内容即为中国古代叙事理论研究的第三个向度。

以下试从上述三个向度上来看 1983 年叙事学引进大陆之后中国古代叙事理论研究现状。

1. 对中国古代文论中的叙事理论资源的整理

对中国古代文论中的叙事理论资源的整理,开始于 20 世纪 90 年代。这项研究,又可分为两类:

一类是从源头或总体上探寻中国古代叙事思想、叙事理论的发生、发展阶段、派别、特点、主要内容、研究意义等问题。

徐岱《中国古代叙事理论》(《浙江学刊》1990 年第 6 期)一文认为,中国古代叙事理论有主史派与主诗派两大流派。主诗派的言志抒情和主史派"纪事征实"一样,是古代中国叙事思想的基本组成部分。论文初步归纳了中国古代叙事思想的白描、闲笔、虚写、传神四大范畴。贾永雄《"以文运事"及"因文生事":史与诗之间的中国叙事学》(《榆林高等专科学校学报》1999 年第 2 期)对徘徊于史学与诗学之间的中国小说理论和叙事理论的形态及特点做了说明,指出中国的叙事理论是从史(史学)和诗(诗学)开始的,因此形成叙事尚简要、春秋笔法、叙事"四体"等理论内容。论文还在与当代西方叙事学比较中,指出中国叙事学有更偏于社会的、心理的等人文内涵的研究,具有浓重的"人学"精神和"心学"色彩的特点。而爬梳整理独具特色的中国叙事学,可以窥视和探究中华民族的精神气质,也可以拨正西方叙事学理论的某些机械性和片面性,使叙事学理论之树长青。王成军《纪实与纪虚:中西叙述学的两大走向》(《江西社会科学》2002 年第 4 期)从总体上指出西方叙述学为纪虚叙事,中国为纪实叙事。而五四文学革命后,由于参照亚里士多德开创的"虚构为文学本质"论,中国的纪实性历史叙述文化传统被虚构文学正宗的话语霸权割裂,中国人用实在的人和事来反思人类命运的历史叙述渴望被压抑或转移了。论文针对理论界重虚构贬纪实的隐形偏爱,提出了构建中国纪实叙述学的设想。罗书华《中国叙事学事体流变论》(《江苏行政学院学报》2005 年第 2 期)把叙事学分为"叙"和"事"两个层面,并考察了中国叙事学"事体"层面,指出它经过了实有之事、或有之事、虚构之事与文生之事四个发展阶段,使我们对中国叙事学"事体"层面第一次有了较为清晰的认识。赵炎秋《中国古代叙事理论研究刍议》是 1998 年第 1 期《中国文学研究》开设的“中国古代叙事思想研究笔谈”中的一篇。该文详细论述了“中国古代叙事理论研究”的含义、研究时间、研究过程、研究内容、研究目的等问题，对系统的中国古代叙事理论研究工作有很大的指导意义。其所主持的国家社科基金项目“中国古代叙事思想研究”的系列成果分别对先秦两汉、魏晋至宋元、明清近代的叙事思想进行了研究①。刘宁《中国叙事理论的发展及研究评价》(《西安文理学院学报》2005 年第 4 期)对中国古代叙事作品的具体所指、古代叙事理论的发展阶段、中国当代叙事学发展中的问题及其构建都提出了自己的看法。齐海英《论意境叙述的缺席与在场》(《社会科学辑刊》2006 年第 1 期)首次提出了意境叙述的概念，并对意境叙述的主要特征进行了学理上的描述。论文对意境叙述这一普遍存在于中国古代叙事文本创作实践中的、带有民族文化特性的叙述策略的研究，对丰富和完善中国叙述学理论有着重要的意义。

一类是个案研究，有对中国古代叙事理论中的某些具体概念、范畴、命题的研究，而主要的则是集中对明清的几位小说评点家、戏曲理论家的叙事理论进行研究。

周振甫的《文章例话》《小说例话》，用中国文论的眼光整理了很多独具中国特色的叙事理论。尤其是《小说例话》，用作法、修辞、结构三个纲目，较为全面集中地整理了古代小说评点家关于《三国演义》《水浒传》《红楼梦》《儒林外史》《聊斋志异》的叙事理论，钩沉出中国古代小说评点家“以宾衬主”“草蛇灰线”“横云断山”“烘云托月”“笙箫夹鼓，琴瑟间钟”等作法理论；“映衬和倒反”“婉曲和反踢”“反复和错综”等修辞理论；“首尾照应，中间关锁”“起承转合”等结构理论。周先生的这些早期论著基本停留在资料的罗列和举例上，但这无疑为进一步的中国古代叙事理论研究打下了坚实的基础。刘春生《金圣叹小说叙事技法论评述》(《国际关系学院学报》1997 年第 3 期)一反胡适、鲁迅等对金圣叹的否定，指出金圣叹在《水浒传》评点中提出的小说叙事的技巧和方法，如视角、倒插、弄引、獭尾、作对、草蛇灰线、鸾胶续弦等，见解独到、深刻，不愧为我国第一位探究小说叙事技法的文学批评家，他的小说叙事技法论是对叙事学的杰出贡献，而不是八股章法。陈果安《金圣叹小说理论研究》则是从西方叙事学的视角对金圣叹的叙事理论进行系统研究的著作。郑铁生《〈红楼梦〉脂评的叙事结构思想》

① 这一成果有熊江梅《先秦两汉叙事思想》、李作霖《魏晋至宋元叙事思想》、赵炎秋《明清近代叙事思想》，均于 2011 年由湖南师范大学出版社出版。其中既有对古代文论家叙事理论的研究，也有以叙事学理论为理据对古代叙事作品叙事艺术的阐发。

(《天津大学学报》2000 年第 3 期)从叙事学理论视角,重新审视《红楼梦》脂砚斋评语,以现代观念阐发其蕴含的叙事结构的“繁中虚”“简中实”“一样机轴,两样笔法”、正笔与衬笔、“开——合”章法等主要观点,对于揭示明清小说评点的民族思维特征和建构中国叙事学有重要价值。张世君《中西叙事概念比较》(《国外文学》2005 年第 4 期)、《明清小说评点叙事概念研究》梳理并比较辨析了中西叙事理论重要概念,如一线穿与整一性、间与障碍、间架与插曲等,将中国古代叙事理论研究推向了与西方叙事理论比照对话的新阶段。

在中国古代叙事文法理论研究方面,李天喜《〈红楼梦〉文法举隅》(《孝感师专学报 · 社会科学版》1998 年第 3 期)、蒋寅《起承转合:机械结构论的消长——兼论八股文法与诗学的关系》(《文学遗产》1998 年第 3 期)、吴子林《叙事成规:金圣叹的“文法”理论》(《河北学刊》2006 年第 5 期)、李克《文情 · 文事 · 文法——毛声山批〈第七才子书琵琶记〉的三维理论建构》(《邯郸学院学报》2011 年第 1 期)、马秋穗《神变与严整:叙事理论视阈下的“文法”——以〈水浒传〉评点为例》(《中外文化与文论》2010 年第 1 期)、雷振华《论时文法对中篇传奇小说叙事模式的影响》(《湖南人文科技学院学报》2011 年第 5 期)、杨志平《“白描”作为画论术语向小说文法术语的转变》(《江西师范大学学报 · 哲学社会科学版》2012 年第 4 期)、陆德海《“简而有法”与“辞达而已”:对比鲜明的两种文法论范型》(《中国文学研究》2016 年第 2 期)等论文以及谭帆等的著作《中国古代小说文体文法术语考释》是对中国古代文法理论的专门研究,这些研究,有的把文法理论置于叙事理论视阈下加以考察,有的讨论了小说、戏曲、诗歌、时文等文法相互影响的情况,有的考释了小说文法的艺术、文化渊源,显示出对中国古代文法研究的多角度、多层面、不断深入的情况。尤其是从叙事理论的角度考察中国古代文法理论,既是中国古代文法理论研究的一个独到视角,也是中国古代叙事理论研究的重要组成部分。

除了这些单篇的论文和专著对中国古代叙事理论进行了集中研究外,一些文学批评史,文学理论史,散文、小说、戏剧等分体文学理论史类著作也对中国古代叙事理论进行了发掘与整理。方正耀《中国古典小说理论史》详细论述了中国古代的幻奇、虚实等叙事理论。谭帆、陆炜《中国古典戏剧理论史》最突出特点就是“以中国古典戏剧理论宏观体系的三大理论分支:曲学、叙事理论和搬演理论为中心内涵探索了中国古典戏剧的理论体系”①。该书第四章“叙事理论的发展及其理论体系”梳理了中国古代叙事理论的源流,着重探讨了戏剧叙事的虚实理论、寓言理论、“奇”的情节论和类型性的人物论。这两部著作在理论话语上都体现出鲜明的中国文论话语特色。陈洪《中国小说理论史》对金圣叹就小说情节、结构的具体技巧问题总结出来的一系列“文法”,如“舒气杀势”“弄引獭尾法”“鸾胶续弦法”等进行了探本溯源的分析,还把金圣叹的“影灯漏月”说与叙事学“叙事视点”理论加以比较,指出其所具有的第三人称局限叙事效果。

2. 对中国古代叙事作品中的叙事理论的总结

陈平原《中国小说叙事模式的转变》,率先把西方叙事学理论中的叙事时间、叙事角度、叙事结构统归入叙事模式中,采用抽样分析的方法,指出在1898——1927年间,中国小说叙事模式在叙事时间上完成了由单一的连贯叙述到连贯叙述、倒装叙述、交错叙述等多种叙述时间交融的转变;在叙事角度上由多采用全知视角到全知叙事、限制叙事(第一人称、第三人称)、纯客观叙事等多种叙事角度综合使用的转变;在叙事结构上由基本以情节为结构中心到采用以情节为中心、以性格为中心、以背景为中心的多种叙事结构的转变。在陈平原所开创的这种从中国古代叙事作品(小说)中总结叙事理论的研究方法影响下,数量众多的专著和论文对中国古代的神话、史传、叙事性诗歌、叙事文、小说、戏曲等各体叙事作品中的叙事理论进行了总结。墨白《简述神话以幻为真的叙事范型及古代志怪小说的叙事传统》(《中国文学研究》1998年第1期)是为数极少的涉及神话叙事的研究论文之一。论文指出我国原始神话具有“真幻浑一”的叙事传统,它不仅是志怪小说“以幻为真”叙事观念的来源,还与史传文学注重徵实传信的叙事传统共同显示出古代小说叙事崇真斥伪的本位观念。傅修延的《先秦叙事研究:关于中国叙事传统的形成》、丁琴海《中国史传叙事研究》、潘万禾《〈左传〉叙述模式论》、美国汉学家王靖宇《中国早期叙事文研究》对《史记》《左传》等中国早期史传文学的叙事理论进行了总结。李万钧《中国古诗的叙事传统和叙事理论——中西文学的一个类型比较》(《外国文学研究》1993年第1期)、程相占《论先秦两汉民歌的叙事特征》(《学术月刊》1997年第7期)、王荣《发现与重估:中国古典叙事诗艺术论析》(《陕西师范大学学报》2001年第2期)、邓全明《论汉乐府、新乐府的叙述发展》(《苏州教育学院

① 齐森华《中国古典戏剧理论史·第一版序》,谭帆、陆炜《中国古典戏剧理论史》,华东师范大学出版社,2005年。

学报》2001 年第 3 期）等论文指出中国叙事诗的悠久传统，呼吁研究中国诗歌叙事理论。

在戏剧叙事学研究方面，河南教育学院于 1996 年获批国家级课题“戏剧叙事学研究”，从 1997 年第 5 期的《河南教育学院学报》开始开设“戏剧叙事学研究”专栏，至今为止已经取得了颇为丰硕的研究成果。郭英德《明清传奇戏曲文体研究》是自申丹开创了把叙述学与文体学结合起来的研究方法后[①]，在这一方面研究的又一成果。该书从结构、虚实、象征等多方面总结了明清传奇戏曲的叙事方式。

对中国古代小说叙事理论的总结是这一向度上成果最丰的研究领域。赵毅衡《苦恼的叙述者——中国小说的叙述形式与中国文化》、李庆信《跨时代的超越——〈红楼梦〉叙事艺术新论》、王彬《〈红楼梦〉叙事》、张世君《〈红楼梦〉的空间叙事》、郑铁生《〈三国演义〉叙事艺术》、王平《中国古代小说叙事研究》、鲁德才《古代白话小说形态发展史论》、王昕《话本小说的历史与叙事》、王昊《敦煌小说及其叙事艺术》、邱江宁《清初才子佳人小说叙事模式研究》、中国台湾学者周次吉《六朝志怪小说研究》、美国汉学家浦安迪《明代小说四大奇书》《中国叙事学》等专著和一批小说史、小说艺术史和史论类著作如石昌渝《中国小说源流论》、杨义《中国古典小说史论》、陈美林等著《章回小说史》、孟昭连和宁宗一著《中国小说艺术史》、美国汉学家夏志清《中国小说史论》、韩南《中国近代小说的兴起》等都从多方面挖掘了中国古代各体小说中丰富多彩的叙事理论。

以上所举论著中的绝大多数更准确地说是运用西方叙事学理论在中国进行的批评实践。但与单纯地“用西方的文论术语来切割中国的文学文论，或者把中国文学文论作为西方文论话语的注脚本”不同[②]，这些从中国叙事作品中总结出的叙事理论也并非纯是西方叙事学的“中国版”，很大一部分著作能根据中国叙事作品的实际提出很多非常有价值的、独具中国特色的叙事理论，对丰富叙事学理论做出了独特贡献。如赵毅衡《当说者被说的时候：比较叙述学导论》中提出了“时间满格”概念；张世君《〈红楼梦〉的空间叙事》探讨了《红楼梦》中的场景、香气、梦幻等在叙事中的空间建构问题，深刻地发展了空间叙事这一叙事理论新领域；石昌渝《中国小说源流论》特别指出了诗赋在叙事中的作用，还把中国古代小说的叙述结构在故事方面分为单体式和连缀式两类，在线索方面分为线性式和网状式两类，这

① 申丹《叙述学与小说文体学研究》（第三版），北京大学出版社，2004 年。

② 曹顺庆《西方文论如何实现“中国化”》（专题讨论），载《河北学刊》2004 年第 5 期。

是对叙事结构理论的重大贡献。浦安迪、夏志清、韩南等海外汉学家在大量阅读分析中国古代叙事作品的基础上,也总结出了很多相当有价值、具有中国特色的叙事理论。另外还有一些论文如陈国军《预叙:〈红楼梦〉的一种叙事技巧》(《红楼梦学刊》1993 年第 4 期)、吴建勤《中国古典小说的预叙叙事》(《江淮论坛》2004 年第 6 期)等探讨了中国古典小说中“预叙”叙述方式的形式和特点,具体指出了算命、卜卦、偈语、谶语、神话、梦幻、异兆、诗词、判词、曲词、灯谜、酒令等预叙的形式及其具有的象征特点等。

3. 对建构中国叙事学的思考与尝试

在对中国文论、中国叙事作品中的叙事理论进行挖掘、总结的同时,学界也开始了建构中国叙事学的呼吁、思考和尝试,开始对中国古代叙事理论在当代中国叙事学建设中的地位进行思考。杨义的《中国叙事学》采取不同于西方语言学思路的文化学思路,“返回中国叙事本身”,对不同于西方叙事学的结构、时间、视角、意象等具有中国特点的中国叙事理论进行了总体的把握和阐幽发微式的探讨,“从理论上揭示了不同于西方、对于西方学者甚为陌生的中国叙事学世界,初步建立了我国自己的叙事学原理。”①“第一次建立了具有中国特色的,与西方体系可以对峙互补的叙事学体系。”②这可以说是在建构中国叙事学道路上迈出的坚实而又关键性的第一步。之后的一些论文也对中国叙事学的建设提出了自己的思考。陈维昭《红楼梦·脂砚斋·中国文章学》(《红楼梦学刊》2001 年第 4 辑)提出要避免以西方叙事学整合中国叙事理论而造成的削足适履的状况,应从中国古代小说批评话语的三大来源——经史主流文化、时文和谶纬文化来发觉中国古代叙事理论话语的内容与特点。施定《近 20 余年中国叙事学研究述评》(《学术研究》2003 年第 8 期)提出在戒绝和超越西方叙事学的弊端中建设中国叙事学。邓绍基《关于中国古代文学学科建设的一点思考》(《福州大学学报》2002 年第 1 期)、付建舟《中国叙事原点的特征》(《黄河科技大学学报》2004 年第 6 期)等论文提出运用和借鉴西方叙事学的理论学说,结合中国古典创作实际,同时系统研究整理中国传统的关于文学叙事的理论见解,认为把中国固有的“叙事理论”和西方叙事学中可供借鉴的有利因素融为一体,这是能否创建具有中国文学与文化特色的中国叙事学的关键。吴文薇《寻求中西叙事理论的对话与沟通——关于建构中国当代叙事学的思

---

① 钱中文语,见杨义《中国叙事学》,前引书,第 425 页。

② 杜书瀛语,见杨义《中国叙事学》,前引书,第 425 页。

考》(《安徽大学学报》,2001 年第 2 期)提出从人类的本体存在出发,沟通中国明清小说评点家们的小说“读法”理论和西方叙事学的形式分析,在中西融合中建构普遍意义的叙事学理论体系。显然,这些研究者的一个共同心声就是中国古代的叙事理论在中国叙事学建设中有着举足轻重的地位和作用,因此对中国古代叙事理论资源的清理关乎中国叙事学建设的好坏,这也是对中国古代叙事理论研究的更高层次的思考。

总之,从上述三个方面对中国古代叙事理论研究现状的挂一漏万的考察中,可以看出,近 30 年来学界对中国古代叙事理论的研究总体上的特点是“我中有他”“他中有我”,既用叙事学理论话语来整理中国古代叙事理论、叙事作品,又不断地发掘、创建中国特色的叙事理论话语,这就形成了中国古代叙事理论研究的“杂语共生”局面。而在这种局面中,叙事学又明显地表现出其强势的话语地位,我们自己也不自觉地有着一种“自我殖民化”的潜意识——在叙事学理论话语的强势冲击下不愿发出自己的声音。如何在接下来的中国古代叙事理论研究、中国叙事学建设中消解叙事学理论话语的霸权地位、消解我们的“自我殖民化”意识?笔者以为,一个重要的工作就是系统、全面地清理中国古代叙事理论资源。一旦我们把中国古代叙事理论资源清理出来,我们就能够认识到我们自己自古以来的叙事理论是什么样子的,其内容、特性、文化精神是什么。有了完整明晰的自我形象,再和西方叙事理论比较,用我们清晰、响亮、个性的声音和西方叙事理论对话,去发现二者的共性和异质性,最后再“以我为主”地建设中国叙事学,以独具民族特色的中国叙事学参与建设世界叙事理论,才能凸显中国古代叙事理论研究的意义和价值。

三、研究对象与研究方法

1. 研究对象

本文的研究对象是“中国古代叙事文法理论”。这里的“中国古代叙事文法理论”,指的是中国文论中的叙事文法理论,它包括历代文论家对史传、叙事诗、叙事文、小说、戏曲、歌本等叙事作品的叙事文法理论总结。这些理论总结,散落在历代的史传、诗歌、散文、小说、戏曲、歌本等的评论、笔记、序跋、评点中,也集中在一些较为系统的文论、史论著作中,尤其集中在明清小说、戏曲的序跋、评点中。本课题即以历代文论家这些论著中的叙事文法理论为研究对象，尤以明清小说、戏曲序跋、评点中的叙事文法理论为重点研究对象。课题之所以能把中国古代叙事文法理论研究集中落实于明清小说、戏曲评点上，其理由如下：

首先，就文体发展及其特征来说，中国古代叙事文体以明清小说为成熟形态。中国古代各叙事文体——史传、叙事诗、叙事文等，经过漫长的历史发展，明清小说、戏曲集其大成。金圣叹以文章学的眼光来看小说、戏曲等文体，称教子弟读书可以以《西厢》《水浒》为好的本子，也说明戏曲、小说在文体上的这一特点，成熟的叙事文体自然是理论研究的最合适对象。

其次，就中国古代叙事文法理论发展来说，明清小说戏曲叙事文法理论也是中国古代叙事文法理论发展的巅峰。明清小说戏曲叙事理论之丰富，是此前零散的史传、叙事诗、文等的叙事理论所无法相比的。单就小说评点来说，明清两代重要的小说评点本就有 220 余种①，其中相当数量的评点中蕴含着叙事理论，它们虽然零散，不成体系，却是古代评论家对作品的独特感悟，因此，系统清理明清小说、戏曲评点中的叙事文法理论，将是中国古代叙事文法理论研究最能见出成效的途径。

再次，中国古代叙事文法理论虽然包括了叙事诗、乐府、赋等有韵之"文"的叙事文法理论，包括叙事散文等无韵之"笔"的叙事文法理论，但明清小说戏曲叙事文法理论无疑具有集不同文体叙事文法理论之大成的特点。不仅如此，明清小说、戏曲叙事文法理论还直接来源于史论、诗论、文论。小说、戏曲评点家论小说、戏曲的叙事实质上是以论"文"的思维和言说展开的，相当数量的叙事文法理论实质上直接来源于诗法理论、史传等叙事散文的文法理论。因此，集中研究明清小说戏曲叙事文法理论，不仅能很好地清理中国古代叙事文法理论，而且还有助于认识中国古代不同体裁文章叙事文法理论之间的交互关系。

最后，明清小说戏曲叙事文法理论不仅来源于诗论、文论，还与书法、绘画、园林建筑等各门类艺术理论关系密切。集中研究明清小说戏曲叙事文法理论，探究其文化渊源及与不同门类艺术理论之间的借鉴融通关系，也是中国古代叙事文法理论研究需要深入的领域。

总之，中国古代各种样式的文学艺术及其理论在明清渐趋成熟和丰满，其创作法则及理论与小说、戏曲创作及理论互相生发，使小说、戏曲叙事理论异常丰富、深刻。因此，本书将中国古代叙事文法理论的研究重点集中在明清小说戏曲评点中的叙事文法理论研究上，同时兼及古代史论、诗论、散

---

① 谭帆《中国小说评点研究》，华东师范大学出版社，2001 年，第 168 页。

文理论中的叙事文法理论。

2. 研究思路与方法

在《中国叙事学》的开篇，杨义先生就极为深刻地指出：

> 理论之路有两条，一条简捷，一条艰难。近年来有些人拥挤在简捷的路上，把西方在特殊情境中式样翻新的思潮术语饥不择食地搬来，未经选择、消化、质疑，更舍不得潜心去融会贯通，便急急忙忙地以为这就是"观念更新"，中国的文学现象在他们的手下，就像借得纯阳祖师吕洞宾的"金指头"一般似乎点石为金了。叙事理论方面的情形也如此。一批学者认真地翻译了英、法、美诸国的一些重要的叙事学著作，令人视野大开；但也出现一些对我国漫长的叙事文学传统不加深究的学人，大写理论批评或文学史论著作，进行了半是探索性的、半是削足就履的工程。开通风气是非常必要的，除非对民族生存和发展不负责任的妄人，才会在改革开放的今天把自己封闭起来。但是为了使开通的风气不致成为过眼烟云，有必要采取实事求是的态度，深入地研究中国叙事文学的历史和现实，研究其本质特征，并以西方理论作为参照，进行切切实实而又生机勃勃的中国与世界的对话。作为中国数千年非常辉煌而独特的叙事遗产的继承者，我们似乎不应该满足于给西方的叙事理论提供一点例证，而应该走一条哪怕是艰难的道路，也要境界独辟，以具有中国特色的叙事理论体系，去丰富人类在此领域的智慧。①

这里，杨义先生对中国叙事理论的研究与建设提出"采取实求是的态度，深入地研究中国叙事文学的历史和现实，研究其本质特征，并以西方叙事理论作为参照，进行切切实实而又生机勃勃的中国与世界的对话"的根本思路无疑可作为我们的中国古代叙事文法理论研究的指导性纲领，他指出目前学界叙事理论研究方面"对我国漫长的叙事文学传统不加深究"就"大写理论批评或文学史论著作"的基本情形无疑也是切中肯綮的，但仅仅回到中国叙事文学传统还是不够的，中国古代丰富的叙事理论本身也是我们不能回避并必须回到的。也许正因为杨义先生忽视了这一点，他植根于中国叙事文学传统而成的《中国叙事学》《中国古典小说史论》等著作，仍不免有"给西方叙事理论提供一点例证"的情形。有鉴于前辈学者们的研究成绩与不足，本书确立了如下研究思路和研究方法：

---

① 杨义《中国叙事学》，前引书，第1页。

其一，回到中国古代叙事理论本身。季羡林先生早在20世纪90年代初就指出："以目前而论，最为重要的是彻底摆脱西方文论的枷锁，回归自我，仔细检查、阐释我们几千年来使用的传统话语。有了这个基础，我们才能够真正面对西方诗学，对话、交流，取其精华，为我所用。""只有我们自己认真钻研我们这套植根于东方综合思维模式的话语体系，自己说得清楚，而不再是知西不知东，不再以己之昏昏使人昭昭，我们才能写出好文章，提出新理论。"①进行中国古代叙事文法理论研究，必须回到中国古代叙事理论本身。中国古代叙事理论早在上古就已发生，在明清小说、戏曲评点中达到顶峰，它是古代文论家对史传、叙事诗、叙事文、小说、戏曲等叙事作品叙事技法、叙事修辞等方面的理论总结，它有着一整套不同于西方叙事学的概念范畴、理论话语和表达方式。史传叙事有着一套独特的体例、方法、原则。叙事诗文叙事理论则呈现出既与一般诗文理论浑融不分，又特别讲究叙事的篇、章、句、字的文法和特叙、夹叙、插叙等叙法的特点。史、诗、文作为中国古代占正统地位的文学类型，在多方面对戏曲、小说等通俗文学产生影响。戏曲、小说等的批评范畴就多从诗文中直接借用。如金圣叹、张书绅、陶家鹤等就经常谈论小说的字法、句法、章法，乃或扩大到部法和局法，就其脉络关纽定其优劣②。因此，同诗文批评一样，小说、戏曲批评也以"神""妙""趣""传神""意境""字法""句法""章法"等为主要范畴。

但是，戏曲、小说要叙述故事、塑造人物、设置情节、安排场景，这又不能专注于文辞一端，而更多的是要对叙事艺术进行探索，因此又形成一套独特的批评范畴，如间架、主脑、伏脉、闲笔等。这些范畴有的为叙事批评所独有，有的虽非独有，但不能不以叙事文学作品为主要依托，而以对叙事文学作品的批评最贴切。同时，戏曲、小说因在描画人事物象上与绘画、雕塑等艺术相似，在安排场景上与园林建筑等艺术相似，因此，戏曲、小说理论又频繁地引入绘画、园林建筑等理论范畴，如"白描""烘托""大落墨法""近山浓抹，远树轻描""千皴万染""间架""画工"等。

中国古代叙事理论及其话语的上述情形固然可以见出传统文论范畴的"自我延展能力"和"容摄能力"的强大，但这也使中国古代叙事理论话语在理论层次上缺乏高度的抽象性和涵盖力，"大量存在的是就事论事，或借事

① 转引自李思屈《中国诗学话语・序一》，四川人民出版社，1999年，第1页。

② 分别见[清]金圣叹《〈水浒传〉序三》《读第五才子书法》（朱一玄、刘毓忱编《水浒传资料汇编》，前引书，第212、218页）；[清]张书绅《〈新说西游记〉总批》（朱一玄、刘毓忱编《西游记资料汇编》，南开大学出版社，2002年，第323页）；[清]陶家鹤《〈绿野仙踪〉序》（黄霖、韩同文选注《中国历代小说论著选》上，前引书，第485页）。

喻理的一般化表述，即使切入小说体式本身，论及创作的具体过程，也多归结为各种文法，而较少基于大的结构判断上的范畴概括。故类如'正笔''反笔''过笔''沓笔''转笔''偷笔'等论述纷至迭出，就是缺少一个抽象的共名将其串联起来。'虚实''反正''直行''打曲''穿插''过脉'等说法在在多有，而不见有根本性的逻辑归纳和抽象总结出现。"①

中国古代叙事理论在抽象性、系统性上的确难与西方叙事学相比，但它在理论思维、范畴体系上都显现出鲜明的中国特色。因此，回到中国古代叙事理论本身，仔细爬梳中国古代诗文理论、小说戏曲评点中的叙事文法理论，在此领域深入开掘，无疑有助于理清中国的叙事理论传统和审美特质。

其二，审美与文化的观照和批判。承认中国古代有丰富的叙事理论传统，回到中国古代叙事理论本身，从其入手清理中国固有的叙事文法理论话语，还必须认真研究一下哪些是该继承的，如何继承；哪些是该剔除的，如何剔除。否则"混混沌沌照单全收，说不定倒是把中国闹得国将不国的东西最先时行起来"②。中国古代叙事理论，是古代理论家从中国传统文化出发，对古代叙事作品进行充分的审美观照后，在创作、审美等多方面的理论概括与抽象。因此，它必然带上浓厚的中国文化传统的烙印。对中国古代叙事文法理论进行研究，必须既要发掘出这些理论中所反映出的中国传统文化精神、审美精神，又要以批判的眼光审视之，明确辨析出哪些是可以继承和发扬的，哪些是必须剔除的。如古代叙事理论家反复论述、强调、赞赏的"伏脉"，就是中国古代宿命论的文化观念在小说创作与理论上的印记，这种思想的消极意义是明显的，是我们必须坚决予以消解的。文学作为人类生活的反映，必须以提高人的精神境界、净化人的灵魂为旨归，它必须能将人类指引向一个更为高尚、更为完美的境界，文学理论亦然。任何低俗的、腐朽的、不利于纯洁人类精神和灵魂的文学和理论都是我们要批判的。因此，对中国古代叙事文法理论的研究，在回到中国古代叙事理论本身的同时，还必须进行审美与文化的观照与批判。

其三，比较的视野和方法。刘东先生曾说："中华文明在现时代所面对的绝不再是某个粗蛮不文的，很快就将被自己同化的、马背上的战胜者，而是一个高度发展了的，必将对自己的根本价值取向大大触动的文明。可正因为这样，借别人的眼光去获得自知之明，又正是摆在我们面前的紧迫历史使命，因为只要不跳出自家的文化圈子去透过强烈的反差反观自身，中华文

---

① 汪涌豪《中国文学批评范畴及体系》，复旦大学出版社，2007 年，第 470—475 页。

② 陈回益语，载《读书》2006 年第 6 期。

明就找不到进入其现代形态的入口。”①的确，中国古代叙事理论要找到在现代的生长点，必须与西方叙事理论进行切实的比照和对话，必须跳出自己的文化圈，透过中西强烈的文化反差来反观自身。举例来说，西方叙事学把叙事时间作为重要的理论问题。叙事学的叙事时间理论由时序、时距、频率三方面问题构建而成。叙事学理论以为叙事的节奏就是由叙事时间中的时距、频率产生的。中国古代叙事理论中也充满了对叙事节奏问题的关注。金圣叹、毛宗岗、张竹坡、哈斯宝等明清小说评点家都有相当精辟的论述，如“寒冰破热，凉风扫尘”“笙箫夹鼓，琴瑟间钟”“浪后波纹、雨后霡霂”“过枝接叶”“横云断山”“拉来推去”等等关于叙事章法的讨论，在很大程度上讨论的正是叙事的节奏问题。但将二者相互比照，我们发现的是中西之间“不可约减的差异性”：中国古代叙事理论关于叙事节奏的表述借助的多是空间形象，有着节奏的空间性的独特特征；而西方的叙事节奏则是时间性的。显然，中西叙事理论共同的话题，往往有着截然不同的话语，这种差异又可能引申出更大的中西文化传统的问题②。进行中国古代叙事文法理论研究，必须将其与西方叙事理论进行切实的比照与对话。正如王晓路所说，“对某一文论的研究既可以通过自身的文化语境进行纵向深入，也可以通过他者的语境进行横向探讨，而二者的交叉和有机结合显然更有意义”③。既回到中国固有的叙事理论本身，进行纵向深入的研究；又采用比较的视野和方法，切实进行中西叙事理论的比照和对话，这不仅有利于中国古代叙事理论研究，也将有利于中西叙事理论的互识、互补。

运用上述研究思路与方法，本书以古代叙事理论的经典文本为依据，从理论话语或命题的角度，以古代理论家讨论最多的关涉时间、空间、事件、场景、情景、人物、审美、叙述等叙事作品各要素及艺术的部法、章法、笔法理论为框架，系统地钩沉整理中国古代叙事文法理论。

---

① 刘东《序“海外中国研究丛书”》，〔美〕艾梅兰《竞争的话语：明清小说的正统性、本真性及所生成之意义》，罗琳译，江苏人民出版社，2005年。

② 车槿山《比较叙事学的设想》，载《中国比较文学》2006年第2期。

③ 王晓路《西方汉学界的中国文论研究》，巴蜀书社，2003年，第35页。

第一章　部法理论

在中外文学传统中,小说、戏曲(剧)都是叙事文学的主体。不过,在中国古代的文体观念中,小说、戏曲一直作为低俗文学或旁门左道,难与诗文等庙堂文学取得同等地位。其理论也十分薄弱,远不及诗文理论丰富发达。中国文论中占据核心位置的一直是诗文理论。因此,当元明清戏曲、小说大规模兴起时,理论家一时无法找到合适的理论语言,便将戏曲、小说等新兴文体也纳入广义的文章体系中,用读诗文的"一副手眼"来读小说、戏曲,得出了"字有字法,句有句法,章有章法,部有部法"的与诗文批评同样的理论兴奋点。字法、句法、章法、部法因此又成为中国古代小说、戏曲叙事批评的基本尺度。直到"新小说"家,大谈特谈的仍然是"章法""部法"。罗兰·巴特在谈到叙事学建立之初其理论模式和批评术语创建之艰难时曾说:"为了对无穷无尽的叙事作品进行描写和分类,必须要有一种'理论',当务之急就是去寻找,去创建。如果我们在入手时就遵循一个提供给我们首批术语和原理的模式,就会使这一理论的建立工作得到许多方便。按照研究的现状把语言学本身作为叙事作品结构分析的基本模式似乎是适宜的。"①与语言学的理论模式和批评术语适宜于叙事学相同,中国古代小说、戏曲的理论模式和批评术语直接来自诗文理论,不仅显现出适宜性,而且于此,我们也可以看出中国古代诗、文、小说、戏曲叙事理论的贯通性,这也正是中国古代叙事理论的民族特色。

金圣叹《〈水浒传〉序三》称《水浒传》文章"字有字法,句有句法,章有章法,部有部法"。又针对有人言"庄生之文放荡,《史记》之文雄奇"云:"若诚以吾读《水浒》之法读之,正可谓庄生之文精严,《史记》之文亦精严。不宁惟是而已,盖天下之书,诚欲藏之名山,传之后人,即无有不精严者。何谓之精严?字有字法,句有句法,章有章法,部有部法是也。"②这是中国古

① 〔法〕罗兰·巴特《叙事作品结构分析导论》,张寅德编选《叙述学研究》,前引书,第 4 页。

② 陈曦钟等辑校《水浒传会评本》,北京大学出版社,1981 年,第 10 页。

代叙事理论中首次提到“部法”之处。金圣叹虽然提出“部法”概念,但对什么是部法,他并没有再作说明,只是反复称说,有部法的文章,必能达到精严的艺术效果。

其后,清代小说批评家张书绅在《〈新说西游记〉总批》中再次提到“部法”概念:“《西游》一书,不惟理学渊源,正见其文法井井,看他章有章法,字有字法,句有句法,且更部有部法,处处埋伏,回回照应,不独深于理实更精于文也。”①不仅如此,张书绅还对什么是“部法”提出了自己的看法,“《西游》列传,……前伏后应,各传说来,俱有源由;条目纲领,首尾看去,无不关会。全部数十万言,无非一西,无非一游。始终一百回,即此题目,此即部法。”②在张书绅看来,“部法”至少包含三方面内容:一是前伏后应;二是要有纲领有条目;三是从首至尾一脉贯通,关会严密。其实这就是中国古代小说部法理论的基本内容。小说叙事理论中的部法,就是关于叙事作品的整体布局或“大结构”的问题。林岗指出,中国古代小说叙事批评的最大特点就是以结构分析为中心,“以一切文本分析统辖之于结构分析”,或者说,“结构分析囊括文本分析”③。但这种以结构为中心的批评又存在不同的层次,即金圣叹区分的“部有部法”的层次和“章有章法”的层次,不同层次讨论的是不同的问题,提出的是不同的理论命题,就叙事作品“大结构”的“部法”层次而言,古代理论家分别提出了“结构第一”“首尾大照应,中间大关锁”“草蛇灰线,伏脉千里”三个重要的命题,以下试分别讨论这些命题。

第一节 “结构第一”

“结构”是中国文论里早就有的批评术语,中国古代文论中的结构理论异常丰富。与叙事学叙事结构理论不同,中国古代的结构理论有着独特的内涵。在学界普遍探讨西方结构主义叙事学以来的叙事结构理论并用其进行叙事作品结构分析的今天,有必要回到中国古代“结构”概念本身,重新认识中国的结构理论。

---

① [清]张书绅《〈新说西游记〉总批》,朱一玄、刘毓忱编《西游记资料汇编》,前引书,第329页。

② [清]张书绅《〈新说西游记〉总批》,朱一玄、刘毓忱编《西游记资料汇编》,前引书,第331页。

③ 林岗《明清之际小说评点学之研究》,北京大学出版社,1999年,第112—113页。

一、中国文论“结构”概念考辨

中国古代“结构”一词，最早与建筑有关。《说文解字》释“结，缔也，从系”，“构，盖也，从木”①。《淮南子·氾论训》：“筑土构木，以为宫室。”高诱注云：“构，架也，谓材木相乘架也。”②可见，从字源意义上“结构”之“构”与建筑房屋相关。古代使用“结构”一词，亦有构屋之意。《文选》卷二六谢玄晖《郡内高斋闲坐答吕法曹一首》有诗句云：“结构何迢遰，旷望极高深”，李善注曰：“结构，谓接连构架，以成屋宇也。”③“结构”在中国古代汉语中，既可作为动词，指建构的过程；又可用为名词，指建构的结果。前引谢诗，又杜甫《同李太守登历下古城员外新亭》诗“新亭结构罢，隐见清湖阴”中的“结构”俱为动词。王延寿《鲁灵光殿赋》“于是详察其栋宇，观其结构，……三间四表，八维九隅”、左思《招隐》诗“岩穴无结构，丘中有鸣琴”等诗文中的“结构”均用为名词。后来“结构”一词被用在书、画、诗文等领域，用来指称作品的整体构思布局。如明赵宧光云：“作字三法，一用笔，二结构，三知趋向。……结构欲其有节奏，无斧凿”，“何谓结构？疏密得宜，联络排偶是也”。单个字笔画之间或整幅字书字间的“负抱联络”“组织布局”就是书法的“结构”：“一字结构谓之字法，……通篇结构谓之章法。”④

中国文论中最早讨论结构问题的是刘勰。《文心雕龙·附会》篇云：“何谓附会？谓总文理，统首尾，定与夺，合涯际，弥纶一篇，使杂而不越者也。若筑室之须基构，裁衣之待缝缉矣。”《附会》是专门讨论文章作法的。“附会”，即“附辞会义”，“务总纲领，驱万途于同归，贞百虑于一致，使众理虽繁，而无倒置之乖，群言虽多，而无棼丝之乱；扶阳而出条，顺阴而藏迹；首尾周密，表里一体”⑤，这就是“附辞会义”的方法。可见“附会”即“结构”，是对作品从首到尾的整体安排与布置。后来元代的周德清、乔吉都有很著名的关于安排首尾的理论。如乔吉著名的“凤头、猪肚、豹尾”说：“起要美丽，中要浩荡，结要响亮。尤贵在首尾贯穿，意思清新。”⑥不过这里，刘勰、乔吉分别讨论的是文章和乐府的结构，未必关涉叙事，也并未明确使用“结

---

① ［汉］许慎撰，［清］段玉裁注《〈说文解字〉注》，前引书，第647、253页。

② ［汉］刘安《淮南子》，［汉］高诱注，卷十三，《氾论训》，《诸子集成》，第七册，中华书局，1954年，第211页。

③ ［南朝梁］萧统《文选》，［唐］李善注，卷二六，中华书局，1977年，第369页。

④ ［明］赵宧光《寒山帚谈》，卷上，《格调二》，文渊阁《四库全书》，第816册，第275页。

⑤ ［南朝梁］刘勰著，范文澜注《文心雕龙注》，前引书，第650—651页。

⑥ ［元］乔吉《作今乐府法》，隗芾、吴毓华编《古典戏曲美学资料集》，文化艺术出版社，1992年，第72页。

构”一词，但中国古代“结构”的基本观念、基本理论内容于此已奠定。

明清戏曲、小说理论领域始大量明确使用“结构”概念把握叙事作品。李贽《焚书·杂说》在比较《拜月记》《西厢记》《琵琶记》三剧时说：“若夫结构之密，偶对之切；依于理道，合乎法度；首尾相应，虚实相生，种种禅病皆所以语文，而皆不可以语于天下之至文也。”①李贽所言之“结构”亦是通过首尾相应、虚实相生等方法对杂剧从头到尾的整体安排与布置。汤显祖《玉茗堂批评焚香记》中也用“结构”概念把握戏曲：

> 此独妙于串插结构，便不觉文法沓拖，真寻常院本中不可多得。（《玉茗堂批评焚香记》“总评”）
>
> 结构串插，可称传奇家从来第一。（《玉茗堂批评焚香记》第三十七出《收兵》“总评”）②

其后袁宏道也称：“词家最忌逐出填去，漫无结构”③，表现出对戏曲结构的重视。而明天启年间的王骥德《曲律》专设《论章法》，借刘勰“筑室之须基构”的比喻，详细地阐述了戏曲的结构方法：

> 作曲，犹造宫室者然。工师之作室也，必先定规式，自前门而厅、而堂、而楼，或三进、或五进、或七进，又自两厢而及轩寮，以至漂、庾、庖、湢、藩、垣、苑、榭之类，前后、左右，高低、远近，尺寸无不了然胸中，而后可施斤斫。作曲者，亦必先分段数，以何意起、何意接、何意作中段敷衍、何意作后段收煞，整整在目，而后可施结撰。此法，从古之为文，为辞赋，为歌诗者皆然。……只漫然随调，逐句凑泊，掇拾为之，非不间得一二好语，颠倒零碎，终是不成格局。④

王骥德这里其实已经是在讨论戏剧故事的叙事结构问题了。王骥德之前的冯梦龙当是最早明白表达传奇曲的叙事问题的理论家：“传奇曲，只明白条畅，说却事情出便够。”“凡纪事之词，全要节次清楚，而过脉无痕迹。如太史公伯夷、屈原等传，以事实议论相御而行，其叙事又须明显，使人一览而知，方妙。”⑤冯梦龙已经看到传奇的叙事特点，但他对如何结构故事尚没有更深的认识，只是一再强调传奇叙事应“明白条畅”“节次清楚”。王骥德则具体指出了使叙事明白晓畅的方法，即起——接——敷衍——

---

① ［明］李贽《焚书·杂述·杂说》，《焚书 续焚书》，卷三，中华书局，1975年，第97页。

② 隗芾、吴毓华编《古典戏曲美学资料集》，前引书，第132页。

③ 隗芾、吴毓华编《古典戏曲美学资料集》，前引书，第162页。

④ ［明］王骥德《王骥德曲律》二卷，《论章法》，湖南人民出版社，1983年，第121页。

⑤ 隗芾、吴毓华编《古典戏曲美学资料集》，前引书，第177页。

收煞的四段式叙事结构理论①,这显然是在前文刘勰等的首——中——尾三段式结构理论基础上的一大进步,尤其是王骥德还指出了这一戏曲结构理论在诗、文、辞赋中的贯通。换言之,戏曲的起——接——敷衍——收煞的四段式叙事结构理论与诗文起、承、转、合的章法理论是完全相同的。这也充分说明了中国古代诗、文、戏曲、小说等叙事作品叙事理论的一致性。

不仅如此,在《论剧戏》中,王骥德更进一步提出了叙事结构中的"大头脑"问题:

> ……于是贵剪裁,贵锻炼:以全帙为大间架,以每折为折落,以曲白为粉垩、为丹雘。勿落套,勿不经;勿太蔓,蔓则局懈而优人多删削;勿太促,促则气迫而节奏不畅达;毋令一人无着落,毋令一折不照应。传中紧要处,须重著精神,极力发挥使透。如《浣沙》遗了越王尝胆及夫人采葛事,红拂私奔,如姬窃符,皆本传大头脑,如何草草放过?若无紧要处只管敷衍,又多惹人厌憎。皆不审轻重之故也。②

王骥德"大头脑"指的是在传奇故事全局中有着重要地位和作用,应该着力发挥的事件。它是传奇作者结构作品时必须考虑的问题,也是中国古代叙事结构的重要要素。

正是在王骥德的"大头脑"和起——接——敷衍——收煞的四段式叙事结构理论基础上,清初李渔才提出包括"戒讽刺""立主脑"等在内的"结构"理论和"家门——冲场——出脚色——小收煞——大收煞"的"格局"理论,形成中国文论史上最为系统的戏曲叙事结构理论。

中国古代关于小说结构的讨论,至明清长篇章回小说繁盛时方出现。金圣叹《水浒传》评点中,始明确用"结构"概念把握小说。第三十二回"宋江夜看小鳌山 花荣大闹清风寨"中,宋江去清风寨拜投花荣,见面后花荣拜宋江罢,又"唤出浑家崔氏来拜伯伯,拜罢,花荣又叫妹子出来拜了哥哥",金圣叹于此批道:"……世之浅夫读此文,则止谓是花荣出妻见妹耳。岂复知其结构之妙哉!"③第四十三回"锦豹子小径逢戴宗 病关索长街遇石秀"写朱富、李云投梁山泊入了伙,吴用发布众好汉职务,第十二令"令宋清专管筵宴",金氏批云:"……以无数说话描写大宋机械变诈,几于食少事烦,却只以一句话描写小宋百

① 参见丁淑梅《中国古代曲论中的叙事结构论》,载《伊犁师范学院学报》2002年第2期。

② [明]王骥德《王骥德曲律》三卷,《论剧戏》,前引书,第154页。

③ [清]金圣叹评《水浒传》第三十二回夹批,陈曦钟等辑校《水浒传会评本》,前引书,第609页。

无一能，只图口腹。如此结构，真是锦心绣手。”[①]第六十六回“宋江赏马步三军关胜降水火二将”中，写单廷喹、魏定国捉得宣赞、郝思文，装入陷车，连夜解上东京，在枯树山正遇李逵、焦挺等，金氏批点四字：“结构大奇。”[②]同回还有批语云：“大奇大奇，真乃异样结构。”[③]

其后，毛纶、毛宗岗父子继踵金圣叹，在《三国演义》评点中也多次明确使用“结构”这一批评术语：

> 《三国》一书，有首尾大照应，中间大关锁处。……凡若此者，皆天造地设，以成全篇之结构者也。[④]
>
> 观天地古今自然之文，可以悟作文者结构之法矣。[⑤]
>
> 文如常山率然，击首则尾应，击尾则首应，击中则首尾皆应，岂非结构之至妙者哉？[⑥]
>
> 《三国》一书，所以纪人事，非以纪鬼神。惟有一番筹度，一番诱敌，乃是相臣之劳心，诸将之用命，不似《西游》《水浒》等书，原非正史，可以任意结构也。[⑦]
>
> 文之以前伏后者，有实笔，有虚笔。……叙事作文，如此结构，可谓匠心。[⑧]

之后的张竹坡虽然没有使用“结构”一词，但他曾用形象的语言把小说家的写作比作盖房造屋：“故做文如盖造房屋，要使梁柱笋眼，都合得无一缝可见；而读人的文字，却要如拆房屋，使某梁某柱的笋，皆一一散开在我眼中也。”[⑨]总之，在明清戏曲小说评点中，“结构”已经是个使用相当普遍的概念了。

---

① [清]金圣叹评《水浒传》第四十三回夹批，陈曦钟等辑校《水浒传会评本》，前引书，第815页。

② [清]金圣叹评《水浒传》第六十六回夹批，陈曦钟等辑校《水浒传会评本》，前引书，第1217页。

③ [清]金圣叹评《水浒传》第六十六回夹批，陈曦钟等辑校《水浒传会评本》，前引书，第1219页。

④ [清]毛宗岗《读〈三国志〉法》，朱一玄、刘毓忱编《三国演义资料汇编》，前引书，第266页。

⑤ [清]毛宗岗评《三国演义》第九十二回回评，陈曦钟等辑校《三国演义会评本》，北京大学出版社，1986年，第1122页。

⑥ [清]毛宗岗评《三国演义》第九十四回回评，陈曦钟等辑校《三国演义会评本》，前引书，第1145页。

⑦ [清]毛宗岗评《三国演义》第九十四回回评，陈曦钟等辑校《三国演义会评本》，前引书，第1145页。

⑧ [清]毛宗岗评《三国演义》第一〇七回回评，陈曦钟等辑校《三国演义会评本》，前引书，第1307页。

⑨ [清]张竹坡评《金瓶梅》第二回回评，朱一玄编《金瓶梅资料汇编》，南开大学出版社，2002年，第452页。

尽管中国古代文论家常用“结构”概念把握作品，但他们并非在相同的语义层面上使用“结构”一词。“结构”一词，在中国古代文论家的使用中，除具有上述名、动双重词性外，在语义上也有广、狭之分。广义的“结构”意为“结撰”“构思”，狭义的“结构”，即情节结构，指文学作品各组成部分在时间、空间、逻辑上的排列、组合。

广义的“结构”既意为“构思”，它就必然包括狭义“结构”的内涵，但又不止于此，它还包括对作品命意、事件、人物、用笔等多方面的构思。上引金圣叹所用四例其实都是“构思”的意思。另清惺园退士《儒林外史序》云：

> 士人束发受书，经史子集，浩如烟海，博观约取，曾有几人？惟稗官野乘，往往爱不释手。其结构之佳者，忠孝节义，声情激越，可师可敬，可歌可泣，颇足兴起百世观感之心；而描写奸佞，人人吐骂，视经籍牖人为尤捷焉；至或命意荒谬，用笔散漫，街谈巷语，不善点化，斯亦不足观也已！①

这里使用“结构”一词，亦指广义的“构思”。“结构”的这一用法还一直延续到现代，胡适《论短篇小说》中，谈到陶潜的《桃花源记》时说：“这篇文字，命意也好，布局也好，可以算得一篇用心结构的‘短篇小说’。”②胡适所用“结构”一词，也指包括命意、布局的“构思”。

狭义的“结构”主要指对叙事作品情节的组织安排和布局，包括线索、过渡、照应、连接、伏笔等一系列问题。明清戏曲、小说理论家们大量使用的“关目”“构架”“间架”“搭架”“构局”“格局”“炼局”“布局”“章法”“排场”等概念③，其实都是狭义“结构”的别称，讨论的都是情节组织布局问题，如：

> 一部《紫钗》都无关目，实实填词，呆呆度曲，有何波澜，有何趣味？

---

① ［清］惺园退士《〈儒林外史〉序》，朱一玄、刘毓忱编《儒林外史资料汇编》，南开大学出版社，2002 年，第 284 页。

② 黄霖、韩同文选注《中国历代小说论著选》，前引书，第 521 页。

③ 需特别指出的是，清代小说评点家毛宗岗所用的“关目”一词，其含义指小说的中心事件。如第二回评：“前于玄德传中忽然夹叙曹操，此又于玄德传中忽然带表孙坚。一为魏太祖，一为吴太祖，三分鼎足之所以从来也。分鼎虽属孙权，而伏线则已在此，此全部大关目处。”又第六十一回评：“前卷与后卷皆叙玄德入川之事，而此卷忽放下西川更叙荆州，放下荆州更叙孙权，复因孙权夹叙曹操。盖阿斗为西川四十余年之帝，则取西川为刘氏大关目，夺阿斗亦刘氏之大关目也。至于迁秣陵应王气为孙氏僭号之本。而曹操梦日，孙权致书，互相畏忌，又鼎足三分一大关目也。以此三大关目，为此半部书中之眼。”（陈曦钟等辑校《三国演义会评本》，前引书，第 14、752 页。）

(《沈际飞评点牡丹亭还魂记·集诸家评语》)

套数之曲,元人谓之"乐府",与古之辞赋,今之时义,同一机轴。有起有止,有开有阖。须先定下间架,立下主意,排下曲调,然后遣句,然后成章。切忌凑插,切忌将就。务如常山之蛇,首尾相应,又如鲛人之锦,不着一丝纰纇。(王骥德《曲律·论套数》)

戏曲搭架,亦是要事,不妥则全传皆懵矣。(凌濛初《谭曲杂札》)

构局之妙,令人且惊且疑;一转再转,每于想穷意尽之后见奇。(祁彪佳《远山堂曲品·〈檀扇〉》)

这种"结构",其实就是情节结构。"情节"是中国文论中本就有的概念。冯梦龙《洒雪堂·总评》有云:"是记情节关锁,紧密无痕,插科亦俱雅致"①,"情节关锁"其实就是情节结构。吕天成《曲品》中也多次谈到情节结构:"《龙泉》……情节正大,而局不紧""《双珠》……情节极苦,串合最巧,观之惨然。"②可见,中国古代狭义的"结构",就是情节结构,理论家们的结构探讨,也主要集中在情节结构上。我们通常以为现代叙事作品结构理论中的情节结构观念来自西方亚里士多德以来的情节结构观,于此可见,其实不然。

另外,中国古代文论家的结构意识非常强烈,他们往往还用诸如"大起大结""大照应""大关锁""极大章法""结穴关纽""串架斗笋"等批评概念来讨论具体的结构问题。

总之,结构,是叙事作品形式方面最强有力的组织者,是它安排和协调文学形式的方方面面:纵向提供事件发展的顺序,横向协调各事物之间的联结与关系。一句话,结构是文学作品形式各成分之间相互联系的组合③。文学作品的力量、意义、价值很大程度上便来源于这个作品的结构。也正因此,中国古代文论家李渔很早就提出了"结构第一"的命题,表达了对结构的重视和强调。

二、李渔论"结构第一"

李渔关于戏曲的结构理论是中国古代最为系统的结构理论。李渔戏曲"结构"理论,是其戏曲剧本理论之核心,在李渔曲论中内容最为丰富,历来争议也最大。很多研究者以现代文艺理论之"结构"观念或近代戏剧理论

---

① 隗芾、吴毓华编《古典戏曲美学资料集》,前引书,第 178 页。

② [明]吕天成撰、吴书荫校注《曲品校注》,卷下,中华书局,1990 年,第 195、295 页。

③ 参见刘恪《现代小说技巧讲堂》,百花文艺出版社,2006 年,第 170 页。

解读李渔提出的包括戒讽刺、立主脑、脱窠臼、密针线、减头绪、戒荒唐、审虚实七款在内的"结构第一"理论，认为他的结构理论"不严谨"①或"凌乱无序"②。其实，李渔笔下"结构"，既有"构思"之意③，又有布置情节、安排叙事之意，回到这一点，我们才能洞察李渔"结构"理论的真谛。

首先，李渔所谓的"结构"是指对全部戏曲剧本创作的整体构思④，包括戏曲剧本"结构""词采""音律""宾白""科诨""格局"六大要件及其次序的整体性设计构想。李日星以为，关于戏曲剧本六大要件的排列秩序，李渔是"从整体出发，从戏剧各构成要素复杂性逐渐增长的级次考虑，以先难后易、先主后次的秩序排列"，从而展现了"戏剧艺术的构成要素的'群'结构或'网'结构特征，说明戏剧结构的整体并不是各个部分的简单配置和组合，而是血脉贯通的有机融合和布局"⑤。的确，在李渔看来，戏曲剧本在创作构思时应以故事情节结构安排为首要之事，没有好的故事，故事安排线索

---

① 姚文放认为，从"结构第一"的七款标目可以看出，李渔的"结构"内涵并不完全等于现代文艺理论所说的"结构"，还关涉到人物塑造、戏剧功用、艺术真实、艺术创新等方面，比现在所说作为艺术形式要素的"结构"更宽泛，包含着某些艺术内容的成分。因此在今天看来确有不严谨之处。（姚文放《中国戏剧美学的文化阐释》，中国人民大学出版社，1977年，第89页。）

② 胡梦华认为，李渔曲评分词曲、演习二大部，词曲部又分六项三十七款，其分析和综合之间欠缺近世科学方法的缜密。单就结构理论来说，词曲部第一项"结构"里"戒讽刺""戒荒唐""审虚实""脱窠臼"四款当剔除别论，剩余三款和第六项"格局"可并为一谈，而第二项"词采"里的"重机趣"并须包入。（胡梦华《文学批评家李笠翁》，《李渔全集》，第20卷，浙江古籍出版社，1991年，第68页。）

③ 张晓军《李渔创作论稿》（文化艺术出版社，1997年）、孙福轩《李渔"结构第一"新论》（载《上海戏剧学院学报》2003年第6期）等论著中都认为李渔"结构"为"构思"之意。如孙福轩认为，与前人的结构论相比较，李渔"结构"的内涵则要复杂得多。李渔论"结构"有七条，其中只有"立主脑""密针线""减头绪"与结构布局有关，而"戒讽刺""脱窠臼""审虚实"则不属于传统的结构论范围，主要论述的是戏剧创作的"文德"要求、情节创新、虚构与征实等方面的问题。因此，李渔所言的结构便具有了更广泛的意义，不仅包括结构的整体布局等形式方面的因素，同时还包括人物情节等内容方面的因素，近似于传统说法"构思"的内涵。本文即从此说。

④ 李日星先生根据皮亚杰的"结构""就是具有整体性的若干转换规律组成的一个有自身调整性质的图式体系"的结构主义理论，指出"结构""包含整体性、转换规律和自身调整性三个要素"，据此，李渔的结构理论是从整体出发，从戏剧各构成要素复杂性逐渐增长的级次考虑，以先难后易、先主后次的秩序排列，按"结构第一""词采第二""音律第三""宾白第四""科诨第五""格局第六"的顺序，论述了戏剧艺术构成要素的"群"结构或"网"结构特征，说明戏剧结构的整体不是各部分的简单配置和组合，而是血脉相通的有机融合和布局，从横的要素编织中揭示了戏剧结构自身的转换与调节的特点和意义（李日星《李渔戏剧"结构"论的美学真谛》，载《求索》2000年第2期）。笔者以为，这种说法很有道理，故以下论点参李氏之说。

⑤ 李日星《李渔戏剧"结构"论的美学真谛》，前引文。

混乱，都将影响观感，所以李渔称："尝读时髦所撰，惜其惨澹经营，用心良苦，而不得被管弦、副优孟者，非审音协律之难，而结构全部规模之未善也！"①而词采之所以在音律之前，"以有才、技之分也。文词稍胜者即号才人，音律极精者终为艺士。""以音律有书可考，其理彰明较著。自《中原音韵》一出，则阴阳平仄，画有塍区，如舟行水中，车推岸上，稍知率由者虽欲故犯而不能矣！《啸余》《九宫》二谱一出，则葫芦有样，粉本昭然。"②关于词采，李渔提出了"贵浅显""重机趣""戒浮泛""忌填塞"四方面要求。

宾白作为戏曲剧本必不可少的组成部分，在创作构思时也不容忽视。但自来作传奇者，往往只重填词，"视宾白为末着""遂不觉日轻一日，而竟置此道于不讲也"。李渔将戏曲宾白与戏曲曲文等量齐观，认为"曲之有白，就文字论之，则犹经文之于传注；就物理言之，则犹栋梁之于榱桷；就人身论之，则犹肢体之于血脉，非但不可无，且觉稍有不称，即因此贱彼，竟作无用观者。""有最得意之曲文，当有最得意之宾白。""声务铿锵""语求肖似""词别繁简""字分南北""文贵洁净""意取尖新""少用方言""时妨漏孔"是李渔对剧本创作中构思宾白的八款标准③。

关于科诨，李渔认为"文字佳，情节佳，而科诨不佳，非特俗人怕看，即雅人韵士，亦有瞌睡之时"。因此，插科打诨，虽是戏曲之末技，"然欲雅俗同欢，智愚共赏，则当全在此处留神。"科诨戒忌"淫亵""俗恶"；"重关系"，能"于嬉笑诙谐之处包含绝大文章，使忠孝节义之心，得此愈显"。贵以自然、真实令人发笑，否则如看演《南西厢》，"见法聪口中所说科诨，迂奇诞妄，不知何处生来，真令人欲逃欲呕！"④

格局，本指"有一定标准、规模、格式和成例的体制样式"⑤。李渔所谓"格局"，即是传奇剧本在形式结构方面的体制样式。李渔指出，诗、赋、古文、时艺、传奇，因文体不同，各有各的体制样式，不能"以古风之局而为近、律""以时艺之体而作古文"。一般而言，一部传奇剧本的基本格局当有家门、冲场、出脚色、小收煞、大收煞依次序安排的五个环节。虽然李渔是从诗、赋、古文、时艺、传奇的不同体制着眼指出传奇格局的五个环节，但其实，李渔所言传奇格局之五大方面，亦如诗文的起承转合一样，是从作品全局的

---

① ［清］李渔《闲情偶寄》，杜书瀛注，卷一，学苑出版社，1998 年，第 7—8 页。另，本部分未标注的李渔原话的引文均出自本书，因引文较多，不再一一标注。

② ［清］李渔《闲情偶寄》，杜书瀛注，卷一，前引书，第 6—8 页。

③ ［清］李渔《闲情偶寄》，杜书瀛注，卷二，前引书，第 106 页。

④ ［清］李渔《闲情偶寄》，杜书瀛注，卷二，前引书，第 131 页。

⑤ 李日星《李渔戏剧"结构"论的美学真谛》，前引文。

开合张弛、转折穿插等来谈其整体布局。李渔还辩证地指出了传奇“格局”五个环节稳定与变化的统一：“传奇格局，有一定而不可移者；有可仍可改，听人自为政者。开场用末，冲场用生；开场数语，包括通篇，冲场一出，酝酿全部：此一定不可移者。开手宜静不用喧，终场忌冷不忌热，生、旦合为夫妇，外与老旦非充父母、即作翁姑，此常格也；然遇情事变更，势难仍旧，不得不通融兑换而用之：诸如此类，皆可仍可改，听人为政者也。”①总之，戏曲剧本格局“是一种既稳定又灵活、既可仍旧又可出新的具有封闭性和守恒性的结构形式化的平衡状态。维持这种结构形式化的平衡状态，主要依靠‘家门’‘冲场’‘出脚色’‘小收煞’‘大收煞’等五大关节所分别承担的起承转合、冷热喧静的调节功能调节”，这是李渔“形象整体思维模式和整体观方法论的充满思辨色彩的逻辑成果”②。1969 年，德国批评家古斯塔夫·弗赖塔格提出组成叙述性作品或戏剧作品的五个基本环节：开场、展示（复杂化）、高潮、逆转（解决）、收尾，这五个基本环节构成一个标准的情节。这一情节结构模式和李渔所谓的家门、冲场、出脚色、小收煞、大收煞五大环节其实质都是强调情节“起承转合”的结构，这一格局在现代小说、戏剧中依然存在③。

其次，李渔所谓的“结构”，还指戏曲剧本的情节布置、叙事安排。李渔一反前人创作传奇“首重音律”的作法，而“独先结构”，提出“结构第一”的命题。这里所谓的“结构”就是传奇故事的情节结构，是围绕戏曲“故事”这一核心进行的包括“命题”“事”“文”三方面的构思与设计：“故作传奇者，不宜卒急拈毫，袖手于前，始能疾书于后。有奇事，方有奇文，未有命题不佳，而能出其锦心，扬为绣口者也。”若“结构全部规模之未善”，则虽“惨澹经营，用心良苦”，仍不能“被管弦、副优孟”④。正是从“有奇事，方有奇文”这一戏曲构戏的关键出发，李渔才提出了“结构第一”的命题。李渔无疑已充分认识到了戏剧“故事”及其叙述的重要性，从而从叙事角度建立起了他的戏曲叙事结构理论。李渔的结构论实际上是以故事叙事论为核心的叙事结构论。如何来进行戏曲故事的叙述呢？李渔为此提出了“戒讽刺”“立主脑”“脱窠臼”“密针线”“减头绪”“戒荒唐”“审虚实”七款要求，其中“戒讽刺”是对“命题”提出的要求；“脱窠臼”“戒荒唐”“审虚实”属于故事题材选择范围，以此造就“奇事”；“立主脑”“密针线”“减头绪”涉及情节组织的技

---

① ［清］李渔《闲情偶寄》，杜书瀛注，卷二，前引书，第 139 页。

② 李日星《李渔戏剧“结构”论的美学真谛》，前引文。

③ 参见赵毅衡《当说者被说的时候：比较叙述学导论》，前引书，第 173 页。

④ ［清］李渔《闲情偶寄》，杜书瀛注，卷一，前引书，第 7 页。

巧,以此而成“奇文”。

“戒讽刺”是关于传奇的“命题”或称传奇功用的问题。对于传奇的功用,历来的理论家一致认为在于劝善惩恶。明代高则诚曾明确提出“不关风化体,纵好也枉然”的戏剧主张。王骥德《曲律》中亦云:“古人往矣,吾取古事,丽今声,华衮其贤者,粉墨其慝者,奏之场上,令观者藉为劝惩兴起,甚或扼腕裂眦,涕泗交下而不能已,此方为有关世教文字。……故不关风化,纵好徒然,此《琵琶》持大头脑处,《拜月》祗是宣淫,端士所不与也。”①《琵琶记》所以得到王骥德的高度赞扬,就是因为它塑造了全忠全孝的蔡伯喈形象,“令观者藉为劝惩兴起”;《拜月亭》的主导思想及客观效果与“有关世教”的原则不尽相合,因此被斥为“宣淫”。李渔继续发展王骥德等的传奇功用理论,将“戒讽刺”作为传奇故事构思的首要要求:“窃怪传奇一书,昔人以代木铎。因愚夫愚妇识字知书者少,劝使为善,诫使勿恶,其道无由,故设此种文词,借优人说法与大众齐听,谓善者如此收场,不善者如此结果,使人知所趋避;是药人寿世之方,救苦弥灾之具也!”但是有些传奇作者却倒行逆施,借作传奇报仇泄怨,使传奇成为“杀人之具”。有鉴于此,李渔提出,虚构传奇故事,首先必须净化传奇作者创作动机,“务存忠厚之心,勿为残毒之事。以之报恩则可,以之报怨则不可;以之劝善惩恶则可,以之欺善作恶则不可。”这就用“劝善惩恶”将戏曲创作功用论和动机论统一起来,在总的指导思想上为虚构戏曲故事明确了方向,纯化了意图。在李渔看来,“凡作传世之文者,必先有可以传世之心,而后鬼神效灵,予以生花之笔,撰为倒峡之词,使人人赞美,百世流芬。传非文字之传,一念之正气使传也。”传奇虽为小道,但其所传,乃是“一念之正气”,以此,李渔痛斥了某些“索隐派”批评家捕风捉影地猜测某些传奇是指斥某些现实或历史中的真实人物的做法。正如李日星先生所指出的,以“戒讽刺”作为整个戏曲故事叙事结构的首要要求,“正表明了李渔对戏剧结构所持的端正的态度、明晰的思路和严谨的逻辑。”②

关于传奇故事,李渔特别强调其新奇:“人惟求旧,物惟求新。新也者,天下事物之美称也。而文章一道,较之他物,尤加倍焉。戛戛乎陈言务去,求新之谓也。至于填词一道,较之诗、赋、古文,又加倍焉。”“古人呼剧本为‘传奇’者,因其事甚奇特,未经人见而传之,是以得名;可见非奇不传。新即奇之别名也。”传奇本就是纪异之书,无奇则不传,那些“千人共见,万人

---

① [明]王骥德《王骥德曲律》,第四卷,前引书,第213页。

② 李日星《李渔戏剧“结构”论的美学真谛》,前引文。

共见”的情节,毫无新奇可言,因而也就失去了传演的必要。李渔还尖锐地批评了当时剧坛上“取众剧之所有,彼割一段,此割一段,合而成之,即是一种传奇”的“盗袭窠臼”的创作现象。强调创新,是明清剧坛盛行的一种戏曲创作观点。茅瑛《题牡丹亭记》云:“传奇者,事不奇幻不传;辞不奇艳不传,其间,情之所在,自有而无,自无而有,不魄奇愕眙者,亦不传。”①孔尚任《桃花扇小识》中也说道:“传奇者,传其事之奇焉者焉。事不奇则不传。”②但李渔提倡的新奇,又不是诡怪,对于当时剧坛“牛鬼蛇神之剧,充塞宇内,使庆贺宴集之家,终日见鬼遇怪,谓非此不足以悚夫观听”的创作现象③,李渔提出了“戒荒唐”的要求,认为“凡作传奇,只当求于耳目之前,不当索诸闻见之外。无论词曲,古今文字皆然。凡说人情物理者,千古相传;凡涉荒唐怪异者,当日即朽”。李渔提倡从常事中发现新奇:“事间奇事无多,常事为多;物理易尽,人情难尽。……性之所发,愈出愈奇,尽有前人未作之事,留之以待后人。后人猛发之心,较之胜于先辈者。”即使是常理常事,前人未见之日异月新之事之繁多亦不胜枚举,故取常事中前人未见之事制作传奇即可取得新奇的效果。即使前人已见之事,也“尽有摹写未尽之情,描画不全之态”,若能“设身处地,伐隐攻微”,以“生花之笔”“蕴绣之肠”制为传奇,则能使人“但赏极新极艳之词,而竟忘其为极腐极陈之事”,可谓是创新的最高境界。因此,李渔所提倡的创新,“是以现实生活为基点,要求创作者深入到日常的人情物理中去挖掘人性的深层内涵,只有这样,作品才能新颖生动而又深刻隽永,经得起咀嚼回味。”④

关于传奇故事,李渔还提出了“审虚实”的创作原则。一般以为,传奇所传之事,有古事和今事之分。古事,为古人现成之事,见载于书籍,故人多以为是实事;今事,为耳目传闻之事,故人多以为是无影无形的虚事。对于这种看法,李渔并不以为然。在李渔看来,“传奇无实,大半皆寓言耳。”李渔很注重虚构事实以塑造典型的艺术创造法则,“欲劝人为孝,则举一孝子出名,但有一行可纪,则不必尽有其事;凡属孝亲所应有者,悉取而加之。”将各种故事集中到主要人物身上,以突出其典型特征,传达剧作宗旨。传奇故事“审虚实”又分两种情况,一种是以现实为题材,要一虚到底,其人姓名、事迹皆可凭空捏造;一种是以历史为题材,则要实到底,尤其是已在民间

① [清]李渔《李笠翁曲话》,陈多注释,湖南人民出版社,1981 年,第 25 页。

② [清]李渔《李笠翁曲话》,陈多注释,前引书,第 25 页。

③ [清]李渔《李笠翁曲话》,陈多注释,前引书,第 25 页。

④ 王爱平《从王骥德到李渔:中国传统戏剧理论的一条主线》,载《华侨大学学报》2003 年第 4 期。

广泛流传，烂熟于百姓心中的人和事，已不便更改，所以“捏一姓名不得”“创一事实不得”。无独有偶，亚里士多德《诗学》中也强调诗人在编制情节时“不宜改动家喻户晓的故事”①。李渔并不否定历史题材传奇故事中具体细节的虚构，如他创作的《玉搔头》，就有很多不符合历史记载的真实，因此，《曲海总目提要》讥评道：“明武宗幸刘倩及取范钦女，原有此事。但作者于史学甚疏，道听途说，多失事实。”②显然否定了李渔对历史真实与艺术真实的深刻认识和实践。无论事实还是艺术的真实与虚构，无论新奇之事还是常事，符合“人情物理”，就会千古相传，这是李渔对传奇故事的深刻认识。

有了“命题”，有了故事，如何叙述故事，才能成为“奇文”，是李渔“结构”理论重点讨论的问题。首先是“立主脑”。李渔所谓主脑，是指传奇故事中作者着力表现的主要人物及决定主要人物命运和整个故事发展方向、推动故事向纵深发展的主要事件。李渔《闲情偶寄》中说道：“古人作文，一篇定有一篇之主脑。主脑非他，即作者立言之本意也。传奇亦然。一本戏中，有无数人名，究竟俱属陪宾，原其初心，止为一人而设。即此一人之身，自始至终，离合悲欢，中具无限情由、无穷关目，究竟俱属衍文；原其初心，又止为一事而设。此一人一事，即作传奇之主脑也。”李渔所谓的“一人”，是传奇故事中作者着力塑造的主人公；“一事”指传奇故事中能引发其他事件的主要事件。李渔以《琵琶记》和《西厢记》为例，来说明什么是传奇故事的“主脑”：

> 一部《琵琶》，止为蔡伯喈一人；而蔡伯喈一人，又止为“重婚牛府”一事；其余枝节，皆从此一事而生——二亲之遭凶，五娘之尽孝，拐儿之骗财匿书，张大公之疏财仗义，皆由于此。是“重婚牛府”四字，即作《琵琶记》之主脑也。一部《西厢》，止为张君瑞一人；而张君瑞一人又止为“白马解围”一事；其余枝节，皆从此一事而生——夫人之许婚，张生之望配，红娘之勇于合作，莺莺之敢于失身，与郑恒之力争元配而不得，皆由于此。是“白马解围”四字，即作《西厢记》之主脑也。

在李渔看来，主要人物和主要事件，是传奇故事情节结构安排的首要之事。一部传奇，其故事情节必须围绕一个主要人物和一件主要事件来安排展开，其余次要人物和次要事件皆从此而生并为其服务。李渔尤其强调主要事件

① 〔古希腊〕亚里士多德《诗学》，陈中梅译注，商务印书馆，1996 年，第 198 页。
② 〔清〕李渔《李笠翁曲话》，陈多注释，前引书，第 37 页。

的设置与安排的重要，批评后人作传奇“但知为一人而作，不知为一事而作。尽此一人所行之事，逐节铺陈，有如散金碎玉。以作零出则可，谓之全本，则为断线之珠，无梁之屋”。主脑事件在全剧中犹如屋之大梁，主脑事件构思设置不好，则作者创作时就会毫无头绪，一片茫然；观众更是无法明白故事中某些事件发生的原因。这种叙述思想在当代叙事文学作品中也依然被广泛借鉴。具有如电视剧《新结婚时代》，在三条线索上展现了两代、三对男女的爱情、婚姻、家庭、事业的故事。其中何建国和顾小西的婚姻故事是全剧的主线，在这一故事线条上，作者极力铺叙了男主人公何建国对他乡下父亲、母亲、哥哥、嫂子以及村里的乡亲几乎病态的重视和顺从，为此，他曾出手痛打自己深爱的妻子，蛮横地开除司机直至最后和深爱的妻子离婚，凡此种种让人痛心、惊诧乃至愤恨的事件发生的原因，直到最后，作者才予以揭破：原来，何建国和他的哥哥在高考时都考上了大学，但因家庭贫穷无法同时供养两人读书，父亲只好让两人抓阄，何建国在决定兄弟俩命运的抓阄纸团上作弊（两张都写了“不上”），结果，父亲只打开了哥哥抓的纸团，因此，何建国才有机会读大学并在北京工作。为此，何建国总觉得是自己偷了哥哥的一生，对家庭、哥哥始终心怀内疚，所以才把父亲、哥哥、乡亲看得重过一切。显然，在这部剧作中，“抓阄”一事即是李渔所谓“主脑”，正是这一事件的巧妙设置，才生发出剧中上述众多枝节事件；也正是这一事件的巧妙安排与设计，才如贯珠之线，将剧中发生在男女主人公身上的如散金碎玉的事件贯穿起来，构织出丰满完整而又感人至深的情节，使整个故事具有无限的审美张力。

为了更好地“立主脑”，李渔还提出了“减头绪”的创作原则。所谓“减头绪”，是指传奇故事主要人物和主要事件要“一线到底，并无旁见侧出之情”“以其始终无二事，贯串只一人”，而使“三尺童子观演此剧，皆能了了于心，便便于口”。李渔所谓“减头绪”的“一线到底”，并不是主张传奇只设计一条情节线，叙述一人故事。从李渔所举“一线到底”的佳作《荆》《刘》《拜》《杀》及他自己的剧作《十二楼》来看，它们大都不是采用单线发展的情节结构，尤其是李渔的《蜃中楼》，将原来在元、明剧曲中一直一剧一事的“柳毅传书”和“张羽煮海”两个故事巧妙融合在一剧中，博得了青木正儿“此剧以柳生事为主，以张生事为副，巧为融合两事，不令头绪两端”的佳评①。因此，李渔所谓“减头绪”，其要旨在两点：一是剧中人物设置不宜太多。戏曲毕竟是表演艺术，讲究集中性，三尺舞台，所能容纳的演员数量有

---

① 〔日〕青木正儿《中国近世戏曲史》（上），王古鲁译，作家出版社，1958 年，第 340 页。

限，与其让为数有限的几个演员扮演千百个人物，更换千百个姓名，“忽张忽李，莫识从来”，不如让其只扮演数人，“使之频上频下，易其事不易其人，使观者各畅怀来，如逢故物”。二是要“文情专一”，所有事件都要紧紧围绕一个中心，既要见抑扬顿挫之趣，又忌“转折太多，令观者索一解未尽，更索一解”“不得自然之致”①。

对于传奇剧本故事情节结构安排，李渔还要求要“密针线”。何谓“密针线”？即是要故事中的人物、事件之间相互关联、针线紧密、顾前顾后、照应埋伏，“不止照映一人，埋伏一事，凡是此剧中有名之人、关涉之事，与前此后此所说之话，节节俱要想到”。李渔指出，戏曲三要素——曲、宾白和关目（结构）中，元人最擅长的是曲，宾白和关目并不是其所长，因此高则诚的《琵琶记》中，就有很多因照应不周而产生悖谬的情形，如蔡伯喈中状元三年，家中父母妻子竟全然不知；蔡伯喈入赘牛府，享尽荣华富贵，却无力遣一仆人给家中报信等等，都是剧中针线不密处。李渔不同于前人认为元杂剧事事可法，而是从关目——叙事结构的角度重新审视元杂剧，指出其关目照应之不周，于此亦可见出李渔对戏曲叙事结构的重视及明清以来戏曲审美的新变。

总之，李渔的戏曲“结构”理论，一方面指对全部戏曲剧本创作包括“结构”“词采”“音律”“宾白”“科诨”“格局”六大要件及其先后次序的整体性设计构想的理论；另一方面是指关于戏曲故事情节结构的理论，即他的包括“戒讽刺”“立主脑”“脱窠臼”“密针线”“减头绪”“戒荒唐”“审虚实”七款在内的“结构第一”理论。李渔特别强调戏曲创作要围绕“故事”这一核心进行包括“命题”“事”“文”三方面内容在内的情节结构的构思与设计，“结构第一”七款即是关于戏曲故事“命题”“事”“文”的情节结构处理的理论，其中，“戒讽刺”是就戏曲“命题”立论；“脱窠臼”“戒荒唐”“审虚实”是对戏曲“故事”的要求；“立主脑”“密针线”“减头绪”是关于创造戏曲“奇文”的理论。李渔关于戏曲叙事结构的理论代表了中国古代叙事结构理论的高峰。

三、中西叙事结构理论的三对概念比较

西方对叙事作品叙事结构的分析，始于叙事学的兴起。20 世纪 60 年代在法国兴起的叙事学在其形成过程中大量吸取了相关学科和各种文学批

---

① [明]祁彪佳著，黄裳校录《远山堂曲品剧品校录》，“能品”《翡翠钿》，古典文学出版社，1957 年，第 69 页。

评思潮——索绪尔现代语言学、俄国形式主义、结构主义、后结构主义符号学、接受美学的研究成果，直接借鉴现代语言学的基本术语、原理模式，试图将之前的关于叙事作品“视角”“作者干预”“不可靠叙述”等等问题的零散研究以结构主义的思维方式，综合成一个个体系①，得出关于叙事作品诸问题的公理。叙事作品叙事结构的研究就是其中最重要的一个方面。

什么是叙事结构？这绝不是一个可以简单说清楚的问题。对叙事作品叙事结构的研究，有一支长长的学科队伍：普罗普、列维-斯特劳斯、巴尔特、托多洛夫、格雷马斯、布雷蒙、热奈特等。不同的结构主义叙事学家的结构观不同，其研究的重点、研究方法、所运用的概念都不同，结构的含义也大有差异。因此，每家结构主义都有自己独特的模式：普罗普的功能模式、施特劳斯的神话模式、巴尔特的话语模式、托多洛夫的语法模式等②。

西方文学理论中，常用“情节”指称叙事结构③。“情节”研究一直是亚里士多德以来古典诗学根深蒂固的核心。20 世纪初，大部分批评家发现亚里士多德及其追随者所提倡的整齐的情节结构再也无法强加于松弛臃肿的长篇小说，因此，叙事结构的讨论衰落了。直到 20 世纪二三十年代，俄国民俗学家和人类学家普罗普和列维-斯特劳斯对短篇的童话和神话故事进行结构分析，取得惊人成果，才激起了更多的文学批评家的长篇小说叙事结构分析，从而产生了各种叙事结构理论，而其中最丰富的是视叙事为事件序列的情节结构研究及其理论④。

情节结构研究常被分为宏观研究和微观研究两个部分。宏观研究“着眼于整个世界文学中所有的叙述作品，试图建立有效的情节分类学”；微观的情节研究“探讨叙述作品中情节的基本组成，研究其细胞，其原子构成”⑤。比较叙事学微观情节结构理论和中国古代结构理论，中西叙事结构理论有三对概念可以比较：“核心功能”与“主脑”、“序列”与“段”、“深层结构”与“大纲”。

1. “核心功能”与“主脑”

微观的情节结构研究又从表层和深层两个层面展开。首先来看表层结构。胡亚敏先生将叙事学的情节分析，分为三个层次，最底层为功能，中间

---

① 当然，后结构主义者也试图拆解这些体系。（赵毅衡《当说者被说的时候：比较叙述学导论·自序》，前引书。）

② 参见刘恪《现代小说技巧讲堂》，前引书，第 188 页。

③ 〔美〕华莱士·马丁《当代叙事学》，伍晓明译，北京大学出版社，2005 年，第 81 页。

④ 马丁指出，这就是传统意义上的情节。〔美〕华莱士·马丁《当代叙事学》，前引书，第 74 页。

⑤ 赵毅衡《当说者被说的时候》，前引书，第 176—177 页。

层为序列,最高层为情节[①]。因此,功能、序列、情节可称为叙事文表层结构的三级层次,"叙事文的表层结构属于横组合段,它们是由功能和序列构成的故事情节的发展。"[②]

功能是故事中最小的叙述单位[③]。俄国人类学家普罗普在进行民间故事结构分析时,首次提出"功能"这一叙事结构分析的核心概念。"所谓功能,是指一个人物的行为,该行为由它在情节展开中的意义来界定。"[④]换言之,普罗普所谓的功能,指的是人物的行动,"更确切地说是指对行为的抽象"[⑤]。民间故事的特征是"经常把同一行动分配给各种各样的人物",如普罗普列举的俄罗斯民间故事的 31 种功能:外出、禁止、破禁、刺探、获悉、设圈套、协同、加害、缺失等,这些功能在几乎所有的民间故事中都是一样的,只不过在不同的故事中由不同的角色来承担而已。"角色的功能充当了故事的稳定不变的因素,它们不依赖于由谁来完成以及怎样完成。它们构成了故事的基本组成成分。"[⑥]因此,功能的界定可以撇开完成这些行为的角色。功能依据恒定不变的顺序排列便构成故事情节(当然并非所有 31 种功能都出现于每一故事之中)。

普罗普之后,法国叙事学家罗兰·巴特继续将"功能"确定为最小的叙事单位,并试图将功能运用于整个叙事文的结构分析。在《叙事作品结构分析导论》中,巴特说:"一部叙事作品从来就只是由种种功能构成的,其中的一切都表示不同程度的意义。这不是(叙述者方面的)艺术问题,而是结构问题。"[⑦]巴特所谓的功能,与普罗普不同,普罗普是按语言单位(词,笔者注)来划分功能,巴特则根据叙事成分在结构中的性质划分功能[⑧],"功能时而是大于句子的单位(从长短不一的句组甚至到整部作品)来体现,时而由小于句子的单位(句段、单词、甚至仅仅是单词中的某些文学因素)来体现。"巴特还将功能分为两大类:分布类(功能)和归并类(迹象)。分布类又可分为核心和催化;归并类则可分为迹象和情报[⑨]。

---

① 胡亚敏《叙事学》,华中师范大学出版社,2004 年,第 118—124 页。

② 胡亚敏《叙事学》,前引书,第 230 页。

③ 关于故事的最小叙述单位,不同的理论家有不同的说法,如托马舍夫斯基的"母题",贝迪耶的"要素"等。(参见〔俄〕弗拉基米尔·雅可夫列维奇·普罗普《故事形态学》,贾放译,中华书局,2006 年,第 17 页。)

④ 〔法〕保尔·利科《虚构叙事中的时间塑形》,王文融译,三联书店,2006 年,第 56 页。

⑤ 〔法〕保尔·利科《虚构叙事中的时间塑形》,前引书,第 55 页。

⑥ 〔俄〕弗拉基米尔·雅可夫列维奇·普罗普《故事形态学》,前引书,第 18 页。

⑦ 〔法〕罗兰·巴特《叙事作品结构分析导论》,张寅德编选《叙述学研究》,前引书,第 11 页。

⑧ 参见胡亚敏《叙事学》,前引书,第 121 页。

⑨ 〔法〕罗兰·巴特《叙事作品结构分析导论》,张寅德编选《叙述学研究》,前引书,第 12 页。

巴特认为，就分布类而言，核心功能和催化功能的重要性不是均等的。核心功能是叙事作品"真正的铰链"，在故事中是最基本的单位，"主要功能（即核心功能，笔者注）的唯一条件是功能依据的行为为故事的下文打开（或者维持，或者关闭）一个逻辑选择，简言之，打开或结束一个未定局面。"总之，核心功能指引着情节的发展方向。而催化功能则起着填充、修饰、完善核心功能的作用①。它的功能性可能很弱，但绝不是没有，"它始终具有一个话语功能。它使话语加快、减慢、重新开始；它简述、预述、有时甚至造成迷惑。"②"催化功能"填补叙述空隙，并不能改变故事进程，只是使故事线索得以延续和伸展。正是"催化""不断地触发话语的语义张力"，不断地提示已经发生的事件同将要发生的事件的关系，从而强化了阅读中的期待心理，故事才因此而产生吸引力③。"核心（我们即将看到）形成一些项数不多的有限的总体，受某一逻辑的制约，既是必需的，又是足够的。这一框架形成以后，其他单位便根据原则上无限增生的方式来充实这一框架。"④因此，可以说，"取消一个核心必然影响故事，而取消一个催化也必然影响话语。"⑤

前文已述，李渔提出，在传奇故事诸多事件中，总有一个事件是故事的"主脑"。依据巴特的核心功能理论，李渔所谓的"主脑"，不但是核心功能，而且可谓是核心中的核心。其与巴特的核心功能在故事中的位置及故事情节发展中的作用是相同的，都是故事中最基本的单位，是情节结构的既定成分，具有抉择作用，引导情节的发展方向⑥。当然，二者的不同也是明显的，归纳来看，主要有以下三点：

其一，李渔的"主脑"事件是就整个叙事作品而言，巴特的"核心功能"则是就叙事作品的一个片段而言。如有这样一个叙事片段："电话铃响了。庞德匆匆向办公室走去，拿起听筒，放下香烟，开始接听电话。"这一叙事片段可以分解成五个功能，其中，"电话铃响了"和"接听电话"两个功能是核心功能，它们"用提问题及解决问题的方式推动情节前进"，指引着故事的发展方向，因此必须有呼应，否则就会悬空⑦。而在"电话铃响了"和"接听电话"两个主要功能之间的"向办公室走去""拿起听

① 参见胡亚敏《叙事学》，前引书，第 122 页。

② 〔法〕罗兰·巴特《叙事作品结构分析导论》，张寅德编选《叙述学研究》，前引书，第 25 页。

③ 童庆炳主编《文学理论教程》，高等教育出版社，1997 年，第 210 页。

④ 〔法〕罗兰·巴特《叙事作品结构分析导论》，张寅德编选《叙述学研究》，前引书，第 17 页。

⑤ 〔法〕罗兰·巴特《叙事作品结构分析导论》，张寅德编选《叙述学研究》，前引书，第 16 页。

⑥ 参见胡亚敏《叙事学》，前引书，第 121 页。

⑦ 赵毅衡《当说者被说的时候：比较叙述学导论》，前引书，第 178 页。

筒”“放下香烟”等则是围绕核心功能的一些“催化功能”，它们在核心功能的框架中“把情节链补充、扩展，使之丰满起来”①。李渔所谓的“主脑”则是就整个故事而言。如他以为《西厢记》中，老夫人许婚、白马解围、张君瑞望配、红娘传情、莺莺失身、与郑恒争元配等事件中，唯“白马解围”一事是“主脑”，它在全部故事中如屋之梁柱，关系着故事的全局，因此，在剧中应着力发挥。

其二，一个故事的核心功能可以很多，“主脑”则只有一个。核心功能组成了情节的基本框架。一般做一部叙事作品的情节提要，就是抽绎其核心功能。主脑则只是诸多核心功能中的一个，但却是故事情节中必不能少的一个。作情节提要不一定能罗列所有的核心功能，但绝不能缺少“主脑”。

其三，主脑在整个故事中还具有缩结所有事件的作用。有时候，主脑还指的是故事中的悬念，整个故事能让读者豁然明白有赖于悬念型主脑的揭穿；有时候，主脑是引起故事发生突转的事件。而核心功能则只前后相续、相应，推动故事情节向前发展。

2.“序列”与“段”

功能作为故事最小的叙事单位有待于进入高一级层次——序列。功能也只有“放进一个有序结构——一句话或一个叙事之内才获得意义”②。有鉴于此，法国叙事学家布雷蒙提出“序列”概念③，指出功能和事件相关，功能和事件组成序列，或者说，“序列是由功能组成的完整的叙事句子”④。普罗普把叙事功能作为叙事结构的基本单位，但对于功能之间的关系，普罗普基本上只考虑到其时间顺序，而忽略了其逻辑关系。布雷蒙则在更高层次上提出“序列”概念，将其作为叙事的基本单位，并用它来说明功能与功能之间的逻辑关系。

布雷蒙把“序列”分为“基本序列”和“复合序列”。基本序列由三个功能组合而成：

①一个功能以将要采取的行动或将要发生的事件为形式表示可能发生变化；

②一个功能以进行中的行动或事件为形式使这种潜在的变化可能变为现实；

---

① 赵毅衡《当说者被说的时候：比较叙述学导论》，前引书，第178页。

② 〔美〕华莱士·马丁《当代叙事学》，前引书，第85页。

③ 以下参见〔法〕布雷蒙《叙述可能之逻辑》，张寅德编选《叙述学研究》，前引书。

④ 胡亚敏《叙事学》，前引书，第123页。

③一个功能以取得结果为形式结束变化过程。

罗纲先生将三者简化为"情况形成""采取行动""达到目的"[①]。当然，并非每一个基本序列都必然具备三个功能，某些基本序列，"情况形成"可能很隐晦；而某些可能只有行动，不一定能达到目的。

基本序列相互结合产生复合序列。其结合的方式可以有首尾接续式、中间包含式、左右并连式[②]。首尾接续式，是一个序列的结尾连着下一序列的开始，我国古代的章回小说大都采用这种连接形式，上一回故事的结尾总是紧连着下一回故事的开始。在一个序列完成之前，插入另一个序列，就是中间包含式序列组合形式。如罗纲指出《水浒传》中被金圣叹称为"横云断山法"的，其实就是这种"中间包含式"序列组合方式：在三打祝家庄之前，插入"解珍解宝双越狱"，二人越狱后，投奔梁山泊，成为打祝家庄的内应，才实现第三次攻打祝家庄成功。插进的故事，表面上似乎将打祝家庄这一事件序列隔断，但实际上它又是"三打"的准备，在功能上是隶属于"三打"的，正如布雷蒙所言："这个形式的出现是由于一个变化过程要得到完成，必须包含作为其手段的另外一个变化过程；这另外一个过程又还可以包含另外一个过程，依此类推。"[③]因此就其性质来说，金圣叹所谓的"横云断山法"确和中间包含式序列组合是相同的。左右并连式实际是同一事件，从两种不同的眼光来看，其意义不同。如罗纲所举"智取生辰纲"之例，在晁盖、吴用、阮氏兄弟等人看来是节节胜利，最终达到目的；而在杨志眼中却步步失算，最后彻底失败。事件的复杂性借此被揭示出来。

序列依据时间的、空间的、逻辑的原则组合成情节，从而构成一个完整独立的故事。

类似的关于叙事作品故事情节结构层次的研究，在清代的王希廉最为特出。在《红楼梦总评》中，王希廉说："《红楼梦》一百二十回，分作二十一段，方知结构层次。"[④]让我们来看王希廉对《红楼梦》结构层次的分段分析。为便于分析，下面将其论述列表如下：

① 参见罗纲《叙事学导论》，云南人民出版社，1994 年，第 92 页。胡亚敏将其类比为任何变化构成的三个阶段，即起因、过程、结果。（胡亚敏《叙事学》，前引书，第 123 页。）

② 罗纲称为连接式、镶嵌式、两面式（罗纲《叙事学导论》，前引书，第 94—98 页）；胡亚敏称为链状、嵌入、并列。（胡亚敏《叙事学》，前引书，第 123 页。）

③ 〔法〕布雷蒙《叙述可能之逻辑》，张寅德编选《叙述学研究》，前引书，第 155 页。

④ [清]王希廉《〈红楼梦〉总评》，朱一玄编《红楼梦资料汇编》，南开大学出版社，2001 年，第 578 页。

叙述段	回　目	内　容
1	1 回	作书之缘起。
2	2 回	叙宁、荣二府家世及林、甄、王、史各亲戚。
3	3、4 回	叙宝钗、黛玉与宝玉聚会之因由。
4	5 回	一部《红楼梦》之纲领。
5	6—16 回	结秦氏诲淫丧身之公案，叙熙凤作威造孽之开端。
6	17—24 回	叙元妃沐恩省亲、宝玉姊妹等移住大观园，为荣府正盛之时。
7	25—32 回	宝玉第一次受魔几死，虽遇双真持诵通灵，而色孽情迷，惹出无限是非。
8	33—38 回	宝玉第二次受责几死，虽有严父痛责，而痴情益盛，又值贾政出差，更无拘束。
9	39—44 回	叙刘老老、王凤姐得贾母欢心。
10	45—52 回	于诗酒赏心时，忽叙秋窗风雨，积雪冰寒；又于情深情滥中，忽写无情绝情，变幻不测，隐寓泰极必否、盛极必衰之意。
11	53—56 回	叙宁、荣二府祭祠家宴，探春整顿大观园，气象一新，是极盛之时。
12	57—63 上半回	写园中人多，又生出许多唇舌事件，所谓兴一利，即有一弊也。
13	63 下半—69 回	叙贾敬物故，贾琏纵欲，凤组阴毒，了结尤二姐、尤三姐公案。
14	70—78 回	叙大观园中风波迭起，贾氏宗祠先灵悲叹，宁、荣二府将衰之兆。
15	79—85 回	叙薛蟠悔娶，迎春误嫁，一嫁一娶，均受其殃；及宝玉再入家塾，贾环又结仇怨，伏后文中举、串卖等事。
16	86—93 回	写薛家悍妇，贾府匪人，俱召败家之祸。

叙述段	回　目	内　容
17	94—98 回	写花妖异兆，通灵走失，元妃薨逝，黛玉夭亡，为荣府气运将终之象。
18	99—103 回	叙大观园离散一空，贾存周官箴败坏，并了结夏金桂公案。
19	104—112 回	写宁、荣二府，一败涂地，不可收拾，及妙玉结局。
20	113—119 回	了结凤姐、宝玉、惜春、巧姐诸人及宁、荣二府事。
21	120 回	总结《红楼梦》因缘始末。

王希廉以“段”为单位，将整个《红楼梦》一百二十回书划分为 21 个“段”来看其结构层次。这种理论思维与叙事学以“序列”为单位来认识叙事作品情节结构的思维方式是一致的，都是把大的故事情节划分为小的叙述单元，来看小的叙述单元如何依据时间、空间或逻辑的秩序组合情节，构织故事。与叙事学叙事序列理论相比，王希廉以“段”为单位分析《红楼梦》结构层次的理论在以下三个方面凸显出特色：

第一，王希廉将《红楼梦》划分为 21 段来分析其结构层次，其思维来源于中国古代小说文本分析的文章学思维。中国古代小说的文本分析始于金圣叹。金圣叹首先将古代戏曲、小说文本分析纳入文章系统之中，用分析文章的“一副手眼”评点小说、戏曲，用读古文、时文、史传，甚至诗歌的方法读小说、戏曲。他打破文体界限，将诗、文、小说、戏曲都视为文人之文，以文章学的视野细读文本，探讨共同的“文章之法”，成为后世小说文本分析的典型方式。文章学视野中的文章分析，首先就是分段分析文章结构层次。金圣叹说：“凡看古人长文，莫以其汪洋一篇便阅过。古人长文，皆积短文所成耳。即如此辞(陶潜《归去来辞》，笔者注)本不长，然皆是四句一段，试只逐段读之，便知其逐段各自入妙，古人自来无长文能妙者。长文之妙，正妙于中间逐段逐段纯作短文耳。”①在这种文章观念指导下，金圣叹多以分段析意的方式分析古文。不仅如此，金圣叹还把几乎所有的律诗都分上下两段来分析其结构，解析其诗意。这种分段析意的诗歌文本分析方法被清代仇兆鳌发挥得淋漓尽致。仇兆鳌的《杜诗详注》都是用分段析意的方法分析诗歌。在《杜诗详注·凡例》“杜诗分段”条中，仇兆鳌直接申明了他的诗歌分段解析思想：“《诗经》古注，分章分句。朱子《集传》，亦踵其例。杜诗

① 《金圣叹批才子古文读本》(下)，大达图书供应社，1936 年，第 18 页。

古律长篇，分段分界处，自有天然起伏，其前后数句，必多寡匀称，详略相应。分类千家本，则逐句细断，文气不贯。编年千家本，则全篇浑列，眉目未清。兹集于长篇即分段落，而结尾则总拈各段句数，以见制格之整严，仿《诗传》某章章几句例也。”①可以说，分段析意的文本分析方法是明清诗文批评普遍采用的方法。明清诗文分段析意的文本分析方法直接影响到长篇小说批评，明清小说批评家经常将长篇小说当作文章来看，金圣叹就说：“凡人读一部书，须要把眼光放得长。如《水浒传》七十回，只用一目俱下，便知其二千余纸，只是一篇文字。中间许多事体，便是文字起承转合之法。若是拖长看去，却都不见。”②小说被看做文章，采用分段析意的文章批评方法进行小说批评自然顺理成章。王希廉依据意义为单位将《红楼梦》划分为 21 个段，进行结构层次分析，其思想正来源于此。这种思维与分析方法，直到现在仍在延用。

其次，王希廉所说的“段”，是对整个故事所作的以意义和性质为标准的切分。如第 3 个叙述段，包括《红楼梦》第三、四两回。之所以将这两回划分为一个叙述段，是因为小说中的三个主人公林黛玉、贾宝玉、薛宝钗在这一叙述段中出场、相聚，开始了他们在贾府的生活。对于整个故事来说，这两回相当于故事主体部分的开场，因此将两回归并为一个叙述段。这与叙事学纯以行动来划分序列不同。

王希廉还将叙述段分为大段落和小段落两个层次，指出他所划分的 21 段是“一部书中之大段落也。至于各大段中，尚有小段落，或夹叙别事，或补叙旧事，或埋伏后文，或照应前文，祸福倚伏，吉凶互兆，错综变化，如线穿珠，如珠走盘，不板不乱”。无论是大段落还是小段落，我们都可以把它看作是基本序列。王希廉称大段落中的小段落“或夹叙别事，或补叙旧事，或埋伏后文，或照应前文”实际上指的是段落之间的组合关系。如“夹叙别事”，即是在一个故事还未结束时插入另一个故事，这样形成的叙述段相当于中间包含式复合序列。其他“补叙”、埋伏照应等则可依此类推。

第三，序列组合为情节所依据的原则主要有时间、空间、逻辑三种，王希廉在这里特别指出了《红楼梦》结构的逻辑原则。在王希廉看来，《红楼梦》故事是依照盛——衰——盛——衰——败这样的逻辑演变顺序组织其情节结构，因此他对《红楼梦》叙述段的划分依据的即是盛——衰演变的逻辑原

---

① ［唐］杜甫著，［清］仇兆鳌注《杜诗详注》，中华书局，1979 年，第 1 页。

② ［清］金圣叹《读第五才子书法》，陈曦钟等辑校《水浒传会评本》，前引书，第 16 页。

则。而这一盛与衰的对立正是《红楼梦》的深层结构模式。关于这一点，下文将详细论述，此不赘述。朱伯石《现代写作学》中也说到，结构的基本单位是层次。这是作者在表达主旨过程中所形成的相对完整、相对独立的思想单位或意义单位，又叫“意义段”“结构段”或径称“部分”。而“在结构诸要素中，层次居于核心地位”。层次的安排则被进一步落实到“线索”上，可以是“时间线”“空间线”“事理线”等①。这里的“层次”“意义段”“结构段”“部分”就相当于王希廉所谓的“大段落”“小段落”，“线索”的实质则是下文将要讨论的“大纲”，或者说是叙事学的“深层结构”。

3.“深层结构”与“大纲”

叙事结构作为叙事学理论研究的重要层面，有表层与深层之分。结构主义叙事学视叙事为事件序列，由时间或因果原则所支配的“事件→序列→故事”的横向组合层面就是叙事的“表层结构”。叙事学研究叙述结构，并不仅仅是对叙事序列作具细无遗的描述或图表②，正如马丁所说：“我们可以用事件、功能、插曲、母题、状态、核心、行动等词来描述境况和发生了什么……但是，在这样做了之后，在对故事做出了具细无遗的描述或图表之后，我们究竟成就了什么？”③叙事学的结构分析最终是要寻找表层故事结构背后的“深层结构”，“这些深层结构是无时间性的；它们产生出人类行为的规则和规律，而正是这些规则和规律推动我们从开端向结尾运动。”④前文已指出，叙事文的表层结构指的是由功能和序列构成的故事情节的发展，属于横组合段。与之相对，其深层结构则是横组合段每个成分后面未显露且可以替代的一套单位和规则，属于纵聚合轴。巴特说：“理解一部叙事作品不仅仅是理解故事的原委，而且也是辨别故事的层次，将叙事线索的横向连接投射到一根纵向的暗轴上”⑤。因此，叙事作品的结构研究的关键是要从横组合段入手，去发现其投射到纵轴上所产生的深层结构。胡亚敏先生指出了重建深层结构的基本步骤：首先将故事划分为相对独立的基本单位，在划分过程中去掉一些无直接关联的成分，保留故事中不可缺少的关键部分，并将这些基本单位按一定的连接原则（如时间的起止，问题的提出与解决等）组合，然后将化简了的基本单位按其相关语义排列在纵轴上⑥。前文

---

① 朱伯石主编《现代写作学》，人民日报出版社，1986 年，第 105 页。

② 马丁将叙事序列编织成树形结构、过程图、回路图等图表。（〔美〕华莱士·马丁《当代叙事学》，前引书，第 91 页。）

③ 〔美〕华莱士·马丁《当代叙事学》，前引书，第 92 页。

④ 〔美〕华莱士·马丁《当代叙事学》，前引书，第 93 页。

⑤ 〔法〕罗兰·巴特《叙事作品结构分析导论》，张寅德编选《叙述学研究》，前引书，第 9 页。

⑥ 胡亚敏《叙事学》，前引书，第 230 页。

我们将王希廉对《红楼梦》的分段分析以表格的形式纵向排列后，就可以发现王希廉通过对《红楼梦》叙述段的划分，重建了《红楼梦》的盛/衰二元对立的深层结构。从上表可以看出，王希廉认为从第6个叙述段到第10个叙述段（十七回到五十二回），是一个盛——衰轮回；从第11个叙述段到第14个叙述段再到第19个叙述段（五十三回到一百一十二回）又是一个盛——将衰——败的轮回。正是在由盛而衰的轮回中，带来了《红楼梦》的悲剧感①。盛——衰的逻辑线索成为王希廉把握《红楼梦》结构的根本，所以，王希廉多次指出，《红楼梦》"是说贾府盛衰情事""专叙宁荣二府盛衰情事""甄士隐、贾雨村为是书传述之人，然与茫茫大士、空空道人、警幻仙子等，俱是平空撰出，并非实有其人，不过借以叙述盛衰，警醒痴迷"②。在《红楼梦回评》中，王希廉也反复以盛衰论事，并列出一条"正盛"——"极盛"——"将衰"——"气运将终"——"离散一空"——"一败涂地"的线索。正是这条线索将那些头绪纷繁无穷的宴饮、聚会、口角、阴谋等等串联成了一个有机的整体③。

与王希廉不同，蒙古文论家哈斯宝则认为《红楼梦》的深层结构是真与假的二元对立。在《新译红楼梦》第一回回批中，哈斯宝批道：

> 全四十回的大纲，便是真假二字。真，内热而外冷；假，外热而内冷。故开头都是冷，无一丝热处。后来贾家父子诸兄弟一出场，便写得炽热，一点冷也没有了。但是假的终究不长远，最后一旦返冷，便落得个破瓯碎罐一般。

这里的"大纲"就是"深层结构"。在哈斯宝看来，《红楼梦》的深层结构具体体现为真/假二元对立，它推动整个故事从开端向结尾运动：《红楼梦》第一回先说甄士隐的故事，是"真事"所以一提即过，立即隐去；接着讲贾雨村的故事，真假相对，"真"（甄）是作为引子，目的在引出"假"（贾）。小说主体连续不断地叙述贾府内形形色色的人的故事，就都是"假"；都是假又失了真，故又凭空叙出甄宝玉的故事，以为贾宝玉故事的对衬，也一提即过，倏忽即逝。故事的结尾宝玉出家，一切尘世的繁华烟消云散，只落得个"白茫茫大地真干净"，是世界的真。真/假→假→假/真→真——就是在这样真/假二元对立的深层结构推动下《红楼梦》故事从开端向结尾演进，所以哈斯

---

① 参见段江丽《论王希廉〈红楼梦〉"评语"的小说学思想》，载《红楼梦学刊》2004年第一辑，第335—361页。

② ［清］王希廉《〈红楼梦〉总评》，朱一玄编《红楼梦资料汇编》，前引书，第580页。

③ 参见段江丽《论王希廉〈红楼梦〉"评语"的小说学思想》，前引文，第335—361页。

宝强调说:“真真假假,是本书的一条大纲。”①

在哈斯宝看来,真/假二元对立也是冷/热二元对立。“真,内热而外冷;假,外热而内冷。”为什么要由冷子兴来演说荣国府,引出主叙述呢?哈斯宝以为“冷子兴就是‘冷自兴’,由冷而兴。”②冷是内冷,兴是外热,内冷外热就是“假”:贾母、凤姐、黛玉、宝钗等过生日、可卿丧事、元妃省亲、贾探春结诗社、刘姥姥进大观园等发生在贾府内的各种各样的故事无不写得热闹非常,而外表的热闹掩不住内在的“冷”——世情冷淡,终局仍是凄凉,“故事由真到假,便由冷到热”,真/假、冷/热的辩证运动是《红楼梦》故事的深层规则。

真/假对立的深层结构法则制约着《红楼梦》故事的表层结构,即事件序列。如对被作为贵族之家喝酒行令把戏的“篾片相公”薛蟠和刘姥姥故事的叙述,分别在十一回和十六回,哈斯宝以为十一回写薛蟠听宝玉要行酒令站起阻拦、急得瞪眼、句句令词讲其行径,与十六回写刘姥姥听鸳鸯说要行酒令立马下席摆手、和令想了半天、句句令词都是她的见识,两事遥相对衬,一“皆出真情”,一“全是故意作戏”,就是真/假对立的深层结构在表层结构上的显现。

哈斯宝发现隐藏在《新译红楼梦》背后的真/假对立“深层结构”与他“宇宙大化”的文化认同和人生际遇紧密相连。从文化认同来看,他认为人间冷暖是与春夏秋冬的四季更替息息相关,《红楼梦》“不仅写了形形色色的人的性情,而且暗射了天时。看官请看,书中开始是暖,中间热,继尔生凉,最后是寒,以天时比喻人的性情,怎会不淋漓尽致?”③世界是个循环系统,有一个循环运动的过程。弗莱以为神的活动常与自然的循环过程相一致,如植物神秋天死去,春天再生,因此,神话的循环抽象结构是从生到死到再生的延伸④。哈斯宝以为《红楼梦》故事讲述了人间冷暖,对应于春夏秋冬四时由暖→冷→凉→寒→暖的循环,颇具弗莱所谓文学原型意味。真/假、冷/热二元对立可谓天、人共有的规则,是宇宙大化的法则,也是哈斯宝的文化认同和对世态人情的洞察。

从人生际遇来看,哈斯宝是土默特右旗札萨克贝子玛呢巴达喇的养子,

---

① [清]哈斯宝评《新译红楼梦》第十六回回批,朱一玄编《红楼梦资料汇编》,前引书,第793页。

② [清]哈斯宝评《新译红楼梦》第二回回批,朱一玄编《红楼梦资料汇编》,前引书,第775页。

③ [清]哈斯宝评《新译红楼梦》第一回回批,朱一玄编《红楼梦资料汇编》,前引书,第774页。

④ [加]诺斯罗普·弗莱《批评的解剖》,陈慧等译,百花文艺出版社,2006年,第228页。

1830 年左右，玛呢巴达喇去世后，其非婚子德勒克色楞承袭了土默特右旗札萨克贝子爵位①。哈斯宝在这场“权”与“位”的争夺中作“忠臣义士”的希望彻底破灭，尝尽了世态艰险、人情冷暖，他在《新译红楼梦·总录》中说：“父子、兄弟则有如同源之水，同根之木，流分枝离，并不是自来非真。但又出来假父假子假兄弟这一等人，从根本上就是假的，何能不假。富贵则假可成真，贫贱则真亦成假。富贵是热，热则莫不成真，其真即是假。贫贱是冷，冷则莫不成假，其假中亦有真。”②哈斯宝的人生遭际，使他洞彻人间世事，人情真假，这种情感积淀又凝结为他关于宇宙人生的哲思，这是他以“真/假”为《新译红楼梦》深层结构的原因所在。

盛/衰、真/假、冷/热等都是古代文论家结合世态人情对小说深刻体悟后的发现。把握了这些深层结构模式，我们就能对作品中形形色色的事件的组合方式及其意义有更为清楚深刻的认识，由此构成叙事文结构研究的一个循环。

第二节 “首尾大照应，中间大关锁”

在中国古代叙事观念中，叙事不一定是故事，但叙事必须是对一个有开头、中间、结尾的事件的比较完整的展现。中西叙事理论史上，很早就开始了关于叙事开头、中部、结尾的关系与特征的理论探讨。西方叙事理论关于开头、中部、结尾的理论探讨分为两个阶段：一是从亚里士多德到当代叙事学阶段，集中探讨叙事的开头、中部和结尾按照线性因果逻辑承接的问题；一是当代解构主义阶段，以解构主义大师米勒为代表，集中探讨叙事开头、结尾是否存在，中部是否具有连贯性、统一性等问题。与之相比照，中国古代文论家们讨论的则是叙事作品开头、中部、结尾的照应问题。一部叙事作品，它的开头和结尾怎样安排才形成照应？叙事的中部是否有关键性的单元作为结上起下之肯綮？这些问题才是中国古代文论家的理论兴奋点。在中国古代文论家看来，叙事开头、中部、结尾应具有“首尾大照应，中间大关锁”的结构特点，中国古代文论家所认为的结构的最高审美规范应“如常山率然，击首则尾应，击尾则首应，击中则首尾皆应”③。

---

① 扎拉嘎《哈斯宝生平考略》，载《民族文学研究》2000 年第 4 期。

② 朱一玄编《红楼梦资料汇编》，前引书，第 825 页。

③ ［清］毛宗岗评《三国演义》第九十四回回评，陈曦钟等辑校《三国演义会评本》，前引书，第 1145 页。

一、“首尾大照应”:论叙事的开头与结尾

首尾照应是中国古代诗、文、戏曲、小说等批评领域普遍使用的批评话语,古代文论家常以首尾照应为标准来衡量诗文的结构艺术。前文已述,刘勰、乔吉、李贽等在讨论文章、戏曲的结构时,都指出要“统首尾”、使“首尾贯穿”“首尾相应”。元倪士毅《作义要诀》亦云:

> 作文各自有体,或简或详,或雄健,或稳妥,不可以一律论。盖文气随人资禀,清浊厚薄所赋不同,则文辞随之。然未有无法度而犹可以言文者。法度者何?有开必有合,有唤必有应,首尾当照应,抑扬当相发,血脉宜串,精神宜壮,如人一身自首至足缺一不可,则是一篇之中逐段逐节逐句逐字皆不可以不密也。①

首尾照应在中国古代是作为作文的一条重要法则被理论家反复提倡。古代文论家将小说也纳入文章系统中,因此,首尾照应的观念也贯穿在小说的创作与批评中。在“首尾当照应”的结构观念指导下,明清文人进行了小说的删改、创作,使明清小说成为真正的文人小说②,具有了首尾照应的结构布局。明清小说批评对这种首尾照应的结构也倍加关注,金圣叹、毛宗岗、张竹坡等小说批评家都着重评析了明清文人小说首尾照应的格局。

金批本《水浒传》,金圣叹自称是真正的古本。目前学界较为一致的认识是它是对明嘉靖时武定侯郭勋(1475—1542)家所传百回本《忠义水浒传》的删节③。金本《水浒传》在开头和结尾的处理上明显地体现了以首尾照应为原则的叙事技法。金本《水浒》“楔子”以宋代著名的象数学家邵雍的一首七律为起首诗:“纷纷五代乱离间,一旦云开复见天!草木百年新雨露,车书万里旧江山。寻常巷陌陈罗绮,几处楼台奏管弦。天下太平无事日,莺花无限日高眠。”而结尾卢俊义惊恶梦后却见堂上匾额大书“天下太平”四个青字,紧接着以金圣叹自作的两首诗“太平天子当中坐”“大抵为人

---

① [元]倪士毅《作义要诀》,文渊阁《四库全书》,第1482册,第373页。

② 文人小说的概念,由美国学者浦安迪率先提出。浦安迪指出,自“五四”以来,明清长篇章回小说一直被称为“通俗文学”,胡适、鲁迅、郑振铎等都将明清章回小说看作是代复一代无名氏口耳相传的写本。其实,明清长篇章回小说的六大名著与其说是在口传文学基础上的平民体创作,不如说是当时的一种特殊的文人创作,其中的巅峰之作更是出自当时某些怀才不遇的高才文人——所谓“才子”——的手笔。原因是这些小说有一整套固定而成熟的文体惯例,浦安迪将其称为“奇书文体”。无论是其美学手法、还是其思想抱负,都反映了明清读书人的文学修养和趣味。([美]浦安迪《中国叙事学》,前引书,第19—24页。)

③ 鲁迅《中国小说史略》,上海古籍出版社,2004年,第128页。

土一丘"收束全文。对于这样的以首尾照应为原则的起始安排，金圣叹无疑万分得意，因此他批点道："一部大书数万言，却以天下太平四字起，天下太平四字止，妙绝。"①"以诗起以诗结，极大章法。"②

不惟两首以"太平"为诗眼的诗在故事起结上形成照应，在金圣叹看来，在全文中起着举足轻重的作用的石碣，也是作者为形成首尾照应的完整叙事结构而特别虚构的。《水浒传》第七十回回批中，金圣叹说道："或问：石碣天文，为是真有是事？为是宋江伪造？此痴人说梦之智也。作者亦只图叙事即毕，重将一百八人姓名一一排列出来，为一部七十回书点睛结穴耳。盖始之以石碣，终之以石碣者，是此书大开阖；为事则有七十回，为人则有一百单八者，是此书大眼节。若夫其事其人之为有为无，此固从来著书之家之所不计，而奈之何今之读书者之惟此是求也？"③石碣的首尾照应因此也是奇绝章法，"一部大书以石碣起，以石碣结，奇绝。"④

不过，需要指出的是，金圣叹在这里还只是指出了首尾安排相似的叙事内容或采用相似的叙事形式是"极大章法""奇绝"，还没有具体说明这是一种什么章法？为什么"奇绝"？其后的毛宗岗在金圣叹的基础上明确地指出这种章法其实就是首尾照应，在《读〈三国志〉法》中，毛宗岗论道：

> 《三国》一书，有首尾大照应，中间大关锁处。如首卷以十常侍为起，而末卷有刘禅之宠中贵以结之，又有孙皓之宠中贵以双结之：此一大照应也。又如首卷以黄巾妖术为起，而末卷有刘禅之信师婆以结之，又有孙皓之信术士以双结之：此又一大照应也。

这里说的是《三国演义》第一回叙述东汉桓帝、灵帝宠幸张让、曹节、郭胜等"十常侍"使朝政日非，因此引起张角等造反的故事与第一百一十五回刘禅听信宦官黄皓之言，溺于酒色，不理朝政，最终辱国丧国及末回吴国孙皓继位后，宠幸中常侍岑昏，听信术士尚广筮占，大举兴兵取魏，导致兵败亡国三件事之间的相互照应。在毛氏看来，十常侍为乱导致宫廷政变，是《三国演义》叙事的逻辑起点；黄皓、岑昏诱惑刘禅、孙皓殆政促使吴蜀衰落，结束三国鼎立的局面，是《三国演义》叙事的逻辑终点。正是因为小说在起点和终点上安排相似的情节形成照应，才使整个叙事因此形成严密、完满的圆形结

① ［清］金圣叹评《水浒传》楔子夹批，陈曦钟等辑校《水浒传会评本》，前引书，第48页。

② ［清］金圣叹评《水浒传》第七十回夹批，陈曦钟等辑校《水浒传会评本》，前引书，第1273页。

③ ［清］金圣叹评《水浒传》第七十回回批，陈曦钟等辑校《水浒传会评本》，前引书，第1262页。

④ ［清］金圣叹评《水浒传》楔子夹批，陈曦钟等辑校《水浒传会评本》，前引书，第48页。

构。在毛宗岗看来,在故事的结尾,精心构织一定的情节以使读者能明显回忆起开始的故事,从而达到首尾照应,就是“绝世奇文”:

> 又有读至终篇,而复与最先开卷之数行相应者。……如观黄龙见井中之兆,令人思青蛇见御座之时;……至于姜维之欲去黄皓,则明明以十常侍为比,明明以灵帝为鉴。于一百十回之后,忽然如睹一百十回以前之人,忽然重见一百十回以前之事。如此首尾联合,岂非绝世奇文?①

《三国演义》的首尾照应尚不止此,为了形成首尾照应,毛宗岗本《三国》在卷首以苏轼《西江月》词“滚滚长江东逝水”作为卷首引语,以与卷末古风“鼎足三分已成梦,后人凭吊空牢骚”相照应,对此,毛宗岗也得意地评道:“末二语以一‘梦’字,一‘空’字结之,正与卷首词之意相合。一部大书以词起,以诗收,绝妙章法。”②与金圣叹之语何其相似!另外,毛宗岗还指出第一百二十回末尾“自此三国归于晋帝司马炎,为一统之基矣。此所谓‘天下大势,合久必分,分久必合’者也。”“直应转首卷起语,真一部如一句。”③《三国》第一回开卷“话说天下大势,分久必合,合久必分”与第一百二十回卷尾“此所谓‘天下大势,合久必分,分久必合’者也”以几乎完全相同的叙述内容在整部一百二十回书的首尾遥相呼应,回环往复,使整部书始终回旋着“天下大势,分就必合,合久必分”的轮回、宿命的强音,从而凸显了整部小说的主题。

张竹坡也认为一部书的最大关键就是首尾是否照应。在张竹坡看来,《金瓶梅》是以玉皇庙和永福寺这两座寺庙形成首尾照应,因此,这两座寺庙是全书“大关键处”④。《金瓶梅》第一回,西门庆、应伯爵、谢希大三人商量结拜兄弟的场所,谢希大说:“咱们这里无过只两个寺院,僧家便是永福寺,道家便是玉皇庙。这两个去处,随分哪里去吧。”张竹坡于此夹批道:“玉皇庙,永福寺,须记清白,是一部起结也,明明说出全以二处作终始的柱子。”⑤《金瓶梅》故事中,西门庆、潘金莲、李瓶儿、庞春梅等主要人物都由

---

① [清]毛宗岗评《三国演义》第一百一十五回回评,陈曦钟等辑校《三国演义会评本》,前引书,第1391页。

② [清]毛宗岗评《三国演义》第一百二十回夹批,陈曦钟等辑校《三国演义会评本》,前引书,第1457页。

③ [清]毛宗岗评《三国演义》第一百二十回夹批,陈曦钟等辑校《三国演义会评本》,前引书,第1456页。

④ [清]张竹坡《〈金瓶梅〉读法》,朱一玄编《金瓶梅资料汇编》,前引书,第425页。

⑤ [明]兰陵笑笑生著,[清]张道深评《金瓶梅》,第一回夹批,前引书,第16页。

玉皇庙引出:西门庆的十个兄弟在玉皇庙结拜时全部点出;李瓶儿是在西门庆邀花子虚于玉皇庙结拜时引出;潘金莲是在西门庆诸人游览玉皇庙,看到赵元坛座下的老虎引出;庞春梅则在花子虚的小厮天福来送其与西门庆结拜的资分,月娘叫大丫头玉箫时引出。因此,小说中作者着力要写的三个人物都出于玉皇庙。而永福寺,则是西门庆、潘金莲等死后的葬所,而月娘、孝哥、瓶儿也都在永福寺讨结果,所以说"玉皇庙、永福寺是一部大起结"①。

金圣叹、毛宗岗、张竹坡、陈其泰等关于古代小说在首尾设置相似的叙事单元、诗词、场景等以形成照应的结构格局的理论阐发,使首尾照应成为中国古代主要是章回体小说的惯用技巧和中国古代小说评论家对小说叙事开头和结尾问题进行批评的基本规则,首尾照应的叙事理论话语也成为中国古代讨论叙事开头和结尾的基本理论话语。这一理论话语直到现代仍在使用。侗生《小说丛话》中指出,《红楼梦》布局"如常山率然,首尾相应,如天衣无缝,无隙可寻"②。与陈其泰指出《红楼梦》一书"以真事隐假语村作起,以真事隐假语村作末回归结,手笔超妙"的评论可谓一脉相承③。

为什么中国古代的小说创作会采用如此雷同的叙事形式,为什么中国古代的文论家如此赞赏这种雷同的结构形式?法国评论家贝尔纳·瓦莱特曾经指出:"开头(或卷首词)和结尾(或结句)在叙述的手法中占据了优先的地位,经常(明示或暗示)蕴涵着象征的意义——寓意。"④杨义先生更深刻地论道:

> 一篇叙事作品的结构,由于它以复杂的形态组合着多种叙事部分或叙事单元,因而它往往是这篇作品的最大的隐义之所在。它超越了具体的文字,而在文字所表达的叙事单元之间或叙事单元之外,蕴藏着作者对于世界、人生以及艺术的理解,在这种意义上说,结构是极有哲学意味的构成。甚至可以说,极有创造性的结构是隐含着深刻的哲学的。⑤

《水浒》以诗起以诗结,首尾相互照应形成的圆融结构显然也隐藏着深刻的隐义。两诗中的诗眼均是"天下太平"四字,金圣叹用这种春秋笔法隐含着

---

① [清]张竹坡评《金瓶梅》第四十九回回评,朱一玄编《金瓶梅资料汇编》,前引书,第504页。

② 侗生《小说丛话》,朱一玄编《红楼梦资料汇编》,前引书,第868页。

③ [清]陈其泰评《红楼梦》第一回回评,朱一玄编《红楼梦资料汇编》,前引书,第715页。

④ [法]贝尔纳·瓦莱特《小说——文学分析的现代方法与技巧》,陈艳译,天津人民出版社,2003年,第88页。

⑤ 杨义《中国叙事学》,前引书,第39页。

对纷纷乱世的反讽,也寄予了对"天下太平"的渴望。在毛宗岗看来,《三国》一书,"作者之意自宦官妖术而外,尤重在严诛乱臣贼子,以自附于《春秋》之义。故书中多录讨贼之忠,纪弑君之恶。而首篇之末,则终之以张飞之勃然欲杀董卓,末篇之末,则终之以孙皓之隐然欲杀贾充。由此观之,虽曰演义,直可继麟经而无愧耳。"①"三国之兴,始于汉祚之衰。而汉祚之衰,则由于阉竖之欺君,与乱臣之窃国也。一部大书,始之于张让、赵忠,而终之以黄皓、岑昏,可为阉竖之戒。首篇之末,结之以张飞之欲杀董卓;终篇之末,结之以孙皓之讥切贾充,可为乱臣之戒。"②正是"严诛乱臣贼子"的主题表达需求让毛宗岗对《三国演义》叙事首尾进行了依据照应原则的调整。

开头与结尾大照应的部法结构方法,在当代小说中仍是一个亮点。鲁迅的小说就惯用这种技法。《风波》中,故事在"临河的土场上"展开:

> 临河的土场上,太阳渐渐收了他通黄的光线了。场院边靠河的乌柏树叶,干巴巴的才喘过气来,几个花脚蚊子在下面哼着飞舞。面河的农家的烟突里,逐渐减少了炊烟,女人孩子们都在自己门口的土场上泼些水,放下桌子和矮凳,人知道,这已经是晚饭时候了。

又在临河的"土场上"结束:

> 到夏天,他们仍旧在自家门口的土场上吃饭;大家见了,都笑嘻嘻的招呼。

这是用场景的重复形成首尾的照应,从而也形成故事周而复始的封闭性循环叙事结构,故事的结尾又指向故事的开头,——另一场"风波"正在等着叙述。"叙事场景在文本开头和结尾复现,形成首尾重叠衔接的环形结构——未来重复现在,现在重复着过去。这种'叙事的循环'是通过一个有限过程的模拟复制来实现,它使叙述时间在事件结束时又流向了开端,它类似于大自然的黑夜连着白天,白天又连着黑夜。"③正如华莱士·马丁所说:"也许我们感受到的、统一了开始与结尾的循环回归感来自自然——日夜、季节、年月。他们为人类的死亡与再生概念提供了一种模型。"④

---

① [清]毛宗岗《读〈三国志〉法》,朱一玄、刘毓忱编《三国演义资料汇编》,前引书,第266页。

② [清]毛宗岗评《三国演义》第一百二十回回评,陈曦钟等辑校《三国演义会评本》,前引书,第1444页。

③ 胡明贵《重复叙事诗学》,载祖国颂主编《叙事学的中国之路——全国首届叙事学学术研讨会论文集》,中国社会科学出版社,2006年,第218—231页。

④ 〔美〕华莱士·马丁《当代叙事学》,前引书,第80页。

二、"中间大关锁":论叙事中部

讨论了叙事的开头和结尾,接着让我们来看叙事的中部。中国古代叙事理论着重讨论的是中部是否有叙事单元与首尾形成照应,理论家们常把这样的叙事单元依其作用称作"大关锁""大关键""枢纽""大关目",或"结上起下之肯綮""前后关合处"等。同时中部的各叙事单元能否前后关合,从而使全部叙事连贯如"常山之蛇",也是中国古代叙事理论关注的一大问题。

最早提出中部诸问题的是毛宗岗。在《读〈三国志〉法》中,毛宗岗论道:

> 照应既在首尾,而中间百余回之内若无有与前后相关合者,则不成章法矣。于是有伏完之托黄门寄书,孙亮之察黄门盗密以关合前后;又有李傕之喜女巫,张鲁之用左道以关合前后。凡若此者,皆天造地设,以成全篇之结构者也。①

毛氏这里指的是在整个叙事中部的一至三回,设置与开端或结尾相似的叙事单元,在全部故事中作为结上启下之肯綮,叙事的中部和开头、结尾形成照应,从而使整个叙事统一、连贯。如上面引文指出的用以关合前后的"张鲁用左道"之事,在《三国演义》第五十九回,在毛宗岗看来,这一叙事单元的设置,和第一回"太平道"张角遥遥相对,在结构上形成了相互照应的叙事单元,因此是一部大书前后关合处:

> 张角之以左道惑众,已隔五十余回矣,此卷忽有一左道之张鲁以配之。角有兄弟三人,鲁则有父子祖孙三世;角有太平道人大贤良师之名,鲁则有师君、祭酒、鬼卒之号。何其不谋而相类也?盖刘备之将聚桃园,则以黄巾为之始;而刘备之将入西蜀,则以张鲁为之端,此一部大书前后关合处。②

除第五十九回以外,第六十、六十一回在全书中也都是承上启下的关节性叙事单元。如对于第六十一回在全书中的作用,毛宗岗联系前后卷在回前总评中批道:

---

① [清]毛宗岗《读〈三国志〉法》,朱一玄、刘毓忱编《三国演义资料汇编》,前引书,第266页。

② [清]毛宗岗评《三国演义》第五十九回回评,陈曦钟等辑校《三国演义会评本》,前引书,第725页。

前卷与后卷，皆叙玄德入川之事，而此卷，忽然放下西川，更叙荆州，放下荆州，更叙孙权，复因孙权夹叙曹操。盖阿斗为西川四十余年之帝，则取西川为刘氏大关目，夺阿斗亦为刘氏大关目也。至于迁秣陵，应王气，为孙氏僭号之由；称魏公，加九锡，为曹氏僭号之本。而曹操梦日，孙权致书，互相畏忌，此鼎足三分一大关目也。以此三大关目，为此书半部中之眼。①

刘备取西川、赵云夺阿斗是蜀国基业的根本，有此根本才有后来蜀国的形成以及赵云、诸葛亮等辅佐刘备、刘禅在蜀建国等故事；孙权迁秣陵，曹操加九锡，然后才能形成后来三足鼎立的格局。可见，作者在整部大书中间部分的第六十一回，清算了刘备、刘禅、曹操、孙权等三国的核心人物，因此，第六十一回在整个故事中起到了引领后续故事发展、左右整部书的情节安排的"关目作用"，所以毛宗岗将此回称为前半部"书中之眼"。

张竹坡也有同样的认识。在张竹坡看来，《金瓶梅》的第四十六、四十九、五十、五十一回在全书中起着结上起下的关键作用。

第四十六回"元夜游行遇雪雨，妻妾戏笑卜龟儿"，写元宵节吴月娘、孟玉楼、潘金莲等元宵之夜到吴大妗子家吃酒，因忽然下雪，月娘遂命玳安去取众人的皮袄，于此点出玳安和小玉之私情。第二天，月娘因在大门首站立，见一乡下卜龟儿的老婆子，遂请进院内，为月娘、玉楼、瓶儿三人算命，以此预示三人的最终结局。而偏在预示人物结局的章回中同时点出玳安、小玉，是因为这二人在西门庆死后，是"承继西门员外达之人也"②，是一部书的结果。同时，此回中还着意刻画了春梅。写贲四娘子儿番请春梅、玉箫、迎春、兰香四个丫头去吃酒，兰香推玉箫、玉箫推迎春、迎春推春梅，要会齐了和李娇儿、西门庆等说了放他们去，"那春梅坐着，纹丝儿也不动，反骂玉箫等都是那没见世面的行货子，从没见酒席，也闻些气儿来。'我就去不成，也不到央及他家去。一个个鬼撺摞的也似，不知忙些甚么，教我半个眼儿看的上！'那迎春、玉箫、兰香都穿上衣裳，打扮的齐齐整整出来，又不敢去。这春梅又只顾坐着不动身。"得到西门庆批准后，"那春梅才慢慢往房

① ［清］毛宗岗评《三国演义》第六十一回回评，陈曦钟等辑校《三国演义会评本》，前引书，第752页。

② ［清］张竹坡评《金瓶梅》第四十六回回评，朱一玄编《金瓶梅资料汇编》，前引书，第502页。

里匀脂施粉去了。”这里以众丫鬟衬托出春梅的气骨，从而预示了春梅最终与众不同的结局。因此，“总是此回，乃结上起下之文也。”①

第四十九回，“即安一梵僧施药，盖为死瓶儿、西门之根”②。为什么整部书必先让李瓶儿、西门庆二人先死呢？在张竹坡看来，稗官小说，不过是寓言。因此《金瓶梅》中的人物大半都是寓言。作者巧妙地借人名来进行寓言。故“瓶因庆生也。盖云贪欲嗜恶，百骸枯尽，瓶之罄矣”，“瓶罄喻骨髓暗枯”③，因此，李瓶儿、西门庆的死亡，预示着其他人物也难免死亡离散的命运。所以第四十九回也是全部故事的大关键。

第五十回，特别描写了玳安，既上承第四十六回，又“特特为一百回对照”④，其目的是再次强调玳安在西门庆死后举足轻重的地位与作用。第五十一回的结上起下作用也是明显的。张竹坡以为冷/热的二元对立和转化是全部《金瓶梅》故事的深层结构，“故前五十回，渐渐热出来；此后五十回，又渐渐冷将去”⑤，而冷热过渡的枢纽以及后文故事的发展、人物的结局都于第五十一回埋下伏笔：

> 此书至五十回以后，便一节节冷了去。今看他此回，先把后五十回冷局的大头绪、一一题清，如开首金莲两舌，伏后文官哥、瓶儿之死；李三、黄四谆谆借账，伏后文赖账之由；李桂姐伏王三官、林太太；来保、王六儿饮酒一段，伏后文二人结亲，拐财背主之故；郁大姐伏申二姐；品玉伏西门之死；而斗叶子伏敬济之飘零；二尼讲经，伏孝哥之幻化，盖此一回，又后五十回之枢纽也。⑥

《儒林外史》的评点者卧闲草堂主人认为《儒林外史》第三十三回“祭泰伯祠”这一叙事单元在全书中也有着结上起下的重要作用：“祭泰伯祠，是书中第一个大结束。凡作一部大书，如匠石之营宫室，必先具结构于胸中，孰为厅堂，孰为卧室，孰为书斋灶厩，一一布置停当，然后可以兴工。此书之祭泰伯祠，是宫室中之厅堂也。从开卷历历落落写诸名士，写到虞博士，是其结穴处，故祭泰伯祠，亦是其结穴处。譬如珉山导江，至敷浅原，是大总汇

---

① [清]张竹坡评《金瓶梅》第四十六回回评，朱一玄编《金瓶梅资料汇编》，前引书，第502页。

② [清]张竹坡评《金瓶梅》第五十回回评，朱一玄编《金瓶梅资料汇编》，前引书，第505页。

③ [清]张竹坡《〈金瓶梅〉寓意说》，朱一玄编《金瓶梅资料汇编》，前引书，第419页。

④ [清]张竹坡评《金瓶梅》第五十回回评，朱一玄编《金瓶梅资料汇编》，前引书，第505页。

⑤ [清]张竹坡评《金瓶梅》第五十回回评，朱一玄编《金瓶梅资料汇编》，前引书，第505页。

⑥ [清]张竹坡评《金瓶梅》第五十一回回评，朱一玄编《金瓶梅资料汇编》，前引书，第506页。

处，以下又迤逦而入于海。书中之有泰伯祠，犹之乎江汉之有敷浅原也。”①

美国学者蒲安迪对明代四大奇书文体形式特征的研究也显示了他对中国古代小说叙事于中间设置关锁性情节的重视。蒲安迪分别分析了《三国演义》《水浒传》《金瓶梅》《西游记》四大奇书的整体结构构思，指出金圣叹为《水浒传》截取的七十回篇幅有它独自的结构安排，其结构的分界恰巧落在金本的正中附近，“第三十五回的小型聚义是故事的分水岭；之后又在第四十回的突然升级，结束了小说前‘半部’的地方性打家劫舍，标志着一群好汉在小说后半截开始崛起壮大成为中央政权的一个严重威胁。”②《三国演义》第六十回，曹操可以说达到了声威显赫的权力顶点，刘备也有了益州这一块安全的落脚之地，接下来应该是叙述曹、刘、孙三足鼎立局面形成的故事，显然，故事的上半场已告一段落，作者无疑到达了第二次起讲之处，因此“他添入了一些使人回想起故事开头的特别细节”，如上述第五十九回“张鲁用左道”之事，“使人不禁回想起小说首回的黄巾起义”，“随后不久对桃园结义的回忆似乎是蓄意把读者的思想转移到前半部的开头部分上去。”③《金瓶梅》的作者则把正文划分成前后两半截，而“以第四十九回和五十回为枢机来敷演前半部情节发展的高潮，同时又使人读来有重复开头几段情景之感。”④《西游记》比《金瓶梅》更明显地以第四十九和五十回为全部小说的分水岭：

> 这儿，有不少细节描写都加强了我们已读到该书中点的感觉。最为突出的是第四十九回里标志小说第一半部结尾的渡河情节不仅在第九十九回该书第二半部结尾处重新上演，而且甚至连老鼋担任引渡者这样的细节都照搬不误。……紧接着，作者设法再一次插入某些回照前半部开头处的细节描写来唤起人们对第二半部已经开头的感觉。⑤

总之，中国古代小说理论家常自然地将一部小说的全部叙事分为前后两段，叙事的中部，在他们看来，仿佛是“宫室中之厅堂”，是前半部书之一大结束，因此必须在中部设置关锁性叙事单元以回照开头或引领后续故事发展。这就是中国古代关于叙事中部的基本理论。

---

① ［清］卧闲草堂主人评《儒林外史》第三十三回回评，朱一玄编《儒林外史资料汇编》，前引书，第271页。

② 〔美〕浦安迪《明代小说四大奇书》，沈亨寿译，三联书店，2006年，第287页。

③ 〔美〕浦安迪《明代小说四大奇书》，前引书，第375页。

④ 〔美〕浦安迪《明代小说四大奇书》，前引书，第375页。

⑤ 〔美〕浦安迪《明代小说四大奇书》，前引书，第186—187页。

三、“常山之蛇”与“巴尔扎克之蛇”

——中西叙事开头、中部、结尾理论比较

对于叙事的开头、中部与结尾的关系与特征，中西叙事理论家们都不约而同地以蛇为喻。中国明清小说评点家、小说理论家金圣叹、毛宗岗、张竹坡、脂砚斋等将其喻为“常山之蛇”：“文如常山率然，击首则尾应，击尾则首应，击中则首尾皆应，岂非结构之至妙者哉？”①而当代西方著名解构主义理论家J. 希利斯·米勒在其最为著名的反叙事学著作《解读叙事》中，把巴尔扎克小说《驴皮记》卷首引语——一条清晰可辨的蛇称为“巴尔扎克之蛇”②，它有头、有尾、有中腰，是亚里士多德式叙事——悲剧是对一个有开头、中部、结尾的完整的、有一定长度的行动的模仿——的典范，“它象征一个有既定方向的序列，一个溯源性的、有目的、有根据的序列”“巴尔扎克之蛇将持续不断的环扣连接为一体，成了表达叙事文所有预先假定的微型缩影。”③米勒将亚里士多德关于叙事开头、中部、结尾的理论形象比喻为“巴尔扎克之蛇”。

米勒以为，《诗学》是西方传统中最伟大的奠基之作，“迄今为止，林林总总的西方文艺批评理论几乎都在《诗学》中得到某种方式的预示：形式主义、结构主义、读者反应批评、心理分析批评、摹仿批评、社会批评、历史批评，甚至修辞性即解构性批评也莫不如此。”④关于叙事开头、中部、结尾的理论，其最原初的踪迹也在《诗学》中。《诗学》中，亚里士多德把情节视为包括悲剧在内的叙事文学的核心，“情节是悲剧的根本，用形象的话来说，是悲剧的灵魂。”⑤亚里士多德把悲剧的情节结构分为开头、中部、结尾三部分，对于这三个部分，他作了这样的规定：“开头指该事与其他事情没有必然的因承关系，但会自然引起其他事情的发生。结尾恰恰相反，是指该事在必然律或常规的作用下，自然承接某事但却无他事相继。中部则既继承前事又有后事相继。”⑥亚里士多德关于叙事开头、中部、结尾的观点在叙事理论领域产生了深远的影响，直到叙事学产生，仍认为“情节是统一的，从一

---

① ［清］毛宗岗评《三国演义》第九十四回回评，陈曦钟等辑校《三国演义会评本》，前引书，第1145页。

② ［美］J. 希利斯·米勒《解读叙事》，申丹译，北京大学出版社，2002年，第76页。

③ ［美］J. 希利斯·米勒《解读叙事》，前引书，第78页。

④ ［美］J. 希利斯·米勒《解读叙事》，前引书，第2页。

⑤ ［古希腊］亚里士多德《诗学》，陈中梅译，商务印书馆，1996年，第65页。

⑥ ［古希腊］亚里士多德《诗学》，前引书，第74页。参见米勒《解读叙事》，前引书，第6页。

个稳定的开端经历一系列复杂症结，在结尾达到另一个平衡点"①。

中西虽然都有着丰富的关于叙事开头、中部、结尾的理论，但由于中西不同的文学背景和思维特征，二者在理论内涵上存在着根本的不同。以下我们试将以亚里士多德为代表的西方关于开头、中部、结尾的理论与中国古代关于叙事开头、中部、结尾的理论做一比较，以见二者的差异。

1. 整一性和圆整性。

亚里士多德关于叙事开头、中部、结尾的理论强调的是情节结构的整一性。中国古代文论家关于叙事开头、中部、结尾的理论强调的是叙事作品部法结构的圆整性。整一性强调的是组成情节的事件之间的线性因果关系，圆整性注重的是整个叙事因首、中、尾照应而形成的圆形结构的完整性。

亚里士多德将悲剧定义为"是对一个严肃、完整、有一定长度的行动的摹仿，它的媒介是经过'装饰'的语言，以不同的形式分别被用于悲剧的不同部分，它的摹仿方式是借助人物的行动，而不是叙述，通过引发怜悯和恐惧使这些情感得到疏泄"②。完整的悲剧包含有情节、性格、言语、思想、戏景、唱段六大成分，其中，事件的组合，即情节，是最重要的。而情节就是对行动的摹仿，并且情节"必须摹仿一个单一而完整的行动。事件的组合要严密到这样的程度，以至若是挪动或删减其中的任何一部分就会使整体松裂和脱节"③。亚里士多德认为，因为情节所摹仿的行动有简单和复杂之分，因此，情节也有简单和复杂之分。所谓"简单行动"是指连贯、整一、中间没有"突转"和"发现"④；"复杂行动"是指有"突转"和"发现"伴随的行动。不管是简单情节还是复杂情节，事件之间的关系都必须是前因后果而不是此先彼后。

不光悲剧如此，史诗也存在着同样的情形。亚里士多德认为，"史诗诗人也应编制戏剧化情节，即着意于完整划一、有起始、中段和结尾的行动。"⑤通过将史诗和历史相比较，亚里士多德指出，"史诗不应像历史那样编排事件，历史必须记载的不是一个行动，而是发生在某一时期内的，涉及一个或一些人的所有事件——尽管一件事情和其它事情之间只有偶然的关

---

① 〔美〕华莱士·马丁《当代叙事学》，前引书，第74页。

② 〔古希腊〕亚里士多德《诗学》，前引书，第63页。

③ 〔古希腊〕亚里士多德《诗学》，前引书，第78页。

④ "突转""指行动的发展从一个方向转至相反的方向"；"发现""指从不知到知的转变，即使置身于顺达之境或败逆之境中的人物认识到对方原来是自己的亲人或仇敌"。（亚里士多德《诗学》，前引书，第89页。）

⑤ 〔古希腊〕亚里士多德《诗学》，前引书，第163页。

联。”①史诗必须紧紧围绕“整一的行动”来编制情节,使诗中前面发生的事件必然或可然地导致后面事件的发生。也就是说,史诗和悲剧等叙事作品的情节都必须具有整一性。如荷马在创作史诗《奥德赛》时,并没有把主人公俄底修斯的每一个经历都收进诗里,如俄底修斯在帕那耳索斯山上受伤,征集兵员时装疯等,因为这两件事中无论哪件事的发生都不会必然或可然地导致另一件事的发生,它们对情节的整一性并无作用,因此,荷马没有将其收进诗里。

总之,正如米勒所指出的,亚里士多德在以逻各斯为中心的形而上学传统压制下,视叙事为因果相接的一串事件,每一个事件都如同一串珠子,有开头、中部和结尾,整个叙事亦然,它“始于合理的开头,因果相接连续不断地走向中部,最后到达干净利落的结尾,将所有的线条打成一个漂亮的结”②。“这是一种天衣无缝的理想结构,尾与首,中间与尾首的关系都十分和谐。”③换言之,对于整个叙事作品的总体结构,亚里士多德通过用开头和结尾严格限定文本边界,并强调中部按因果必然律和开头相承接,使整个叙事作品在理性引导下成为一个具有整一性的自足完整的统一体。

与之相对照,中国古代小说评点家,如前举金圣叹、毛宗岗、张竹坡等都特别强调叙事的首、中、尾相互照应以使叙事作品形成严整、规范的圆形结构。中国自古以来,在建筑、绘画、书法、诗文等方面,都十分讲究结构完整、和谐、统一,并都以有机的整体布局为其特点。不少名家更是把浑然天成的整体性作为艺术表现的精髓。这种整体观念是富有民族特色的结构美学的基本观点。中国古代文论家因此以为好的叙事作品,无论是戏剧、小说、叙事散文,还是叙事诗,在叙事总结构上都必须有头有尾、线索清晰、前呼后应,首尾圆合。如前所述,《三国演义》起于十常侍为乱导致宫廷政变,终于刘禅、孙皓殆政促使吴蜀衰落,结束三国鼎立的局面,中间诸多事体承担着承上启下的作用,整个叙事表现为由头、身、尾各部分组成的严谨结构。毛宗岗评点《三国演义》,以为小说以“天下大势,合久必分,分久必合”的与开端相似的句子结束全篇,又以“后来后汉皇帝刘禅……,皆善终”虚点一笔,无论在叙事章法还是人物收场上都具有戏曲大收煞所追求的“团圆之趣”④,其实正点出了首尾照应的结构方法所形成作品圆整性的绝妙艺术

---

① 〔古希腊〕亚里士多德《诗学》,前引书,第 163 页。

② 〔美〕J. 希利斯 · 米勒《解读叙事》,前引书,第 192 页。

③ 〔英〕弗兰克 · 克默德《结尾的意义:虚构理论研究》,刘建华译,辽宁教育出版社,2000 年,第 6 页。

④ 参见杜庆波《论毛宗岗小说评点之“戏曲手眼”》,载《五邑大学学报》2002 年第 3 期。

效果。

首尾照应对保证结构严谨具有重要意义,是古今学者的共识。陈善《扪虱新话》说:“桓温见八阵图曰:‘此常山蛇势也,击其首则尾应,击其尾则首应,击中则首尾俱应。’予谓此非特兵法,亦文章法也。文章亦要宛转回复,首尾相应,乃谓尽善。”钱锺书《管锥编》中也说:“近人论小说散文之善于谋篇者,线索皆近于圆形,结局与开场复合,或以端末钩接,类蛇之自衔其尾,名之曰‘蟠蛇章法’。”首尾照应,再加之中部一定的叙事单元承上启下,整个叙事在总体结构上因此而具有了圆整性。

2. 时间性和空间性

亚里士多德有关开头、中部、结尾的概念均是时间性概念,因此,其情节结构是时间性描述。中国古代开头、中部、结尾的概念是空间性概念,中国古代文论家对首、中、尾照应形成的叙事结构的描述是一种空间性描述。

如前所述,亚里士多德强调情节中开头、中部、结尾依因果必然律的承接。实际上,因果关系和时序关系在叙事中密不可分,因果关系常常潜藏在时间关系中,或者说,时间关系是因果关系的显在表现,“小说叙述的时序关系总是隐含着因果关系。”①西方叙事理论家都注意到了小说情节中时间关系和因果关系的互为表里现象,福斯特说:

> 故事……是按时间顺序安排的事件的叙述。情节也是事件的叙述,但重点在因果关系上。“国王死了,后来王后也死了”是故事。“国王死了,王后也伤心而死”则是情节。在情节中时间顺序仍然保有,但已为因果关系所掩盖。②

托多洛夫还举过一对例子:

> 让扔了一块石头。窗子破了。
>
> 让扔了一块石头,把窗子打破了。

托多洛夫认为:“因果关系在上面两个例句中都是存在的,只有第二个例句中因果关系才是明言的。”③可见,在叙事中,“时序关系只不过是非明言的因果关系。”④因此,叙事情节开头、中部、结尾的因果相承也总是表现为时间上的前后相继。

---

① 赵毅衡《当说者被说的时候:比较叙述学导论》,前引书,第 197 页。

② 〔英〕佛斯特《小说面面观》,花城出版社,1981 年,第 70 页。

③ 转引自赵毅衡《当说者被说的时候:比较叙述学导论》,前引书,第 197 页。

④ 赵毅衡《当说者被说的时候:比较叙述学导论》,前引书,第 197 页。

中国古代小说等叙事作品在总体性的情节结构上并不存在严密的逻辑秩序,因此常被认为结构不严密,陈寅恪先生就曾说:“至于吾国小说,则其结构远不如西洋小说之精密……如《水浒传》《石头记》与《儒林外史》等书,其结构皆甚可议。”①中国古代叙事作品情节结构虽不具亚里士多德所谓逻辑上的严密性,却自有其独特的特征,这就是空间性。中国文学天然具有空间性特征,正如张世君所说:“文学属于空间性艺术,由于中国文学是在中国文化传统的土壤上发育起来的,它深深受汉语言象形文字、建筑艺术、戏曲艺术、书法艺术、绘画艺术的影响,在文学构思和叙事的时候,不仅关注时间,同时也关注空间,强调叙事的空间结构,使用空间性概念等。”②文学叙事本身具有空间性特征,古代文论家们因此常从空间上来分析文学叙事也就不足为怪。古代文论家关于小说叙事开头、中部、结尾相互照应的圆形结构理论典型地体现了中国古代叙事理论的空间性特征。古代文论家指出的形成小说(包括其他叙事作品)叙事开头、中部、结尾照应的事件不存在时间或因果上的联系,它们往往是相同或相似的事件、场景、意象、诗词、语句等的重复,这些重复是一种空间性的结构与节奏。相似的叙述内容在首、中、尾回旋往复,“造成了节奏和韵的对照、复现,最后形成作品的音乐美。”③

当然,中国古代叙事作品情节组织中也并非完全舍弃逻辑秩序。这种逻辑性往往强烈地表现在叙事的局部。以《红楼梦》为例,其主叙事部分表现为生活原生态画面的展现,不停的宴会、不停的生日、不停的诗社,完全是一些“非情节的情节”④,似乎的确没有什么逻辑联系,故被称为“中国式的缀段”⑤。亚里士多德将其称为“穿插式”,认为是最次的情节组织形式:

> 在简单情节和行动中,以穿插式为最次。所谓“穿插式”,指的是那种场与场之间的承继不是按可然或必然的原则连接起来的情节。⑥

脂砚斋则指出,这些事件组织表面看似无序,实际上潜隐着缜密的逻辑联系。如对于秦可卿的死,脂砚斋批道:“欲速可卿之死,故先有恶奴之凶顽,

① 陈寅恪《论再生缘》,《寒柳堂集》,上海古籍出版社,1980年,第60页。
② 张世君《明清小说评点的书法入思方式》,载《暨南学报》2001年第5期。
③ 赵毅衡《当说者被说的时候:比较叙述学导论》,前引书,第194页。
④ 杨义《中国古典小说史论》,人民出版社,1987年,第445页。
⑤ 〔美〕浦安迪《中国叙事学》,前引书,第56页。
⑥ 〔古希腊〕亚里士多德《诗学》,前引书,第82页。

而后及以秦钟来告，层层克入，点露其用心过当，种种文章逼之。”①实际指出了作者在叙述秦可卿死亡时安排的一系列事件之间存在着缜密的逻辑联系。又如第二十七回，关于《葬花吟》一词的产生，脂砚斋也批道：“不因见落花，宝玉如何突至埋香冢？不至埋香冢，如何写《葬花吟》？《石头记》无闲文闲字正此。”②《葬花吟》是大观园中众女儿归宿的小引，脂砚斋敏锐地发现了其在小说中的重要地位，指出宝玉见落花、到埋香冢、听黛玉哭吟《葬花吟》三件事是作者有意依照逻辑上的联系安排的局部情节。其他小说的局部情节，如《水浒传》中林冲、武松、宋江等被逼上梁山，也存在着极为分明的前因后果的逻辑联系。

3. 实现效果与表达主题

亚里士多德是从悲剧的效果上强调情节首、身、尾的整一。中国古代文论家是为表达主题的需要强调开头、中部、结尾的照应。

亚里士多德说：“悲剧摹仿的不仅是一个完整的行动，而且是能引发恐惧和怜悯的事件。此类事件若是发生得出人意外，但仍能表明因果关系，那就最能取得上述效果。”③在亚里士多德看来，悲剧的审美效果在于引发怜悯和恐惧，而悲剧的核心是情节，有了情节，悲剧才可实现它的目的和功效。情节中的事件若有着严密的前因后果的逻辑关系，则最能取得悲剧效果。

中国古代特别强调结构为主题服务。什么样的结构最能表现叙事作品的主题呢？从前文的分析我们可以看出，中国小说设置首、中、尾照应的结构格局，其目的即是表现主题。中国古代的叙事作品，为了突出和渲染主题，常采用首、中、尾照应的结构，使文章的起、中、结在内容或形式上复合起来，既有效地渲染作者的主观思想情感，又反复申明主题，使小说主题凸显。因此，古代小说理论家金圣叹、毛宗岗、张竹坡都特别强调首、中、尾照应的叙事结构。

4. 线性思维与圆形思维

中西关于叙事开头、中部、结尾的理论之所以存在着这样的差异，在于中西不同的思维方式。西方更推崇线性逻辑思维，中国则更尊崇圆形的思维法则。杨义先生说：

> 圆形思维是一种融合着理性和非理性的悟性直觉，它总揽着万象

① ［清］曹雪芹著，霍国玲、紫军校勘《脂砚斋全评石头记》，第十回总评，东方出版社，2006年，第142页。

② ［清］曹雪芹著，霍国玲、紫军校勘《脂砚斋全评石头记》，第二十七回“庚辰眉”，前引书，第356页。

③ ［古希腊］亚里士多德《诗学》，前引书，第198页。

> 而又超越万象，以逍遥自在的精神状态，直指万物变化的根源。它从天象（日月星辰的运行）、时序（春夏秋冬的运行）、历史（盛衰治乱的转换）、人事（祸福吉凶的推移）、物理（山川草木的久暂）等等千百次经验中，以一种超常状态的玄想，抽绎出一种超验而又百验的通则。①

可以说，圆形思维法则，已经积淀为中国人的集体无意识，“渗透于人伦物理，九流百艺之中”②，也成为古代文学创作和文论建构的主导思维。正是在这一思维指导下，中国古代叙事理论家才建构起首、中、尾照应的叙事大结构理论，同时，首、中、尾照应的如蛇自衔其尾的圆融完整的结构，也成为中国人关于叙事大结构的审美理想，古代文学家在横向组织叙事作品情节时，也力图建构圆形结构，以达到境界的圆融完满。

西方有着不同于中国的海洋性地理环境和商业性社会经济，因此形成了“注重逻辑关系的分析性思维方式”③。正是采用分析性逻辑思维方式，亚里士多德建构起他庞大的诗学体系。其中最为典型的代表就是他关于戏剧叙事情节结构整一性的理论。几千年来，西方关于叙事作品情节结构的理论都未超出亚里士多德的理论论域。当代解构主义大师米勒首次试图对亚里士多德关于叙事开头、中部、结尾的整一性、连贯性进行消解。在《解读叙事》中，米勒以叙事线条为意象，指出叙事线条的开头和结尾都是不可能的，中部也会因信件、插图、引语等种种“离题”因素的插入而使其失去连贯性。但从思维方式上来说，米勒消解性的思维方式仍明显地表现出逻辑分析性思维特征。

第三节　“伏脉”理论

近代文章学家来裕恂在《汉文典·文章典》中说道：“篇法者，组织一篇之文者也。‘目巧之室，则有奥阼’，一谋于始也。东湖西浦，南山北原，渊潭相接，峦陵相望，一谋于中也。平原花木，绿野亭台，虽渊明之荒径，而松菊犹存。虽颜子之陋巷，而环堵自若，一谋于终也。故首尾照应，中间段落，务使条理秩序，脉络贯通，则谋篇之法得矣。”④来氏所谓的文章“篇法”，即

---

① 杨义《中国古典小说史论》，前引书，第 561 页。

② 杨义《中国古典小说史论》，前引书，第 562 页。

③ 关于这一点，曹顺庆《中西比较诗学》（北京出版社，1988 年）中有详细阐述，可参看。

④ 来裕恂著，高维国、张格注《汉文典注释》，南开大学出版社，1993 年，第 221 页。

相当于小说的“部法”，都是指安排、组织整篇文本的技法，它包括两个层次：第一个层次是从整体上安排作品的始、中、终，即前文讨论的开头、中部、结尾，尤其要做到首尾照应；第二个层次是有条理、有秩序地安排文本主体段落，“务使条理秩序，脉络贯通”。那么，如何做到文本主体段落线索清晰、脉络贯通呢？中国古代叙事理论家认为，文本主体段落不露痕迹地用“物事”、梦、诗词等使前后情节形成严密的照应，整个叙事就可以条理秩序、脉络贯通，仿佛“有一条线索，拽之通体俱动”①，古代理论家将之称为“伏脉”。

伏脉的艺术手法，经金圣叹、毛宗岗、张竹坡、脂砚斋、张书绅等小说评点家们不断地揭示、阐发，已成为中华民族叙事理论的一个独特话语，“伏笔”“伏线”“草蛇灰线”“千里伏脉”等都是“伏脉”的不同称说。

对于中国古代小说艺术及小说评点家们所指出的“伏脉”这一部法结构安排技法，有人赞赏，也有人反对。周汝昌认为，伏脉，是中国小说艺术中的一个独特创造，但只有到了曹雪芹笔下，这个中华独擅的手法才发挥到一个超迈往古的神奇境地②。对于伏脉的艺术手法，鲁迅也是欣赏的，如他在论《红楼梦》续书时，指出除高鹗本外，尚有两异本“二书所补，或俱未契于作者本怀，然长夜无晨，则与前书之伏线亦不背”③。伏线，即伏脉，鲁迅以其为衡量续书优劣之标准，可见对伏脉的重视。反对者中颇为极端的例子当推胡适。在《水浒传考证》中，胡适指责金圣叹的“草蛇灰线法”道：“金圣叹用了当时‘选家’评文的眼光来逐句批评《水浒》，遂把一部《水浒》陵迟砍碎，成了一部‘十七世纪眉批夹注的白话文范’！例如圣叹最得意的批评是指出景阳冈一段连写十八次‘哨棒’，紫石街一段连写十四次‘帘子’和三十八次‘笑’。圣叹说这是‘草蛇灰线法’！这种机械的文评正是八股选家的流毒。读了不但没有益处，并且养成一种八股式的文学观念，是很有害的。”④

不管是赞赏还是指责，中国古代小说中伏脉的叙事技法、小说评点家们数量众多的“伏脉”“伏笔”“伏线”“草蛇灰线”等评语都是不可能不引起我们注意和深思的现象。以下笔者试对中国古代叙事理论中的“伏脉”论作一番梳理，以便辩证地认识“伏脉”理论在中国古代叙事文法理论中的意义与价值。

---

① [清]金圣叹《读第五才子书法》，陈曦钟等辑校《水浒传会评本》，前引书，第 20 页。

② 周汝昌《红楼小讲》，北京出版社，2002 年，第 138 页。

③ 鲁迅《中国小说史略》，上海古籍出版社，2004 年，第 216 页。

④ 胡适《中国章回小说考证 · 水浒传考证》，安徽教育出版社，1999 年，第 4 页。

一、“伏脉”释义

伏脉，是中国古代，主要是明清小说评点家金圣叹、毛宗岗、张竹坡、脂砚斋等对小说叙事脉络的理论概括。明清小说评点家常说的“伏笔”“伏根”“伏后文”“伏线”“照后文”“隔年下种，先时伏着”“草蛇灰线法”“千里伏脉”“作引”“张本”等等都是“伏脉”的不同称说。

刘知幾《史通·模拟》云：“夫将叙其事，必预张其本，弥缝混说，无取睠言。”即提出了“张本”的叙事方法。浦起龙注称其为“《左氏》书预兆后省之法”。如《左传·昭公二十一年》：

> 《经》云：秋七月壬午朔，日有食之。八月乙亥，叔辄卒。
>
> 《传》云：于是叔辄哭日食。昭子曰：“子叔将死，非所哭也。”八月叔辄卒。

将要叙叔辄卒，先叙叔辄见日食而哭，以为其将卒的预兆，这就是“将叙其事，预张其本”的叙事方法。又王劭《齐志》称张伯德梦见山上挂丝，占者卜其将除任幽州。秋七月，果拜为幽州刺史。叙述梦即为叙述张伯德拜幽州刺史张本。“张本”的叙事方法，是唐代文论家的普遍认识。唐孔颖达疏《毛诗》《左传》，处处标明某事为某事张本。这一理论术语被后来的小说、戏曲理论家直接借用，与“作引”“弄引”“伏笔”等术语同义。《毛声山评第七才子书琵琶记·总论》云：

> 文章有步骤不可失，次序不可阙者，如“牛氏归奴”，为“金闺愁配”张本，“金闺愁配”为“几言谏父”张本；“临妆感叹”为“勉食姑嫜”张本，“勉食姑嫜”为“糟糠自厌”张本。若无“才俊登程”，则杏园之思家为单薄；若无“激怒当朝”，则陈情之不许为突然；若无“再报佳期”，则“强效鸾凤”为无序；若无“丞相教女”，则“听女迎亲”为无根；若无“路途劳顿”，则“寺中遗像”为急遽；若无“孝妇题真”，则“书馆悲逢”为无本。总之，才子作文，一气贯注，增之不成文字，减之亦不成文字。①

又评《琵琶记》第二十二出“琴诉荷池”云：“书以琵琶名篇，乃未写五娘之琵琶，先写伯喈之操琴，琴特为琵琶作引耳。”②毛纶不仅直接继承了刘知幾的“张本”之说，还对“张本”的叙事技法的基本特点和功用作了说明。首先，“将叙其事，预张其本”的叙事技法，能使叙事条贯有序。方孝岳指出，叙事

---

① 侯百朋编《琵琶记资料汇编》，书目文献出版社，1989 年，第 284 页。

② 侯百朋编《琵琶记资料汇编》，前引书，第 364 页。

文的三要件是有信、有序、动观感①。“有序”即要求叙事文有次序地安排事件，“属辞比事而不乱”②。张本的叙事技法正在使叙事“雁行鱼贯，皎然可寻”③。要做到叙事有序，亦必须明了张本之法。其次，“张本”还能一步一步地为将要叙述的事件层层铺垫，既避免了后来事件的“突然”“无序”“无根”“急遽”“无本”，同时还能使整个叙事一气贯注，扣人心弦。

明末清初的文学评论家金圣叹较早从理论上探讨小说叙事中的伏脉。在《读第五才子书法》中，金圣叹说：“有草蛇灰线法。如景阳冈勤叙许多‘哨棒’字，紫石街连写若干‘帘子’字等是也。骤看之，有如无物；及至细寻，其中便有一条线索，拽之通体俱动。”④对于“草蛇灰线法”，美国学者王靖宇的解释是：“作者通过反复运用某一关键形象或象征，进而在作品中达到某种和协和某种效果，宛如交响乐中某一主旋律的重复出现所达到的某种谐音效果一样”，或是“将小说中某些将要发生的事件先巧妙地埋下伏笔”⑤。学者阮芳解释道：“反复使用同一词语，多次交待某一特定事物或特定人物，可以形成一条若有若无的线索，贯穿于情节之中。这条线索，犹如蛇行草中时隐时现，灰漏地上点点相续，所以将其形象地称之为草蛇灰线法。”⑥伏脉，在中国古代文论家那里常被称作“伏笔”。赵毅衡用叙事学叙事时间理论阐释伏笔，认为伏笔是一种特殊的悬疑。悬疑有两种方法，或是“在事件的正常顺序位置上说出一部分情况，但扣留一部分至关重要的情况，等待后文倒述”，或者是“提前预述一部分情况，而让后文在事件的正常位置上说出全部情况”⑦。总之，悬疑的机制总是不遵循严格的时间顺序，常采用预述或倒述；并且故意扣留部分信息，以“故弄玄虚”。伏笔则正好相反，“它是故意过分严格地遵循时间顺序，而把本来可以放到以后倒述的事件按其底本时间位置叙述出来。”⑧赵毅衡还以为，伏笔的运作机制，其实也是一种时间变形，因为事件在这个正常位置上显得没有意义，其意义只有在后文与之相照应的“应笔”中才能够得到显现并使人“恍然大悟”。

---

① 方孝岳《中国散文概论》，世界书局，1935 年，第 63 页。

② 《礼记正义》，卷第五十，《经解》，[清]阮元校刻《十三经注疏》(下)，前引书，第 1609 页。

③ [唐]刘知幾《史通·编次》，前引书，第 101 页。

④ [清]金圣叹《读第五才子书法》，陈曦钟等辑校《水浒传会评本》，前引书，第 20 页。

⑤ [美]王靖宇《脂砚斋评与〈红楼梦〉：一项文学研究》，《金圣叹的生平与文学批评》，谈蓓芳译，上海古籍出版社，2004 年，第 173 页。

⑥ 阮芳《草蛇灰线 伏脉千里——中国古典小说一种独特的结构技巧》，载《湖北广播电视大学学报》2007 年第 3 期，第 80—82 页。

⑦ 赵毅衡《当说者被说的时候：比较叙述学导论》，前引书，第 184 页。

⑧ 赵毅衡《当说者被说的时候：比较叙述学导论》，前引书，第 186 页。

其实,“草蛇灰线”“伏笔”都还不能完全指称古代文论家所谓的“伏脉”的全部内涵。“草蛇灰线”只是古代文论家对伏脉的特点的形象比喻,“伏笔”则是“伏脉”的一部分内容。作为中国古代叙事作品一种独特的部法结构技巧,伏脉包括伏笔及其照应。伏笔指的是在叙事中预先不露痕迹地安排一定的具有特定意味的“物事”、插曲、梦境、言语、文词等,以作为后文事件的发展或人物命运的暗示或象征。照应是指在具有一定间隔的叙述层次上,安排相同或相应的“物事”、事件,顾及和映照前文以伏笔形式埋伏的内容。伏笔及其照应形成文章前后内容上的关照呼应。正如李渔《闲情偶寄》中所说:“每编一折,必须前顾数折,后顾数折;顾前者欲其照应,顾后者欲其埋伏。”①毛宗岗也说:“善圃者投种于地,待时而发;善弈者下一闲着于数十着之前,而其应在数十着之后。文章叙事之法,亦犹是也。”②整个叙事借伏笔与照应而线索清晰、脉络贯通,所以说如“草蛇灰线,伏脉千里”。当然,在伏脉的伏笔和照应两个组成部分中,最有意味的是伏笔,照应只是对伏笔的具体化、形象化、现实化,因此,一般理论家讨论伏脉,多只讨论伏笔,故伏笔、伏脉互通。

二、“伏脉”的原则

作为叙事线索的伏脉,其要遵循的基本原则有两条:

1.“落脉无痕”

“落脉无痕”,语出明代佚名《新刻绣像批评金瓶梅》评语。《新刻绣像批评金瓶梅》第一回中,讲西门庆和应伯爵、谢希大等十兄弟到玉皇庙结拜,参观玉皇庙,见赵元坛元帅身边画着一个大老虎,众人便议论老虎,吴道官走过来说道:“官人们讲这老虎,只俺这清河县,这两日好不受这老虎的亏!”遂讲起景阳冈上老虎吃人的事情。《新刻绣像批评金瓶梅》于此眉批道:“落脉无痕,手笔如化。”所谓“落脉无痕”,就是叙事中,在为后文埋下伏笔时,要自然而然,无穿凿的痕迹。众人口中随意说出的画上的老虎,不但牵引出真正的老虎,还牵出打虎人武松,又由武松牵引出武大郎,由武大郎牵引出潘金莲——小说的核心人物,所以说“落脉无痕”。这是伏脉的首要原则,因此评点家们形象地比喻其如蛇行草间时隐时现,灰撒地上点点相接,是谓“草蛇灰线”。历代的文论家们常有对“伏脉自然”、不露痕迹的赞

① [清]李渔《李笠翁曲话》,陈多注释,前引书,第26页。

② [清]毛宗岗《读〈三国志〉法》,朱一玄、刘毓忱编《三国演义资料汇编》,前引书,第264页。

誉。如《金瓶梅》第八十二回,潘金莲从陈敬济袖子里摸出一只簪子,是孟玉楼的,有批语道:"八回便有此簪,只以为点缀之妙,孰知伏冷脉至此,始悟高文绝无穿凿之迹。"①

林纾《春觉斋论文》"用伏笔"也多处论到伏笔要自然,使人不易看出:"故用伏笔,须在人不着意处,又当知此不是赘笔才佳。"

> 伏笔即伏脉,猝观之实不见有形迹。故吕东莱(祖谦)论文,谓有形者纲目,无形者血脉。善于文者,一题到手,预将全篇谋过,一一审定其营垒阵法。等是一番言论,必先安顿埋伏,在要处下一关键,到发明时即可收为根据。故明眼者须解得一个"藏"字诀,欲注射彼处,先在此处着眼,以备接应。……盖一脉阴引而下,不必在在求显,东云出鳞,西云露爪,使人扪捉,亦足见文心之幻。
>
> 且伏笔苟使人知,亦不称妙。无意阅过,当是闲笔,后经点眼,才知是有用者。武林九溪十八涧之水,何尝一派现出溪光?偶经一处,骇为明漪绝底,然实不知泉脉之所自来,及见细草纤绵中,根底伏流,静细无声,方觉前溪实与此溪相续。可见用伏笔,是阳断而阴联,不是伏下此一处,便抛却去经营彼处。……综之,文字有起即有伏,能悟到起伏,则文之脉诀得矣。②

正因为在中国古代叙事作品中,伏脉埋设巧妙,深藏不露,古代理论家常将其称为"闲笔":"有以闲笔为伏笔者:正当干戈争斗之时,忽有一紫虚上人,如古木寒鸦,苍岩怪石,此极忙中之闲笔也。乃涪关之役,庞统未死,孔明未来,而紫虚早有'一凤坠地,一龙升天'之语,则已为后文伏笔也。"③法国叙事学家热奈特也说,伏笔"在文中的位置原则上只是个'小小不言的胚芽',它甚至难以察觉;到后来回顾时才能看出它的胚芽价值"④。埋设伏脉,越隐秘让读者不易察觉,就越能在最后给读者一种意外而深刻的情绪体验。张竹坡还指出,为了使伏脉自然不显露痕迹,可以在伏脉之处用笔墨遮盖:

> 作者每于伏一线时,每恐为人看出,必用一笔遮盖之。一部《金

---

① [明]佚名《新刻绣像批评金瓶梅评语》,朱一玄编《金瓶梅资料汇编》,前引书,第371页。

② [清]林纾《春觉斋论文》,《论文偶记 初月楼古文绪论 春觉斋论文》,人民文学出版社,1959年,第117—118页。

③ [清]毛宗岗评《三国演义》第六十二回回评,朱一玄、刘毓忱编《三国演义资料汇编》,前引书,第348页。

④ [法]热拉尔·热奈特《叙事话语 新叙事话语》,王文融译,中国社会科学出版社,1990年,第45页。

瓶》，皆是如此。如这回内，写妇人和他闹了几场，落后惯了，自此妇人约莫武大归来时分，先自去收帘子，关上大门。此为后落帘打西门之由，所谓针线也。又云“武大心里自也暗喜，寻思道：‘恁的却不好。’”是其用遮盖笔墨之笔，恐人看出也。①

2.“前后脉络照应，一毫不乱”

有伏笔，就要有照应，这样才能形成脉络，使叙事线索清晰，通篇血脉贯通。所以古代文论家要求伏脉要“前后脉络照应，一毫不乱”②。一旦前面的伏笔在后面没有了照应，那必然是作者的疏忽，造成文脉断裂，叙事不严谨。《金瓶梅》第二十九回，吴神仙给西门庆家的主要人物相面，其实就是预先埋下众人命运的伏笔，果然，除李娇儿外，众人的命运在后文都成为现实，有了照应，可关于李娇儿“不贱则孤”“非贫即夭”的预测，在后文没有相应的描写，这就是一种照应的疏漏。有生动的埋伏和严谨的照应，整个叙事才能“错综变化，如线穿珠，如珠走盘，不板不乱”③。

三、“伏脉”的方式与类型

1. 伏脉的方式

伏脉的方式多种多样，最为典型的有下述两种。

一是以“物事”为伏脉。“物事”，就是与小说中人物活动和情节展开密切相关的一些物件和物体，它们有的是用来衬托小说中人物的形象或作为人物活动的一个活道具，有的则成为人物活动所依托的一种物体④。所谓用“物事”作伏脉，就是在叙事中反复出现一些具有特定意味的物件，这些物件的反复出现，使叙事线索清晰、连贯有序。作伏脉的“物事”必须符合两点：一是反复出现的形象、意象或象征，如《水浒传》中的哨棒、帘子等；《三国演义》中吕布的戟；《金瓶梅》中的扇子、簪子、帘子等；《红楼梦》中的玉、麒麟等等。二是能对主题——情节——人物在各层次上发生作用，并赋予整部作品一种连贯一致的感觉。

张竹坡在批点《金瓶梅》时，就特别指出了小说中用老虎、雪狮子猫、扇子、鞋子、簪子等等“物事”作伏脉的情形。

---

① ［清］张竹坡评《金瓶梅》第二回回评，朱一玄编《金瓶梅资料汇编》，前引书，第 452 页。

② ［明］佚名《新刻绣像批评金瓶梅评语》第九十一回眉批，朱一玄编《金瓶梅资料汇编》，前引书，第 390 页。

③ ［清］王希廉《〈红楼梦〉总评》，朱一玄编《红楼梦资料汇编》，前引书，第 580 页。

④ 参见朱全福：《“小小一物，遂能作无数文章”——谈〈金瓶梅〉中几件“物事”的妙用》，载《明清小说研究》2005 年第 3 期。

首先是扇子。小说中描写西门庆，总写他拿着一把洒金川扇儿。这把扇子，在小说的第一回就已亮相。第一回写西门庆与月娘筹划与应伯爵等十兄弟聚会的事，应伯爵、谢希大来访，因问他们前几日在哪里去来，听说十兄弟之一的卜志道死了，才想起卜志道前日刚送了一把真金川扇儿。小说第二回，扇子作为西门庆形象的必不可少的点缀，与西门庆一起再度出场。小说叙述潘金莲放帘子，因风将手中叉竿刮倒，打到西门庆头上，"慌忙陪笑"的同时也描画出了西门庆的模样："……手里摇着洒金川扇儿，越显出张生的庞儿，潘安的貌儿。"第三回，当王婆设下圈套，让西门庆见潘金莲，还不到约定的时间，西门庆便"手里拿着洒金川扇儿，摇摇摆摆径往紫石街来。"第八回，西门庆与潘金莲勾搭上后，因娶孟玉楼，冷落了潘金莲，潘金莲央王婆去请，恰在街上撞上"宿酒未醒，醉眼摩娑，前合后仰"的西门庆，西门庆遂前来相见，"摇着扇儿进来，带酒半酣，与妇人唱喏"，被潘金莲狠狠责骂一番后，"妇人见他手中拿着一把红骨细洒金金钉铰川扇儿，取过来迎亮处只一照，原来妇人久惯知风月中事，见扇上多是牙咬的碎眼儿，就疑是那个妙人与他的。不由分说，两把折了。"至此，扇子完成了它作为伏脉，串起西门庆、潘金莲的使命。

对于小说中频频叙写"扇子"这一"物事"，张竹坡评道："文内写西门庆来，必拿洒金川扇儿。……吾不知其用笔之妙，何以草蛇灰线之如此？"正因有金扇作叙事的伏脉，才使从第一回到第八回叙述潘金莲和西门庆的故事，中间虽然有很多穿插，而仍然脉络清晰，有线索可循。《金瓶梅》的第一回到第八回，作者着意要叙述的是小说中的两个重要主人公西门庆和潘金莲从相识到结合的故事，而西门庆又是这段故事中占绝对主要地位的人物，因此，小说叙事中虽插入武大武二相会、金莲勾挑小叔、武大兄弟分别、放帘子等一系列与西门庆完全无关的事件，作者心头却一直有一个西门庆在，一直不曾忘记西门庆的主角地位。如何在长久的搁置后自然地接续上西门庆呢？作者巧妙地设置了扇子这一物事作为串联的线索，于小说第一回即让金扇现身，成为西门庆形象的象征，与西门庆紧紧相伴，而中经间隔后要接续上西门庆，只需再现金扇，"是写一小小金扇物事，便使千言万语一篇上下两半回文字，既明明写出，皆化为乌有，而半日不置一语、不题一事之西门庆，乃复活跳出来。且不但此时活跳出来，适才不置一语，不题一事之时，无非是西门庆账簿上开原委，罪案上写情由，与武大、武二绝不相干。"①所以，金扇在小说的第一到八回中作为伏脉，如穿珠之针线，在文中不断闪现，使

① ［清］张竹坡评《金瓶梅》第三回回评，朱一玄编《金瓶梅资料汇编》，前引书，第455页。

整个叙事单元脉络贯通,“故金扇儿必是卜志道送来,而挑帘时金扇一照,成衣时金扇又一照,跃跃动人心目。作者又恐真个被人知道,乃又插入第八回内,使金莲扯之,一者收拾金扇了当,二者将看官瞒过”。①

其次是簪子。簪子在《金瓶梅》中也是一个重要的“物事”。《金瓶梅》中,簪子是串起西门庆、潘金莲、孟玉楼、陈敬济四个人物故事的“物事”。西门庆娶孟玉楼后,头上便戴上了孟玉楼给他的油金簪子,上面刻着“金勒马嘶芳草地,玉楼人醉杏花天”。而这是从潘金莲口中得知。小说第八回,潘金莲看见西门庆头上戴的孟玉楼的簪子后,立刻夺了放在袖子里。从箱中取出给西门庆上寿的“物事”,也有一根簪子,是并头莲瓣簪儿,上刻着五言四句诗一首:“奴有并头莲,赠与君关髻。凡事同头上,切勿轻相弃。”把西门庆哄得万分高兴。潘金莲的妒忌与淫荡在此初露端倪。第八十二回,不想潘金莲从陈敬济的袖子里摸出了孟玉楼的这根簪子,以为陈敬济和孟玉楼有瓜葛,免不得撒疯泼醋,把陈敬济脸上的肉都掴过去了。明代佚名《新刻绣像批评金瓶梅评语》于此评道:“八回中便有此簪,只以为点缀之妙,孰知其伏冷脉至此,始悟高文绝无穿凿之迹。”②可见簪子作为一个伏脉,不仅成为潘金莲、孟玉楼、西门庆、陈敬济四人之间关系的纽带,而且通过簪子事件,潘金莲的妒忌和淫荡也得到了很好的铺写和渲染。

再次是鞋子。《金瓶梅》第二十七回,潘金莲醉闹葡萄架,将一双红绣花鞋遗落在花园里,由此作者一连写了八十个鞋字,“八十个鞋字,如一线穿去,却断断续续,遮遮掩掩”,将潘金莲争妒斗宠、阴险狠毒的卑劣行径给予了淋漓尽致的展现③。

潘金莲自幼生得颇有姿色,缠得一双好小脚儿,所以叫金莲。她的三寸金莲和她脚上的金莲鞋正是她吸引和拴住西门庆的资本。西门庆也确实最喜欢她穿着红色的睡鞋。金莲红睡鞋遗失,围绕绣鞋牵连出众多的人物和故事:丫鬟秋菊寻找绣鞋,不想把藏春坞里西门庆私藏的宋惠莲的鞋子误翻出来,秋菊因此受到严酷的责罚。而潘金莲遗失的鞋子辗转落到陈敬济手中,陈敬济借还鞋与金莲接近,为二人后来勾搭成奸埋下伏笔。而宋惠莲的鞋子又成了潘金莲的出气筒,剁成几截还不够,还要“掠到茅厕里去!叫贼淫妇阴山背后,永世不得超生!”潘金莲的诸多罪恶,以一双绣鞋播弄尽情。不仅如此,小小一绣鞋,结束了潘金莲与宋惠莲的矛盾,而潘金莲与李瓶儿、

---

① [清]张竹坡评《金瓶梅》第三回回评,朱一玄编《金瓶梅资料汇编》,前引书,第455页。

② [明]佚名《新刻绣像批评金瓶梅评语》,朱一玄编《金瓶梅资料汇编》,前引书,第371页。

③ 参见朱全福《“小小一物,遂能作无数文章”——谈〈金瓶梅〉中几件“物事”的妙用》,前引文。

如意的矛盾以及对二人的残害却自此伏下，所以张竹坡评称："葡萄架后，便是金、瓶二人妒宠起头，直到瓶儿死，金莲方畅。故此处回顾惠莲，必用金莲以刀剁之，明写惠莲一人，乃瓶儿前半小样，是惠莲在前，如意在后，惠莲乃瓶儿前车，如意乃瓶儿后车也。故惠莲死即接翡翠轩，瓶儿死即接口脂香，紧捷之甚。"①

最后看皮袄。《金瓶梅》第四十六回，写元宵夜西门庆打发众妻妾去吴大妗子家吃酒，因忽然下雪，遂使玳安去取皮袄，因金莲没皮袄，月娘便叫拿当铺里的一件给金莲穿。金莲很不高兴。"要皮袄，乃月娘、金莲终离之由，却已于此处安根。必用皮袄，盖欲于后文，既回顾既死之瓶儿，又掩映方张之如意，总收入月娘、金莲文中。再从王六儿处，插入申二姐，挽合春梅，总欲于此番一闹，将众人都合拢来，死者生者一齐开交，特与翡翠轩四人一合写作映，而已于此处安根。针线之妙，乃在一皮袄，与金扇明珠，一样章法也。"②这一伏脉伏得很远，直到第七十四、七十五回，金莲向西门庆讨要李瓶儿的皮袄，西门庆与了她，引起金莲、月娘直接冲突，最后以金莲向月娘磕头赔罪结束。皮袄作为一个伏脉的物件，从第四十六回伏下，到七十五回收束，写出了西门庆诸妾钩心斗角，为财为色明争暗斗，至死不明的可恨可悲。正如张竹坡所指出的："夫财色有一，已足亡身。今瓶儿双擅其二，宜乎其死之早，并害及其子也。至于瓶儿死，金莲快，而月娘亦快。金莲快，吾之色无夺者；月娘快，彼之财全入己，此二人之隐衷也。乃金莲之隐易见，而月娘之隐难见，今全于皮袄发之。"借"皮袄"这一"物事"，作者一方面为故事制造了足够的矛盾冲突，使情节波澜起伏；另一方面也将吴月娘老奸巨猾、贪财爱物及潘金莲专好颠寒作热、惹是生非的德行给予了充分的揭露。

总之，虎、帘子、扇子、簪子、鞋子、皮袄等物事在小说中反复出现，仿佛穿珠之针线，把很多人物、事件一线穿却，使故事情节严密有序。而若把虎——帘子——扇子——簪子——鞋子——皮袄依次排列开来，潘金莲这个人物的形象和命运则如画般被揭示出来。所以张竹坡评称："《金瓶》一书，从无无根之线乎！试看他一部内，凡一人一事，其用笔必不肯随时突出，处处草蛇灰线，处处你遮我映，无一直笔呆笔，无一笔不作数十笔用，粗心人安知之？"③

---

① [清]张竹坡评《金瓶梅》第二十八回回评，朱一玄编《金瓶梅资料汇编》，前引书，第488页。

② [清]张竹坡评《金瓶梅》第四十六回回评，朱一玄编《金瓶梅资料汇编》，前引书，第502页。

③ [清]张竹坡评《金瓶梅》第二十回回评，朱一玄编《金瓶梅资料汇编》，前引书，第477页。

杨义先生将这种用“物事”作伏脉的叙事技法称为“意象叙事”。不同于诗歌将意象作为营构的主体，意象在叙事作品中只是“形象、情节和议论的点化或装饰”。用以叙事的意象，是蕴含着独到的意义的独特的表象。作为叙事作品中闪光的质点，意象在文章叙述机制中发挥着贯通、伏脉和结穴一类功能。选择意象因此既要注意它在情节上的贯通能力，又要注意它在意义上的穿透能力。高明的意象选择，不仅是联结情节线索的纽带，而且能够以其丰富的内涵引导情节深入新的层面①。

二是“以谶语作伏笔”。谶，就是预言，它起源甚早。《史记·赵世家》里记载秦穆公曾长睡七日不醒，醒后对公孙支说，他到了上帝的居所。上帝告诉他，晋国将大乱，五世不安。其后将霸，未志而死。霸者之子且令而国男女无别。公孙支把这些话记录并收藏起来，这就是最早的谶——“秦谶”②。又《史记·秦始皇本纪》记载：

> 燕人卢生使入海，还，以鬼神事，因奏录图书曰：“亡秦者胡也。”始皇乃使将军蒙恬发兵三十万人北击胡。③

“亡秦者胡”意指胡亥，这是用隐语为预言。隐语往往因为过于隐晦，故非有智慧的人难以理解。秦始皇因此以为是北方的胡人起而伐之。

这些都是假托上帝的话语为谶。不惟上帝降谶言，后来时人也常造作谶语。这种风气在汉代最盛。王莽就是靠造作谶语作上皇帝的。据《王莽传》记：武功长孟通浚井，得白石，上圆下方，有丹书著石，文白“告安汉公莽为皇帝”。光武帝时甚至荒谬到凡不信谶者就犯死罪，不善谶者就不能做高官的地步。桓谭因上疏言“天道性命，圣人所难言也。……今诸巧慧小人伎数之人增益图书，矫称谶记，以欺惑贪邪，诖误人主，焉可不抑远之哉”④，使武帝不悦，差点被处死。郑兴则因不能用谶决断事务一直未被重用⑤。

上好下效。因此，汉代预言的谶书如春草般怒茁。其对当时经学的浸淫，便是产生了许多纬书。虽然谶纬之书和谶在六朝遭到禁毁，到唐代时已风流云散，但它在秦汉史书中的公然记录不能不对后世产生影响。小说与历史的自然姻亲关系使史传中的谶语必然发展成为小说的谶语叙事——即

---

① 参见杨义《中国叙事学》，前引书，第275—288页。

② 参见顾颉刚《中国上古史研究讲义》，中华书局，1988年，第214—219页。

③ ［汉］司马迁《史记》，卷一，《秦始皇本纪》，中华书局，1982年，第252页。

④ ［南朝宋］范晔《后汉书》，卷二十八上，《桓谭传》，前引书，第959—960页。

⑤ ［南朝宋］范晔《后汉书》，卷三十六，《郑兴传》，前引书，第1217页。

用谶语作伏笔来预言将要发生的事情或人物的命运。王希廉多次指出《红楼梦》中“以谶语作伏笔”的情形,如第十二回:“第二次贾瑞说‘死也要来’,说出一个‘死’字,是谶语又是伏笔。”①第三十回:“宝玉向黛玉说‘你死了我做和尚’,是以谶语作伏笔。”②第八十三回:“宝钗亲事于巧姐病中说起,是以成亲亦在宝玉病中。作者暗以伏笔作谶语。”③

“用谶语作伏笔”的伏脉方式,常表现为以无意识的言语(谶言)、预言、偈语、卜辞、判词、诗词、酒令、灯谜等文辞,对人物性格和命运作出评判和预测;或通过神话、梦境、灾异、寓言性事件等方式,进行或明或暗的预言叙事。

谶语、占卜。《三国演义》第六十二回,写刘璋为拒刘备,令刘璝等点五万大军,星夜往守雒县。行兵之前,刘璝等上锦屏山拜见紫虚上人求问前程,紫虚上人写下“左龙右凤,飞入西川。雏凤坠地,卧龙升天。一得一失,无数当然。见机而作,勿丧九泉”这一八句谶语,预伏了庞统的死亡、诸葛亮到西川以及刘璝、张任战死等事件。所以毛宗岗评道:“当庞统未死,孔明未入蜀之时,先有紫虚上人八句谶语以为之兆。”第六十九回,曹操令管辂卜天下之事,管辂卜曰:“三八纵横,黄猪遇虎;定军之南,伤折一股”,为夏侯渊被斩埋下伏笔。又卜传祚修短之数,则曰“狮子宫中,以安神位;王道鼎新,子孙极贵”,为曹丕篡汉伏笔。毛宗岗于此又评道:“今当夏侯渊未死,曹丕未篡汉之时,又先有管公明八句谶语以为之兆。”紫虚上人、管辂的八句谶语,在毛宗岗看来,都是“以前之闲文,为后之伏笔”④,埋伏下后文的很多事件,这是作者有意以玄妙、惊悚的方式告诉人们命运的不可违抗。谶语看似闲文,却作为伏笔,起着结构后文的事件和人物的功用。

又第八十一回,刘备将伐东吴,有陈震荐青城山隐士李意为卜吉凶,李意画兵马器械四十余张,画毕即一一扯碎。又画一大人仰卧于地上,旁边一人掘土埋之,上写一“白”字,这又是连营四十皆被烧毁和刘备白帝城托孤之事的谶语⑤。李意玄妙的图谶,作为伏笔,在叙事中起着结构事件的作用,它与后文一一应验的事件相互照应,使前后叙事如一线穿却,紧凑有序。故毛宗岗评道:

① [清]王希廉评《红楼梦》第十二回回评,朱一玄编《红楼梦资料汇编》,前引书,第594页。

② [清]王希廉评《红楼梦》第三十回回评,朱一玄编《红楼梦资料汇编》,前引书,第604页。

③ [清]王希廉评《红楼梦》第八十回回评,朱一玄编《红楼梦资料汇编》,前引书,第639页。

④ [清]毛宗岗评《三国演义》第六十九回回评,陈曦钟等辑校《三国演义会评本》,前引书,第850页。

⑤ [清]毛宗岗评《三国演义》第八十一回夹评,陈曦钟等辑校《三国演义会评本》,前引书,第990页。

李意之见先主，与紫虚上人、公明管子正是一流人物。而紫虚则有数言，李意只写一字，公明惟凭卦象。李意自写图画，极相类又极不相类，而皆为后文伏笔，令读者于数卷之后，追验前文，方知其文之一线穿却也。①

中国古代小说中用相面占卜的卜辞为伏脉，以谶语的形式檃括人物的命运和结局最典型者在《金瓶梅》中。《金瓶梅》第二十九回“吴神仙冰鉴定终身”给西门庆及其众女眷相面，由此伏下了每一个人的人生结局。如对李瓶儿的命运，吴神仙相道：

皮肤香细，乃富室之女娘；容貌端庄，乃素门之德妇。只是多了眼光如醉，主桑中之约；眉靥渐生，月下之期难定。观卧蚕明润而紫色，必产贵儿；体白肩圆，必受夫之宠爱。常遭疾厄，只因根上昏沉；频遇吉祥，盖谓福星明润。……山根青黑，三九前后定见哭声；法令细缠，鸡犬之年焉可过？……

花月仪容惜羽翰，平生良友凤和鸾。

朱门财禄堪依倚，莫把凡禽一样看。

这段卜辞预伏了李瓶儿有钱，有子，深得西门庆宠爱，但在潘金莲的嫉妒与迫害中母子早丧的命运与结局。其他诸人的命运和结局也以同样的卜辞形式在本回埋下伏脉，后来的故事发展与事件安排，都是这一伏脉的具体化、现实化。所以张竹坡评称：“此回乃一部大关键也。上文二十八回一一写出来之人，至此回方一一为之遥断结果。盖作者恐后文顺手写去，或致错乱，故一一定其规模，下文皆照此结果此数人也。此数人之结果完，而书亦完矣。直谓此书至此结亦可。”②第四十六回卜龟儿的老婆子的卜辞给月娘、孟玉楼、李瓶儿的命运再次埋下伏笔。如她为李瓶儿接的卦贴是：

上面画着一个娘子，三个官人：头一个官人穿红，第二个官人穿绿，第三个穿青。怀着一个孩子，守着一库金银财宝，旁边立着一个青脸獠牙红发的鬼。

同样预言了李瓶儿有财、有子但早丧的命运。吴神仙的卜辞和卜龟儿婆子的图谶，充分为小说中人物的命运和结局作了伏脉，故事后来的发展，完全按照这些谶语安排相关事件。第四十六回占卦和第二十九回神仙之相，两

---

① [清]毛宗岗评《三国演义》第八十一回回评，陈曦钟等辑校《三国演义会评本》，前引书，第983页。

② [明]兰陵笑笑生著，[清]张道深评《金瓶梅》，第二十九回回评，前引书，第433页。

回合成一片，都是以谶语的形式为小说设置的全局性的伏脉，槩括了全部人物的命运和结局。

判词、诗词、酒令、灯谜。《红楼梦》中的谶语类型主要表现为诗词、酒令、谜语等形式。

判词、诗词作为伏脉，在小说叙事中不仅预言了人物的命运，还起着提示和推进情节发展的作用。《红楼梦》第一回，一僧一道关于甄士隐女儿英莲的诗谶："惯养娇生笑你痴，菱花空对雪澌澌。好妨佳节元宵后，便是烟消火灭时"，是以谶语为伏脉，预言人物命运的开始。而在小说的第五回宝玉梦游幻境中看到的画册中的判词，是以诗谶的形式对红楼女儿命运的预示。同时，文中还不断地以主要人物自作的诗词，对其自己的性格和命运作出补充，反复预言自己的命运并推进情节发展。如第七十回众人的填柳絮词，其中不少诗词展现了人物的个性，预示了各自的命运结局。

酒令也是《红楼梦》中常用的伏脉方式。第二十八回冯紫英所设酒宴上，蒋玉菡作了一首《女儿悲》的酒令："女儿悲，丈夫一去不复归。女儿愁，无钱去打桂花油。女儿喜，灯花并头结双蕊。女儿乐，夫唱妇随真和合。"脂砚斋在"灯花并头结双蕊"一句下批道："佳谶也。"酒令也具有谶语意味，预示了蒋玉菡和袭人结为夫妻，婚后生活和睦美满。第六十三回，"寿怡红群芳开夜宴"中，众姊妹行花名签酒令，诗句与抽签人的命运结局一一相合，使这些诗句带有了"谶语"的性质，也成为文中的伏脉，起着预言的作用。如袭人的签是一枝桃花，有诗句写道："桃红又见一年春"，再次预言了袭人在贾家衰败后，仍然逃过劫难的美满生活。所以清代姚燮有评语道："象牙签上所有之字，各藏意义，预为他日之兆。"①蒙古文论家哈斯宝更为详明地指出了其不同的征兆："'动人'说的是宝钗的命运。'莫怨'指黛玉的倔强。探春的佳婿是'倚云栽'。紫鹃由了自己，所以是'花事了'。妇人之魁，守节一生的是'竹篱茅舍'。女中之俊，身鞴两鞍的，'又是一年春'。'只恐睡去'的湘云睡在石凳上。'连理枝'香菱委实如'并蒂莲'。写得过显处，便以假乱真，写得过隐处，则以近指远。因为深隐难解，特地显写湘云、袭人两人，以示他人亦是如此。"②

《红楼梦》中的灯谜在叙事中也起着伏脉的作用。第五十回"暖香坞雅制春灯谜"，先是湘云的《点绛唇》谜面："溪壑分离，红尘游戏，真何趣？名

---

① ［清］姚燮评《红楼梦》第六十三回回评，朱一玄编《红楼梦资料汇编》，前引书，第686页。

② ［清］哈斯宝评《新译红楼梦》第二十一回回批，朱一玄编《红楼梦资料汇编》，前引书，第800页。

利犹虚,后世终难继。"其谜底是耍的猴儿。后分别有宝玉、黛玉、宝钗的三个有谜面无谜底的灯谜。这些灯谜的文辞无一不具有伏脉意味。

《红楼梦》中的判词、诗词、酒令、谜语等谶语大都是人物自己对自己命运结局的预言,这就与《金瓶梅》由占卜者预言人物的命运截然不同。无怪哈斯宝说:"我读《金瓶梅》,读到给众人相面,鉴定终身的那一回,总是赞赏不已。现在一读本回,才知道那种赞赏委实过分了。《金瓶梅》中预言结局,是一人历数众人,而《红楼梦》中则是各自道出自己的结局。教他人道出,哪如自己说出?《金瓶梅》中的预言,浮浅;《红楼梦》中的预言,深邃:所以此工彼拙。"①判词、诗词、酒令、谜语等作为谶语在文中作为伏脉,实现着对未来事件和人物命运的预叙。这些伏脉,为小说叙事提供了线索,使全书前伏后应,形成一个浑然的整体。同时,其含蓄、似露非露、半吞半吐的语言特征,既增强了悬念感,又增强了命运不可捉摸的梦幻感,为故事蒙上了一层深厚的梦幻、悲剧气氛。

小说叙事理论中以诗词为谶语的伏脉理论与诗歌理论中对"诗谶"的探讨或有关联。宋代阮阅编录《诗话总龟》,专列"诗谶"门,将历代诗话中的诗谶收归一处,如:

> 孙秀既恨石崇不与绿珠,又憾潘岳昔遇不以礼。复遭遇晋惠帝,遂同日收石崇、欧阳建、潘岳送市。石谓潘曰:"安仁复尔耶?"潘曰:"可谓'白首同归'也"。潘岳《金谷集》云:"投分寄石友,白首同所归。"亦其谶也。②
>
> 汝州刘廷芝,字希夷,苦篇咏,善为闺帏之作。词哀多似古调,体势与时不合,遂不为人所重。希夷美姿貌,善弹琵琶,好酒色,落魄不拘常俗。为《白头吟》,忽作一联语曰:"今年花落颜色改,明年花开谁复在?"既而复叹曰:"我此语似谶。石崇曰:'白首同所归',复何所异?"乃除之,复作二句曰:"年年岁岁花相似,岁岁年年人不同。"复叹曰:"死生有命,岂复由此!"乃并留前句作诗,后岁余为奸人所害。③

这两则诗话中,诗人无意识创作的诗句,被诗话家或诗人自己认为是其命运的谶语。叙事理论中以诗词为伏脉的理论与这种诗歌理论及其思维方式如出一辙,明清小说叙事理论中普遍讨论的以诗词为伏脉的理论,与阮阅归纳

① [清]哈斯宝评《新译红楼梦》第九回回批,朱一玄编《红楼梦资料汇编》,前引书,第782页。
② [宋]阮阅编《诗话总龟》(前集),周本淳校点,人民文学出版社,1987年,第333—334页。
③ [宋]阮阅编《诗话总龟》(前集),前引书,第335—336页。

的诗谶理论有无必然联系或未可知,但于此却可见出中国古代诗、文、小说等理论的互通。

梦境。梦作为伏脉在古典叙事作品中普遍存在。首先是历史叙事中的叙梦。《左传》叙梦29处,几乎每一处梦境在后文都有相应的事件与之应验。《史记》中作为伏脉的梦也很多。如《赵世家》中的梦,就是作为伏脉记叙的。李景星《史记评议》云:"赵盾为梦,为赵氏中衰赵武复兴伏案也;赵简子之梦,为灭中行氏、灭智伯等事伏案也;赵灵美王之梦,为废嫡立幼以致惑乱伏案也;赵孝成王之梦,为贪地受降丧座长平伏案也。"①伏案即伏笔或伏脉,梦象内容预示了后文的人事。受历史叙事影响,古典小说叙事也多以梦为伏笔。《红楼梦》记梦30余处,《三国演义》记梦20余处。梦的预兆在情节的展开中也都一一应验。《红楼梦》第一至四回仅是全书的引子,第五回才是全书的开端。小说一开始,即以宝玉梦游的形式暗示了全书的人物形象、命运结局、情节大概、主题思想。其后的情节发展、人物塑造、情景铺排,即依此回逐步展开。其间还不断有大大小小的梦描写与第五回的大梦幻相应相和,形成迷离凄婉的艺术境界。

《水浒传》第四十二回宋江被困还道村九天玄女庙中,万分危急的时刻作者竟然还安排宋江南柯一梦,受三卷天书,并得娘娘"遇宿重重喜,逢高不是凶。外夷及内寇,几处见奇功"四句谶语的命运指南,一梦结束了梁山好汉的个人奋斗史,从此以后宋江便与其兄弟走上了替天行道的漫漫征途。毛宗岗称"《三国》一书,有隔年下种,先时伏着之妙",并举例曰:"孙权僭号在八十五回后,而吴夫人梦日之兆早于三十八回中伏下一笔。司马篡魏在一百十九回,而曹操梦马之兆早于五十七回中伏下一笔。"梦在小说中成为人物命运或事件发展的预言或伏笔,是结构小说的巧妙方法。

2. 伏脉的类型

正伏与反伏。根据伏笔与其照应之间的性质对比,毛宗岗把伏脉分为正伏和反伏两种。《三国演义》第九十二回回评云:

> 蜀之有姜维,非继武侯而终伐魏之事者乎?六出祁山之后,有九伐中原之事。而一出祁山之前,早伏一九伐中原之人。将正伏之,先反伏之。正伏之为蜀之姜维,反伏之为魏之姜维。而此卷则犹反伏之者也。观天地古今自然之文,可以悟作文者结构之法矣。②

---

① 李景星《史记评议》,东北师范大学出版社,1985年,第49页。

② [清]毛宗岗评《三国演义》第九十二回回评,陈曦钟等辑校《三国演义会评本》,前引书,第1122页。

正伏就是伏笔和照应是同样性质的事件,喜则同喜,祸则同祸;反伏则相反,是吉伏凶应、喜伏祸应等。《三国演义》中的反伏还有:董卓梦一龙罩身反被吕布诛杀,董承梦杀曹操而反被曹操所杀,此皆梦吉得凶。甘夫人梦刘备身陷土坑,后反与刘备相会,此为梦凶得吉。

全局性伏脉与局部性伏脉。从伏脉的文本跨度来说,有些伏脉贯穿于叙事的始终,可称为全局性伏脉。如《红楼梦》第五回,作为一个叙事单元,在作品的整体结构及人物、事件的发展中,起着主导的、支配性的作用,是对整部小说人物命运的整体性构思。它涵盖了全书人物的悲剧结局,驱促着小说人物走向作者为他们预设的归宿中去。宝、钗、黛关系,大观园诸艳的未来命运,以及这些人物赖以生存的贾府,都在第五回作为伏脉的判词、诗词中得到提前透视。小说以后诸回的描写只是这一全局性伏脉的具体化、形象化、现实化。这种起着主导性、支配性的伏脉,就具有了全局性预伏的功能。

有的伏脉,只对某个或几个人物、情节作出预示,只结构局部情节,因此称为局部性伏脉。如《红楼梦》第九十四回中异常开放的海棠,从近处来看,是元妃薨逝的伏脉;从远处来说,又为整个贾府的衰败伏脉,正如王希廉所评:"花妖兆怪,通灵走失后,从此元妃薨逝,宝玉疯癫,宁府抄没,贾母、凤姐相继病亡,甚至引盗入室,串卖巧姐,种种凶事接踵而至。此回是贾府盛极而衰一大转关处。"①

四、"伏脉"机制的功能

伏脉是中国古代叙事作品创作中涉及部法结构的艺术手法。它在叙事中的普遍意义是通过预先对某些物事、事件、诗词、梦境的描写,为情节的发展埋下伏线,使故事的发展不致突兀,同时使整个叙事形成此呼彼应,前后贯通的艺术整体。

伏脉所采用的方式——梦幻、诗词谶语、占卜之辞等往往体现出神秘、隐晦、宿命的叙述现象。无论是作者自己还是作品中的人物,其文化观念和价值取向上都体现出一种宿命观。如作为伏脉的灾异,完全是自然界呈现的自然现象,但却被小说及其评论家提升为一种超自然的、有着某种象征意味的力量加以崇拜。这充分反映了中国古代哲学观念中,作为主体的人,在原始的"天人合一"观念中,无法摆脱天人一体而取得独立,逃脱不了因果

---

① [清]王希廉评《红楼梦》第九十四回回评,朱一玄编《红楼梦资料汇编》,前引书,第645页。

宿命的悲壮。抛开这些陈腐、迷信的文化传统不说，伏脉在叙事中具有以下特点和功能：

伏脉具有构建叙事作品整体结构的功能。伏脉在结构上的功能是服务于情节的总体布局，对情节结构先埋伏笔，制约、引导情节发展方向；后设照应，使故事前有因，后有果，以使“前后文遥遥照应，通篇血脉贯通”①。换言之，伏脉作为一种叙述手段，前有提示，后有照应，“草蛇灰线，伏脉千里”，承担着构建叙事作品整体结构的任务。

中国古代叙事理论家最注重的是叙事作品的整体性。一部叙事作品，往往涉及众多的人和事，且时间跨度长，如何使先后出现的人和事自然相接且联系紧密？古代理论家认为，伏脉即是实现作品整体性的技法，“文章之妙，在前文方于此应，后文又于此伏者，……通观全部，虽人与事纷纷，而伏应之妙，则一篇如一句，斯真有数文字。”②“文之彼此相伏，前后相因，殆十数卷而只如一篇，只如一句也。”③善于巧妙设计、埋设伏脉，就能使后出现的人或事不突兀，合情合理、顺理成章，同时又能增强作品的内部联系，使整部作品通前彻后伏应自然，无论回数多少，都会血脉一贯，如一线穿却。

以诗词、卜辞等伏脉为引子，后文依据伏脉的指示陆续展开叙述，整个叙事就会繁而不乱，从容不迫，有条不紊，环环相扣，前后照应，有一线穿珠之妙。伏脉因此造成了整个叙事一脉相承的内在联系。伏脉既能使后文中谜底的揭示自然水到渠成，又能使伏脉的结谜部分和解谜部分保持有机联系，完整、统一，浑然一体。张竹坡赞《金瓶梅》“其文之洋洋一百回，而千针万线，同出一丝，又千曲百折，不露一线。……盖其书之细如牛毛，乃千万根共具一体，血脉贯通，藏针伏线，千里相牵，少有所见”④。《金瓶梅》一百回书能做到血脉贯通，正是因为作者高妙的埋设伏脉的技法，如陈敬济被陷严州一事，在张竹坡看来，是后面三件事的伏笔：

> 陈敬济严州一事，岂不蛇足哉？不知作者一笔而三用也。一者为敬济落入冷铺作因；二者为大姐一死伏线；三者欲结玉楼实遇李公子为

---

① ［清］王希廉评《红楼梦》第八十一回回评，朱一玄编《红楼梦资料汇编》，前引书，第637页。

② ［清］毛宗岗评《三国演义》第五十三回回评，朱一玄等编《三国演义资料汇编》，前引书，第335页。

③ ［清］毛宗岗评《三国演义》第九十四回回评，朱一玄等编《三国演义资料汇编》，前引书，第389页。

④ ［清］张竹坡《竹坡闲话》，朱一玄编《金瓶梅资料汇编》，前引书，第417页。

百年知己可偿在西门家三四年之恨也。①

伏脉还具有制造悬念的功能。伏脉具有预叙的性质。法国叙事学家热奈特认为预叙会削弱悬念,但中国古典小说中具有预叙性质的伏脉却有增强悬念的功能。伏脉之所以具有增强悬念的功能是因为用于伏脉的诗词谶语、梦境等都不是直接言明所预示的未来的事件,而是用含糊、隐晦或类似于谜语的方式对人物的命运或情节的发展加以点逗,同时在叙事中又用种种细节不断强化作品中对未来事件的期待,所以,由于伏脉的特别表现方式,反而增强了悬念。

伏脉在叙事中仿佛是作者有意结下的一个谜,充溢着迷幻般的多维性,这也增强了悬念的产生。对于伏脉之谜的谜底,作者还采用延宕手法,迟滞谜底的揭穿。有时作者还会不断增加伏脉,结上加结,多次预示,吸引读者仔细品赏每一个细节,参与猜谜的游戏,体验伏脉所预设的神秘,获得审美的快感。

---

① [清]张竹坡《〈金瓶梅〉读法》,朱一玄编《金瓶梅资料汇编》,前引书,第432页。

第二章　章法理论

王充《论衡·正说》篇云:"文字有意以立句,句有数而连章,章有体而成篇。篇则章句之大者也。"刘勰《文心雕龙·章句》篇也说:"夫人之立言,因字而生句,积句而为章,积章而成篇。"①也就是说,中国古代文论家常将诗、文、小说等文本从小到大分成字、句、章、篇(部)四个依次递进的层次,将古代语言学、文章学的字法、句法等基本概念应用于诗文的文本分析,讲究字有字法,句有句法,章有章法,篇(部)有篇(部)法。字法、句法、章法、篇(部)法构成古代文论家诗文文本分析的四个层层递进的层次。字法、句法、章法、篇法是有区别的概念。**字法**指用字修辞的技巧、规则。"构文之道,不外积字,用字一乖,判若秦越。盖文以代言,取肖神理,抗坠之际,轩轾异常。一字之失,一句为之模糊;一句之误,通篇为之梗塞。"②因此,字法要求用字准确、传神。**句法**指积字成句的造句构句方式。"句者,积多数字以神其用者也,格调莫高于《诗》《书》。《诗》善变,一字至九,每句殊异,而声调音韵,又能传幽深元远之神情。《书》之句法,盘诰犹为简雅而浑雄劲拔,更非后人所能即及。故《诗》《书》者,文家造句之母也。大抵句法,务宜坚响,经纬以动、静、名、助诸品词,贯以联络异同之法。莽莽古直,罗罗清疏,斯为得之。苟一句窒碍,势必龃龉全章。"③**章法**指组句成段或组段成章(节)的章(节)段结构法则。"积句成章,断章取义,条理必秩,文采必斐。若网在纲,如茧出绪。或失则杂,谓之无章,章之不成,文曷以达?篇之彪炳,章无疵也。章之大略,起承转结,凡此四者,可详观之。"④**篇(部)法**指组织一篇(部)文章的法则。"'目巧之室,则有奥阼'——谋于始也。东湖西浦,南山北原,渊潭相接,峦陵相望——谋于中也。平泉花木,绿野亭台,虽渊明之荒径,而松菊犹存。虽颜子之陋巷,而环堵自若——谋于终也。故

① [南朝梁]刘勰著,范文澜注《文心雕龙注》,前引书,第570页。

② 来裕恂著,高维国、张格注《汉文典注释》,前引书,第131页。

③ 来裕恂著,高维国、张格注《汉文典注释》,前引书,第167页。

④ 来裕恂著,高维国、张格注《汉文典注释》,前引书,第199页。

首尾照应，中间段落，务使条理秩序，脉络贯通，则谋篇之法得矣。”①来裕恂还把篇法分为“完全之篇法”和“偏阙之篇法”：“完全者，乃纯乎为全篇之法则。首尾腹背，全体贯通，无所隔阂。”②“偏阙之篇法”“多关系乎章段之节腠，而又不得目之为章法者。其于篇法，盖具体而微，故有偏而不全，阙而不完之处焉。”③

章法是中国古代诗、文、小说批评通用的理论话语，在古代文论家的指称中，其含义颇为混杂，**有时指组织整篇文本的篇法（小说中是部法）**。章的概念，出自《诗经》。《诗经》中的诗，是分章的。如《周南·关雎》是五章章四句。章在这里显然是小于篇的单位，相当于今天说的段落。但后来诗歌不再分章，篇章合称，章不再指段落，而是指整篇诗文，创作篇章的方法被称为章法，因此章法也就是篇法。如沈德潜《说诗晬语》：“诗篇结局为难，七言古犹难。前路层波叠浪而来，略无收应，成何章法？支离其词，亦嫌烦碎。作手于两言或四言中，层层管照，而又能作神龙掉尾之势，神乎技矣。”④**章法有时又指创造段的方法。**宋谢枋得《文章轨范》卷一评韩愈《后二十九日复上宰相书》首段：“当是时，天下之贤才皆已举用，奸邪谗佞欺负之徒皆已除去，四海皆已无虞，九夷八蛮之在荒服之外者皆已宾贡，天灾时变昆虫草木之妖皆已销息，天下之所谓礼乐刑政教化之具皆已修理，风俗皆已敦厚，动植之物风雨霜露之所沾被者皆已得宜，休征嘉瑞麟凤龟龙之属皆已备至。”“连下九个‘皆已’字，变化七样句法。字有多少，句有长短，文有反顺、起伏、顿挫，如层澜惊涛怒波，读者但见其精神，不觉其重迭，此章法、句法也。”⑤就是说，句法是由字的多少构成的，而长短不同的句子以不同的方式连接成段，就是章法。又如方东树《昭昧詹言》卷十四中说：“所谓章法，大约亦不过虚实顺逆、开合大小、宾主人我情景，与古文之法相似。有一定之律，而无一定之死法，变化恣肆，奇警在人。”⑥其章法也指的是组织段的方法。**章法有时还指有关句子句式的句法。**《水浒传》第五回，鲁智深到了大相国寺，被清长老安排管领酸枣门外岳庙间壁大菜园，智深不乐，首座先解释，后知客又道：“你听我说于你：僧门中职事人员，各有头项。且如小僧……假如师兄……”金圣叹指出“且如小僧……”“假如师兄……”“章法

① 来裕恂著，高维国、张格注《汉文典注释》，前引书，第221页。

② 来裕恂著，高维国、张格注《汉文典注释》，前引书，第222页。

③ 来裕恂著，高维国、张格注《汉文典注释》，前引书，第231页。

④ ［清］沈德潜《说诗晬语》，卷上，霍松林校注，《原诗 一瓢诗话 说诗晬语》，人民文学出版社，1979年，第209页。

⑤ ［宋］谢枋得《文章轨范》，卷一，文渊阁《四库全书》，第1359册，第545页。

⑥ ［清］方东树《昭昧詹言》，汪绍楹校点，人民文学出版社，1961年，第382页。

错落"①,这里的章法,则指的是句子的句式,因此是句法。**章法有时被作为文章字句、段落、修辞等多方面的写作技法的统称,是"技巧""方法""文法"的代称**。脂砚斋评云"《红楼梦》写梦章法总不雷同"中的"章法"指的是一般的文法,即写作技法或叙事技法的统称②。另外,张世君又指出,明清小说评点家常将字法、句法、章法三个概念交换使用,"把字法做章法,或把句法做章法,章法也是句法。"③

本章所论的章法,专指段法、节法。台湾学者陈满铭说:"章法所探讨的是篇章之条理,亦即连句成节(句群)、连节成段、连段成篇的逻辑组织。"④章法介乎句法与篇(部)法之间。章法与篇(部)法紧密相连,但章法不同于篇(部)法。左培《文式》云:"章法非篇法也。篇法乃一篇之提,反虚实、挑缴结也。所谓章者,片段之谓。就一篇中,股股贯串,句句接续,乃成章片。"⑤换言之,篇(部)法是整篇(部)文章谋篇布局的法则。具体而言,包括对文章总体立意、结构的构思;对始、中、终各关键部位的安排、设计;对为使全篇"首尾腹背,全体贯通"的伏脉技法的探究等。而章法则是对某一节段内部或节段之间关系的考察。徐增《而庵诗话》中说:"字有字法,句有句法,章有章法。不知连断则不成句法;不知结数则不成章法;总不出顿挫与起承转合诸法耳。即盖代才子,不能出其范围也。"⑥前引来裕恂《汉文典·文章典》中也说:"章之大略,起承转结,凡此四者,可详观之。"⑦因此可见,章法又具体包括起承转结、顿挫诸法。

总之,章法理论是关于文章结构的理论,属于文章学的有机组成部分,也是中国古代叙事文法理论的有机组成部分。就小说叙事理论来说,古代小说评点家所用的章法概念指的是小说情节组织的"次结构"——"段"与"段"在空间次序上的组织连缀。林岗将明清小说评点家对虚构叙事文文本特性及叙事技巧的探讨分为三个层次:结构论、文理章法论、修辞论。结构论是在宏观层次上把握小说文本的艺术特性,追寻的是叙事文大结构的美学观念。这类似于本书前文所讨论的部法。文理章法论属于对小说文本

---

① [清]金圣叹评《水浒传》第五回夹批,陈曦钟等辑校《水浒传会评本》,前引书,第155、156页。

② 参见张世君《明清小说评点章法概念析》,载《暨南学报》2004年第3期。

③ 张世君《明清小说评点章法概念析》,前引文。

④ 陈满铭《章法结构及其哲学义涵》,载《浙江师范大学学报》(社会科学版)2004年第2期。

⑤ 转引自张会恩《古代文章章法论》,载《湖南师大学报》1986年第3期。

⑥ [清]徐增《而庵诗话》,[清]王夫之等撰《清诗话》,上海古籍出版社,1978年,第425页。

⑦ 来裕恂著,高维国、张格注《汉文典注释》,前引书,第199页。

细部“肌理组织”的探幽发微①。中国古代小说与西方小说不同。西方小说以“情节”为核心,强调对事件的周密组织以形成逻辑严密的有首身尾的情节,在按照因果逻辑组织情节的过程中,一步步地走向故事的收场或结局。中国古代小说则不同。中国古代小说家,并不大看重情节人为、周密的组织,而是按照事件自然而然的演进来铺叙,因此形成古典长篇“缀段”的特点:一个个具有相对独立性的事件单元依次被叙述出来,叙述技巧讲究的不是情节贯串的严谨组织,而是“段”与“段”之间巧妙的连接。一段就是一个事件单元,事件单元与事件单元连接,最终组成整个故事。这是中国古典长篇小说的一大特色。林岗以为,这种“段”与“段”的连接,就是“次结构”,属于小说叙事文理章法论层次②。中国古代评点家使用“叙事”一词,并不关心“叙事”在时间方面的含义,不是把“叙事”理解为在时间中讲述一个故事,而是将其理解为在空间次序方面安排一篇故事。“叙事”之“叙”通“序”,主要是“段”与“段”之间按一定的准则巧妙配合相接之意。故事“段”与“段”的连贯组织,就是小说叙事的章法③。正是从叙事是对故事段或事件单元在空间次序上的安排这一叙事观念出发,古代小说评点家提出了起承转结、插夹补预、两对章法等小说叙事的“次结构”章法并从理论上给予了阐发。以下试分别探讨古代小说叙事文法理论中的起承转结、时间章法、两对章法等叙事章法理论。

第一节　起承转结章法

起承转结,又称起承转合,是中国古代最为基本的文章章法。中国古代文论中,起承转合首先是作为诗文章法结构要则被理论家普遍关注。

中国文学以诗歌为主,诗歌以抒情诗为主,但也不乏叙事诗作。不过,在古代文学史上,叙事诗并未作为一个专门的诗歌类别从其他诗体中独立出来。中国传统文体中也没有叙事诗这一诗体。“叙事体”一词,仅在宋刘克庄《后村诗话》中论《木兰诗》和《焦仲卿妻诗》时首次出现,作为对这两首乐府古诗的文体特征的界定。所以,中国古代没有专门的叙事诗论,关于叙事性诗歌的叙事文法理论在一定程度上存在着含混、零散、不成体系、杂

---

① 参见林岗《明清之际小说评点学之研究》,前引书,第 7 页。

② 参见林岗《明清之际小说评点学之研究》,前引书,第 115—116 页。

③ 参见林岗《明清之际小说评点学之研究》,前引书,第 119 页。

糅于一般诗论中的现象。中国古代诗论内容丰富,属于叙事文法理论范畴的当是诗歌"起承转合"的章法、用典、倒插、虚写实写、叙事写景议论抒情结合等叙述手法①。其中讨论最多的是起承转合的章法。旧题元杨载《诗法家数》首称"律诗要诀"为"起承转合"②。又旧题元傅与砺《诗法源流》云:"作诗成法,有起承转合四字。"③清乔忆认为长篇叙事诗为避免叙事的平铺直叙,须"大开大阖、忽断忽连,参差错纵,忌章法散漫""通体有大提挈、大结束、大转换,逐段中又自有小提挈、小结束、小转换"④。刘大勤编《师友诗传续录》记载:"(刘大勤,笔者注)问:律诗论起承转合之法否?(王士祯,笔者注)答:勿论古文、今文、古今体诗皆离此四字不可。"⑤清徐增《而庵诗话·小引》亦云:"读唐人诗须观其如何用意,如何用笔,如何成章,如何起,如何结,如何开,如何阖,如何接,如何联,自有得处。""夫五言与七言不同,律诗与绝句不同,字有字法,句有句法,章有章法。不知连断则不成句法;不知结数则不成章法;总不出顿挫与起承转合诸法耳。即盖代才子,不能出其范围也。"⑥

什么是"起承转结"章法呢?刘熙载在《经义概》中解释道:"起、承、转、合四字,起者,起下也,连合亦起在内;合者,合上也,连起亦合在内;中间用承用转,皆兼顾起合也。"⑦傅与砺《诗法正论》中也说:"作诗成法有起承转合四字。以绝句言之,第一句是起,第二句是承,第三句是转,第四句是合。律诗第一联是起,第二联是承,第三联是转,第四联是合。或一题而作两诗则两诗通为起承转合。如作三首以上及作古诗长律亦以此法求之。"如杜甫诗《八月十五夜月二首》:"满目飞明镜,归心折大刀。转蓬行地远,攀桂仰天高"四句说客中对月,是起;"水路凝霜雪,林栖见羽毛。此时瞻白兔,直欲数秋毫"四句形容月明,是承;"稍下巫山峡,犹衔白帝城。气沈全浦暗,轮仄半楼明"四句"言月出没晦明之地,就含结句之意",是转;"刁斗皆催晓,蟾蜍且自倾。张弓倚残魄,不独汉家营"四句言兵乱对月之感,

① 参见王荣《简论中国古代诗文理论中的"叙事"及其诗学》,载祖国颂主编《叙事学的中国之路——全国首届叙事学学术研讨会论文集》,前引书,第237—238页。

② [元]杨载《诗法家数》,张健《元代诗法校考》,北京大学出版社,2001年,第17页。

③ [元]傅与砺《诗法源流》,张健《元代诗法校考》,前引书,第241页。

④ [清]乔亿《剑溪说诗》,郭绍虞编选《清诗话续编》(二),上海古籍出版社,1983年,第1063页。

⑤ [清]刘大勤编《诗友诗传续录》,[清]王夫之等撰《清诗话》,前引书,第150页。

⑥ [清]徐增《而庵诗话》,[清]王夫之等撰《清诗话》,前引书,第425页。

⑦ [清]刘熙载《艺概》,卷六,《经义概》,上海古籍出版社,1978年,第177页。

是合[1]。

对于起承转合的章法结构,古代诗论中还特别强调了起句与结句的重要,专门讨论了起句与结句的具体写法。起句,又称开头、发端、发句、破题;相对而言,结句则又称结尾、收束、落句、尾句。首先,古代诗论家普遍认为起句和结句是一首诗中最难写的部分。严羽《沧浪诗话·诗法》云:"对句好可得,结句好难得,发句好尤难得。"王世贞《艺苑卮言》亦云:"七言律不难中二联,难在发端及结句耳。"诗歌的开头和结尾难而重要,是因为诗意的完整、诗味的含蓄,都取决于开头和结尾。其次,对于诗歌开头和结尾的写法,古代诗论家也提出了很多设想。托名白乐天的《金针诗格》云:"破题欲似狂风卷浪,势欲滔天;落句欲似高山放石,一去无回。"谢榛《四溟诗话》卷一也说:"凡起句当如爆竹,骤响易彻;结句当如撞钟,清音有余。"都主张开头要有气势、有神气、有风味,不可太易、太平、太怪、太俗;结尾要有余韵,"贵有味外之味,弦外之音,所谓一唱再三叹,慷慨有余音者,方为妙境。"[2]再次,古代诗论家还非常重视诗歌起结之间的相互呼应,以使全诗首尾圆合,结构圆融。清何世基曾云:"为诗须有章法、句法、字法。章法有数首之章法,有一首之章法。总是起结血脉要通;否则痿痹不仁,且近攒凑也。"[3]对诗歌起句和结句特点、写法的讨论,或许正影响了古代小说叙事理论对开头和结尾的强调、重视及对其写作技法的探讨。

来裕恂的《汉文典·文章典》中认为起承转结也是文章的基本章法。"章之大略,起承转结。凡此四者,可详观之。"起,指文章开端、起头的方法。来裕恂指出文章开头有十种技法:顺起、逆起、直起、浑起、翻起、问起、原起、冒起、喻起、排起。对于每一种起法,来氏均举例予以说明。如逆起,"逆起者,故作突兀之势,用逆笔挺然起也。"韩愈《杂说》"世有伯乐,然后有千里马"就是逆起。承,指承接、过度,要求自然顺畅。"承接之处,当如山尽逢山,水穷逢水,但见改观,不觉过接;或者风正帆悬,于惊涛骇浪中,截流而渡;又若天孙云锦,泯组织之迹,公输斫木,灭斧凿之痕,斯为美善。不然,前后文虽工,亦因之减色矣。"[4]承法有正承、反承、顺承、逆承、急承、缓承、断承、阐承、分承、总承、引承、原承 12 种承法。如"反承"是"反上段之意以承之也。"转,指转折。董玄宰《文诀》论转法说:"文章之妙全在转处。转则不穷,转则不板。如游名山,至山穷水尽处,以为观止矣。俄而悬崖穿径,忽

---

① [元]傅与砺《诗法正论》,张健《元代诗法校考》,前引书,第 241—242 页。
② 徐英《诗法通微》,正中书局,1943 年,第 78 页。
③ [清]何世琪《然灯记闻》,[清]王夫之等撰《清诗话》,前引书,第 119 页。
④ 来裕恂著,高维国、张格注《汉文典注释》,前引书,第 205 页。

又别出境界，则眼目大快。武夷九曲，遇绝则生。若千里江陵直下奔迅，便无转势矣。文章随题敷衍，开口即竭，须于言尽语绝之时，别行一路。”①来裕恂《汉文典·文章典》中云：“文之于转，如车之有轴，轴所以转毂，利乎行轮。贵圆滑，贵锐利，或翻空以展局，或穷辩以达理，或盘曲以作势，或提振以鼓气。有千转万变之奇，有一波三折之妙，斯为得之。”②来裕恂指出的转法有正转、反转、横转、进转、紧转、喻转、蓄转、翻转、急转、层转10种。李腾芳认为，“一篇有一篇之转，一段有一段之转，一句有一句之转，一字有一字之转。贵变幻而不可测，惧其易尽也；贵活，惧其死也；贵圆，惧其板也；贵婉曲，惧其直而硬也；贵快，惧其累赘而翻身不便也；贵迅，惧其缓也；贵紧，惧其漫也；贵自然，惧其生别也；贵切，惧其迂远也。得转之妙，其于文过半矣。”③因此，转的要求是变幻、圆滑、自然、婉曲等。结，指全文的结束。“收束之处，文义虽短，笔法最要紧严，意思尤宜周匝，少不经营，则强弩之末矣。”④结法有总结、分结、翻结、离结、论结、叹结、赞结、感结、责结、问结、答结、喻结、叙结、转结、缴结、应结16法。如论结，“发大议论以结之也。”范仲淹《岳阳楼记》“居庙堂之高则忧其民……”即是以议论结束全文。

起承转结不仅作为诗文章法结构理论话语，被理论家普遍用于诗文章法结构分析，同时还被作为小说章法结构理论话语，用于小说章法结构分析。首次打通诗、文、小说，用起承转合进行小说章法结构分析的是金圣叹。在《示顾祖颂、孙闻、韩宝旭、魏云》一文中，金圣叹说：“诗与文，虽是两样体，却是一样法，以一样法者，起承转合是也。除却起承转合，更无文法，除却起承转合，更无诗法。”⑤同时，金圣叹又评《水浒传》道：

> 凡人读一部书，须要把眼光放得长。如《水浒传》七十回，只用一目俱下，便知其二千余纸，只是一篇文字。中间许多事体，便是文字起承转合之法。若是拖长看去，却都不见。⑥

无论诗、文、小说，其起承转合的章法结构都可视为在两个层面上的起承转

---

① 转引自〔日〕斋藤正谦《拙堂续文话》，王水照、吴鸿春编选《日本学者中国文章学论著选》，上海古籍出版社，1994年，第111页。

② 来裕恂著，高维国、张格注《汉文典注释》，前引书，第211页。

③ ［明］李腾芳《文字法三十五则》，郑奠、谭全基编《古汉语修辞学资料汇编》，商务印书馆，1980年，第408页。

④ 来裕恂著，高维国、张格注《汉文典注释》，前引书，第215页。

⑤ ［清］金圣叹《示顾祖颂、孙闻、韩宝旭、魏云》，《金圣叹评点才子全集》，第一卷，光明日报出版社，1997年，第20页。

⑥ ［清］金圣叹《读第五才子书法》，陈曦钟等辑校《水浒传会评本》，前引书，第16页。

合，即乔亿所谓“通体有大提挈，大结束，大转换”和“逐段又自有小提挈，小结束，小转换”①。本处主要讨论的是长篇叙事文除去开头和结尾的“中间事体”的起承转结问题，包括小说这一独特的叙事文体其“中间事体”不同于诗文的起承转合的方法及其形成的空间性节奏美。

一、起结诸法

与诗文起结有不同的方法一样，小说叙事在开始和结束一件事件或一个故事时也有不同的方法，古代小说评点家用很多有趣的比喻来形象地形容它们，如“弄引法”“獭尾法”“将雪见霰，将雨闻雷”“浪后波纹，雨后霡霂”“回风舞雪，倒峡逆波”“牵线动影法”“笔笔按捺之法”“拉来推去之法”“苍鹰搏兔，青狮戏球”等等。总体上来看，古代小说评点家着力探讨的起结之法有以下三种：

1.“弄引法”与“獭尾法”

古代小说在叙述一个重要事件或主要故事时，总是先叙一个或几个类似或相反的小事件或小故事作为引子，就如中药里的一剂汤药，黄芪、党参等是主要药材，但必须有蝎子或红枣作药引子，药才能真正发挥作用。古代小说理论家把在叙述主要故事之前对一个或几个小故事的叙述的章法称为“弄引法”：“有弄引法：谓有一段大文字，不好突然便起，且先作一段小文字在前引之。如索超前，先写周谨；十分光前，先说五事等是也。《庄子》云：‘始于青萍之末，盛于土囊之口。’《礼》云：‘鲁人有事于泰山，必先有事于配林。’”②毛宗岗在《读〈三国志〉法》中将其形象地比喻为“将雪见霰，将雨闻雷”的妙法：

> 《三国》一书，有将雪见霰，将雨闻雷之妙。将有一段正文在后，必先有一段闲文以为之引，特有一段大文在后，必先有一段小文以为之端。③

毛宗岗用正文、闲文区分主要故事与次要故事，次要故事，即闲文往往作为引子以引起主要故事。如《三国演义》第四十九回，赤壁之战，是全书中的重要战役之一，赤壁之战以火攻取胜，而写赤壁纵火这一大段正文之前，已于第三十九回、四十回两次写火。第三十九回，孔明初出茅庐，第一次用计，

---

① ［清］乔亿《剑溪说诗》，郭绍虞编选《清诗话续编》（二），前引书，第1063页。

② ［清］金圣叹《读第五才子书法》，陈曦钟等辑校《水浒传会评本》，前引书，第21页。

③ ［清］毛宗岗《读〈三国志〉法》，朱一玄、刘毓忱编《三国演义资料汇编》，前引书，第262页。

便是博望坡火攻夏侯淳，立下第一大战功。第四十回，又于新野设下空城计，“以空城作炉灶”，火烧曹仁十三万大军。博望、新野大火，其实都是闲文，是为赤壁之火“弄引”。

《红楼梦》未写贾府一段大荣枯之前，先写甄家一段小荣枯也是作为引子，且是正引。而第二回写贾雨村在扬州林如海家坐馆，每当风日晴和，饭后便出来散步：

> 这日偶至郭外，意欲赏鉴那村野风光。忽信步至一山环水旋、茂林深竹之处，隐隐有座庙宇，门巷倾颓，墙垣折败，门前有额，题有“智通寺”三字，门旁又有一副破旧对联，曰：
>
> 身后有余忘缩手，眼前无路想回头。

对于作者叙述这一段小事件的意义，脂砚斋批道：“未出宁、荣繁华盛处，却先写一荒凉小境；未写通部入世迷人，却先写一出世醒人。回风舞雪，倒峡逆波，别小说中所无之法。”①显然，在脂砚斋看来，作者对颓败的“智通寺”和寺内“既聋且昏，齿落舌钝”的龙钟老僧的叙写，是作为即将叙述的宁、荣二府繁华无限的故事的反引，因此是一种“回风舞雪，倒峡逆波”的弄引法。

脂砚斋还指出了《红楼梦》中的多处“弄引法”。如第五十八回，写藕官为药官烧纸前先有清明节贾琏带领贾环、贾宗、贾兰三人到铁槛寺上坟烧纸一段小文作引子，“用清明烧纸徐徐引入园内烧纸，……此文一引，春云吐岫。”②不仅引出藕官烧纸一事，而且还引出了藕官和蕊官、药官的故事：原来这藕官自和药官常演小生和小旦，故寻常饮食起居两人竟也恩爱如戏，药官死后，她哭得死去活来，每节烧纸。后来又补了蕊官，又一般的温柔体贴。芳官们因问她得新弃旧，她却说：“这又有个大道理。比如男子死了妻，或有必当续弦者，也必要续弦为是。但只是不要把死的丢开不提，便是情深意重了。若一味因死的不续，孤守一世，妨了大节，也不是礼，死者反不安了。”这些呆话独合了宝玉的呆性，因此有研究者据此推测小说后来的情节应是宝玉在黛玉死后娶了宝钗，这里藕官的话又成为后来故事情节的伏笔③。又第七十二回，“王熙凤恃强羞说病 来旺妇倚势强成亲”写来旺媳妇倚仗凤姐之势强求彩霞之前，先有孙绍祖家央官媒婆朱嫂子赖死赖活向贾家求亲一段。初读插叙在这里的一段似乎是闲文的小事件，不明其意，及至

① [清]曹雪芹著，霍国玲、紫军校勘《脂砚斋全评石头记》，第二回“甲眉”，前引书，第24页，

② [清]曹雪芹著，霍国玲、紫军校勘《脂砚斋全评石头记》，第五十八回“回前评”，前引书，第686页。

③ [清]曹雪芹著，霍国玲、紫军校勘《脂砚斋全评石头记》，前引书，第970—971页。

后来有来旺儿这一段，才会明白前文是个引脉。由这一段，又牵连出贾府内大大小小的婚配事件，司棋本和其表兄潘又安情投意合，偏被拆散；张华本不想退婚，被贾琏逼迫等等。王熙凤的弄权与贾府的草菅人命在这一连串事件中得到表现。一件作引子的小事，不仅引出了大的叙述段，而且自然引起读者联想起诸多类似的事件，正如评点家所言，作品中的每一件小事都不是虚设，都是作者苦心经营的结果。

哈斯宝称“弄引法”为“牵线动影法”“客主之法”：

> 此书凡写实事，都不平淡描述，定要虚写一笔作影子，……这就是文章家牵线动影之法。[①]
>
> 先着墨写一件大事，其后又勉强用一件小事来比附，这叫图影之道。因后文中有特书的大事，前文定写一件小事来接引，叫作客主之法。[②]

哈斯宝不仅指出作为引子的小事件与特书的大事件在整个叙事的位置上的客主地位之别，同时还指出作为引子的小事件在叙述上要“虚写”，而主要故事则要“实写”，“接引之文要虚写，特写之章要实写”[③]。

总之，一段大文字之前，有一段小文作或正或反的引导、发端，这在中国古代叙事中已经是一个固定的章法。有时候，作为引子的小叙述段与大叙述段并无直接的情节上的联系，作者之所以这样做，纯是从形式美感上的考虑。但更多的时候，作为引子是名副其实的引子，它往往与大的叙述段形成对接、对照或寓言的关系；有时候，小的叙述段甚至成为大的叙述段的导火索，作者远远地将其埋伏下来，成为大的事件的伏笔或直接导致大的事件的发生[④]。当然，作为引子的事件和主要叙述事件之间不能有过大的差别，否则就不能起到引子的作用，反而觉得偏离主题，林纾在论文章的“起笔”时称“领脉不宜过远，远则入题时煞费周章”其实也正是这个意思[⑤]。

与起之“弄引”相对的一种结的方法是“獭尾”法。

古代小说叙事在主要故事结束后，有时并不好寂然便住，往往喜再作余

---

① [清]哈斯宝评《新译红楼梦》第十回回批，朱一玄编《红楼梦资料汇编》，前引书，第785页。

② [清]哈斯宝评《新译红楼梦》第二十五回回批，朱一玄编《红楼梦资料汇编》，前引书，第805页。

③ [清]哈斯宝评《新译红楼梦》第十一回回批，朱一玄编《红楼梦资料汇编》，前引书，第785页。

④ 参见林岗《明清之际小说评点学之研究》，前引书，第149页。

⑤ [清]林纾《春觉斋论文》，前引书，第117页。

波以演漾之，使叙事有荡气回肠之妙。金圣叹将之称为“獭尾法”：“有獭尾法。谓一段大文字后，不好寂然便住，更作余波演漾之。如梁中书东郭演武归去后，知县时文彬升堂；武松打虎下冈来，遇着两个猎户；血溅鸳鸯楼后，写城壕边月色等是也。”①

《水浒传》第五十四回“高太尉大兴三路兵 呼延灼摆布连环马”，金圣叹将其分为三段，一段是写宋江的纺车军，一段是写呼延灼的连环军，一段是写计擒凌振。第一段实是引子：“纺车轻，连环重，以轻引重，一也。纺车逐队，连环一排，以逐队引一排，二也。纺车人各自战，连环一齐炮发，以各自引一齐，三也。纺车忽离忽合，连环铁环连锁，以离合引连锁，四也。纺车前军战罢转作后军，连环无前无后，直冲过来；以前转作后引无前无后，五也。纺车有进有退，连环只进无退，以有进有退引只进无退，六也。纺车写人、连环写马，以人引马，七也。盖如此一段花团锦簇文字，却只为连环一段文字做得引子。”这一回的正题，是呼延灼连环军，叙完后，作者“又恐令文字累坠不举，所以又写计擒凌振，闲笔余墨，写得有如儿戏，为全一回文字作余波”②。又《水浒传》第六十五回，“写梁山泊调拨劫城一大篇后，却写梁中书调拨放灯一小篇；写梁中书两头奔走一大篇后，却写李固、贾氏两头奔走一小篇，使人读之，真欲绝倒。”③

毛宗岗将之比喻为“浪后波纹，雨后霡霂”：

> 《三国》一书，有浪后波纹，雨后霡霂之妙。凡文之奇者，文前必有先声，文后亦必有余势。如董卓之后又有从贼以继之；黄巾之后又有余党以衍之；昭烈三顾草庐之后，又有刘备三请诸葛一段文字以映带之；武侯出师一段大文之后，又有姜维伐魏一段文字以荡漾之是也。诸如此类，皆他书中所未有。④

依毛宗岗之说，《三国演义》中这种一个主要的叙述段结束后，再叙一个次要的段落以形成余韵的叙述章法是他书中所未有的，这种看法显然有误，其实这在古典小说中是非常常见普遍的方法，对这一方法的认识，毛宗岗也无疑是承金圣叹而来。

---

① ［清］金圣叹《读第五才子书法》，陈曦钟等辑校《水浒传会评本》，前引书，第21页。

② ［清］金圣叹评《水浒传》第五十四回回评，陈曦钟等辑校《水浒传会评本》，前引书，第1003页。

③ ［清］金圣叹评《水浒传》第六十五回回评，陈曦钟等辑校《水浒传会评本》，前引书，第1192页。

④ ［清］毛宗岗《读〈三国志〉法》，朱一玄、刘毓忱编《三国演义资料汇编》，前引书，第262页。

对于作为引子的事件、特叙事件和作为余波的事件三者的关系，金圣叹精辟地论道：

> 夫文章之法，岂一端而已乎？有事先而起波者，有事过而作波者，读者于此，则恶可混然以为一事也！夫文自在此而眼光在后，则当知此文之起，自为后文，非为此文也，必如此，而后读者之胸中有针有线，始信作者之腕下有经有纬。不然者，几何其不见一事即以为一事，又见一事即又以为一事，于是遂取事前先起之波，与事后未尽之波，累累然与正叙之事，并列而成三事耶？①

也就是说，这三个事件中，只有特叙事件是作者真正要叙述的事件，作为引子和余波的事件都是为特叙事件服务的，是为了使一个叙事片段成为首、身、尾俱全的叙事整体而特意虚设的事件。如《水浒传》第九回“林教头风雪山神庙 陆虞候火烧草料场”中，林冲怒杀陆谦以复仇是作者此回欲特叙的一段故事，但对于林冲这样一个虽明知遭奸官高俅陷害仍愿忍辱偷生，而不愿向高俅复仇的忠臣义士来说，如何使其突然喷发复仇的怒火，手刃陆谦等仇人，是叙述的关节点。作者巧妙地在这一关节点上凭空撰出酒生李小二夫妻二人，令其在沧州城和旧恩人林冲偶然相遇，并于阁子后偶闻陆谦等欲害林冲，以此一插曲作引文，自然引出陆谦火烧草料场，林冲手刃仇敌的特叙事件。因此，李小二其人其事在整个叙事中只是引起特叙事件的引子，是“先事而起波”，正如金圣叹所评：“酒生儿李小二夫妻，非真谓林冲于牢城营，有此一个相识，与之往来火热也，意自在阁子背后听说话一段绝妙奇文，则不得不先作此一个地步，所谓先事而起波也。”②而林冲复仇事件的余波则由林冲的复仇工具花枪这一意象演绎，“如庄家不肯回与酒吃，亦可别样生发，却偏用花枪挑块火柴，又把花枪炉里一搅，何至拜揖之后，向火多时，而花枪犹在手中耶？凡此，皆为前文几句花枪挑着葫芦，逼出庙中挺枪杀出门来一句，其劲势犹尚未尽，故又于此处，再一点两点，以杀其余怒。故凡篇中如搠两人后，杀陆谦时，特此写一句把枪插在雪地上，醉倒后，庄家寻着踪迹赶来时，又特地写一句花枪亦丢在半边，皆所谓事过而作波者也。”③

2.“拉来推去之法”与“欲合故纵法”

“起”的方法，除了以闲文“弄引”或伏笔外，还有一种有趣的起法，即在叙述一个关键性的事件或情节关键点时，为了充分调动读者的阅读兴趣，先

① ［清］金圣叹评《水浒传》第九回回评，陈曦钟等辑校《水浒传会评本》，前引书，第 204 页。
② ［清］金圣叹评《水浒传》第九回回评，陈曦钟等辑校《水浒传会评本》，前引书，第 204 页。
③ ［清］金圣叹评《水浒传》第九回回评，陈曦钟等辑校《水浒传会评本》，前引书，第 237 页。

把重要事件略略提起，然后又放下别叙他事，这样几个起落、跌顿后再进入叙事主题，古代评点家们将之称为“笔笔按捺之法”或“拉来推去之法”。如金圣叹《水浒传》第八回评云：

> 洪教头要使棒，反是柴大官人说且吃酒，此一顿已是令人心痒之极，乃武师又四五合时跳出圈子，忽然叫住，曰除枷也；乃柴进又于重提棒时，又忽然叫住，凡作三番跌顿，直使读者眼光一闪一闪，真极奇极恣之笔也。①

金圣叹把这种叙述章法称为“笔笔按捺之法”。《水浒传》第三十四回回批：

> 读宋江得家书一节，要看他写石勇不便将家书出来，又不甚晓得家中事体，偏用笔笔按捺之法，写得宋江大喜，便又叙话饮酒，直待尽情尽致了，然后开出书来，却又不便说书中之事，再写一句封皮逆封，又写一句无平安字，皆用极奇拗之笔。②

蒙古文论家哈斯宝称之为“拉来推去之法”。哈斯宝以为，《红楼梦》在叙事上，对于重要事件，作者并不平铺直叙全盘托出，而要“从远远处写起，曲曲折折，方要到此，又停笔不写，又曲曲折折，弯弯绕绕，才要到此又住下了笔，不肯轻易写出自己着眼之处”，这就是“拉来推去之法”③。第三回回批，哈斯宝以小姑娘捉蝴蝶为喻生动有趣地说明了“宝黛相见”一节的“拉来推去之法”及其阅读效果：（林黛玉）进了荣国府，读者以为这次可要见到宝玉了，不料“又从贾母说起，写了邢王二夫人、李纨、凤姐、迎春三姊妹，还有贾赦、贾政，宝玉仍不出场”，这就好比一个等着捉蝴蝶的小姑娘，“巴望蝶儿落在花上，蝴蝶偏偏忽高忽低、时上时下地飞来飞去，就是不落在花儿上”；终于宝玉出场了，读者迫不及待地等作者写宝黛相见的情形，“不料宝玉却转身而去”，这就像小姑娘“忍性等到蝶落在花上，慌忙去捉，不料蝶儿高飞而去”，读者的阅读期待在曲曲折折、弯弯绕绕的叙述中被一挫再挫，最后“急不可待”，作者才终于“突然道破”，读者阅读期待得到落实，“心满意足”“心花怒放”，其审美愉悦达到高潮。

“拉来推去之法”的根本特点是“曲路通幽”。哈斯宝以为《红楼梦》全书都用此法：

---

① ［清］金圣叹评《水浒传》第八回回评，陈曦钟等辑校《水浒传会评本》，前引书，第187页。

② ［清］金圣叹评《水浒传》第三十四回回评，陈曦钟等辑校《水浒传会评本》，前引书，第639页。

③ ［清］哈斯宝评《新译红楼梦》第二十八回回批，朱一玄编《红楼梦资料汇编》，前引书，第808页。

文章极妙处，是眼观此地，并不马上写出，从远远处写起，曲曲折折，方要到此，又停笔不写，又曲曲折折，弯弯绕绕，才要到此又住下了笔，不肯轻易写出自己着眼之处，置人于将信将疑之间，方突然道破。《红楼梦》之作，全书都用此法。①

对"秋爽斋偶赋海棠诗 藕香榭又和螃蟹咏"一回中"写海棠诗"一节，哈斯宝分析道："写海棠诗，探春请宝玉，便有人送来海棠，但众人聚会之后，反而越说离题越远，好不容易返回本题，说明日开社，突然明日又变成当天，当天又改成立即出题。海棠花是宝玉眼见的，却从李纨口中道出，后来迎春'都还未赏'一语推开，接着马上又用宝钗'不过是海棠花'一语拉回来。"②远远发起，推去拉来，曲曲折折，终于落在本题上，这就是"曲路通幽"，它所形成的文章之妙在叙事节奏腾挪跌宕，摇曳多姿。

毛纶讲的"狮子滚球"也类似于哈斯宝所言"拉来推去之法"：

文章紧要处，只须一手抓住、一口擒住，斯固然矣。然使才子为文，但一手抓住、一口擒住，则一语便了，其又安能洋洋洒洒著成一部大书，而使读者流连讽咏于其间乎？……是故才子之为文也，既一眼觑定紧要处，却不便一手抓住、一口擒住，却于此处之上下四旁，千回百折，左盘右旋，极纵横排宕之致，使观者眼中霍霍不定，斯称真正绝世妙文。今观《琵琶》文中，每有一语将逼拢来，一笔忽漾开去，漾至无可拢处，又复一逼，直逼到无可漾处，又复一开。如是者几番，方才了结一篇文字。正如狮子滚球，猫狸戏鼠，偏不便抓住、擒住，偏有无数往来扑跌，然后狮子意乐，猫之满意，而人观之之意，亦大快也。③

张竹坡所谓的"用笔曲处"也指的是这种"拉来推去"的起法，《金瓶梅》第一回，张竹坡特别赞赏作者对潘金莲出场的曲折叙写：

凡人用笔曲处，一曲两曲足矣，乃未有如《金瓶》之曲也。何则？如本意欲出金莲，却不肯如寻常小说云"按下此处不言，再表一个人，姓甚名谁"的恶套。乃何如下笔？因思从兄弟"冷遇"处带出金莲；然则如何出此两兄弟？则用先出武二；如何出武二？则用打虎；如何出

① ［清］哈斯宝评《新译红楼梦》第二十八回回批，朱一玄编《红楼梦资料汇编》，前引书，第808页。

② ［清］哈斯宝评《新译红楼梦》第十五回回批，朱一玄编《红楼梦资料汇编》，前引书，第790页。

③ ［清］毛纶《毛声山评第七才子书琵琶记·总论》，侯百朋编《琵琶记资料汇编》，书目文献出版社，1989年，第282页。

> 打虎？是依旧要先出武二矣。不则依旧要按下此处，再讲清河县出示拿虎矣。夫费如许曲折，乃依旧要按下另讲，文章之夯，亦夯不至此。……然而其下笔时，偏不即写玄坛，乃先写老子青牛，又写二重殿，又写侧门，又写正面三间厂厅，又写昊天上帝，又写紫府星官，方出四大元帅。文至此，所谓曲折亦曲折尽矣。看他偏不即写玄坛，乃又更先写马元帅，带出帮闲套好，使本文"热结"中意思柳遮花映，八面玲珑。至此该写赵元帅矣，偏又不肯写下，又放过赵元帅，再写温元帅，又照入帮闲身份，放倒自己，奉承他人。使"热结"本文不脱生，十分美满后才又插转玄坛，玄坛身边，方出画虎。曲折至此，该用吴道官说出真虎矣，乃偏又漾开，偏又照管众帮闲，点染"热结"本文，方用吴道官一点真虎。夫所谓打虎之人，尚杳然不知音信。止因一个画虎，便如此曲折，真不怕呕血，不怕鬼哭。文至此，可云至矣。①

张竹坡还指出了"拉来推去"的叙事起端方法所具有的"顿"的美学效果：

> 看他写"热结"处，却是渐渐逼出。如与月娘闲话，是一顿；伯爵、希大来相约而去，是一顿；初一日收分资，是一顿；初二日会道士，是一顿；初三日吃早饭，又是一顿；至庙中调笑，又是一顿。才说吴道士请烧纸，而伯爵谦让，又作数层刷洗方入本题。若"冷遇"，却是一撞撞着，乃是嫡亲兄弟。便见得一假一真，有安排不待安排处。②

金圣叹也认为"文章之妙，无过曲折。诚得百曲千曲万曲，百折千折万折之文，我纵心寻其起尽，以自容与其间，斯真天下之至乐也。"如武松打虎一回，"奔过乱林，便应跳出虎矣，却偏又生出一块青石，几乎要睡，使读者急杀了，然后放出虎来，才子可恨如此。"③江州劫法场一回，宋江临刑之日，蔡九知府派人大扫法场，金圣叹批道："偏是急杀人事，偏要故意细细写出，以惊吓读者。盖读者惊吓，斯作者快活也。读者曰：'不然，我亦以惊吓为快活，不惊吓处，亦便不快活也。'"④

与"拉来推去"的起法相对应的是"欲合纵法"的结束方式。金圣叹《读第五才子书法》称："有欲合故纵法。如白龙庙前，李俊、二张、二童、二穆等

---

① [明]兰陵笑笑生著，[清]张道深评《金瓶梅》，第一回回评，前引书，第5—6页。

② [明]兰陵笑笑生著，[清]张道深评《金瓶梅》，第一回回评，前引书，第4页。

③ [清]金圣叹评《水浒传》第二十二回夹批，陈曦钟等辑校《水浒传会评本》，前引书，第423页。

④ [清]金圣叹评《水浒传》第三十九回夹批，陈曦钟等辑校《水浒传会评本》，前引书，第741页。

救船已到，却写李逵重要杀入城去；还道村玄女庙中，赵能、赵得都已出去，却有树根绊跌士兵叫喊等。令人到临了，又加倍吃吓是也。”①《水浒传》第三十九回，叙晁盖带着梁山好汉在江州劫了法场，救出宋江、戴宗，一路沿江杀奔，直到没了旱路，在靠江的白龙庙里歇息，花荣因见大江拦截，无船接应，又恐城内官军前来赶杀，甚是着急，李逵却说要和众人一起再杀入城去，把蔡九知府一发都砍了；又叙张顺、李俊等带着船前来搭救，众人都入白龙庙小聚，不想城中官府整顿军马赶来追杀，李逵大叫着“杀将去”，和众人一起杀回江州。小说“劫法场”这一叙事片段，于白龙庙和救船到这两处均可设计结束单元，圆满结束“劫法场”事件。但作者却觉得这样简单的结束不能够造成足够的惊险效果，所以故意不这样结束，一番让李逵说重要杀入城去，一番果然李逵和众人杀入城去，采用这种欲合故纵的收束方式，一方面刻画了李逵的鲁莽性格，一方面制造情节的惊险，使文情跌宕，同时也充分揭示了官府的残忍。

脂砚斋指出《红楼梦》对司棋一事的收束，也是这种“欲合故纵”的跌顿法：

> 司棋一事，在七十一回叙明，暗用山石伏线；七十三回用绣春囊在山石一逗便住；至此回可直叙去，又用无数曲折，渐渐逼来，及至司棋，忽然顿住，结到入画。文气如黄河出昆仑，横流数万里，九曲至龙门，又有孟门、吕梁峡束不得入海，是何等奇险怪特文字，令我佩服。②

这其实是情节延宕的技巧，最容易产生戏剧效果。

3. 突起与捷收

古代诗歌讲究“起手贵突兀”③，明谢榛称：“凡起句当如爆竹，骤响易彻。”④沈德潜赞王维《观猎》诗起句“风劲角弓鸣，将军猎渭城”，可谓“起”得“直疑高山坠石，不知其来，令人惊绝”⑤。明代李腾芳将这种先声夺人的突起之法称为“突”的开篇方式：

> 突　平地中突然有山隆起者，谓之突。此法在文中最奇艰难者。突然而来，不知其所从来；突然而去，不知其所从去。自无而有，莫得其

① ［清］金圣叹《读第五才子书法》，陈曦钟等辑校《水浒传会评本》，前引书，第21页。

② ［清］曹雪芹著，霍国玲、紫军校勘《脂砚斋全评石头记》，第七十四回回评，前引书，第863页。

③ ［清］沈德潜《说诗晬语》，卷上，98条，《原诗　一瓢诗话　说诗晬语》，前引书，第213页。

④ ［明］谢榛《四溟诗话》，卷一，112条，宛平校点，《四溟诗话　姜斋诗话》，人民文学出版社，1961年，第30页。

⑤ ［清］沈德潜《说诗晬语》，卷上，98条，《原诗　一瓢诗话　说诗晬语》，前引书，第213页。

入手之端；自有而无，不见其交合之迹。古人惟司马迁最长于此，且未暇细细为汝拈出。顷读韩公《应科目时与人书》，其起云："天池之滨，大江之渍，曰有怪物焉。"此亦突起也。①

来裕恂《汉文典·文章典》中称为"直起"："直起者，不用虚冒，直捷以起也。"如贾谊《过秦论》："秦孝公据殽函之固，拥雍州之地，君臣固守，以窥周室。有席卷天下、包举宇内。囊括四海之意，并吞八荒之心。"就是直起。

古代小说评点家也注意到了小说叙事突兀而起的叙事技法。如《水浒传》第八回鲁智深在野猪林救林冲的那场描写，金圣叹评称："来得突兀，去得潇洒，如一座怪峰，劈插而起，及其尽也，迤逦而渐驰矣。"②

叙事结束除了用"余韵"以演漾外，有时又要求结得干脆利落、结得齐整，要"收得捷""收得健"，古代文论家将这一结束方法称为"文章捷收法"。《金瓶梅》第五十七回"开缘簿千金喜舍 戏雕栏一笑回嗔"，结尾写西门庆请的客人吴大舅、花大舅、谢希大等到了，"西门庆忙整衣出外迎接升堂。就叫小厮摆下桌儿，请众人一行儿分班列次，各叙长幼坐定。不一时，大鱼大肉，时新果品，一齐儿捧将出来。只见酒逢知己，行迹都忘，猜枚的，打鼓的，催花的，三拳两谎的，歌的歌，唱的唱。顽不尽少年场光景，说不了醉乡里日月。"《新刻绣像批评金瓶梅》有眉评道："只以几句便了许多情景，是文章捷收法。"③

《红楼梦》中也惯用这种结束方法。第十五回，写秦钟和智能的一段情缘，其收束在第十六回"贾元春才选凤藻宫"一段，小说在叙述贾府上下因元春加封贤德妃，"洋洋喜气盈腮"之后，忽接入智能和秦钟一事道："谁知近日水月庵的智能私逃进城，找到秦钟家，看视秦钟，不意被秦业知觉，将智能逐出，将秦钟打了一顿，自己气的老病发了，三五日光景呜呼死了。……"脂砚斋指出这种看似插接的文字，其实是"紧收"法："忽然接水月庵，似大脱卸。及读至后，方知为紧收。此大段有如歌急调迫之际，忽闻嘎然檀板截断，真见其大力量处。"④第四十九回，也是同样的结法。小说在叙述了贾家诸亲戚：邢夫人兄嫂带着女儿岫烟，李纨寡嫂带着两个女儿李

---

① ［明］李腾芳《文字法三十五则》，郑奠、谭全基编《古汉语修辞学资料汇编》，前引书，第402页。

② ［清］金圣叹评《水浒传》第八回夹批，陈曦钟等辑校《水浒传会评本》，前引书，第192页。

③ ［明］佚名《新刻绣像批评金瓶梅评语》，朱一玄编《金瓶梅资料汇编》，前引书，第298页。

④ ［清］曹雪芹著，霍国玲、紫军校勘《脂砚斋全评石头记》，第十六回"庚侧"，前引书，第194页。

纹、李绮，薛蝌带着妹妹宝琴等都入到大观园后，这样结束道：

> 此时大观园中，比先更热闹了多少。李纨为首，余者迎春、探春、惜春、宝钗、黛玉、湘云、李纹、李绮、宝琴、岫烟，再添上凤姐和宝玉，一共十三个人。叙年庚，除李纨年纪最长，这十二个皆不过十五六七岁，或有这三个同年，或有那五个同岁，或有这两个同月、同日，或有那两个同刻、同时，所差者大半是时刻月份而已。连他们自己也不能记清谁长、谁幼了，连贾母、王夫人及家中婆娘、丫环，也不能细细分别，不过是"姊""妹""弟""兄"四个字随便乱叫。

对于这种结束叙事的技法，脂砚斋认为是捷收的"大手笔"："'此时大观园'数行收拾，是大手笔。"①脂砚斋还形象地将这种戛然而止、突然而去的结束事件的叙述方式比喻为"苍鹰搏兔，青狮戏球"：

> 前回叙蔷薇硝嘎然便住，至此回方结过蔷薇案，接笔转出玫瑰露，引起茯苓霜，又嘎然便住，着笔如苍鹰搏兔，青狮戏球，不肯下一死爪，绝世妙文。②

二、承转之法

当代西方汉学界多认为，中国古代小说，尤其是明清章回小说这一中国叙事文学最精深的作品，在"外形"上的致命弱点是一段一段故事如同散沙式的连缀而成的"缀段性"。其实，缀段性正是中国古代小说的一大特色。林岗先生指出，"段"及其连缀是理解古代小说叙事章法的两个重要概念。故事"段"，又称故事单元。七十回、一百回或更多回大故事总是由无数比它更小的故事"段"组成。叙事就是按照一定的"文法"规则将故事"段"连缀组织起来③。古代小说家煞费苦心的就是"段"与"段"的承接、隔断、跌顿问题，而这也正是章回小说最出彩的地方。古代小说评点家充分理解小说家们的苦心，在精读文本的基础上深入研究了中国古典小说缀段方法，从理论上总结出了"过枝接叶""横云断山""间架""间隔"等接续、承转章法。金圣叹在《读第五才子书法》中曾批评《西游记》"只是逐段捏捏撮撮，譬如大年夜放烟火，一阵一阵过，中间没有贯穿"。而"《水浒传》七十回，只用一目俱下，便知其二千余纸，只是一篇文字"。能使《水浒传》精严到有如一篇

---

① [清]曹雪芹著，霍国玲、紫军校勘《脂砚斋全评石头记》，第十六回"蒙侧"，前引书，第582页。

② [清]脂砚斋评《红楼梦》第六十回回评，朱一玄编《红楼梦资料汇编》，前引书，第490页。

③ 参见林岗《明清之际小说评点学之研究》，前引书，第142—143页。

文字，不能不归功于其中的“过枝接叶”“横云断山”等接续、承转章法的巧妙使用。

1.“过枝接叶”法

“过枝接叶”，就是指在前后两个有相似情境的大故事段或场景之间，插入一个情境相异的故事段或场景为过接、间隔；或两个情境不同的故事段直接前后相接，以“不断变换审美意境”的承转方法①。金圣叹《水浒传》第三十二回回评云：

> 文章家有过枝接叶处，每每不得与前后大篇一样出色。然其叙事洁净，用笔明雅，亦殊未可忽也。譬诸游山者，游过一山，又问一山，当斯之时，不无借径于小桥曲岸，浅水平沙。然而前山未远，魂魄方收；后山又来，耳目又费。则虽中间少有不称，然政不致遂败人意。又况其一桥一岸，一水一沙，乃殊非七十回后，一望荒屯绝徼之比。想复晚凉新浴，豆花棚下，摇蕉扇，说曲折，兴复不浅也。②

《水浒传》第三十一回“武行者醉打孔亮 锦毛虎义释宋江”和第三十二回“宋江夜看小鳌山 花荣大闹清风寨”两回书，叙述了武松醉打孔亮、宋江投奔清风寨、花荣大闹清风寨三个大故事，前后两个大故事段都是气氛紧张、惊心动魄的打斗场面，二者之间穿插的是宋江在花荣的清风寨中吃酒、看灯等小故事，这些小故事极写了宋江和花荣夫妻、花荣妹妹之间浓浓的友情、亲情以及清风镇元宵佳节的民俗民情，这些故事、情境构成了与前后两大篇完全不同的温情、祥和、喜乐融融的意境，这一间隔不仅变换了审美意境，满足了读者多方面的审美需要，同时也使整个叙事更加和谐协调。而且，武松和花荣的故事经过这一间隔，如两座山峰经由山谷形成对峙，映照有趣。前卷写醉打蒋门神的打虎英雄武松便如画地描画出一豪壮勇夫武松，后卷写清风寨武知寨花荣也如画地描画出一儒雅文秀的花荣，正如金圣叹所批：“看他写花荣文秀之极。传武松后定少不得此人。可谓矫矫虎臣，翩翩儒将，分之两俊，合之双壁矣。”③

两个情境相异的故事段或场景直接前后相接也是一种过枝接叶的承转章法。如金圣叹指出，《水浒传》第二十三回，“上篇写武二遇虎，真乃山摇

---

① 王先霈、周伟明《明清小说理论批评史》，花城出版社，1988 年，第 381 页。

② ［清］金圣叹评《水浒传》第三十二回回评，陈曦钟等辑校《水浒传会评本》，前引书，第 608 页。

③ ［清］金圣叹评《水浒传》第三十二回回评，陈曦钟等辑校《水浒传会评本》，前引书，第 608 页。

地撼，使人毛发倒卓；忽然接入此篇，写武二遇嫂，真又柳丝花朵，使人心魂荡漾也。吾尝见舞槊之后，便欲搦管临文，则殊苦手颤；铙吹之后，便欲洞箫清啭，则殊苦耳鸣；驰骑之后，便欲入班拜舞，则殊苦喘急；骂座之后，便欲举唱梵呗，则殊苦喉燥。何耐庵偏能接笔而出，吓时便吓杀人，憨时便憨杀人，并无上四者之苦也。"①这一章法技巧，讲求对比，在对比中转换意境，形成文势跌顿之美。正如吴趼人自为《二十年目睹之怪现状》作评中所称："有一段极冷淡处，便接一段极亲热处；有一段极狠恶处，便接一段极融乐处。两两相形，神情毕现。"

金圣叹还指出了场景转换的承转章法。如对于《水浒传》第四回、第五回，以鲁智深活动场景的转换来承转叙事，金圣叹批道：

> 智深取却真长老书，若云于路不则一日，早来到东京大相国寺，则是二回书接连都在和尚寺里，何处见其龙跳虎卧之才乎？此偏于路投宿，忽投到新妇房里。夫特特避却和尚寺，而不必到新妇房，则是作者龙跳虎卧之才犹为不快也。②
>
> 吾前言两回书，不欲接连都在丛林，因特幻出新妇房中销金帐里以间隔之，固也。然惟恐两回书，接连都在丛林，而必别生一回不在丛林之事以间隔之。③

毛宗岗以"笙箫夹鼓，琴瑟间钟""寒冰破热，凉风扫尘"比喻过枝接叶的承转章法：

> 《三国》一书，有笙箫夹鼓，琴瑟间钟之妙。如正叙黄巾扰乱，忽有何后、董后两宫争论一段文字；正叙董卓纵横，忽有貂蝉凤仪亭一段文字；正叙傕、汜猖狂，忽有杨彪夫人与郭汜之妻来往一段文字；……人但知《三国》之文是叙龙争虎斗之事，而不知为凤、为鸾、为莺、为燕，篇中有应接不暇者，令人于干戈队里时见红裙，旌旗影中常睹粉黛，殆以豪士传与美人传合为一书矣。
>
> 《三国》一书，有寒冰破热，凉风扫尘之妙。如关公五关斩将之时，忽有镇国寺内遇普静长老一段文字；昭烈跃马檀溪之时，忽有水镜庄上遇司马先生一段文字；……至于武侯征蛮而忽逢孟节，陆逊追蜀而忽遇黄承彦，张任临敌而忽问紫虚丈人，昭烈伐吴而忽问青城老叟。或僧、

---

① [清]金圣叹评《水浒传》第二十三回回评，陈曦钟等辑校《水浒传会评本》，前引书，第431页。

② [清]金圣叹评《水浒传》第四回回评，陈曦钟等辑校《水浒传会评本》，前引书，第123页。

③ [清]金圣叹评《水浒传》第五回回评，陈曦钟等辑校《水浒传会评本》，前引书，第141页。

或道，或隐士、或高人，俱于极喧闹中求之，真足令人躁思顿清，烦襟尽涤。①

显然，毛宗岗所谓的“笙箫夹鼓，琴瑟间钟”“寒冰破热，凉风扫尘”，指的是“在两次激烈战争中，夹写一段和缓生活，或在叙写一场激烈的战争后，接写一种和缓的生活来作调配”②，使整个叙事阴阳刚柔、喧嚣幽闲和谐协调，情节跌宕起伏。如《三国演义》第八回“董太师大闹凤仪亭”一节，毛宗岗在作了前后故事段的精细对比后指出：“前卷方叙龙争虎斗，此卷忽写燕语莺声。温柔旖旎，真如铙吹之后，忽听玉箫；疾雷之余，忽见好月，令读者应接不暇。”③第三十五回，刘备被蔡瑁追杀，跃马檀溪，生死搏斗之后，忽然叙写至南漳道中的幽静之境，毛宗岗于此评道：“玄德于波浪翻滚之后，忽闻童子吹笛，先生鼓琴，于电走风驰之后，忽见石案香清，松轩茶热。正在心惊胆战，俄而气定神闲，真如过弱谷而访蓬莱，脱苦海而游阆苑，疑身在神仙境界矣！”④这些温柔旖旎、闲雅幽静，都是作者在极度喧闹、危急之后的有意设计，其目的是使人“躁思顿清，烦襟尽涤”。

2.“横云断山法”

横云断山是中国古代的一种绘画技法，指为了在尺幅画纸上显示出山之高峻，遂用云霞将山拦腰遮住，故称“横云断山法”，也称“横云断岭法”。宋代画家郭熙《林泉高致 · 山水训》中云：“山欲高，尽出之则不高，烟霞锁其腰，则高矣……山因藏其腰则高，水因断其湾则远。”⑤这一术语被古代小说评点家借以喻指小说叙事中有意中断一个事件的叙述，而插入另一事件的间隔章法。金圣叹指出，叙事章法有“横云断山法”，它指的是一个大的故事段落，因为情节太长，恐怕累赘，所以插入另一件事以间隔开来，以制造一定的悬念，增强叙事的趣味性，同时插入的事件和大的故事段有一定的关系，“如两打祝家庄后，忽插出解真、解宝争虎越狱事；又正打大名城时，忽插出截江鬼、油泥鳅谋财倾命事是也。”⑥以《水浒传》第六十二—六十五回的叙述段为例，本叙述段的特叙事件是宋江起兵攻打大名府，救出身陷狱中

① ［清］毛宗岗《读〈三国志〉法》，朱一玄、刘毓忱编《三国演义资料汇编》，前引书，第263页。

② 周振甫《小说例话》，江苏教育出版社，2006年，第223页。

③ ［清］毛宗岗评《三国演义》第八回回评，陈曦钟等辑校《三国演义会评本》，前引书，第84页。

④ ［清］毛宗岗评《三国演义》第三十五回回评，陈曦钟等辑校《三国演义会评本》，前引书，第436页。

⑤ ［宋］郭熙撰，郭思编《林泉高致集 · 山水训》，文渊阁《四库全书》，第812册，第578页。

⑥ ［清］金圣叹《读第五才子书法》，陈曦钟等辑校《水浒传会评本》，前引书，第22页。

的卢俊义和石秀。第六十二回宋江第一次攻打大名府时,蔡京调关胜去攻打梁山泊,宋江只得退回梁山泊对付关胜,打大名府的事因此隔断。第六十三回,关胜中计被擒,归顺梁山泊,宋江开始第二次攻打大名府。第六十四回,宋江第二次攻打大名城时,因脊背生疮,只好再次退回梁山泊。派张顺到南京请名医安道全。张顺渡江时碰上了截江鬼张旺,被捆住手脚抛入江中。张顺咬断绳索,游过江,得王定六帮助请到安道全。又乘张旺船返回时,张顺把张旺捆住抛入江心,报了仇,顺利回到梁山泊,治好了宋江的背疮。第六十五回,吴用用计智取大名府,救出了卢俊义和石秀。在金圣叹看来,小说于第六十四回插入截江鬼张旺谋财倾命一事的叙述方法就是横云断山法。其实,第六十二回插入关胜攻打梁山泊直至第六十三回呼延灼计赚关胜的叙述方法也是横云断山法,并且这一插入的事件在结局上因收服了关胜对梁山泊事业大有帮助而更有意义①。

毛宗岗称"《三国》一书,有横云断岭,横桥锁溪之妙。文有宜于连者,有宜于断者。如五关斩将,三顾草庐,七擒孟获:此文之妙于连者也。如三气周瑜,六出祁山,九伐中原:此文之妙于断者也。盖文之短者,不连叙则不贯串;文之长者,连叙又惧其累坠;故必叙别事以间之,而后文势乃错综尽变。后世稗官家鲜能及此"②。显然,和金圣叹一样,毛宗岗认为,像三气周瑜、六出祁连、九伐中原等大的故事段,因故事线拉得过长,如果一次接一次地将几次战斗连叙出来,情节就不免累赘,而用一定的事件间隔开来,则能收到文势错综变化的效果。正如刘鹗自为《老残游记》作评所称:"历来文章家每序一大事,必夹序数小事,点缀其间,以歇目力,而纾文气。此卷序贾、魏事一大案,热闹极矣,中间应插序一段冷淡事,方合成法。"③

脂砚斋甚至认为"横云断岭法"是古代叙事章法的"板定大章法"。《红楼梦》第四回写门子从顺袋里取出抄写的护官符递给贾雨村,"看时,上面皆是本地大族名宦之家的谚俗口碑……'贾不贾,白玉为堂金作马。阿房宫,三百里,住不下金陵一个史。丰年好大雪,珍珠如土金如铁。东海缺少白玉床,龙王来请金陵王。'雨村犹未看完,忽闻传点人报:'王老爷来拜。'雨村听说,忙具衣冠出去迎接。"脂砚斋于此批道:"横云断岭法,是板定大章法。妙极,若只有此四家,则死板不活;若再有两家,又觉累赘,故如此断法。"脂砚斋所谓的"横云断岭法"指的是忽然打断正叙事件或故事中人物

---

① 参见周振甫《小说例话》,前引书,第 142 页。

② [清]毛宗岗《读〈三国志〉法》,朱一玄、刘毓忱编《三国演义资料汇编》,前引书,第 262 页。

③ 魏绍昌编《老残游记资料》,中华书局,1962 年,第 11 页。

话语，直接转入另一事件的叙述章法。脂砚斋认为《红楼梦》“惯用此等横云断山法”①，如第六回，刘姥姥正叙自己此来荣府之意，“凤姐忙止刘姥姥：‘不必说了。’一面便问：‘你蓉大爷在哪里呢？’”又如第七十二回，贾政听说宝玉有了丫头，忙问是谁给的，“赵姨娘才欲说话，只听外面一声响……”《红楼梦》中因常用“话犹未了”“一语未了”等话语截断正叙事件，转入对另一事件的叙述的“横云断山法”，故脂砚斋称其为“板定大章法”。

三、起承转结章法的空间节奏美趣

叙事节奏是叙事学研究的重要理论问题。热奈特宣称，无论美学构思的哪一级，叙事可以没有时间倒错，却不能没有节奏效果②。叙事学叙事节奏属于叙事时间论域，它由故事时间与叙述时间相互比较的叙事速度来表现。故事时间指的是被叙述的故事的原始或编年时间，叙述时间指叙事文本中的时间。所谓速度，“是指时间尺度与空间尺度的关系（每秒多少米，每米多少秒）：叙事的速度将由以秒、分、时、日、月、年计量的故事时距和以行、页计量的文本长度之间的关系来确定。”③换言之，叙事学的速度概念即为故事的原始时间跨度与在叙述文本中的叙述长度之比。一般来说，二者之间存在着五种比例关系：1. 省略。叙述暂停，故事时间无声地流逝。2. 概述。叙述时间短于故事时间。3. 等述。叙述时间与故事时间基本吻合。4. 扩述。叙述时间长于故事时间。5. 静述。故事时间暂停，叙述充分展开。这五种叙述运动的交替使用，构成叙事作品的节奏，形成作品不同的风格和意蕴④。而在实际上，很多叙事作品使用的只是省略、概述和等述，扩述和静述很少见到，因此，其在节奏上就形成“跳”“快”“慢”三种节奏交替的格局⑤，“有点像古典音乐传统在无数可能的演奏速度中分了几个标准乐章，如行板、快板、急板等，它们连续和交替的关系在近两个世纪中支配了奏鸣曲、交响乐或协奏曲的结构。”⑥

显然，叙事学是从叙事时间层面上讨论文本的叙事节奏。一般来说，一部长篇叙事作品的叙事节奏，无外是省略、概述和等述等叙述运动的交替使用形成的跳、快、慢交替的格局。与之不同，中国古代小说评点家是从叙事

---

① ［清］脂砚斋评《红楼梦》第六回“甲戌侧”，朱一玄编《红楼梦资料汇编》，前引书，第176页。

② ［法］热拉尔·热奈特《叙事话语 新叙事话语》，前引书，第54页。

③ ［法］热拉尔·热奈特《叙事话语 新叙事话语》，前引书，第54页。

④ 胡亚敏《叙事学》，前引书，第76页。

⑤ 赵毅衡《当说者被说的时候：比较叙述学导论》，前引书，第92页。

⑥ ［法］热奈特《叙事话语 新叙事话语》，前引书，第58页。

作品具有空间性的章法结构安排上来讨论叙事文本的叙事节奏，不同的叙事章法所产生的节奏情形也丰富得多。而且，古代小说评点家们对起承转合章法所形成的叙事节奏的分析，并不单纯局限于文本形式层面，他们还特别注意文本形式节奏与读者阅读心理节奏的关系。

首先，由起承转结章法所形成的叙事节奏，是一种空间性的节奏。

西方传统小说是在事件的时间次序上叙事，因此多呈现出一种长河式的单向演进的叙事次序。中国古典小说的叙事是通过空间的转换和衔接来完成的。故事演进的直观表现就是空间的转换和衔接，犹如电影画面的切换与延伸。在故事空间频繁转换与衔接过程中故事情节得以呈现，起承转合的空间节奏得以完成。古代小说评点家特别强调小说通过场景的转换以实现叙事的承转，如《水浒传》鲁智深一传，就是通过活动场所或场景的转换来叙述鲁智深的故事，试看小说第一—八回中叙事场景的转换：最初在渭州，因打死郑屠户，逃至代州雁门县，遇其在渭州酒楼上救出的金老父女和赵员外，被赵员外接去七宝村小住。接着又被送到五台山文殊院落发为僧。因在五台山吃酒闹事，被智真长老遣送到东京大相国寺。在去大相国寺的路上，又有桃花庄为救刘太公之女痛打“小霸王”周通、大松林里和崔道成丘小乙搏斗、赤松林里遇史进、火烧瓦官寺等故事。及至到了大相国寺，被安置在酸枣门外菜园里做了看菜园的菜头，因在园内为众泼皮使禅杖结识林冲，小说就此转入林冲传。而林冲传中，又于林冲发配沧州，路经野猪林险遭杀害的当儿再出鲁智深，一路随送林冲至沧州境界，才“摆着手，拖着禅杖，叫声‘兄弟保重’，自回去了”。渭州——雁门——七宝村——武台山——桃花庄——大松林——赤松林——瓦官寺——大相国寺——野猪林，这些场景的转换在鲁智深前传中，成为叙事的重要脉络。对于这些场景之间转换的特点及其笔法，金圣叹评道：“智深取却真长老书，若云于路不则一日，早来到东京大相国寺，则是二回书都在和尚寺里，何处见其龙跳虎卧之才乎？此偏于路投宿，忽投到新妇房里。夫特特避却和尚寺，而不必到新妇房，则是作者龙跳虎卧之才犹为不快也。嗟乎！耐庵真正才子也。真正才子之胸中，夫岂可以寻常之情测之也哉？”①“吾前言两回书，不欲接连都在丛林，因特幻出新妇房中销金帐里以间隔之，固也。然惟恐两回书，接连都在丛林，而必别生一回不在丛林之事以间隔之，此虽才子之才而非才子之大才也。夫才子之大才，则何所不可之有？前一回在丛林，后一回何妨又在丛林？不宁惟是而已，前后二回都在丛林，何妨中间再生一回复在丛林。

① ［清］金圣叹评《水浒传》第四回回评，陈曦钟等辑校《水浒传会评本》，前引书，第 123 页。

夫两回书不欲接连都在丛林者,才子叫天下后世以避之之法也。若两回书接连都在丛林,而中间反又加倍写一丛林者,才子教天下后世以犯之之法也。虽然,避可能也,犯不可能也,夫是以才子之名毕竟独归耐庵也。"①"前后两个丛林,中间又夹一个丛林,此行文特地构造出来,以为一时奇观也。至此则一把火烧荡尽净,依旧只得前后两个丛林,中间并不夹着什么丛林,随手而起者仍随手而倒,岂非翻江搅海之才乎!"②对施耐庵通过场景的对照、变换、重复进行叙事的承转的技法,金圣叹倍加赞赏,一再地称耐庵为"才子""真正的才子""大才"。小说叙事正是通过不同的叙事场景的强烈对比、突转或相似场景的反复重现来形成快与慢、张与弛、急与缓交错的叙事节奏,创造壮烈与柔媚、粗犷与雅致、浓烈与冲淡、峭拔与圆融的不同的审美意境。

其次,与叙事学叙事节奏仅表现为跳、快、慢三种节奏交替的格局相比,中国古代小说评点家所论的节奏情形更为多样。

大小叙事段落的不同起结章法可以形成不同的节奏。长篇叙事作品在展开一个中心事件时,反复点燃,多方烘托,不断"弄引","欲起一篇大文字,必于前文先露一个消息,使文情渐渐隐隆而起,犹如山川出云,乃始肤寸",借之以使中心事件具有动人心魄的力量。而在中心事件叙述完毕,高潮落下,为使叙述不致如断尾壁虎,还安排一定的余韵以荡漾文情,这种"弄引"与"獭尾"的起结章法形成了一种犹如音乐乐章的过门——高潮——尾声一样的三段式节奏,它创造出戏剧性的情境和效果。

起承转结的章法最为典型的是使叙事文本形成一种张弛徐疾、起伏跌顿、阳刚阴柔、巨细浓淡、虚与实相调配的节奏。金圣叹多次讲到这一点。《水浒传》第三回夹批中,金圣叹用一系列自然物来比喻小说情节安排中的节奏:"夫千岩万壑,崔嵬突兀之后,必有平莽连延数十里,以舒其磅礴之气;水出三峡,倒冲滟滪,可谓怒矣,必有数十里迤逦东去,以杀其奔腾之势。"自然界有崔嵬岩壑后以平莽数十里以舒其气、怒涛汹涌后接浅水平滩以杀其势的张弛协调的节奏,小说的情节变化也当有起伏跌顿、张弛疾徐相调配的节奏。《水浒传》第四十一回"还道村受三卷天书 宋公明遇九天玄女",前半段写赵得、赵能搜捕宋江,宋江慌急中躲进神厨,"写得一起一落,又一起又一落,再一起再一落"③,可谓险象环生,极尽跌顿之能事;后半段

① [清]金圣叹评《水浒传》第五回回评,陈曦钟等辑校《水浒传会评本》,前引书,第141页。

② [清]金圣叹评《水浒传》第五回夹批,陈曦钟等辑校《水浒传会评本》,前引书,第152页。

③ [清]金圣叹评《水浒传》第四十一回回评,陈曦钟等辑校《水浒传会评本》,前引书,第771页。

忽然一转，化险为夷、为奇、为妙，接续以宋江在似梦非梦中被九天玄女召见，得获天书一事，两个故事段在作者的生花妙笔下情调截然不同："上文神橱来捉一段，可谓风雨如磬，虫鬼骇逼矣。忽然一转，却作花明草媚，团香削玉之文。如此笔墨，真乃有妙必臻，无奇不出矣。"①"上文如怒龙入云，鳞爪忽没忽现，又如怪鬼夺路，形状忽近忽远，一转却别作天清地朗，柳霏花拂之文，令读者惊喜摇惑不定。"②"前文何等匆遽，此文何等舒缓，急雷激电之后，偏接一番烟霏云卷之态，极尽笔墨之致。"③毛宗岗以为《三国演义》在章法结构安排上，具有"笙箫夹鼓，琴瑟间钟""寒冰破热、凉风扫尘"一样的对照与跌宕。即使如《红楼梦》这种叙述日常生活事件的世情小说，脂砚斋也以为其在章法结构上善于在"黄钟大吕之后，转出羽调商声"，使叙事承转中"别有清凉滋味"④。

在古代小说理论家看来，长篇叙事作品，正如自然界和社会生活一样，不仅有波涛汹涌、迅雷惊电，也有碧浪涟漪、雨过晴明的景色。自然和生活本身显现着张弛变化的节奏，长篇叙事作品也一样应具有韵律的张弛舒缓参差交错，只有这样，才符合自然和生活的辩证法。因此，古代小说理论家对小说叙事中不同情境的情节搭配以形成节奏的张弛变化都给予了很高的评价。

最后，古代小说理论家还特别注重起承转合的章法所形成的文本节奏和读者阅读心理节奏的关系。在他们看来，起承转合章法所形成的情节的张弛变化"是为了适应读者欣赏过程中的心理变化"⑤。金圣叹对此有较多的阐述，如《水浒传》第三十二回回评：

> 文章家有过枝接叶处，……譬诸游山者，游过一山，又问一山，当斯之时，不无借径于小桥曲岸浅水平沙，然而前山未远，魂魄方收，后山又来，耳目又费，则虽中间少有不称，然政不致遂败人意。⑥

---

① ［清］金圣叹评《水浒传》第四十一回回评，陈曦钟等辑校《水浒传会评本》，前引书，第771页。

② ［清］金圣叹评《水浒传》第四十一回夹评，陈曦钟等辑校《水浒传会评本》，前引书，第778页。

③ ［清］金圣叹评《水浒传》第四十一回夹评，陈曦钟等辑校《水浒传会评本》，前引书，第781页。

④ ［清］脂砚斋评《红楼梦》第五十五回"戚序回前"，朱一玄编《红楼梦资料汇编》，前引书，第485页。

⑤ 高小康《中国古代叙事观念与意识形态》，北京大学出版社，2005年，第216页。

⑥ ［清］金圣叹评《水浒传》第三十二回回评，陈曦钟等辑校《水浒传会评本》，前引书，第608页。

第四十一回回评：

> 前半篇两赵来捉，宋江躲过，俗笔只一句可了。今看他写得一起一落，又一起又一落，再一起再一落，遂令宋江自在厨中，读者本在书外，却不知何故，一时便若打併一片，心魂共受若干惊吓者。灯昏窗响，壁动鬼出，能令依正一齐震动，真奇绝也。①

张竹坡对《金瓶梅》第一回写虎一段的阅读效果说道："写虎一段，自入三间厂厅内，一引入，一漾开，凡三四折，方入吴道官。文字如穿花蝴蝶，一远一近，煞是好看杀人。"②情节节奏的张弛变换，是服从于心理节奏的大幅度的情绪张弛。因此，大段紧张的情节之后，则宜"舒其磅礴之气""杀其奔腾之势"；有一龙争虎斗，则应接一莺声燕语；一番热闹后可以有一番冷淡，通过故事节奏的变化来调节读者的情绪紧张度。无论作者怎样巧构作品，其最终的服务对象永远是读者，读者能从作品的阅读中得到欢愉的美感，是作者最大的成功。起承转合的章法亦然，它的最终目的也是创造出"令人愉快而满意的结构"。

第二节　时间章法

"一切存在的基本形式是空间和时间，时间以外的存在像空间以外的存在一样，是非常荒诞的事情。"③小说所展示的艺术世界也不例外。小说家对时间的重视是显而易见的。伊莉莎白·鲍温曾说："时间是小说的一个主要组成部分，我认为时间同故事和人物具有同等重要的价值。凡是我能想到的真正懂得、或者本能地懂得小说技巧的作家，很少有人不对时间因素加以戏剧性地利用的。"④热拉尔·热奈特也宣称："我讲一个故事，完全可以不说明故事发生在何处，只要这个地方离我讲故事的地方相对来说比较遥远。但是，我几乎不可能不说明，相对于我的叙述行为来说，故事发生在什么时候。因为，我在讲故事时，必须使用现在时、过去时或者将来

---

① ［清］金圣叹评《水浒传》第四十一回回评，陈曦钟等辑校《水浒传会评本》前引书，第 771 页。

② ［清］张竹坡评《金瓶梅》第一回回评，朱一玄编《金瓶梅资料汇编》，前引书，第 450 页。

③ 《马克思恩格斯选集》，第三卷，人民出版社，1995 年，第 392 页。

④ ［英］伊·鲍温《小说家的技巧》，傅惟慈译，吕同六编《20 世纪世界小说理论经典》（上），华夏出版社，1995 年，第 602 页。

时。”①因此,叙事学特别重视对叙事时间的理论建构。

叙事学叙事时间理论重点探讨三方面问题:时序、时距、频率。叙事学理论把叙事文涉及的时间分为故事时间和叙述时间,即被叙述故事的原始编年时间与文本的叙事时间。所谓时序,指的是“在故事中事件接续的时间顺序和这些事件在叙事中排列的伪(叙事)时间顺序的关系”②,如倒叙、预叙等。时距研究的是故事中事件的实际持续时间长度与其文本中的叙述长度的关系。文本中的叙述长度用篇幅来衡量。在叙事文本中,有时用长达百页的篇幅叙写一天里发生的事,有时用几行叙写十几年的故事。省略、概述、等述、扩述、静述是叙事文常见的五种基本时距③。叙述频率研究故事中某一事件发生的次数与其在文本中被叙述的次数的关系。故事中发生一次的事件在文本中可以只叙述一次,也可以叙述N次。时序、时距、频率之间又有着不同程度的联系,叙事时间的研究是三者及其联系的综合研究。叙述学叙事时间理论中所讨论的问题,中国古代文论家也已注意到,如清代方东树、刘熙载、唐彪等很早就讨论了逆叙、倒叙、补叙、插叙等属于叙事学叙事时序的问题。金圣叹评《水浒传》,注意到了小说叙事中的重述现象,这种重述现象和叙事学叙述频率问题颇为类似。中国古代叙事文法理论中,时间被作为一种叙事章法加以讨论。古代文论家关于叙事时间章法的理论主要包括叙事时间标示章法问题④,顺叙、倒叙、插叙等叙事时序章法问题,重述问题等。以下本节试通过追索古代理论家的叙事时间章法理论,以认识中西不同的叙事时间理论。

一、叙事时间标示的“史公章法”

中国古代小说叙事时间标示方法深受历史叙事时间标示方法影响,在叙事时间标示上采用年——四季——月——日的历史叙事时间标示方法,金圣叹称之为“史公章法”:“一路以年计,以月计,以日计,皆史公章法。”⑤

---

① 〔法〕热拉尔·热奈特《论叙事文话语——方法论》,前引书,第254页。

② 〔法〕热拉尔·热奈特《叙事话语 新叙事话语》,前引书,第13页。

③ 参见胡亚敏《叙事学》,前引书,第75页。

④ “时间标示法”这一概念是丁琴海在《中国史传叙事研究》一书中提出的。丁琴海认为,史传中的历史时间有两种表现形态:一种是潜在的故事时间,即“叙述时间”,它主要通过故事的讲述来显示。另一种表现形态是时间标示法,即用明确的日期标示指明故事发生的确切时间。这种显示时间的方式在小说中也存在,当然并不如在史传作品中一样,是必然手段。(丁琴海《中国史传叙事研究》,前引书,第238页。)本文借用这一概念,来指称小说叙事中标示时间的方法。

⑤ [清]金圣叹评《水浒传》第一回夹批。陈曦钟等辑校《水浒传会评本》,前引书,第56页。

中国最早的史书当推《春秋》,它的体例是编年体。《春秋》的时间标示方式,杜预《春秋左传序》中将其总结为“以事系日,以日系月,以月系时,以时系年。所以纪远近,别同异也。故史所记,必表年以首事,年有四时,故错举以为所记之名也”。也就是说,《春秋》记时,年是大框架,其下依四时——月——日的顺序记时。而四时系事又远多于以月系事。随举一例,即可见出《春秋》记时特点来。如“隐公元年”下即记有“春王正月”“三月”“夏五月”“秋七月”“九月”“冬十有二月”六个时间点,其中四个都是以春、夏、秋、冬四时系事。《左传》紧承《春秋》,同《春秋》有着相同的记时系统。如“隐公二年”,《经》记时六处:“春”“夏五月”“秋八月庚辰”“九月”“冬十月”“十有二月乙卯”,《传》记时五处:“春”“夏”“秋”“九月”“冬”,大多数也都是以系事于四时标示时间。

中国古代历史叙事中的时间标示,基本规则是每事必系于年、四时、月,日则或记或不记。大多数事件都只被纳入四时和月的框架。产生这种记时方式的原因,正如丁琴海所指出,“中国史官们历来注重事物的相互联系、发展变化,他们很少让自己陷于某日某时某刻这种琐碎的技术性细节之中,除非重大时刻有此必要,一般他们总是乐于从年、四时、月这种大的时空框架中去观察、把握历史和人物。”①对四时的重视还反映了古代中国人对与农业生产息息相关的季节的强烈认同,这与西方从个别日期到月再到年的时间标示明显不同。

历史叙事的这种时间标示手法虽然更多属于史学而非文学,但其对文学记时手法有显而易见的影响。中国古代小说的叙事时间机制基本上采用以年系时,以时系月,以月系日,以日叙事的历史模式②。李渔、毛宗岗都指出,《三国演义》中,凡重大事件的时间标示不但有年、月,“并记其日,重其事也”③。如第四十回曹操欲扫平江南“选定建安十三年秋七月丙午日出师”,第四十八回“宴长江曹操赋诗”“时建安十三年冬十一月十五日”,第八十一回“雪弟恨先主兴兵”“择定章武元年七月丙寅日出师”。《水浒传》也不例外。《水浒传》叙事主体时间从 1059 年(宋仁宗嘉祐三年)3 月 3 日 5 更 3 点,天子驾坐紫宸殿,着洪教头请张天师来朝祈禳瘟疫之灾始到公元 1121 年(宋徽宗宣和二年)4 月 22 日夜卢俊义惊恶梦止,前后 60 余年,其时

① 参见丁琴海《中国史传叙事研究》,前引书,第 240—243 页。

② 李延贺《兰陵笑笑生的时间观——漫谈〈金瓶梅〉的叙事时间》,载《辽宁大学学报》1997 年第 1 期。

③ [清]毛宗岗评《三国演义》第四十回夹批,陈曦钟等辑校《三国演义会评本》,前引书,第 502 页。

间标示精确到时刻,给人历史一样的逼真感。

和历史叙事标示时间大多把事件只纳入四时和月的框架一样,小说叙事时间标示更多也只标明季节或月。但小说叙事中标记季节和月的方式远比历史叙事丰富生动,不仅有时明确指明某月或某季节,更多时候是用天气、植物、人物活动等来标示大致的季节或时间段。如《三国演义》第六十三回,庞统死时,孔明正在荆州,“时当七夕佳节,大会众官夜宴,共说收川之事。”《水浒传》第一回,史进有事,“时当六月中旬,炎天正热,那一日……”大闹史家村前,“荏苒光阴,时遇八月中秋到来。”“不觉中秋节至。”第八回“林冲棒打洪教头”,林冲寻柴进,“转湾来到庄前,那条阔板桥上坐着四五个庄客,都在那里乘凉。”第十四回要取生辰纲,阮小五鬓边石榴花点出是六月光景。第二十七回武松流放孟州途中,张青屋后葡萄架映出夏景。金圣叹指出,这是一种“没要紧处,点出时节”的记时方式,“时序随所叙事渐渐而下”①。最典型地表现了金圣叹所说“时序随所叙事渐渐而下”的是小说中杨志一传:第十一回,梁中书得杨志,“当日是二月初九日”;杨志东郭比武即次日,小说记曰“时当二月中旬”;杨志因比武获胜,梁中书十分爱惜,早晚与他并不相离,“不觉光阴迅速,又早春尽夏来,时逢端午,蕤宾节至”,看看梁中书泰山蔡京的生日六月十五日转眼即到。一篇杨志传记,从二月初九开始记时,直记到蔡京的生日六月十五日,时序不仅随所叙事渐渐而下,还特别准确标示出“六月十五日”这一时日,前文的记时,就是为了点明这个特殊的日子;后文的故事,也无不因为这一时日而发生。因此金圣叹批道:“下文都从此五字着笔,上文记时,亦远远便为这五字也。”②

小说叙事中生动的时间标示,是直接参与了叙事的,它对作品的审美效果产生着非同寻常的影响。伊莉莎白·鲍温在《小说家的技巧》中指出,时间对于制造现实场景或逼真性具有非常重要的意义:“一天的时间,一年的季节,或晴或雨,都能给予作家所描写的场景发生的时刻以我所谓的鲜明性和现实感。我们在很大程度上依赖小说家给予我们的有关时间的消息。请想一想,一条街同午夜的街头,一座海滨城镇和凛冽秋风中的海滨城镇,该是多么不同啊!”③小说叙事中生动的时间标示使事件场景成为一副情景逼真的画面,给人以生动、鲜明的现实感。

---

① [清]金圣叹评《水浒传》第八回夹批,陈曦钟等辑校《水浒传会评本》,前引书,第 193 页。

② [清]金圣叹评《水浒传》第十二回夹批,陈曦钟等辑校《水浒传会评本》,前引书,第 255 页。

③ [英]伊·鲍温《小说家的技巧》,吕同六编《20 世纪世界小说理论经典》(上),前引书,第 606 页。

但小说毕竟不是历史，因此小说中的时间标示，是“文学虚构世界中的年表”①，而不是如史传一样是对真实历史的死板复制。换言之，小说叙事中的时间标示并不总是与历史中的时间标示一样逼真、严谨，有时候，它又充满了虚拟性、参差性。张竹坡对这一点认识独到。《〈金瓶梅〉读法》中，张竹坡论道：

《史记》中有年表，《金瓶》中亦有时日也。开口云西门庆二十七岁，吴神仙相面则二十九，至临死则三十三岁。而官哥则生于政和四年丙申，卒于政和五年丁酉。夫西门庆二十九岁生子，则丙申年；至三十三岁，该云庚子，而西门庆乃卒于“戊戌”。夫李瓶儿亦该云卒于政和五年，乃云“七年”，此皆作者故为参差之处。何则？此书独与他小说不同。看其三四年间，却是一日一时推总数去，无论春秋冷热，即某人生日，某人某日来请酒，某日某日请某人，某日是某节令，齐齐整整挨去。若再将三五年间甲子次序，排得一丝不乱，是真个与西门计账簿，有如世之无目者所云者也。故特特错乱其年谱，大约三五年间，其繁华如此。则内云某日某节，皆历历生动，不是死板一串铃，可以排头教去。而偏又能使看者五色眯目，真有如挨着一日日过去也。②

这里，张竹坡在两方面指出了小说叙事时间标示不同于历史叙事时间标示的独特趣味。一方面，历史叙事的时间标示多以事系年、系月，其年、月必须准确、真实无误，这是历史编年的法规。而小说叙事中的年表，则不必如历史时间一样准确无误，它常常故意错乱年谱，有意避免历史时间的单一线性的呆板，形成参差错乱之美，给读者以虚幻不实之感，而这正是小说叙事在长期受史传叙事影响，力图冲破史传崇实观的束缚所渴望达到的美学境界及对小说虚构的文学特性的凸显。陈其泰对《红楼梦》中的时间错乱则做出了这样的评论：

作一部大书，甚不容易。盖人之年岁，及逐年之日月，是书之线索，不得紊乱，方见细密也。此书颇多忽略处，即以秦氏之病，九月中已沉重，十二月初已垂危，则其死当在立春左右。冬至系十一月三十日，立春当在元宵。黛玉于冬底得父病之信，贾母命贾琏送去，则起程至速，已在新年初旬，到扬州当在二月初旬，林如海去世，若黛玉犹得见，亦在二月初旬矣。贾琏到苏州后，才遣来昭回京，必在三四月间。今书中说

① 王汝梅《金圣叹·毛宗岗·张竹坡》，春风文艺出版社，1999年，第87页。

② ［清］张竹坡《〈金瓶梅〉读法》，朱一玄编《金瓶梅资料汇编》，前引书，第433—434页。

如海系九月初三日死，贾琏要带大毛衣服至苏州，来昭到京，又在秦氏五七之后，出殡之前。种种时日，皆不相合，殊疏忽也。①

显然，陈氏并未认识到作者时间错乱的真意，而指责为紊乱谬误，实有不及张竹坡之处。正如金圣叹所云，历史是"以文运事"，小说是"因文生事"，"以文运事，是先有事生成如此如此，却要算计出一篇文字来。""因文生事即不然，只是顺着笔性去，削高补低都由我。"②时间错乱正是作者顺着笔性，削高补低的奇妙创造。另一方面，历史叙事在记时上，以年、四时、月为主，日或记或不记；而小说叙事则多以四时、月、日记时，尤其着意记日：节日、生日、"一日""次日""当日""那日""忽一日"等虚化的时间刻度成为结构叙事的基本框架，甚至几乎无日不记，即使无事日，也以"话休絮繁，过了十数日""又早过了三四个月，时当……""当夜无事，次日……""光阴迅速……""荏苒光阴……"等形式记录下来，填补满所有的时间空白③，以显示出时间的连贯性，形成一种连贯叙述的效果。张竹坡以为，正是时日的齐整和年的错乱相结合，才创造了小说叙事历历生动，有如捱着一日日过去的真实效果。所以张竹坡称赞这种至化的时间技法为"神妙之笔""千古至文"而"不敢以小说目之"④。

二、补叙、插叙、夹叙的叙法理论

"研究叙事的时间顺序，就是对照事件或时间段在叙述话语中的排列顺序和这些事件或时间段在故事中的接续顺序"⑤。叙事学根据二者之间的对照关系，将叙事时序主要分为预叙和倒叙两种情况："用预叙指事先讲述或提及以后事件的一切叙述活动，用倒叙指对故事发展到现阶段之前的事件的一切事后追述"。而"时间倒错"则是叙事学用来指称"故事时序和叙述时序之间各种不协调的形式""这些形式不完全归结为预叙和倒叙"⑥。其实，对于叙事学所提出的包括预叙、倒叙、时间倒错等在内的故事时序和叙事时序之间的一切不协调形式，中国古代文论家很早就有讨论，提出了远比叙事学更为丰富的"时间倒错"形式，如清代方东树指出七言古诗

---

① ［清］陈其泰评《红楼梦》第十四回回评，朱一玄编《红楼梦资料汇编》，前引书，第722页。

② ［清］金圣叹《读第五才子书法》，陈曦钟等辑校《水浒传会评本》，前引书，第16页。

③ 赵毅衡先生将其称为"时间满格"现象。见赵毅衡《当说者被说的时候：比较叙述学导论》，前引书，第100页。

④ ［清］张竹坡《〈金瓶梅〉读法》，朱一玄编《金瓶梅资料汇编》，前引书，第434页。

⑤ ［法］热拉尔·热奈特《叙事话语 新叙事话语》，前引书，第14页。

⑥ ［法］热拉尔·热奈特《叙事话语 新叙事话语》，前引书，第17页。

的叙事技法“有逆叙、倒叙、补叙、插叙，必不肯用顺用正”。刘熙载更指出文章叙事“有特叙，有类叙，有正叙，有带叙，有实叙，有借叙，有详叙，有约叙，有顺叙，有倒叙，有连叙，有截叙，有预叙，有补叙，有跨叙，有插叙，有原叙，有推叙”共18种技法，其中，带叙、顺叙、倒叙、预叙、补叙、插叙等涉及时间倒错的时序问题。另外，还有金圣叹评《水浒传》的“倒插”法①，张竹坡评《金瓶梅》的“夹叙他事”法②、“曲笔逆笔”“直笔顺笔”③，脂砚斋评《红楼梦》的“顺逆”“映带”④“倒卷帘”法等⑤。在中国古代文论家那里，叙事中的顺叙、预叙、倒叙、插叙、补叙、夹叙等是作为叙事技法，即叙法来加以认识的。一般来说，中国古代叙事作品普遍采用顺时叙述模式。这一模式由史传最早建立。《左传》《史记》都以顺时叙述为主体。尤其《史记》，在借鉴《左传》的基础上，其顺时叙述已定型为一种成熟的时序模式，支配着中国古典小说的叙事时序⑥。因此，中国古代叙事作品，其安排时间的主要手法都是顺叙。依据叙事学时序理论，必须打乱故事的自然时序方产生倒叙、预叙、时间倒错等时序变形形态，而中国古代的倒、插、补、夹、预等都不打乱故事的自然时序，主要故事可能由于次要故事的插入而中断，但插入一旦结束，主要故事就会又回到顺叙的轨道上接着往下讲⑦。因此，倒叙、插叙、补叙、夹叙、预叙等叙事技法实际上指的是次要故事与主要故事的接续问题，属于叙事章法论域，古人有时笼统地称为“叙法”。以下笔者只讨论中国古代文论中独有的补叙、插叙、夹叙三种叙法。

1. 补叙

在某种意义上，补叙在中国古代的叙事时序中属于倒叙。倒叙，又称追叙，“指对故事发展到现阶段之前的事件的一切事后追述”⑧。换言之，就是把过去已经发生的事情在现在时刻进行追述，或暂停叙事“现在”，回到过

---

① ［清］金圣叹《读第五才子书法》，陈曦钟等辑校《水浒传会评本》，前引书，第20页。

② ［清］张竹坡《〈金瓶梅〉读法》，朱一玄编《金瓶梅资料汇编》，前引书，第434页。

③ ［清］张竹坡《〈金瓶梅〉读法》，朱一玄编《金瓶梅资料汇编》，前引书，第426页。

④ ［清］脂砚斋评《红楼梦》第一回“甲戌眉”，朱一玄编《红楼梦资料汇编》，前引书，第84页。

⑤ ［清］脂砚斋评《红楼梦》第二十回“庚辰侧”，朱一玄编《红楼梦资料汇编》，前引书，第330页。

⑥ 丁琴海《中国史传叙事研究》，前引书，第273页。

⑦ 陈平原将这种叙事时间称为演述时间，不是情节时间。认为金圣叹“将后边要紧字，蓦地先插放前边”的“倒插法”，毛宗岗“此篇所阙者补之于彼篇”的“添丝补锦法”，都不过是作者追求文法变化的小技巧，并不能真正触及小说的“情节时间”。（陈平原《中国小说叙事模式的转变》，北京大学出版社，2003年，第37页。）

⑧ 〔法〕热拉尔·热奈特《叙事话语 新叙事话语》，前引书，第17页。

去，追忆往事，以使读者了解事情的来龙去脉。在这一意义上，插叙、补叙也都属于倒叙①。中国古代文论家虽提出有倒叙一法，但并没有对之作出详细的理论论述，文论家讨论较多的是具有倒叙性质的补叙和插叙两种叙事章法。清代王源曾说："追叙之法，谁不知之？但今之所谓追叙者，不过以其事之不可类叙者，置之于后作补笔耳"②，也说明古代文论家多不直接讨论追叙或倒叙之法，而是讨论补叙或补笔等具有倒叙意味的叙法。

补叙有两种情形。金圣叹评《水浒传》第五十一回夹批云："每每有一段事，前文不能及，因向后文补叙出者，此自是补叙之一例。"③即某些事情已经发生，但前文无法叙述，故在后面的叙事中补出，这是补叙的一种情形。补叙的内容，有时候直接叙出；有时则为了叙述简省，借故事中人物之口补出。如《水浒传》第三回，叙述鲁智深第二次醉酒闹事，长老告知他，在他第一次醉酒闹事之后，有赵员外写书与众僧赔话一事。金圣叹指出这就是一种具有倒叙性质的补叙，"此事前文不见，却于此处补出，行文有犬牙相错之法。"④又第八回，鲁智深从薛霸棒下救出林冲后，接着叙述了他与林冲买刀相别后的一系列事件：担忧林冲；听说林冲受官司，去营救林冲；听说林冲被刺配沧州，在开封府前寻遇林冲……金圣叹指出，鲁智深这里的叙述就是补叙，"前回叙林冲时，笔墨极忙，不得不将智深一边暂时搁起，此行文之家要图手法干净，万不得已而出于此也。今入此回，却忽然就智深口中一一追补叙还，而又不肯一直叙去，又必重将林冲一边逐段穿插相对而出，不惟使智深一边不曾漏落，又反使林冲一边再加渲染，离离奇奇，错错落落，真似山雨欲来风满楼也。"⑤这其实就是唐彪所说的"凡文中有两意两事，不能于一处并写者，则留一意一事于闲处补之"的"补法"⑥。这些补叙都是对故事发展到现在之前事件的事后追叙，因此都是具有倒叙性质的补叙。

---

① 杨义先生认为，"补叙是为了补足情节和意境的完整性，而使时间超出现有叙事中心，伸展到以后的叙事中心的时间范围，但由于篇幅过短而不足以称为预叙"。"插叙就是把叙事时间倒转，追溯往事，但由于篇幅过短而不足以称为倒叙。"（杨义《中国叙事学》，前引书，第150页）也就是说，在杨义先生看来，补叙属于预叙，插叙属于倒叙。但从古代文论家对补叙、插叙的论述中，笔者以为，古代文论家所说的补叙与插叙有时候有着相似的内涵，都具有倒叙性质。

② ［清］王源《左传评》，《左传·文公二年》评语，转引自陈平原《中国小说叙事模式的转变》，前引书，第38页。

③ ［清］金圣叹评《水浒传》第五十一回夹批，陈曦钟等辑校《水浒传会评本》，前引书，第958页。

④ ［清］金圣叹评《水浒传》第三回夹批，陈曦钟等辑校《水浒传会评本》，前引书，第120页。

⑤ ［清］金圣叹评《水浒传》第八回回评，陈曦钟等辑校《水浒传会评本》，前引书，第187页。

⑥ ［清］唐彪辑著《家塾教学法》，前引书，第121页。

李渔、毛宗岗则指出了另一情形的补叙，即对现在发生事件原因追补的补叙。《三国演义》第十五回，叙述袁术在寿春大宴将士，孙策征庐江太守陆康得胜而回，拜于袁术堂下。毛宗岗以为这一突兀的事件给人带来了疑惑，“此处接写孙策，忽写他在袁术堂下趋跪拜坐，令人不解其故”。接着小说以“原来”领起下文，叙述了产生这种结果的原因，毛宗岗以为这种在下文补充说明原因的叙法为补叙，并赞其“补叙简到”“笔法妙甚”①。又第七十二回小说在叙述曹操斩了杨修后，接叙道：“原来杨修为人恃才放旷，数犯曹操之忌”，“补叙杨修生平与见杀之由”，这也是一种将事件发生原因“补叙在后”的“叙事之法”②。对于这一补叙，李渔、毛宗岗都称是“百忙中夹叙的闲文”，并赞其“笔法殊妙”③。唐彪所谓“前数年之事，与后数年之事，苟与其事有相关，必补出之，以著其本末”的“补法”就是这种补叙④。

2. 插叙

插叙，又称“插笔”。林纾《春觉斋论文》“用插笔”云：

> 事有在文中若不相涉者，然不补叙其事，则于传中本事为无根；若不斟酌位置，又类陈先代之宝器于席间，夹亡亲之遗嘱于诗卷，不惟不伦，而且无礼。虽《通鉴》为名手所编，然往往叙补本人家世，多勉强搀入，犹目中着砂，令人难耐。《汉文正典》言叙事文有十一种：曰正叙，曰总叙，曰间叙，曰引叙，曰补叙，曰略叙，曰别叙，曰直叙，曰婉叙，曰意叙，曰平叙；而独未言插叙。夫文体贵洁，原不应牵涉他事；然一事有一事之源头，不能不溯远因。过简则鲜晰，过烦则病缒，过疾则苦突；须在有意无意间用插笔请出，旋又归入正传，此刘彦和所谓“理枝循干”者也。
>
> 且穿插非嵌附之谓，亦非挖补之谓。不得间隙，不能嵌而附之；不觅噉窦，亦非挖而补之。法在叙到锲紧处，非插笔则眉目不清，故必补其所以致此之由；叙到纷烦处，非插笔则纲要不得，故必揭其所以必然之故。总之，须近自然，无嵌附填塞之弊，方为佳笔。⑤

---

① ［清］毛宗岗评《三国演义》第十五回夹批，陈曦钟等辑校《三国演义会评本》，前引书，第176页。

② ［清］毛宗岗评《三国演义》第七十二回回评，陈曦钟等辑校《三国演义会评本》，前引书，第885页。

③ ［清］毛宗岗评《三国演义》第七十二回夹批，陈曦钟等辑校《三国演义会评本》，前引书，第892页。

④ ［清］唐彪辑著《家塾教学法》，前引书，第121页。

⑤ ［清］林纾《春觉斋论文》，前引书，第122页。

细究林纾所谓的插叙，实具有李渔、毛宗岗所论补叙的含义。它也是为了追溯某个事件发生的原因，暂时停止正叙事件，用“初”“原来”等在“锲紧处”“纷烦处”自然插入新的叙述，短暂的插叙结束后，“旋又归入正传”，回到原叙述时序上去。这种插叙，明显具有李渔、毛宗岗所谓的补叙性质。林纾认为插笔是“补叙其事”“补其所以致此之由”，无疑也认识到了这一点。杨义所谓“插叙就是把叙事时间倒转，追溯往事”①，也正是从这一意义上来说的。这种插叙，是具有倒叙性质的。

唐彪则在另一含义上言“插叙”。《读书作文谱》卷七论“挨讲、穿插”道：“凡作文有挨讲，亦有穿插，挨讲多，穿插少，自有分寸，总贵合宜而用也。但穿插贵于自然，不可勉强。《史记·酷吏传》郅都、宁成、义纵、赵禹、张汤事，皆穿插成文；《蔺廉列传》相如、廉颇、赵奢事，亦多插叙。因其人其事原有关涉，可以交互，故交互成章耳。惟交互，故错综变化，所以其文如蛱蝶穿花，游鱼戏水，令人读之起舞也。《水浒》《西游》《三国》，皆祖其法以为蓝本。”②这里的挨讲，是顺叙；穿插、插叙含义相同，指穿插叙述，即在正叙某一事件、人物时，突然插入其他事件、人物，使先前故事的叙事时间暂停下来，开始另一故事的叙事时间，在插入故事告一段落时，又接叙先前故事，交互穿插，使文章如蛱蝶穿花，错综变化。

据唐彪之说，显然，这一插叙方法最早出自《史记》。《史记·廉颇蔺相如列传》采用的就是这种穿插式插叙法。其故事的叙述穿插可图示如下：

1. 廉颇伐齐大胜，拜为上卿。
2. 蔺相如为赵宦者令缪贤舍人。
1. 赵王与廉颇为和氏璧谋求报秦之人，廉颇荐蔺相如。
2. 缪贤叙蔺相如事迹，赵王召见蔺相如，遣其奉璧入秦。
2. 蔺相如见秦王，完璧归赵，拜为上大夫。
2. 相如随赵王与秦王相会渑池，再立功，拜为上卿。
1. 廉颇欲辱相如，相如避匿。
1. 廉颇负荆请罪，与蔺相如结为刎颈之交。
1. 廉颇连续三年立下战功。
2. 蔺相如攻齐。
3. 赵奢破秦军。
3. 赵奢收租税，以法治平原君。

---

① 杨义《中国叙事学》，前引书，第150页。
② [清]唐彪辑著《家塾教学法》，前引书，第122页。

3. 赵奢救韩于阏与，获赐国尉，与廉、蔺同位。十余年后死。

1. 秦赵长平之战，廉颇数败。

2. 赵王以赵括代廉颇为将，蔺相如苦劝。

4. 赵括幼时纸上谈兵故事。

4. 赵括战死。

1. 廉颇大破燕军，获封信平君。

1. 廉颇伐魏胜。

1. 廉颇被赵悼襄王弃，怒奔魏之大梁。

5. 赵王使李牧为将，攻燕获胜。

1. 廉颇不被魏信用，思归赵，赵以为老，遂不召。

1. 廉颇被迎入楚，无功，思赵，死。

5. 李牧戍边，以不战之战应对匈奴，边疆安然无失。

5. 赵王因众言李牧怯懦，以他人代李牧迎战匈奴，大败。复请李牧。

5. 李牧复出守边。大破杀匈奴，后十余岁，匈奴不敢近赵边城。

5. 李牧两度大破秦军，获封武安君。

5. 秦王翦攻赵，赵使李牧、司马尚为御，秦使反间，赵王信，捕斩李牧。后秦灭赵。

这一篇传记，叙述了廉颇、蔺相如、赵奢、赵括、李牧五人的故事。笔者在上图中分别用1、2、3、4、5标示，通过上图按文本叙述顺序对这五人故事叙述的抽绎可见《史记》叙述中的穿插手法。史传叙述的这一穿插手法对中国古代小说叙事产生了深远的影响。不惟如唐彪指出的“《水浒》《西游》《三国》，皆祖其法以为蓝本”，《金瓶梅》《红楼梦》等也无不如此。古代小说理论家对这种穿插叙述的章法也有很多精辟的论述。张竹坡就认为《金瓶梅》最善用穿插之法，因此，《金瓶梅》就是一部《史记》，甚至胜于《史记》：

《金瓶梅》是一部《史记》。然而《史记》有独传、有合传，却是分开做的。《金瓶梅》却是一百回共成一传，而千百人总合一传，内却断断续续，各人自有一传，固知作《金瓶》者必能作《史记》也。何则？既已为其难，又何难为其易？①

读《金瓶》当看其穿插处。子弟会得，便许他作花团锦簇、五色迷

① ［清］张竹坡《〈金瓶梅〉读法》，朱一玄编《金瓶梅资料汇编》，前引书，第433页。

人的文字也。①

《金瓶》文字，其穿插处，篇篇如是。②

张竹坡将这种穿插形象地称作"趁窝和泥"。从第十四回"花子虚因气丧生　李瓶儿迎奸赴会"到第十九回"草里蛇逻打蒋竹山　李瓶儿情感西门庆"六个章回是正叙李瓶儿思嫁西门庆的故事。张竹坡以为这一段故事与前文西门庆娶潘金莲的故事相比，在叙述上更极尽穿插之能事：

下半写瓶儿欲嫁之情。夫金莲之来，乃用玉楼一间，瓶儿之来，作者乃不肯令其一间两间即来，与金莲之笔相犯。夫不肯一间两间即来，乃用何者作许多间隔之笔哉？故先用瓶儿来作一间，更即以来作未来之间笔，其用意之妙何如。下回又以月娘等之去作一间，又用桂姐处作一间，文情至此，荡漾以尽。下回可以收转瓶儿至家矣，看他偏写敬济入来，横插一笋，且生出陈洪一事，便使瓶儿一人，自第一回内热突突写来，一路花团锦簇，忽然冰消瓦解，风驰电掣，杳然而去，嫁一竹山。令看着不复知西门、瓶儿尚有一面之缘。乃后忽插张胜，即一笔收转，瓶儿已在西门庆家。③

对于这种穿插，张竹坡一再赞叹"文字穿插之妙，不可名言"④，"其用笔之妙，起伏顿挫之法，吾满口生花，亦不得道其万一也。"⑤穿插一方面使叙事结构如"细针密线"，天衣无缝，"于百忙中紧紧穿插，又紧紧叫应，使读者警其敏捷，而又不见针线之迹"⑥；另一方面又使叙事节奏起伏顿挫、欲急故缓，急缓自如。

另外，张竹坡还指出，《金瓶梅》中有一种正笔与闲笔相穿插的穿插笔法。《〈金瓶梅〉读法》云："读《金瓶梅》须看其入笋处。如玉皇庙讲笑话插入打虎，请子虚即插入后院紧邻，六回金莲才热即借嘲骂处插入玉楼，借问伯爵连日那里即插入桂姐，借盖卷棚即插入敬济，借翟管家插入王六儿，借翡翠轩插入瓶儿生子，借梵僧药插入瓶儿受病，借碧霞宫插入普净，借上坟插入李衙内，借拿皮袄插入玳安、小玉；诸如此类，不可胜数。盖其用笔，不露痕迹处也。其所以不露痕迹处，总之善用曲笔逆笔，不肯另起头绪，用直

① ［清］张竹坡《〈金瓶梅〉读法》，朱一玄编《金瓶梅资料汇编》，前引书，第 439 页。
② ［清］张竹坡评《金瓶梅》第十九回回评，朱一玄编《金瓶梅资料汇编》，前引书，第 476 页。
③ ［清］张竹坡评《金瓶梅》第十四回回评，朱一玄编《金瓶梅资料汇编》，前引书，第 472 页。
④ ［清］张竹坡《〈金瓶梅〉读法》，朱一玄编《金瓶梅资料汇编》，前引书，第 425 页。
⑤ ［清］张竹坡评《金瓶梅》第十四回回评，朱一玄编《金瓶梅资料汇编》，前引书，第 472 页。
⑥ ［清］林纾《春觉斋论文》，前引书，第 123 页。

笔顺笔也。夫此书头绪何限，若一一起之，是必不能之数也。”①这里指的是一种“于百忙之中故作消闲之笔”的插叙方法。上举《廉蔺列传》中正紧张地叙述廉颇长平战败、被弃、怒走魏等事，忽然接叙“其明年，赵乃以李牧为将而攻燕，拔武遂、方城”几句话，插入李牧攻燕一事，就是一种忙中闲笔的插叙方法，其作用正如毛宗岗所说，是“其人将来，而先有一语以启之”，即将要叙述某人某事，先将某人或与某人某事相关的物事倒插在前，以使后文不突然。《史记·廉蔺列传》文末李牧的一篇小传，正得力于这一插叙的引逗。毛宗岗因此将其又称为是“倒生在前”的“叙事之法”。这里的闲笔其实并不闲，恰如张竹坡所云，无一笔不做数十笔、千笔用。

3. 夹叙

金圣叹最早提出“夹叙法”：“谓急切里两个人一齐说话，须不是一个说完了，又一个说，必要一笔夹写出来。”②如《水浒传》第五回“九纹龙剪径赤松林 鲁智深火烧瓦官寺”，写鲁智深离了桃花山，来到瓦官寺，听寺内香积厨后小屋里老和尚说，有一云游和尚崔道成引着道士丘小乙在瓦官寺内胡作非为。鲁智深因与老和尚争粥吃，恰逢丘小乙挑着酒肉回来，遂提着禅杖，跟着丘小乙进了方丈后墙里，小说这样叙述道：“智深走到面前，那和尚吃了一惊……便道：‘师兄请坐，听小僧……’智深睁着眼道：‘你说，你说！’‘……说：在先敝寺……’”金圣叹于此批道：“‘说’字与上‘听小僧……’，本是接着成句，智深自气忿忿在一边，夹着‘你说你说’耳。”③因此可见，金圣叹所谓的“夹叙法”指的是叙述中人物语言之间的交叉，甲的话尚未说完，乙将其话语打断，抢着插入说话，将甲一句完整的话分隔开，然后又让甲接上原来的话头说完，因此，金圣叹又称其为“不完全句法”，并称赞这种话语“章法奇绝”“乃从古未有之奇事”。金圣叹还指出另外的两处典型例子：鲁智深再回到香积厨来，见几个老和尚，“正在那里”怎么，句子在“正在那里”四字下忽然收住，“正在那里下，还有如何若何许多光景，却被鲁达忿忿出来，都吓住了”；又鲁智深被崔、丘二人赶打，败走到赤松林，遇到史进，林子中史进听得声音，要问姓甚名谁，只问得“姓甚”二字，就被智深性发，抢道：“俺且和你斗三百合却说姓名！”二人斗十四五合后，史进到底完全问出“你端的姓甚名谁？声音好熟”一句，金圣叹对这种“夹叙法”赞不绝口，一方面指出其在文字虚歇处活画出莽和尚鲁达的形象，“凡三句不完，却又是

---

① ［清］张竹坡《〈金瓶梅〉读法》，朱一玄编《金瓶梅资料汇编》，前引书，第426页。

② ［清］金圣叹《读第五才子书法》，陈曦钟等辑校《水浒传会评本》，前引书，第20页。

③ ［清］金圣叹评《水浒传》第五回夹批，陈曦钟等辑校《水浒传会评本》，前引书，第146页。

三样文情，而总之只为描写智深性急，此虽史迁，未有此妙也。”[①]另一方面又指出这种夹叙法具有使文字“如花似锦”的妙处。

金圣叹这里的“夹叙法”显然不属于叙事时序论域中的夹叙章法。作为叙事章法的夹叙，指的是在对一个主要事件或人物的叙述中，叙述一些次要事件或人物，以形成对照或使叙事忙中有闲、“疏密并行”，充实有趣。金圣叹对夹叙章法也有讨论，如《水浒传》第四十九回，主要叙述的故事事件是严肃紧张的第三次攻打祝家庄战役。小说在叙述众将士经过一番血腥的拼杀，终于攻下祝家庄，众头领纷纷向宋江献功告捷时，夹叙出李逵请功，反遭宋江责骂，李逵幽默应对的一篇妙文：

> 再说宋江已在祝家庄上正厅坐下，众头领都来献功：……正嗟叹间，闻人报道：“黑旋风烧了扈家庄，砍得头来献纳。”……只见黑旋风一身血污，腰里插着两把板斧，直到宋江面前唱个大诺，说道：“祝龙是兄弟杀了，祝彪也是兄弟砍了，扈成那厮走了，扈太公一家都杀得干干净净，兄弟特来请功。”……宋江喝道：“你这厮，谁叫你去来？你也须知扈成前日牵牛担酒，前来投降了，如何不听得我的言语，擅自去杀他一家，故违了我的将令？”李逵道：“你便忘记了，我须不忘记。那厮前日教那个鸟婆娘赶着哥哥要杀，你今却又做人情。你又不曾和他妹子成亲，便又思量阿舅、丈人！”[②]

金圣叹以为，这一段属于夹叙，其目的在于以疏间密：“三打祝家庄通篇以密见奇，中间又夹叙李逵，正复以疏入妙。一文之中，疏密并行，真是奇事。”[③]另如第二回，鲁达寻事打郑屠，也是极忙极紧张的文字，却处处夹叙店小二、众邻舍、过路人：“那店小二把手帕包了头，……不敢拢来，只得远远的立住，在房檐下望。”“那店小二哪里敢过来？”“众邻舍并十来个火家，那个敢向前来劝？两边过路的人都立住了脚；和那店小二也惊得呆了。”金圣叹以为，这种“百忙中处处夹店小二”的“极闲者笔”是夹叙，其“笔力之奇矫不可言”[④]。

张竹坡所论的“夹叙他事”与金圣叹所论夹叙含义一致。《〈金瓶梅〉读法》称：“《金瓶》每于极忙时，偏夹叙他事入内。如正未娶金莲，先插娶孟玉

---

① ［清］金圣叹评《水浒传》第五回回评，陈曦钟等辑校《水浒传会评本》，前引书，第 142 页。

② 陈曦钟等辑校《水浒传会评本》，前引书，第 924 页。

③ ［清］金圣叹评《水浒传》第四十九回夹批，陈曦钟等辑校《水浒传会评本》，前引书，第 925 页。

④ ［清］金圣叹评《水浒传》第二回夹批，陈曦钟等辑校《水浒传会评本》，前引书，第 93 页。

楼;娶孟玉楼时,即夹叙嫁大姐;生子时,即夹叙吴典恩借债;官哥临危时,乃有谢希大借银;瓶儿死时,乃入玉箫受约;择日出殡,乃有请六黄太尉等事:皆于百忙之中,故作消闲之笔。"毛宗岗也特别赞赏这种在百忙中夹叙他事的奇妙叙法。《三国演义》第一回,本是刘备正传,写宴桃园结义、斩黄巾等都是"极写玄德",却夹叙曹操生平道:

> 为首闪出一将:身长七尺,细眼长髯;官拜骑都尉;沛国谯郡人也,姓曹,名操,字孟德。操父曹嵩,本姓夏侯氏;因为中常侍曹腾之养子,故冒姓曹。曹嵩生操,小字阿瞒,一名吉利。操幼时,好游猎,喜歌舞;有权谋,多机变。①

接着叙述了曹操因游荡无度被叔父指责,遂装中风使其叔父失信于曹嵩;喜汝南许劭评其"治世能臣,乱世奸雄"之语;又举孝廉,除洛阳北部尉,吏治严苛,因此威名颇震,后又为顿丘令等事迹。作者于百忙中夹叙曹操一篇小传的叙法,毛氏父子叹其为"奇",那么这篇小传"奇"在何处呢?毛氏父子评道:"百忙中忽入刘、曹二小传,一则自幼便大,一则自幼便奸;一则中山靖王之后,一则中常侍之养孙,低昂已判矣。后人犹有以魏为正统,而书蜀兵入寇者,何哉?"②毛氏父子以为在刘备正传中夹叙曹操小传之"奇",正使曹操、刘备二人形成鲜明的对比,从而显明作者对蜀汉为正统,曹操为僭国的主张:曹操的世系自不能与中山靖王刘胜之后、汉景帝玄孙刘备同日而语;曹操的"好游猎,喜歌舞;有权谋,多机变""恣意放荡""严酷"、欺父欺叔的奸雄德行也和刘备"性宽和,寡言语,喜怒不形于色""事母至孝"的大丈夫本色形成鲜明的对比。

中国古典补叙、插叙、夹叙三种叙法有着共同的特点和功用:一是三者都不可能改变整个叙事时序的顺叙性质,都只是对叙事时间的暂时打断;二是补叙、插叙、夹叙的内容在古代文论家看来都是闲笔,但闲笔却不闲,它使叙事更为丰满生动;三是三者在叙事中的作用都是调节叙事节奏,使叙事忙中有闲,密中有疏;四是三者与顺叙的交叉使用,能使叙事虽头绪多端,却如一线穿却,不见断续之痕。

三、"重述"与叙述频率

重述是叙事时间关系的又一主要方面。重述涉及重复。叙事学家热奈

---

① 陈曦钟等辑校《三国演义会评本》,前引书,第9页。

② [清]毛宗岗评《三国演义》第一回回评,陈曦钟等辑校《三国演义会评本》,前引书,第1页。

特将涉及重复的叙事时间关系称为频率。频率这一叙事时间组成部分从热奈特开始才得到关注与考察。简单来说，"频率就是一个事件在故事中出现的次数与该事件在本文中叙述(或提及)的次数之间的关系。"①热奈特指出，频率有四种关系类型：讲述一次发生过一次的事，如"星期一我值班"；讲述n次发生过n次的事，如"星期一我值班，星期二我值班，星期三我值班……"；讲述n次发生过一次的事，如"星期一我值班，星期一我值班"；讲述一次发生过n次的事，如"我总是值班"。这四种关系类型其实只有三种重复叙述形式：第一、二两种关系构成单一叙述，第三种关系构成的叙述形式热奈特称为重复叙述，第四种称为反复叙述。叙事理论经常讨论的是重复叙述和反复叙述，叙事学更感兴趣的是反复叙述——对反复发生的事件的一次性描述②。热奈特还指出了反复叙述的常用词汇"每天""每周""每年""惯常""通常""经常""总是""每隔两天""有时""某些日子""时而""别的时候"等。同时，热奈特又指出，与古典叙事取决于概要与场景的交替形成叙事节奏不同，《追忆似水年华》的叙事节奏恰是由反复与单一的交替形成的③，可见反复叙述在形成叙述节奏上的重要价值。不过，一般来说，反复叙述常常更多地表现为场景后的概括叙述，因此里蒙-凯南直接称这种叙述为"概括的"④，如《欧也尼·葛朗台》中，只叙述了一次欧也尼父女五年来的单调反复的生活：

> 五年这样的过去了，在欧也尼父女单调的生活中无事可述，老是些同样的事情，做得像一座老钟那样准确。⑤

这种概括的反复叙述，加快了叙述节奏，同时又可视为是周而复始的生活、时间、季节乃至宇宙运动的某种象征⑥。

与叙事学重视反复叙事不同，中国古代小说家和叙事理论家更热衷的是重复叙述，古代文论家将这种重复叙述称为"重述"。金圣叹最早注意到小说叙述中的重述现象，在《水浒传》评点中，金圣叹多次指出这种重述。第九回为了描画林冲的精细，叙林冲到山神庙夜宿：

> 把枪和酒葫芦放在纸堆上，将那条棉絮被放开，先取下毡笠子，把

---

① 〔以色列〕里蒙-凯南《叙事虚构作品》，姚锦清等译，三联书店，1989年，第102页。

② 〔美〕华莱士·马丁《当代叙事学》，前引书，第122页。

③ 〔法〕热拉尔·热奈特《叙事话语 新叙事话语》，前引书，第94页。

④ 〔以色列〕里蒙-凯南《叙事虚构作品》，前引书，第104页。

⑤ 〔法〕巴尔扎克《欧也尼·葛朗台》，傅雷译，人民文学出版社，1978年，第159页。

⑥ 胡亚敏《叙事学》，前引书，第89页。

身上雪都抖了，把上盖白布衫脱将下来，早有五分湿了，和毡笠放在供桌上，把被扯来盖了半截下身。却把葫芦冷酒提来，慢慢地吃，就将怀中牛肉下酒。①

后来林冲杀了陆虞候、富安、差拨三人后，又叙道：

再穿了白布衫，系了搭膊，把毡笠子带上，将葫芦里冷酒都吃尽了。被与葫芦都丢了不要，提了枪，便出庙门东投去。②

金圣叹指出："上逐件叙一遍，此又逐件叙一遍，一连叙出两遍，显出林冲精细也。"③另外，金圣叹还指出《水浒传》第二十二回，武松打虎一事，凡有五遍自叙，"实是异常得意之事，不得不说了又说"。这种重述，既写出了武松的神威，又使一篇打虎文字"天摇地震"④。第二十五回，武大郎入殓送丧一篇，"于何九口中重述一遍，一个字不省"⑤；郓哥捉奸被踢一篇，"于郓哥口中重述一遍，一字亦不省"⑥，后来潘金莲又说了一遍，则是省写。第三十回，武松杀张都监全家一事之情状，正传是第一遍叙述，武松向张清夫妇叙述是第二遍，张都监家人报官是第三遍叙述，每一遍叙述都不相同，"看他第一遍之纵横，第二遍之次第，第三遍之颠倒，无不处处入妙""看他叙来有与前文合处，有与前文不合处，政以疏密互见，错落不定为奇耳。"⑦

重述在古代理论家看来，不仅具有强调、渲染故事情景和刻画人物形象的作用，而且能造成事件的多样性和风格的丰富性，同时还能表达出人物的心境。《水浒传》第四十四到四十六回，杨雄之妻潘巧云与和尚裴如海有私情，潘巧云设下计谋，以在后门设桌烧香为号，由报晓头陀传信，以与裴如海幽会，这个计谋在文本中就叙述七次：潘巧云向裴如海献计谋说是一次、裴如海向头陀布置说是一次、石秀思量并发现整个计谋是一次、石秀对杨雄说是一次、头陀被石秀威逼说是一次、杨雄威逼迎儿时自说是一次、迎儿在杨

---

① ［明］施耐庵著，［清］金圣叹批评《金圣叹批评本〈水浒传〉》（上），长春出版社，2015 年，第 106 页。

② ［明］施耐庵著，［清］金圣叹批评《金圣叹批评本〈水浒传〉》（上），前引书，第 107 页。

③ ［清］金圣叹评《水浒传》第九回夹批，陈曦钟等辑校《水浒传会评本》，前引书，第 216 页。

④ ［清］金圣叹评《水浒传》第二十二回夹批，陈曦钟等辑校《水浒传会评本》，前引书，第 427—429 页。

⑤ ［清］金圣叹评《水浒传》第二十五回夹批，陈曦钟等辑校《水浒传会评本》，前引书，第 496 页。

⑥ ［清］金圣叹评《水浒传》第二十五回夹批，陈曦钟等辑校《水浒传会评本》，前引书，第 497 页。

⑦ ［清］金圣叹评《水浒传》第三十回夹批，陈曦钟等辑校《水浒传会评本》，前引书，第 579 页。

雄威逼下说出又是一次，凡七次重述，极力渲染、勾勒了潘氏与和尚的无耻。胡亚敏指出，叙事学重复叙述“旨在通过多次叙述以造成事件的多样性和风格的丰富性，增加阅读的难度，调动读者参与的积极性”①。“而作品的特色或人物的心境却正与这种畸形话语密切相关。”②金圣叹也以为，上举《水浒传》中对潘巧云所设计谋的七次重述，尤其最后迎儿和潘巧云“十一如何”的重述，或“前略此补”，或“补前所无”，最终使整个事件丰富完整地展现在读者面前。而迎儿和潘巧云两个不同的人物对这同一事件的重述，又表达出两人截然不同的心境，“迎儿说一遍，巧云又说一遍，却句句不同，迎儿所说皆是事，巧云所说皆是情也。”③这正说明，金圣叹不仅认识到了重述强调故事情境、刻画人物形象的作用，而且更进一步地认识到了重述与事件的多样性、丰富性及人物心境的密切关系，而这一点，正暗合了叙事学重复叙述的思想。

第三节　“两对章法”

浦安迪指出，阴阳互补的“二元对立”思维模式是中国传统思维方式的原型之一。这一思维模式渗透到文学创作中，形成了中国古代诗、文、小说、戏曲的“对偶美学”：“中国文学最明显的特色之一，是迟早总不免表现出对偶结构的趋势；它不仅是阅读和诠释古典诗文的关键，更是作者架构作品的中心原则。对偶美学虽然以‘诗’为中心，但在结构比较松散的小说和戏曲里，也有某种对偶的倾向。”④的确，对偶是中国语言文学的特性。刘勰对此早有认识，《文心雕龙·丽辞》云：“造化赋形，支体必双，神理为用，事不孤立。夫心生文辞，运裁百虑，高下相须，自然成对。”⑤人体、自然界的事物都是成双成对出现的，因此文章也讲究对偶。诗歌中的对偶是一种修辞，叙事文中的对偶则形成一种独特的叙事章法——“两对章法”。

---

① 胡亚敏《叙事学》，前引书，第 87 页。

② 胡亚敏《叙事学》，前引书，第 88 页。

③ ［清］金圣叹评《水浒传》第四十五回夹批，陈曦钟等辑校《水浒传会评本》，前引书，第 859 页。

④ ［美］浦安迪《中国叙事学》，前引书，第 48 页。浦安迪先生指出，西方的文学理论中，有把文本中的重复，视为对偶的现象。中国古代文学理论中，则以对偶为文学创作的不二法门。因此，对偶是文学审美观的一个普遍现象，并非中国文化独有，不过中国古人确实用得更深更广。

⑤ ［南朝梁］刘勰著，范文澜注《文心雕龙注》，前引书，第 588 页。

一、“两对章法”释义

张竹坡首先提出“两对章法”的概念。《〈金瓶梅〉读法》中，张竹坡称：“《金瓶》一百回，到地俱是两对章法，合其目为二百件事。”①在张竹坡看来，《金瓶梅》全部一百回，实际上写了二百件事，因为作者是用“两对章法”来结构每一个章回，即在同一章回中安排两件相互对等或对照的事件。金圣叹有“对锁”章法之说。金批《水浒传》第五十二回回前总评云：“此篇纯以科诨成文，……又处处用对锁作章法，乃至一字不换，皆唯恐读者堕落科诨一道去故也。”②金圣叹这里说的“对锁”章法是指在不同的故事段中用相似或相同的人物语言以使两个故事段相映成趣。清话石主人称之为“复笔”，其《〈红楼梦〉本义约编》云：“《红楼梦》喜用复笔。一游幻境，必再游幻境；一入家塾，必两入家塾；一秦氏之丧，又有贾母之丧；一协理东府，又有协理西府；一陪灵看家，又有送殡看家；一冯渊人命，又有张三人命；一宝玉受笞，又有贾琏；一鸳鸯剪发，又有惜春；一宝钗生辰，又有庆生辰；一庄头送新，又有送果子；一设春灯谜，又有制春灯谜；一宣牙牌令，又有掷曲牌名。他如一药方有可卿又有黛玉，一例赏有袭人母又有赵国基之类，种种细事，不可缕记。其实皆同而不同，变化不测，纯是《水浒》笔法。”③话石主人所谓的“复笔”，即“两对章法”，它总是具有“同而不同，变化不测”的审美特征。中国古代长篇叙事作品，常常利用对偶原理设置相互对等或对照的事件、人物、场景、言辞等以展开叙事。其设对方法，既可以是相同性质叙事内容的对等设置，也可以是相反性质叙事内容的对照设置。就章回小说来说，又可以在同一章回或跨越数个章回设对。对照也并非只有两两对照，在长篇叙事作品中，常常是多个人物、事件、场景、言辞等的对等或对照。所谓“两对章法”，就是利用“对偶”原理，在同一章回或跨越数章回，设计性质相同、相近或者相反的叙事内容——故事、场景、人物、言辞等，作“对锁”“对峙”，在引起篇章形式均衡感的同时也使“对锁”“对峙”的叙事内容“同而不同”、相映成趣或有复杂微妙的文意上的关联④。

① ［清］张竹坡《〈金瓶梅〉读法》，朱一玄编《金瓶梅资料汇编》，前引书，第 425 页。

② ［清］金圣叹评《水浒传》第五十二回回评，陈曦钟等辑校《水浒传会评本》，前引书，第 965 页。

③ ［清］话石主人《红楼梦本义约编》，贾文昭《中国近代文论类编》，黄山书社，1991 年，第 249 页。

④ 参见林岗《明清之际小说评点学之研究》，前引书，第 143 页。

二、“两对章法”的类型

中国古代理论家讨论最多的两对章法有事对、言对、人对、景对四种类型。

1. 事对

事对是指在同一章回或跨越数个章回，设计性质相似或相反的故事段，以形成篇章的对等均衡或对照呼应，使整个叙事和谐、连贯，文意丰满。

《金瓶梅》第一回“西门庆热结十兄弟 武二郎冷遇亲哥嫂”就是用两对章法结构的叙事单元。作者在同一章回中，特意设计了“热结”和“冷遇”两个相互对照的故事。张竹坡特别强调了这一相互对照故事的相对性质和交互作用：“一回两股大文字，热结、冷遇也。”“热结中七段文字，冷遇中两段文字，两两相对。”张竹坡又具体指出了两股文字在内容和写法上的“对峙”情形：“如正讲西门庆处，忽插入伯爵等人，至满县都惧怕他，下忽接他排行第一，直与复姓西门，单一个庆字合笋，无一线缝处。正讲武松遇哥哥，忽插入武大别了兄弟，如何如何，许多话来，下忽云不想今日撞着自己嫡亲兄弟，直与自从兄弟分别之后合笋，无一缝处。”“看他写热结处，却是渐渐逼出：如与月娘闲话是一顿，伯爵、希大来相约而去是一顿，……若冷遇，却是一撞撞着，乃是嫡亲兄弟：便见得一假一真，有安排不待安排处。”在张竹坡看来，《金瓶梅》是一部“炎凉”之书，叙写了伦常、财色的真假、冷热及其转换：“天下最真者莫若伦常，最假者莫若财色。然而伦常之中，如君臣朋友夫妇，可合而成；若夫父子兄弟，如水同源，如木同本，流分枝引，莫不天成。乃竟有假父假子假兄假弟之辈。噫！此而可假，孰不可假？将富贵而假者可真，贫贱而真者亦假。富贵热也，热则无不真；贫贱冷也，冷则无不假。不谓冷热二字，颠倒真假一至于此！然而冷热亦无定矣。今日冷而明日热，则今日真者假，而明日假者真矣。今日热而明日冷，则今日之真者，悉为明日之假者矣。悲夫！本以嗜欲故，遂迷财色，因财色故，遂成冷热，因冷热故，遂乱真假。因彼之假者欲肆其趋承，使我之真者皆遭其荼毒，所以此书独罪财色也。”①简言之，伦常之情因财色而造成冷热、真假是全书的寓意。因此，作者有意在第一回即设置冷热相对照的情节，以总提全部书之大纲。

在章回小说的同一章回中设置相反、相似甚至相同的故事段作对等或对照，以平衡叙事，这是古典章回小说的基本章法结构。《红楼梦》第五十三回“宁国府除夕祭宗祠 荣国府元宵开夜宴”把两件性质相似的大事置于

① [清]张竹坡《竹坡闲话》，朱一玄编《金瓶梅资料汇编》，前引书，第416页。

一个章回,“‘除夕祭宗祠’一题极博大,‘元宵开夜宴’一题极富丽。拟此二题于一回中,早令人惊心动魄,不知措手处。”①两件同样重大的事件在同一回中对等出现,极力铺张了贾府烈火烹油般的繁盛,也使小说在此回形成磅礴的气势,自此以后,贾府渐趋衰落。整部小说可以说是以此回为分水岭。

事对的设置,不仅可在同一章回,还可以跨越数个章回。金圣叹特别指出了《水浒传》中几乎完全相同的事件跨越数回的奇绝对照:

> 江州城劫法场一篇,奇绝了,后面却又有大名府劫法场一篇,一发奇绝;潘金莲偷汉一篇,奇绝了,后面却又有潘巧云偷汉一篇,一发奇绝;景阳冈打虎一篇,奇绝了,后面却又有沂水县杀虎一篇,一发奇绝;真正其才如海。
>
> 劫法场、偷汉、打虎,都是极难题目,直是没有下笔处。他偏不怕,定要写出两篇。②

劫法场、偷汉、打虎是相同的事件,在叙事中被两次写到,形成对照。虽然如此,这些事件的叙述却能做到一毫不犯,件件精彩,各有特色。

2. 言对

古典小说理论家们不仅认识到了有事对,而且还认识到了叙事中的言对。刘勰早就指出对偶有事对和言对两个层面:“故丽辞之体,凡有四对:言对为易,事对为难,反对为优,正对为劣。”“言对”和“事对”是就对偶的内容上来划分的对偶类型;“反对”和“正对”是从对偶方式上来划分的对偶类型。“言对者,双比空辞者也;事对者,并举人验者也”。“事对”就是举出两件事来做验证,如宋玉《神女赋》“毛嫱鄣袂,不足程式;西施掩面,比之无色”;“言对”是两句并列而不用事例,如司马相如《上林赋》“修容乎礼园,翱翔乎书圃”。

言对在古典小说叙事中主要指的是人物语言形成的对照,可以是相同的一字不改的话形成对照,也可以是不同的语言形成对照,金圣叹《水浒传》第五十二回“戴宗二取公孙胜 李逵独劈罗真人”评点中集中探讨了言对问题。本回讲戴宗、李逵为帮助宋江战胜高廉,营救柴进,到蓟州再度寻找公孙胜的故事。小说着重描写了李逵插科打诨似的语言:戴宗、李逵两个绕城寻了两日,毫无结果,李逵心焦,骂道:“这个乞丐道人,却鸟躲在哪里?我若见时,脑揪将去见哥哥。”遭戴宗责备后,慌忙赔笑道:“不敢,不敢!我

① [清]脂砚斋评《红楼梦》第五十三回“戚序回前”,朱一玄编《红楼梦资料汇编》,前引书,第483页。

② [清]金圣叹《读第五才子书法》,陈曦钟等辑校《水浒传会评本》,前引书,第17页。

自这般说一声儿要。”后来二人见到公孙胜，但公孙胜的师父未曾允许他们下山：“李逵听了，叫起来道：‘教我两个走了许多路程，我又吃了若干苦，寻见了，却放出这个屁来！莫要引老爷性发，一只手捻碎你这道冠儿，一只提住腰胯，把拿老贼道倒直撞下山去！’”再受戴宗责备，李逵又赔笑道：“不敢，不敢！我自这般说一声儿要。”为迫使公孙胜下山，李逵半夜上山杀了罗真人，杀完后，李逵道：“这个人只可驱除了他，先不烦恼公孙胜不去！”待到第二天三人上山，见罗真人仍坐在云床中间，暗暗想道：“昨夜我敢是错杀了？”及到罗真人追问李逵杀人缘由，李逵不敢承认，因道：“不是我，你敢错认了？”李逵因此被罗真人使法打入蓟州牢里，戴宗每日磕头礼拜，求告真人，乞救李逵，罗真人道：“这等人只可驱除了罢，休带回去。”在这一段插科打诨似的人物语言和对话中，李逵前后言语、李逵和罗真人的言语有时甚至一字不差，金圣叹称这样的言语设计即是为了形成对锁章法，并提醒读者不可“堕落科诨一道去”。又指出第四回鲁达桃花村遇李忠和第五回赤松林遇史进，人物语言也“都用一样句法，以作两篇章法”①，“读之却又全然是两样事情，两样局面”。对于这样的言对，金圣叹称赞“是极大章法”“其笔力之大不可言。”

3. 人对

“人对”就是人物形象性格的对照。金圣叹主要在“人对”上讨论两对章法。金圣叹认为，《水浒传》是人物传记，“一个人出来，分明便是一篇列传”“写一百八个人性格，真是一百八样”，因此，“别一部书，看过一遍即休。独有《水浒传》，只是百看不厌。无非是他把一百八人性格，都写出来。”②《水浒》人物传记最奇特的写法即是使用对锁章法，把性格相似的人物相互对照描画，有时为突出人物性格的相似性，甚至故意设计相反、相似或相同的事件作对，以形成“仿佛相准”的叙事，金圣叹就特别指出了施耐庵在塑造鲁达、武松两个人物形象有意使用“两对章法”的情形：

> 鲁达、武松两传，作者意中，却欲遥遥相对，故其叙事，亦多仿佛相准。如鲁达救许多妇女，武松杀许多妇女；鲁达酒醉打金刚，武松酒醉打大虫；鲁达打死镇关西，武松杀死西门庆；鲁达瓦官寺前试禅杖，武松蜈蚣岭上试戒刀；鲁达打周通，越醉越有本事，武松打蒋门神，亦越醉越有本事；鲁达桃花山上，踏匾酒器揣了，滚下山去，武松鸳鸯楼上，踏匾

---

① ［清］金圣叹评《水浒传》第四回回评，陈曦钟等辑校《水浒传会评本》，前引书，第 123 页。
② ［清］金圣叹《读第五才子书法》，陈曦钟等辑校《水浒传会评本》，前引书，第 17 页。

酒器揣了，跳下城去：皆是相准而立，读者不可不知。[①]

不仅如此，还有：鲁达有老种经略相公、小种经略相公；武松有老施管营相公，小施管营相公。鲁达有倒拔垂杨柳，武松有轻抱巨石墩。鲁达有火烧瓦官寺，武松有纵火蜈蚣岭等等。总之，在《水浒传》中，武松、鲁达本来一双，作者在叙写二人时，处处对照而写，相互补充、彼此映衬，以创造更为丰富的人物形象和有趣的故事情节。无外乎金圣叹反复赞叹“是其一篇一节一句一字，实杳非儒生心之所构，目之所遇，手之所抡，笔之所触矣。是真所谓云质龙章，日姿月彩，分外之绝笔矣”[②]。

叙事中的两对章法，恰如中国传统的“对对子”、对联，金圣叹直接以“联”来评论《水浒传》中使用两对章法，设计“宋江取爷”和“李逵取娘”两个故事段中的细节，“相形对写”宋江、李逵两个人物的情形：

宋江取爷，村中遇神；李逵取娘，村中遇鬼。此一联绝倒。

宋江黑心人取爷，便遇玄女；李逵赤心人取娘，便遇白兔。此一联又绝倒。

宋江遇玄女，是奸雄搗鬼；李逵遇白兔，是纯孝格天。此一联又绝倒。

宋江遇神，受三卷天书；李逵遇鬼，见两把板斧。此一联又绝倒。

宋江天书，定是自家带去；李逵板斧，不是自家带来。此一联又绝倒。

宋江到底天真，李逵忽然有假。此一联又绝倒。

宋江取爷吃仙枣，李逵取娘吃鬼肉。此一联又绝倒。

宋江爷不忍见活强盗，李逵娘不及见死大虫。此一联又绝倒。

宋江爷不愿见子为盗，李逵娘不得见子为官。此一联又绝倒。

宋江取爷，还时带三卷假书；李逵取娘，还时带两个真虎。此一联又绝倒。

宋江爷生不如死，李逵娘死贤于生。此一联又绝倒。

宋江兄弟也做强盗，李逵阿哥亦是孝子。此一联又绝倒。[③]

“宋江取爷”和“李逵取娘”两个故事段中的细节都依两对章法结构成文。

---

① ［清］金圣叹评《水浒传》第四回回评，陈曦钟等辑校《水浒传会评本》，前引书，第123页。

② ［清］金圣叹评《水浒传》第二十五回回评，陈曦钟等辑校《水浒传会评本》，前引书，第485页。

③ ［清］金圣叹评《水浒传》第四十二回回评，陈曦钟等辑校《水浒传会评本》，前引书，第790页。

不仅事事对照，其实，在金圣叹看来，《水浒传》中李逵和宋江两个形象就是依照对照章法来设计的，写李逵，“段段都是妙绝文字，却不知正为段段都在宋江之后，故便妙不可言。”作者如此结构，其匠心是“痛恨宋江奸诈，故处处紧接出一段李逵朴诚来，做个形击”①，“处处以宋江、李逵相形对写”②。金圣叹还把这种写人方法称为“背面铺粉法”：“有背面铺粉法：如要衬宋江奸诈，不觉写作李逵率真。要衬石秀尖利，不觉写作杨雄糊涂是也。”③

4. 景对

景对指的是故事环境或场所的对等或对照。前文已述，在《水浒传》第二至八回中，金圣叹曾指出鲁达活动场所中有五台山文殊院与大相国寺的对等，赤松林与野猪林的对等，有五台山文殊院和桃花庄刘太公之女新房的对照。《金瓶梅》第十五回，玩灯楼和丽春院两个场所形成对照；第二十七回，翡翠轩和葡萄架两个场景也形成对照。环境、场所的对等、对照、转换，不仅是情节发展的动脉，还能创造不同的审美意境。

三、“对之法”：正对、反对；自对、遥对

对偶，往往有一定的方法。前文已指出，刘勰依据对偶的方式把对偶分“正对”和“反对”。古代章回小说中的对偶，除可按对照的性质分为正对和反对外，还可据对照的远近分一个章回内的自对和跨章回的遥对。在《读三国志法》中，毛宗岗总结了这四种“对之法”：

> 《三国》一书，有奇峰对插，锦屏对峙之妙。其对之法，有正对者，有反对者，有一卷之中自为对者，有隔数十卷而遥为对者。

毛宗岗形象地把两对章法比喻为“奇峰对插，锦屏对峙”，指出了古代叙事对称章法的四种基本方式：正对、反对；自对、遥对。

1. 正对、反对

刘勰《文心雕龙·丽辞》中称“正对者，事异义同者也”，如张协《七哀》诗“汉祖想枌榆，光武思白水”就是正对。“反对者，理殊趣合者也”，王粲《登楼》诗“钟仪幽而楚奏，庄舄显而越吟”是反对。同时，刘勰还认为：“幽显同志，反对所以为优也；并贵共心，正对所以为劣也。”在刘勰看

---

① [清]金圣叹《读第五才子书法》，陈曦钟等辑校《水浒传会评本》，前引书，第18页。

② [清]金圣叹评《水浒传》第四十二回回评，陈曦钟等辑校《水浒传会评本》，前引书，第790页。

③ [清]金圣叹《读第五才子书法》，陈曦钟等辑校《水浒传会评本》，前引书，第21页。

来，正对是人、事不同，意义相合，表达相同的意味，所以正对劣；反对是人、事相反，意趣暗合，一隐一显不同却用来表达同一意味，所以反对优。叙事文学中的正对，指的是两种性质相同或相似的叙事内容作对；反对，指两种性质、特征完全相反的叙事内容作对，以形成叙事上的对照，取得强烈的反差效果。

仅以人物为例，来看正对与反对在叙写人物上的不同效果。金圣叹《水浒传》第二回回批：

> 此回方写过史进英雄，接手便写鲁达英雄；方写过史进粗糙，接手便写鲁达粗糙；方写过史进爽利，接手便写鲁达爽利；方写过史进剀直，接手便写鲁达剀直。作者盖特地走此险路，以显自家笔力；读者亦当处处看他所以定是两个人，定不是一个人处，毋负良史苦心也。①
>
> 前书写鲁达，已极丈夫之致矣，不意其又写出林冲，又极丈夫之致也。写鲁达又写出林冲，斯已大奇矣。不意其又写出杨志，又极丈夫之致也。是三丈夫也者，各自有其胸襟，各自有其心地，各自有其形状，各自有其装束。……写鲁、林、杨三丈夫以来，技至此，技已止；观至此，观已止。乃忽然磬控，忽然纵送，便又腾笔涌墨，凭空撰出武都头一个人来。我得而读其文，想见其为人，其胸襟则又非如鲁如林如杨者之胸襟也，其心事则又非如鲁如林如杨者之心事也，其形状结束则又非如鲁如林如杨者之形状与如鲁如林如杨者之结束也。②

同一类型、性格相似的人物，作者一个一个连连写来，不但加强了类型性性格特征，而且又能写得秋毫不犯，各有特色，这是正对的好处和难处，并不如刘勰所说是差的，反见作者"洒墨成戏"的笔力！

同一人物性格的多面性又可通过反对章法来表现，金圣叹《水浒传》第二十七回回评称：

> 上文写武松杀人如菅，真是血溅墨缸，腥风透笔矣。入此回，忽然就两个公人上，三翻四落，写出一片菩萨心胸，一若天下之大仁大慈，又未有仁慈过于武松也者。于是上文尸腥血迹，洗刷净尽矣。盖作者正当写武二时，胸中真是出格拟就一位天人，凭空落笔。喜则风霏露洒，

---

① [清]金圣叹评《水浒传》第二回回评，陈曦钟等辑校《水浒传会评本》，前引书，第81页。

② [清]金圣叹评《水浒传》第二十五回回评，陈曦等辑校《水浒传会评本》，前引书，第485页。

怒则鞭雷叱霆，无可无不可，不期然而然，固久非宋江之逢人便哭，阮七、李逵之搭刀便铖者所得同日而语也。①

显然，在金圣叹看来，《水浒》刻画武松，写出了他的残酷与仁慈，比宋江、阮小七、李逵等都丰满，正是得力于设计对比性事件这一两对章法塑造复杂多样人物形象的基本手段。

2. 自对、遥对

自对，指章回小说一回中设置两个相反、相似或相同的叙述内容形成同一章回内的对等、对照。遥对，则指形成对称的叙述内容相隔数回或数十回，遥遥相照。

中国古代章回小说的每一章回，都是两两相对的事件、场景等的对偶，每一章回的回目，本身就是一副对仗相对工整的对句，暗示出本回是由相均衡的两半组成，而回内的故事安排，也显示出相对比的两部分，在对比中又表达出作者的深意。

跨越多回而形成遥对的例子，如《金瓶梅》第六十五回，张竹坡评道：

丧礼盛，看他先写破土，又写请地邻，乃写十一日辞灵。又写发引。至于发引，看他写看家者，写摆对者，写照管社火者，写收条者，写送殡者，写车马，写轿，写起棺，写摔盆，写社火，写看者，写悬者，写山头，写在坟前等者，写点主，写回灵，写安灵，许多曲曲折折，总为西门一死对照。然却一语过到守灵，不知不觉，真神化之笔也。②

在张竹坡看来，写李瓶儿的丧礼之盛，是与后文第八十回西门庆之死形成遥对，反衬西门庆之死的冷落，再次点明了小说的寓意：世情的冷暖和伦常的真假。毛宗岗在《读〈三国志〉法》中一口气列举了25个正对、反对、自对和遥对的例子，说明了作者如何用“对法”的技巧。可见，中国古代叙事文学，如同诗歌一样，确实大量存在着以对偶为美的审美倾向，也常有意依照两对章法写人叙事。

四、“两对章法”的独特审美意趣

对于用两对章法安排叙事的技巧，古代评点家大为赞赏，不断赞叹其“奇绝”“绝倒”“好看煞人”“绝世妙文”“绝奇本事”“妙笔”“笔力之大不可

① ［清］金圣叹评《水浒传》第二十七回回评，陈曦钟等辑校《水浒传会评本》，前引书，第524页。

② ［清］张竹坡评《金瓶梅》第六十五回回评，朱一玄编《金瓶梅资料汇编》，前引书，第519页。

言”等等。不仅如此,古代评点家们还具体指出了两对章法在长篇叙事作品叙事中的作用及其独特的审美意趣。

1. 均衡对称之美

长篇叙事作品设计相互对等或对照的叙述内容,能使整个叙事在形式上产生均衡对称之美。用于相对的叙事内容,总有着或明或暗、或密或疏、或远或近的情节和意味方面的关系①。如《红楼梦》第二十八回“蒋玉菡情赠茜香罗 薛宝钗羞笼红麝串”,一写宝玉和冯紫英、薛蟠、蒋玉菡等饮酒,蒋玉菡将北静王所赠茜香国大红汗巾子赠与宝玉,宝玉又转赠袭人,为后文袭人嫁与蒋玉菡伏线;一写元春赏端午节礼,独宝玉、宝钗一样,黛玉因此向宝玉戏言“金玉”一事。及至在贾母屋里见到宝钗,宝玉因故向宝钗讨要元春赏的红麝串子看,可巧宝钗已经戴在手腕上,遂褪下与宝玉,宝玉因见宝钗雪白一段酥臂,动了羡慕之心,不觉呆了。这些细微琐事处处暗示了宝、黛的无缘,宝钗的心机与“金玉”之说必将成为事实的故事结局。表面看来,这一章回的两件事之间除时间上的前后相继外,并无多少意味方面的关系,似乎是作者纯粹为追求均衡对称的形式美而设置。脂砚斋指出了这一安排的大用意:“茜香罗、红麝串写于一回,盖琪官虽系优人,后回与袭人供奉玉兄、宝卿得同始终者,非泛泛之文也。”②

2. 映照连贯之美

长篇叙事作品通过设计正对或反对的叙述内容,使上下文对照、呼应、连贯,能使文情更加跌宕起伏、摇曳多姿,富于变化美,同时又寓意深刻③。浦安迪认为:“明清传奇剧中场与场的连贯,全由对立性质的交错所支配,显然对偶结构是出于作者的构思。”如《牡丹亭》第十出“惊梦”与第十二出“寻梦”是“中国戏曲中最动人的色情戏之一”,作者巧构这两出相互对等的场景,以形成上下文的呼应,使戏曲叙事连贯;第十四出“写真”与第十五出“虏谍”,则以“强烈的抒情”与“暴乱的蛮族生活”形成反对,“汤显祖刻意使这些极端的对比成为一个均衡的整体中互补的两部分”,上下文以强烈的对照连贯起来④。不惟戏曲如此,章回小说章回与章回的连贯,也是小说家通过两对章法设置相反、相似或相同的叙述内容来实现的,对于这一点,明清小说评点家有着颇为深刻的认识和丰富的论述。

---

① 参见林岗《明清之际小说评点学之研究》,前引书,第 161 页。

② [清]曹雪芹著,霍国玲、紫军校勘《脂砚斋全评石头记》,第二十八回回前评,前引书,第 359 页。

③ 参见林岗《明清之际小说评点学之研究》,前引书,第 161 页。

④ 〔美〕浦安迪《中国叙事学》,前引书,第 52 页。

《红楼梦》第六十回“茉莉粉替去蔷薇硝 玫瑰露引来茯苓霜”：

上半段：先是湘云犯了杏癍癣，宝钗让莺儿去黛玉房中讨要蔷薇硝；接着蕊官托春燕带蔷薇硝给芳官，恰逢贾环在宝玉房中看见，也向芳官讨要给彩云，芳官因是蕊官所赠，不肯与，遂用茉莉粉替下蔷薇硝，被彩云识破，惹怒赵姨娘，赵姨娘在藕官干娘夏婆子怂恿下趁机到怡红院大闹，反被芳官、藕官等厮扯，又被探春责备，自讨没趣而回。

下半段：厨房柳嫂子想让女儿柳五儿去怡红院当役，央芳官说情。因五儿生病，芳官遂向宝玉讨来玫瑰露送柳五儿。柳嫂子又将一半玫瑰露送给五儿的表兄，并得嫂子回送的茯苓霜一包。柳五儿将茯苓霜分赠芳官，并亲自送往怡红院。不想回来的路上，遇到林之孝家的带着几个婆子查院，遂被拦住盘问，又恰逢小蝉、莲花走来。二人本就与柳嫂子、怡红院有隙，遂要林之孝家的好生审问，并说出王夫人房里丢失了玫瑰露和厨房里有玫瑰露瓶子等事，林之孝家的搜出露瓶并茯苓霜，报与王熙凤，五儿因此被关。后平儿查访，彩云承认受赵姨娘之央偷拿了玫瑰露给贾环，宝玉为保全众人一应兜揽下来，从蔷薇硝到茯苓霜一案方告结束。

脂砚斋以为，在这一回书中，蔷薇硝、茉莉粉/玫瑰露、茯苓霜是作者巧心构思的相互对衬的叙述内容，四者之间有着谨严的正衬关系，“以硝出粉是正笔，以霜陪露是衬笔。前必用茉莉粉才能构起争端，后不用茯苓霜亦必败露马脚。须知有此一衬，文势方不径直，方不寂寞，宝光四射，奇彩缤纷。”①而四者的交替出现则使这一章回乃至牵前引后的四五个章回（从第五十八回到第六十二回）叙事连贯，收束精严，如六花长蛇阵，“亦成一小片段”②：“前回叙蔷薇硝嘎然便住，至此回方结过蔷薇案，接笔转出玫瑰露，引起茯苓霜，又嘎然便住。着笔如苍鹰搏兔，青狮戏球，不肯下一死爪，绝世妙文。”③“数回用金蝉蜕体，络绎写来，读者几不辨何自起，何自结，浩浩无涯。须看他争端起自环哥，却起自彩云；争端结自宝玉，却亦结自彩云。首尾收束精严，六花长蛇阵也。”④作者巧构这一相似又有变化的叙述内容，不但使故事上下文相互映衬、连贯、文情摇曳多姿，同时还寓含了深刻的含义。小

① ［清］曹雪芹著，霍国玲、紫军校勘《脂砚斋全评石头记》，第六十回总评，前引书，第711页。

② ［清］陈其泰评《红楼梦》第六十一回回评，朱一玄编《红楼梦资料汇编》，前引书，第740页。

③ ［清］曹雪芹著，霍国玲、紫军校勘《脂砚斋全评石头记》，第六十回回前，前引书，第703页。

④ ［清］曹雪芹著，霍国玲、紫军校勘《脂砚斋全评石头记》，第六十一回回前，前引书，第713页。

小一点茉莉粉、玫瑰露，并非“闲文”①，它描画出了贾府上上下下形形色色的人物及其之间错综复杂的关系、矛盾和斗争以及贾府内深重的隐患。王希廉、姚燮等对此有深刻的认识。王希廉评《红楼梦》此回道：“赵姨娘之愚恶，夏婆之挑唆及芳官之纵放，……几至不可收拾。而赵姨娘之蓄恨，芳官等之祸胎，已不可解矣。”②姚燮也以为，第六十、六十一回极写了柳嫂子的势利：“连上一回，其形容柳嫂子势利处，真是水银泻地，无孔不入。”③贾府内深重的隐患也暗寓于对这些琐琐屑屑的日常物事的叙写中，“贾母等送灵，一切跟随人等及看守门户写得详细周到，随后即写园中婆子与莺、燕吵嚷，平儿又说三四日工夫出了八九件事，所谓外寇未兴，内患已萌。若认作叙事闲笔，辜负作者苦心。”④王希廉、陈其泰还指出了这一叙事中所蕴含的祸福相依、月盈则食的辩证关系：“玫瑰露柳家若不送给伊侄，则茯苓霜亦无由而得；茯苓霜五儿若不送给芳官，则玫瑰露亦无由搜出，真是祸福互相依伏。”⑤“自芳官诸人，一入大观园后，纷纷多事，难将作矣。叙次有日中则昃，月盈则食之惧。”⑥

《红楼梦》多处以两对章法形成映照文字，使叙事前后映照连贯、文情摇曳多姿，脂砚斋、王希廉等都予以指出。如王希廉《红楼梦》第五十八回回评，指出藕官与药官烧纸是“假凤虚凰”，而第四十三回宝玉替金钏焚香、第七十八回为晴雯制诔是“真情实意”，“前后文遥相映照”；⑦又如第六十三回评“叙林家查夜一层与日间查看一层，两两对照，笔法周密”。“宝钗、探春、李纨、湘云、香菱、麝月、黛玉、袭人等所制花名俱与本人身份贴切，而香菱之并蒂花、湘云之睡海棠更与上回并蒂菱、芍药裀，关照得妙。”⑧第九十七回“写宝钗成礼时光景，令新人殊不堪耐，与黛玉遥遥相照”⑨。张竹坡也多次指出《金瓶梅》中的两对章法及其意趣，如张竹坡指出，《金瓶梅》第

① ［清］陈其泰评《红楼梦》第六十一回回评，朱一玄编《红楼梦资料汇编》，前引书，第740页。
② ［清］王希廉评《红楼梦》第六十回回评，朱一玄编《红楼梦资料汇编》，前引书，第626页。
③ ［清］姚燮评《红楼梦》第六十回回评，朱一玄编《红楼梦资料汇编》，前引书，第685页。
④ ［清］王希廉评《红楼梦》第五十九回回评，朱一玄编《红楼梦资料汇编》，前引书，第625页。
⑤ ［清］王希廉评《红楼梦》第六十回回评，朱一玄编《红楼梦资料汇编》，前引书，第626页。
⑥ ［清］陈其泰评《红楼梦》第六十回回评，朱一玄编《红楼梦资料汇编》，前引书，第740页。
⑦ ［清］王希廉评《红楼梦》第五十八回回评，朱一玄编《红楼梦资料汇编》，前引书，第625页。
⑧ ［清］王希廉评《红楼梦》第六十三回回评，朱一玄编《红楼梦资料汇编》，前引书，第628页。
⑨ ［清］王希廉评《红楼梦》第九十七回回评，朱一玄编《红楼梦资料汇编》，前引书，第647页。

三十一回上半段“琴童儿藏壶构衅”与第四十四回上半段“避马房侍女偷金”“作遥对章法”；而第四十四回下半段“下象棋佳人消夜”与第三十八回下半段“潘金莲雪夜弄琵琶”“又作遥对章法”①。而在这种交叉对照中，叙写出西门庆对李瓶儿和官哥的宠爱、潘金莲和李瓶儿之间的妒恨，“藏壶一事而三用：一见玉箫之私书童，二见金莲之争闲气，三见西门之偏爱瓶儿、官哥”②。“潘金莲弄琵琶，写得怨恨之至，真是舞殿冷袖，风雨凄凄。而瓶儿处互相掩映，便有春光融融之象。迨后打狗蓄猫，皆此时愤恨所钟。”③“金莲心事，每于愤怒处写之。瓶儿心事，既不一言，何由写出？故又借银姐下棋，将海枯石烂，天长地久不言之恨，轻轻道出。文字之巧如此。”“直至西门大哭之时，下象棋之恨方出。又至金莲撒泼之时，下象棋之恨又出。赶至普净幻化，方冤仇如雪泼入汤内也。”④

3.“特犯不犯”之美

更高明的批评家探讨的是两对章法结构中异与同的交流和渗透，即重复中又不重复的美学趣味。脂砚斋称之为“特犯不犯”。在古代小说评点中，其本身也作为一种叙事章法被评点家反复论到。脂砚斋《红楼梦》第三回侧批云：“赦老不见，又写政老。政老又不见，是‘重不见重，犯不见犯’。作者惯用此等章法。”⑤第十六回夹批：“宝玉之李嬷，此处偏又写赵嬷嬷，特犯不犯。先有梨香院一回，两两遥对，却无一笔相重，一事合掌。”⑥第十八回眉批：“《石头记》惯用特犯不犯之笔，真令人警心骇目读之。”⑦第十九回眉批：“玉生香是要与小恙梨香院对看，愈觉生动活泼，且前以黛玉，后以宝钗，特犯不犯，好看煞。”⑧

“特犯不犯”表征的是用作对偶的两个或多个事件、人物、场景、语言文

---

① ［清］张竹坡评《金瓶梅》第四十四回回评，朱一玄编《金瓶梅资料汇编》，前引书，第500页。

② ［清］张竹坡评《金瓶梅》第三十一回回评，朱一玄编《金瓶梅资料汇编》，前引书，第490页。

③ ［清］张竹坡评《金瓶梅》第三十八回回评，朱一玄编《金瓶梅资料汇编》，前引书，第496页。

④ ［清］张竹坡评《金瓶梅》第四十四回回评，朱一玄编《金瓶梅资料汇编》，前引书，第501页。

⑤ ［清］曹雪芹著，霍国玲、紫军校勘《脂砚斋全评石头记》，第三回“甲侧”，前引书，第42页。

⑥ ［清］曹雪芹著，霍国玲、紫军校勘《脂砚斋全评石头记》，第十六回夹批，前引书，第197页。

⑦ ［清］曹雪芹著，霍国玲、紫军校勘《脂砚斋全评石头记》，第十八回“庚眉”，前引书，第226页。

⑧ ［清］曹雪芹著，霍国玲、紫军校勘《脂砚斋全评石头记》，第十九回“庚眉”，前引书，第253页。

辞等重复中又不重复，“不同而同，同而不同”，各有风味又相映成趣、蕴含深刻的特点。《红楼梦》第十九回“情切切良宵花解语 意绵绵静日玉生香”和第三十六回“绣鸳鸯梦兆绛云轩 识分定情悟梨香院”，在脂砚斋看来是具有对偶性质的叙事段落，两个叙事段的特点正在“特犯不犯”，所以“好看煞”：第十九老回“意绵绵静日玉生香”一段，写宝玉探视黛玉，因为黛玉解午倦，编造出扬州黛山林子洞小耗子偷香玉的诙谐、奇妙、美丽、超俗的故事。第三十六回，写宝钗寻宝玉谈讲以解午倦，遇宝玉熟睡，为宝玉绣“鸳鸯戏水”白菱红里肚兜及宝玉梦中喊骂“什么是‘金玉良缘’，我偏说是‘木石姻缘’！”的话。第十九回，叙宝玉对黛玉绵绵不尽的爱意，宝、黛之间纯洁无瑕的爱情；第三十六回，叙宝钗潜意识中对宝玉的欲望，宝玉挣脱宿命的渴望与努力。作者巧构的这两个相互对照的故事段形象地描绘了宝、黛、钗的爱情与宿命，而两个叙述段又“无一笔相重，无一事合掌”，的确堪称“绝世妙文”。

脂砚斋还称两对章法“特犯不犯”的情趣为“一样机轴，两样笔墨”。《红楼梦》第七十回总批云：

> 文与雪天联诗篇一样机轴，两样笔墨。前文以联句起，以灯谜结，以作画为中间横风吹断；此文以填词起，以风筝结，以写字为中间横风吹断：是一样机轴。前文叙联句详，此文叙填词略，是两样笔墨。前文之叙作画略，此文叙写字详，是两样笔墨。前文叙灯谜，叙猜灯谜；此文叙风筝，叙放风筝，是一样机轴。前文叙七律在联句后，此文叙古歌在填词前，是两样笔墨。前文叙黛玉替宝玉写诗，此文叙宝玉替探春续词，是一样机轴。前文赋诗后有一首诗，此文填词前有一首词，是两样笔墨。噫！参伍其变，错综其数，此固难为粗心者道也。①

这里指出了第七十回“林黛玉重建桃花社 史湘云偶填柳絮词”和第五十回“芦雪庵争联即景诗 暖香坞雅制春灯谜”两回又同又异，异中见同，同中见异，参伍变化的巧妙叙述。

李贽、金圣叹、毛宗岗、张竹坡、天目山樵等明清小说评点家对长篇叙事作品中运用两对章法设置相对的事件、人物、场景、语言等所具有的重复又不重复的美学趣味都有精辟的论述。李贽评《水浒传》第三回：“且《水浒传》文字，妙绝千古，全在同而不同处有辨。如鲁智深、李逵、武松、阮小七、

---

① [清]曹雪芹著，霍国玲、紫军校勘《脂砚斋全评石头记》，第七十回回后总评，前引书，第828页。

石秀、呼延灼、刘唐等众人，都是急性的，渠形容刻画来，各有派头，各有光景，各有家数，各有身分，一毫不差，半些不混，读去自有分辨，不必见其姓名，一睹事实就知某人某人也。”金圣叹依“犯”的程度分其为“正犯法”与“略犯法”：

有正犯法：如武松打虎后，又写李逵杀虎，又写二解争虎；潘金莲偷汉后，又写潘巧云偷汉；江州城劫法场后，又写大名府劫法场；何涛捕盗后，又写黄安捕盗；林冲起解后，又写卢俊义起解；朱仝、雷横放晁盖后，又写朱仝、雷横放宋江等：正是要故意把题目犯了，却有本事出落得无一点一面相借，以为快乐是也。真是浑身都是方法。

有略犯法：如林冲买刀与杨志卖刀，唐牛儿与郓哥，郑屠肉铺与蒋门神快活林，瓦官寺试禅杖与蜈蚣岭试戒刀等是也。①

金圣叹还从“犯”与“避”的辩证转化中说明才子之文以犯为避，“于本不相犯之处，特特故自犯之，而后从而避之。”因为“犯之而后避之，避有所避也。若不能犯之而但欲避之，然则避何所避乎哉？”“是故行文非能避之难，实能犯之难也。”所以“将欲避之，必先犯之。夫犯之而至于必不可避，而后天下之读吾文者，于是乎而观吾之才之笔矣”。金批《水浒》中，随处可见对“犯”之法“特犯不犯”美学趣味的赞叹：

今观《水浒》之写林武师也，忽以宝刀结成奇彩；及写杨制使也，又复以宝刀结成奇彩。……两位豪杰，两口宝刀，接连而来，对插而起。用笔至此，奇险极矣！……又一个买刀，一个卖刀，分镳各骋，互不相犯，……今两刀接连，一字不犯，乃至譬如东泰西华，各自争奇。呜呼！特特铤而走险，以自表其六辔如组、两骖如舞之能，才子之称，岂虚誉哉？②

毛宗岗形象地称之为“同树异枝、同枝异叶、同叶异花、同花异果”之妙：“《三国》一书，有同树异枝、同枝异叶、同叶异花、同花异果之妙。作文者以善避为能，又以善犯为能。不犯之而求避之，无所见其避也。惟犯之而后避之，乃见其能避也。”毛宗岗依类列举了《三国》中“特犯不犯”的人物与事件，如纪宫掖有何太后、董太后、伏皇后、曹皇后、唐贵妃、董贵妃、甘、糜二夫人、孙夫人、北地王妃、魏甄后、毛后、张后，“其间无一字相同”。纪戚畹

---

① ［清］金圣叹《读第五才子书法》，陈曦钟等辑校《水浒传会评本》，前引书，第 21 页。

② ［清］金圣叹评《水浒传》第十一回回评，陈曦钟等辑校《水浒传会评本》，前引书，第 232 页。

有何进、董承、伏完、张辑、吴之钱尚，“其间亦无一字相同”。写权臣有董卓、李傕、郭范、曹操、曹丕、司马懿、司马师、司马昭、司马炎、吴之孙琳，“其间亦无一字相同”①。

张竹坡以为《金瓶梅》也妙在“善用犯笔而不犯也。如写一伯爵，更写一希大，……写一金莲，更写一瓶儿，……写一王六儿，偏又写一贲四嫂，……写一李桂姐，偏又写一吴银姐、郑月儿，……诸如此类，皆妙在特特犯手，却又各各一款，绝不相同也”②。有时候故意“犯”到叙述中同样的语言文辞反复出现，对照映衬又别有意味，如《金瓶梅》第七十六回，张竹坡批云：

> “舞裙歌板”一诗，梳拢桂姐文中已见，今于此回中又一见。盖桂儿乃秋花，为莲花零落之期、桂花开处，金莲已有过时之叹，况此时桂已飘零，后文纯是一片雪月世界哉！花不摇而自落矣。是此一诗两见，终始桂儿，又实终始金莲。特特一字不易，以作章法，以对下文二八佳人之一绝，作两边一样关锁也。
>
> “舞裙歌板”一诗是财，二八佳人一诗是色，故用二见，遥遥相对。

美国当代批评家 J. 希利斯 · 米勒在《小说与重复》中详细讨论了小说中的重复问题。米勒以为，“无论什么样的读者，他们对小说那样的大部头作品的解释，在一定程度上须通过这一途径来实现：识别作品中那些重复出现的现象，并进而理解由这些形象衍生的意义。”③米勒将小说中的重复分为三种情况：

（一）最细小的重复是言语成分的重复：词、修辞格、外形或内在情态的描绘及以隐喻方式出现的隐藏的重复。

（二）从大处看，事件、场景、主题、人物在同一本文的另一处复现出来。

（三）作者在一部小说中重复他其他小说中的动机、主题、人物和事件，或者相同或不同时代不同作家的不同作品动机、主题、人物和事件的重复。

在米勒看来，“任何一部小说都是重复现象的复合组织，都是重复中的重复，或者是与其他重复形成链形联系的重复的重复组织。”米勒将众多重复归为两类：一类是建立在相似基础上的明确的、有根据的、符合逻辑的重

---

① ［清］毛宗岗《读〈三国志〉法》，朱一玄、刘毓忱编《三国演义资料汇编》，前引书，第 260 页。

② ［清］张竹坡《〈金瓶梅〉读法》，朱一玄编《金瓶梅资料汇编》，前引书，第 435 页。

③ 〔美〕J. 希利斯 · 米勒《重复的两种形式》，载朱立元、李钧主编《二十世纪西方文论选》（下卷），高等教育出版社，2002 年，第 274—275 页。以下两段中引文均出自此处。

复，另一类是以差异为基础的模糊的、无根据的重复，“一部小说的阐释，在一定程度上要通过注意诸如此类重复出现的现象来完成。”

明清小说评点家关于两对章法的理论表明，他们早已注意到了同一文本中相似或相异的事件、场景、人物乃至言词在另一处复现的情形及对文本的意义。不仅如此，张竹坡还指出武松、潘金莲及武松打虎的故事既在《水浒传》中，又在《金瓶梅》中，因此是一种重复。但二书“立言体”不同，即动机、主题不同，因此叙写不同：“《水浒》本意在写武松，故写金莲是宾，写武松是主。《金瓶梅》本写金莲，故写金莲是主，写武松是宾。文章有宾主之法，故立言体自不同，切莫一例看去。所以打虎一节，亦只得在伯爵口中说出。”[①]脂砚斋也以为《红楼梦》第二十四回醉金刚倪二欲打贾芸一节“对《水浒传》杨志卖刀遇没毛大虫一回看”“好看多矣”[②]。而第二十八回贾宝玉、薛蟠、蒋玉菡、锦香院妓女迎儿等在冯紫英家饮酒一段故事，“与《金瓶梅》内西门庆、应伯爵在李桂姐家饮酒一回对看”，则“未知孰家生动活泼”[③]。说明古代小说评点家也将两对章法扩大到相同或不同时代不同作家不同作品中了。

---

① ［清］张竹坡评《金瓶梅》第一回回评，朱一玄编《金瓶梅资料汇编》，前引书，第450页。

② ［清］曹雪芹著，霍国玲、紫军校勘《脂砚斋全评石头记》，第二十四回“庚侧”，前引书，第307页。

③ ［清］曹雪芹著，霍国玲、紫军校勘《脂砚斋全评石头记》，第二十八回“甲眉”，前引书，第370页。

第三章 笔法理论

“笔法”原是中国书画理论术语，明清小说评点家将其借用到叙事理论领域。明清小说评点中的“笔”“笔法”名目繁多，如正笔、反笔、紧笔、旁笔、闲笔、曲笔、逆笔、直笔、顺笔、隐笔、显笔、明笔、暗笔、犯笔、俏笔、钝笔、深笔、傲笔、韵笔、秀笔、呆笔、蠢笔、转笔、换笔、伏笔、补笔、衬笔、实笔、虚笔、省笔、侧笔、奇笔、著色笔、淡描笔、反挑笔法、史家笔法、太史公笔法、《春秋》笔法等。检视古代文论家所指称的这些“笔”和“笔法”术语，可以发现，它们在古代叙事理论体系中，属于叙事修辞技法论域。林岗先生指出，中西叙事理论关于叙事修辞问题的理解差别很大。西方叙事理论认为修辞是叙事艺术的本质特征，它包括叙述者与故事之间的所有复杂关系，叙述视角、叙述视点等小说叙事的所有重要问题都属于叙事修辞。布斯将其研究小说叙事理论的著作称为《小说修辞学》也正说明了这点。而中国古代小说评点家对小说叙事修辞问题却没有如此宽阔的眼光，他们将修辞理解为“文笔意趣”范围内的问题，这基本属于评点家文法理论体系中的“句法”“字法”这一语言修辞层次①。笔者以为，明清小说评点家所论的叙事修辞，句法、字法这一语言层面的修辞固然是重要的方面，它还应包括笔法层面（其本身与字法、句法，甚至章法也有交叉）。

检索、辨析中国古代文论家尤其是小说评点家所论的诸种笔法，笔者以为，中国古代文论家所讨论的作为叙事修辞的笔法主要有《春秋》笔法，实笔与虚笔、详写与略写等交互使用形成的虚实相生叙事笔法，闲笔等。以下笔者试通过对古代文论家讨论最多的这三种笔法的检视，以见中国古代独特的叙事修辞理论之面貌。

---

① 林岗《明清之际小说评点学之研究》，前引书，第 176 页。

第一节 “《春秋》笔法”

一、“《春秋》笔法”溯源

“《春秋》笔法”是后人对孔子修订《春秋》时的历史书写方法的总结。中国史传最早可以上溯到《尚书》,但第一部严格意义上的史书当属《春秋》。相传《春秋》是孔子对鲁国历史《春秋》的修订。《春秋》在中国古代,固然可被看作史书,但根本上来说,《春秋》在中国古代文献中一直是作为经书而存在。对于孔子修订《春秋》所用的书写方法——“《春秋》笔法”,孔子自己并没有过总结或说明,而是后代的经学家、史学家、文论家讨论孔子及《春秋》以及对《春秋》进行传注、研究时的阐发。“《春秋》笔法”又称“《春秋》书法”“义法”“义例”,在内涵上包括“义”与“法”两方面,“义”即“大义”,指叙事所包含的深刻内容及价值取向;“法”指“笔法”“书法”“书例”,即叙事的体例、方法,二者统一不可分割,“义”通过“法”来表达,“法”是“义”的载体。

1.“《春秋》以道义”

《史记·滑稽列传》引孔子曰:“六艺于治一也。礼以节人,乐以发和,书以道事,诗以达意,易以神化,春秋以义。”“义”是《春秋》笔法的灵魂。孟子对《春秋》重“义”作了很高评价:

> 世衰道微,邪说暴行有作,臣弑其君者有之,子弑其父者有之。孔子惧,作《春秋》。《春秋》,天子之事也。是故孔子曰:“知我者,其惟《春秋》乎!罪我者,其惟《春秋》乎!”……昔者禹抑洪水而天下太平,周公兼夷狄,驱猛兽而百姓宁,孔子成《春秋》而乱臣贼子惧。(《孟子·滕文公下》)
>
> 王者之迹熄而《诗》亡,《诗》亡然后《春秋》作。晋之《乘》,楚之《梼杌》,鲁之《春秋》,一也。其事则齐桓、晋文,其文则史。孔子曰:“其义则丘窃取之矣。”(《孟子·离娄下》)

孟子的这两段话,实际道出了两个层面的内容:其一,孔子作《春秋》的原因是春秋以来,奉行王道的夏、商、周三代彬彬大盛的君臣、父子的伦理秩序与和谐社会的礼乐文明衰微,臣弑君、子弑父等如洪水猛兽的事情常有发生,于是孔子作《春秋》,记载下这些不合常理的事件,以使乱臣贼子有所畏惧。

其二,孔子修《春秋》能使乱臣贼子畏惧的原因是他以"义"为书写原则。所谓"义",就是美刺褒贬之"义",这与《诗》之美刺一脉相承,因此孟子说"王者之迹熄而《诗》亡,《诗》亡然后《春秋》作"。"王者之迹"实际指的是孔子所谓"礼乐征伐自天子出""君君臣臣父父子子"的上下井然有序的、以礼治国的、以尧舜禹三王为代表的美好政治时代与社会局面。这一社会局面与《诗》的关系诚如李春青所言:"前者可以说是后者产生、传播、实现其功能的现实必要条件,它是一种特殊的文化空间,只是在这种文化空间之中诗才是有意义的言说方式。否则诗也就会像那些大量的民间歌谣一样,自生自灭,只能宣泄某种情绪,根本不具有任何的社会政治功能。反过来看,诗又是维护和巩固其赖以存在的文化空间的重要手段。故而,'王者之迹熄'则必然导致'诗亡';而'诗亡'也就成为'王者之迹熄'的象征。"①可以说,对于先秦儒家来说,《诗》《春秋》都是他们以美刺褒贬而"存王道""存王迹"的政治工具。因此,道褒贬美刺大义正是"《春秋》笔法"的灵魂。司马迁也反复申说了这一思想:

> 夫《春秋》,上明三王之道,下辨人事之纪,别嫌疑,明是非,定犹豫,善善恶恶,贤贤贱不肖,存亡国,继绝世,补敝起废,王道之大者也。……《春秋》辨是非,故长于治人。……《春秋》以道义。拨乱世反之正,莫近于《春秋》。《春秋》文成数万,其指数千。万物之散聚皆在《春秋》。(《史记·太史公自序》)
>
> (仲尼)西狩获麟,曰"吾道穷矣",故因史记作《春秋》,以当王法,以辞微而指博,后世学者多录焉。(《史记·儒林列传》)
>
> 是以孔子明王道,干七十余君,莫能用,故西观周室,论史记旧闻,兴于鲁而次《春秋》,上记隐,下至哀之获麟,约其辞文,去其烦重,以制义法,王道备,人事浃。七十子之徒口受其传指,为有所刺讥褒讳挹损之文辞不可以书见也。(《史记·十二诸侯年表》)

显然,在司马迁看来,《春秋》是"道义"之书,孔子修《春秋》的目的是"以当王法":"上明三王之道,下辨人事之纪,别嫌疑,明是非,定犹豫,善善恶恶,贤贤贱不肖,存亡国,继绝世,补敝起废"以"治人"。其"道义"的方法则是"约其文辞""以辞微而指博",即在"微言"中寄寓刺讥褒贬挹损之"大义"。范宁《春秋谷梁传序》如此形容——"一字之褒,宠逾华衮之赠;片言之贬,

---

① 李春青《简论"诗亡"与"〈春秋〉作"之关系——从一个侧面看先秦儒家士人的话语建构工程》,载《中国文化研究》2002年春之卷。

辱过市朝之挞”。刘勰《文心雕龙·史传》亦云:“褒见一字,贵逾轩冕;贬在片言,诛深斧钺。”①因此,“道义”是孔子编修《春秋》的根本目的,也是“《春秋》笔法”的灵魂,正如傅修延所说:“《春秋》系有意识地流露记事者的观点与立场,这是一种史无前例的、渗透着主观性与目的性的历史记事。”“孔子为‘拨乱世反之正’而修《春秋》,如果没有力度较大的‘采善贬恶’,怎能起到为后世儒家称道不已的‘微言大义’作用?所以《春秋》虽为私家著述,却比某些官方叙事更具政治色彩与褒贬倾向。”②

《春秋》所道何“义”呢?王充《论衡·超奇》篇称“孔子得史记以作《春秋》,及其立义创意,褒贬赏诛,不复因史记者,眇思自出于胸中也”。也就是说,孔子修《春秋》,其“大义”是出自孔子胸中的。孔子修《春秋》的“大义”就是尊奉周王室和褒贬美刺。春秋时期,周王室衰微,孔子的政治理想是希望恢复西周时代“礼乐征伐自天子出”的政治局面,因此力主尊奉周王室,《春秋》中常用隐讳的书写方法表达这种思想。鲁僖公二十八年践土之会,是晋文公命周王赴会,《春秋》讳称“天王狩于河阳”,不仅尊周王室为天王,而且将受命而会称为“狩”——古代诸侯的狩猎活动,借此维护了周王室的地位。《春秋》记事,采用周天子的记年、序王室于诸侯之上、特别褒扬能尊周王室的诸侯,都是对尊奉周王室大义的发挥。

《春秋》褒贬美刺的大义,其目的是在维护“君君臣臣父父子子”的政治秩序和等级制度,而春秋时期,臣弑君、子弑父等邪说暴行常作,孔子《春秋》并非仅仅记录下这些“邪说暴行”,而是在叙事中暗喻褒贬。如《春秋》隐公四年记:“卫人杀州吁于濮。”《公羊传》解释说:“其称人何?讨贼之辞也。”《谷梁传》解释说:“称人以杀,杀有罪也。”意为州吁有罪该杀。僖公七年记:“郑杀其大夫申侯。”《公羊传》释曰:“称国以杀人,君杀大夫之辞也。”《谷梁传》释曰:“称国以杀者,杀无罪也。”同是杀人,却在对杀人者的不同称名中巧妙寓含了是非褒贬的“大义”。

后来,《公羊传》《谷梁传》及其治学者对《春秋》“微言大义”大肆阐发,又发明了“大一统”“尊王攘夷”等“大义”,以至经学家皓首以穷《春秋》之“微言大义”二千年,直到“五四”才宣告结束。

2.“《春秋》书法”与“《春秋》五例”

“《春秋》笔法”的特点是合书法和义例为一体,“义”是灵魂,其实只有

---

① [南朝梁]刘勰著,范文澜注《文心雕龙注》,前引书,第284页。

② 傅修延《先秦叙事研究——关于中国叙事传统的形成》,前引书,第182页。

一个，即褒贬美刺的价值判断①。“《春秋》书法”——表达褒贬美刺的手段则多种多样。“《春秋》书法”是“《春秋》笔法”的核心内容，因此，“《春秋》书法”又常成为“《春秋》笔法”的代称。“《春秋》书法”，又称“书例”，指《春秋》“属辞比事”的特殊方法与体例，它包括书写方法和修辞原则两个方面内容。

《春秋》之所以能不动声色地表达出至深至隐的“大义”，就在于它所特有的“笔法”——书写方法。傅修延指出“《春秋》笔法”作为一套非常具体的叙事规则，可以明确界定为四条：1. 寓褒贬于动词。2. 示臧否于称谓。3. 明善恶于笔削。4. 隐回护于曲笔。② 过常宝以为，通常理解的《春秋》“笔法”大约有三端：一是“常事不书”，属于选材类；二是“讳书”，特别指一件不得不载录的事实被全部或部分隐藏；三是表述中一些特殊的句法和用词方法，主要有称谓，即通常所说的“爵号名位褒贬说”和特殊用词，即所谓“一字褒贬说”③。《春秋》特殊的书写“笔法”最常见者可以说就是“常事不书”“讳书”和“爵号名位褒贬”“一字褒贬”几种。

“《春秋》书法”的修辞原则，杜预称之为“为例之情”，它最早见于《左传·成公十四年》：“《春秋》之称，微而显，志而晦，婉而成章，尽而不汙，惩恶而劝善”，这就是常称的“《春秋》五例”。具体而言，**“微而显”**，《左传正义》注曰：“辞微而意显也。”在立言记事之初，言说者即有明确的目的，所以辞虽微小，褒贬之意却非常明显。如《春秋·僖公十九年》记“梁亡”，《春秋正义》称“是秦亡之也”。《左传》释曰：“不书其主，自取之也。”鲁僖公十九年的一个重大历史事件是秦灭了梁，《春秋》只记“梁亡”，而没有记载梁为什么灭亡，是谁灭了梁。事实是梁伯好建造，常以有贼寇将来或秦国要来袭击为由，百姓痛苦不堪，纷纷外逃，秦于是灭了梁。《春秋》用“梁亡”记载这一事件，起义在罪责梁，并表明取了梁的秦国无罪。这种“文见于此，而起义在彼”，用微小的一字、一词表达褒贬之意的记事修辞法则即是“微而显”。**“志而晦”**，《左传正义》注云：“志，记也；晦，亦微也。谓约言以记事，

---

① 司马迁《史记·太史公自序》云：“……《春秋》以道义。拨乱世，反正之，莫近于《春秋》。《春秋》文成数万，其指数千，万物之聚散皆在《春秋》。”司马迁所谓《春秋》“其指数千”与本处的“义”不同，本处的“义”指的是“《春秋》笔法”“褒贬善恶”的“大义”，这与《公羊传》《谷梁传》及董仲舒、何休等发挥《公羊》总结的大一统、张三世、通三世、新周王鲁、内夏外夷、孔子改制等大义又不同。（参见戴维《春秋学史》，湖南教育出版社，2004 年，第 15 页。）

② 傅修延《先秦叙事研究——关于中国叙事传统的形成》，东方出版社，1999 年，第 182—184 页。

③ 过常宝《“春秋笔法”与古代史官的话语权力》，载《北京师范大学学报》2003 年第 4 期。

事叙而文微。”如《春秋·桓公二年》载:“公及戎盟于唐。”又《春秋·宣公七年》载:“公会齐侯伐莱。”两段记事的差异在“及”与“会”字上,《左传》称:“凡师出,与谋曰及,不与谋曰会。”《左传正义》释曰:“其意言同志之国,苦行征伐,彼与我同谋计议,议成而后出师,则以相连及为文,彼不与我谋,不得已而往应命,则以相会合为文。”鲁桓公与戎人在唐会盟,是二者同谋计议,相与交好,所以称“及”;而宣公被齐侯拉去讨伐莱国,是并未与之相谋,所以称“会”。这两件事,在记叙时用有些微差异的字隐晦地表达对齐国不尊重鲁国的指斥之意。这种记事修辞因其文辞简约,含义差异小,指斥意味略显隐晦不明而称为“志而晦”。“**婉而成章**”,《春秋正义》注云:“婉,曲也。谓屈曲其辞,有所辟讳,以示大顺,而成篇章。”如《春秋·僖公十六年》载:“冬十有二月,公会齐侯、宋公、陈侯、卫侯、郑伯、许男、邢侯、曹伯于淮。”又十七年九月记“公至自会”。鲁僖公与诸侯在淮地相会,会后没回,直接去讨伐项国,被齐国扣留下来,到第二年九月,夫人姜氏去齐国求情,才把鲁僖公放回来,《春秋》记为“公至自会”,说他是自己从会盟地回来的,这是一种为尊者避讳的“屈曲其辞”“婉曲而成其篇章”的记事方式,所以称“婉而成章”。“**尽而不汙**”,《左传正义》注云:“谓直言其事,尽其实,无所汙曲。”如《春秋·桓公十五年》载:“十有五年春二月,天王使家父来求车。”天王求车是“非礼而动”的事,《春秋》采用的是毫不隐瞒、毫不委婉的直书方式把事件据实记录下来,用一“求”字既写出了周王室的衰微,又写出了诸侯国渐渐强大,不再尊奉周王室,礼仪崩坏的情况。“**惩恶而劝善**”,《左传正义》注云:“善名必书,恶名不灭,所以为惩劝。”也就是说,在记事时凡为善者虽小人物,也要记下其姓名,以劝奖善人;为恶者,不论贵贱,或直书其名,或以恶名相称,以惩戒恶人。如《春秋·昭公二十年》“盗殺卫侯之兄縶”,《襄公二十一年》“邾庶其以漆、闾丘來奔”,《昭公五年》“莒牟夷以牟娄及防、兹來奔”,《昭公三十一年》“黑肱以滥来奔”,这四则经文,称杀卫侯之兄的齐豹为“盗”,三个叛国的小人物邾庶其、莒牟夷、黑肱则直书其名,违背经书只有卿才可书其名氏的惯例,是为了使恶人恶名不灭,以惩创恶人,劝奖善人。

总之,“《春秋》笔法”,就其本义来说,特指孔子修《春秋》的笔法。它以“道义”为旨归,以“常事不书”“讳书”“一字褒贬”“直书”等为基本书写笔法,以“微而显”“志而晦”“婉而成章”“尽而不汙”“惩恶劝善”为修辞原则。就其引申义来说,则指文笔或曲折隐讳或直书其事,但都寓含褒贬的简约文字,学者们在使用时常将其简写为“春秋笔法”。

二、小说叙事“《春秋》笔法”理论

“《春秋》笔法”对中国古代叙事文学的影响最为深远。法国汉学家弗朗索瓦·于连以为，“春秋笔法”（他称之为“迂回技巧”）是“中国文人写作的几乎是唯一的原则”①。这个论断也许有些武断，但细考中国古代叙事作品，不能不说，中国古代叙事文学创作从思维到叙事都有着“《春秋》笔法”的印痕。古代文论家对此认识深刻。尤其是明清小说评点家，他们用“《春秋》笔法”的思维和眼光来看中国古代小说，从多方面指出了古代小说叙事中的“《春秋》笔法”。

1. 论“《春秋》字法”

“一字褒贬”是“《春秋》笔法”的典型书写体例。杜预、孔颖达等给《春秋》传注、疏时，也一再指出《春秋》中“一字褒贬”的情形。史论家们对《春秋》“一字褒贬”笔法的认识对明清小说评点影响深刻。明清小说评点家特别注意小说叙事中的“《春秋》字法”。明代佚名《新刻绣像批评金瓶梅》指出第二回中武松称“嫂嫂是个精细的人”是“隐讽”②，第二十六回“可怜这妇人（宋惠莲）忍气不过，……自缢身死”一句，“自缢身死”“四字春秋得妙，以见其非节也。”③脂砚斋也指出《红楼梦》中的多处“《春秋》字法”，随举几例如下：

第三回贾政为雨村“竭力内中协力，题奏之日，轻轻谋了一个复职候缺。不上两个月，金陵应天府缺出，便谋补了此缺”。“轻轻”“便”两处用字，脂评以为都是“《春秋》字法”④。第八回写秦业的女儿，小名唤可卿，长大时“生得形容袅娜，性格风流”，脂评“性格风流”“四字便有隐意。《春秋》字法。”⑤第四十五回，惜春要作画，“宝玉每日便在惜春这里帮忙”，脂评云：“自忙不暇，又加上一个‘帮’字，可笑可笑。所谓《春秋》笔法。”又“宝钗因见天气凉爽，夜复渐长，遂至母亲房中商议，打点针线日间作……”，脂评云：“‘复’字妙，补出宝钗每年夜长之事，皆《春秋》字法也。”“写针线下‘商议’二字，直将寡母训女多少温存活现在纸上，不写阿呆兄，

---

① 〔法〕弗朗索瓦·于连《迂回与进入》，杜小真译，北京三联书店，2003 年，第 346 页。

② ［明］佚名《新刻绣像批评金瓶梅评语》，第二回“崇眉”，朱一玄编《金瓶梅资料汇编》，前引书，第 193 页。

③ ［明］佚名《新刻绣像批评金瓶梅评语》，第二十六回“崇眉”，朱一玄编《金瓶梅资料汇编》，前引书，第 250 页。

④ ［清］曹雪芹著，霍国玲、紫军校勘《脂砚斋全评石头记》，第三回“甲侧”，前引书，第 34 页。

⑤ ［清］曹雪芹著，霍国玲、紫军校勘《脂砚斋全评石头记》，第八回“甲侧”，前引书，第 124 页。

已见阿呆兄终日醉饱优游，怒则吼，喜则跃，家务一概无闻之形景毕露矣。《春秋》笔法。"①

姚燮、张新之等评《红楼梦》，也多指出其用字上的巧妙，如对第十三回秦可卿死一节中"《春秋》笔法"的评点：

> "孝顺""亲密"皆史法也。（姚燮评）
>
> 数语写得支离，"唬"字可疑，犹曰乍闻人死吃一惊耳；惊定即痛，当哭矣，而云"出了一回神"，又可疑，犹曰思其病、思其死、将信将疑、关且过甚者，容或有之；思之果然，又当哭矣，而云"只得忙穿衣，往王夫人处来"。夫"忙穿衣"则正急于一视之情，而云"只得"若或迫之，不得不免然者。真是蹊跷。（张新之评）

总之，"《春秋》字法"就是在巧妙的用字用词上寓含褒贬深意，而其深意有时较为显著，有时则似有似无，含糊不明，它在修辞上的特点是"微而显""志而晦""婉而成章"。

2. 论人名、地名、诗词等的谐音与寓意

中国古代叙事文学作品，喜在人名、地名、诗词的用字上下功夫，常见的情形是利用人名、地名、诗词等的谐音以蕴深意、寓褒贬、示劝诫。这是中国叙事文学特殊的字法游戏，古代文论家也以猜谜式地解读人名、地名、诗词等的谐音寓意为乐。清代评点家张新之就指出："（《石头记》）书中诗词，各有隐意，若谜语然。口说这里，眼看那里。其优劣都是各随本人按头制帽，故不揣摩大家高唱。不比他小说，先有几首诗，然后以人硬嵌上的。""是书名姓，无大无小，无巨无细，皆有寓意。甄士隐、贾语村自揭出矣，其余则令读者自得。有正用，有反用。有庄言，有戏言。有照应全部，有隐括本回。有即此一事，而信手拈来。从无随口杂凑者。可谓妙手灵心，指麾如意。"②因此，探究叙事作品中人名、地名、诗词等的谐音及其寓意也是古代叙事笔法理论的一项重要而又独具特色的内容。

古代小说评点家中特别注意对人名"微言大义"的寓意索求的首推张竹坡。张竹坡以为，稗官小说，都是寓言，"其假捏一人，幻造一事，虽为风影之谈，亦必依山点石，借海扬波。故《金瓶》一部，有名人物，不下百数，为之寻端竟委，大半皆属寓言。"仅以李瓶儿的名字为例，来看张竹坡对其寓意的推阐：

---

① ［清］曹雪芹著，霍国玲、紫军校勘《脂砚斋全评石头记》，第四十五回"庚辰夹"，前引书，第543页。

② ［清］张新之《〈红楼梦〉读法》，朱一玄编《红楼梦资料汇编》，前引书，第703页。

如西门庆、潘金莲、王婆、武大、武二，《水浒传》中原有之人，《金瓶》因之者无论。然则何以有瓶、梅哉？瓶因庆生也。盖云贪欲嗜恶，百骸枯尽，瓶之罄矣。特特撰出瓶儿，真令千古风流人同声一哭。因瓶生情，则花瓶而子虚姓花，银瓶而银姐名银。瓶与屏通，窥春必于隙底。屏号芙蓉，玩赏芙蓉亭，盖为瓶儿插笋。而私窥一回卷首词内，必云绣面芙蓉一笑开，后玩灯一回，灯赋内荷花灯、芙蓉灯，盖金、瓶合传，是因瓶假屏，又因屏假芙蓉，浸淫以入于幻也。屏风二字相连，则冯妈妈必随瓶儿，而当大理屏风，又点睛妙笔矣。芙蓉栽以正月，艳冶于中秋，摇落于九月，故瓶儿必生于九月十五，嫁以八月二十五，后病必于重阳，死以十月，总是芙蓉谱内时候。墙头物去，亲事杳然，瓶儿悔矣，故蒋文惠将闻悔而来也者。然瓶儿终非所据，必致逐散，故又号竹山。总是瓶儿心事中、生出此一人。如意为瓶儿后身，故为熊氏姓张，熊之所贵者胆也，是如意乃瓶胆一张耳。故瓶儿好倒插花，如意茎露独尝，皆瓶与瓶胆之本色情景。官哥幻其名，意亦皆官窑哥窑，故以雪贼死之。瓶遇猫击，焉能不碎？银瓶坠井，千古伤心。故解衣而瓶儿死，托梦必于何家，银瓶失水矣，竹篮打水，成何益哉？故用何家蓝氏作意中人，以送西门之死，亦瓶之余意也。至于梅又因瓶而生，何则？瓶里梅花，春光无几。则瓶罄喻骨髓暗枯，瓶梅又喻衰朽在即。……①

这里张竹坡通过将李瓶儿名字中的"瓶"字对应于实物花瓶，指出李瓶儿、西门庆、花子虚三人的相生关系；又以瓶、屏读音相通，屏风二字相连带出冯妈妈等等。总之，在张竹坡看来，小说中的每一个人物的姓名都有独特的寓意，且具有相生或相克的关系，人物之间的复杂关系和故事情节的发展也通过人名的生克来敷演。张竹坡对《金瓶梅》人名的"《春秋》笔法"式解读，显然有很多牵强和过度阐释的成分，但其后的小说评点家仍然持续地发展着这一独特的文本解读方式，《红楼梦》的诸多评点家对小说中人名、地名、诗词等的谐音及寓意的解读不在张竹坡之下。

如脂砚斋指出《红楼梦》中的地名寓意："大荒山""荒唐也"；"无稽涯""无稽也"；"青梗峰""情根也"；"十里街""云势力也"；"仁清巷""言人情"；"葫芦庙""糊涂也"等等。人名寓意：除元、迎、探、惜，贾雨村、甄士隐等外，还有"冯渊""真真是冤孽相逢"；秦钟"设云情种。……（二语）便是

① ［清］张竹坡《〈金瓶梅〉寓意说》，朱一玄编《金瓶梅资料汇编》，前引书，第418—419页。

此书大纲目、大比托、大讽刺处”[1]。秦业也是妙名，“业者，孽也，盖云情因孽而生也”等等[2]。

周春《红楼梦约评》还指出了小说中诗词用字、用典的寓意，如：

> 湘、黛中秋联句，著书者多寓深意。如“争饼嘲黄发，发瓜笑绿媛”，“争饼”用高少逸事，见《唐书·高元裕传》；“分瓜”二字，本段成式《戏高侍御诗》；“绿媛”二字，未知何本。观此联但用高姓事，则史之为高明矣。此明明说老太太。

在周春看来，“盖此书每于姓名上着意，作者又长于隐语廋词，各处变换，极其巧妙，不可不知。”[3]因此，他在评点中对这些诗词用字所指称的人物多有指出。以谐音来创造人名、地名也是一种“《春秋》字法”，它在修辞上同样具有“微而显”“志而晦”的特点。

3. 论直书

《春秋左传》称“《春秋》五例”第四曰“尽而不汙”，杜预注云：“直书其事，具文见意。”《左传正义》注云：“谓直言其事，尽其实，无所汙曲。”这都指出《春秋》“直言”的笔法。《左传·宣公五年》又提出“书法不隐”的命题：

> 乙丑，赵穿攻灵公于桃园。宣子未出山而复。大史书曰：“赵盾弑其君。”以示于朝。宣子曰：“不然。”对曰：“子为正卿，亡不越竟，反不讨贼，非子而谁？”宣子曰：“呜呼，‘我之怀矣，自诒伊戚’，其我之谓矣！”孔子曰：“董狐，古之良史也，书法不隐。赵宣子，古之良大夫也，为法受恶。惜也，越竟乃免。”

从这则记载看，亲手杀死晋灵公的是赵穿，不是赵盾，为什么董狐却书为“赵盾弑其君”还得到了孔子赞扬呢？就是因为他认为赵盾“身为正卿，亡不越境，反不讨贼”。董狐的记载实际含有责怪、讥刺意味。在孔子看来，只有“书法不隐”的史家才称得上良史，而董狐正是这样值得称赞的良史。孔子自己也说过：“我欲载之空言，不如见之行事之深切著明也。”孔子书写《春秋》时，始终贯穿着他的这种直笔观。司马迁作《史记》，自比为孔子作《春秋》，进一步发展了“据事直书”的思想。班固《汉书·司马迁传》赞道：

---

① ［清］脂砚斋评《红楼梦》第七回“甲戌夹”，朱一玄编《红楼梦资料汇编》，前引书，第188页。

② ［清］脂砚斋评《红楼梦》第八回“甲戌夹”，朱一玄编《红楼梦资料汇编》，前引书，第208页。

③ ［清］周春《〈红楼梦〉约评》，朱一玄编《红楼梦资料汇编》，前引书，第571页。

然自刘向、扬雄博及群书，皆称迁有良史之材，服其善序事理，辨而不华，质而不俚，其文直，其事核，不虚美，不隐恶，故谓之实录。

文直、事核、不虚美、不隐恶就是"据事直书"的写照，这与孔子的"书法不隐"著史原则、《左传》"尽而不汙"之书例一脉相承。唐刘知幾撰《史通》则特辟"直书"一篇，可见对"直书"笔法书例的强调。顾炎武《日知录》卷二六云："古人作史，有不待论断而于序事之中即见其指者，惟太史公能之。《平准书》末载卜式语，《王翦传》末载客语，《荆轲传》末载鲁句践语，《晁错传》末载邓公与景帝语，《武安侯田蚡传》末载武帝语，皆史家于序事中寓论断法也。后人知此法者鲜矣。惟班孟坚间一有之。如《霍光传》载任宣与霍禹语，见光多作威福；《黄霸传》载张敞奏见祥瑞多不以实，通传皆褒，独此寓贬，可谓得太史公之法者矣。"①被顾炎武称道的"不待论断而于序事之中即见其指者"的"于序事中寓论断法""太史公之法"其实即是"直书"笔法。

史传的直书笔法以及史传家、史论家们对直书笔法的阐发直接影响了明清小说创作及小说评点。史传的直笔是以实录事迹而令褒贬自现的叙事方式，在小说中则是采用客观叙述。石昌渝认为，白话叙述脱胎于以主观叙述为特征的口头文学——"说话"。"说话"中，叙述者总是伴随在读者左右，或者给读者诠释情节中出现的可能使读者疑惑难解的问题，或者提醒读者注意事态发展的某些关键处，或者直接告诉读者某个人物的品德和内心隐秘，或者把故事所要表达的思想直言不讳地说出来。明代"三言""二拍"及更早的话本小说都是主观叙述。而到长篇章回小说，则开始并很快完成了向客观叙述的转变②。客观叙述其实就是直书。石昌渝还指出："春秋笔法的狭义解释是一字寓褒贬，微言而有大义。广义的解释则是让事实说话，作者的态度寓含在事实的叙述中。不论是广义还是狭义，其本质特征都是客观叙述，作者在叙述中不直接出来进行评论。"③周振甫也认为，所谓春秋笔法，"主要是指不由作者出面来对人物或事件表示意见，是通过对人物或事件的叙述来表示褒贬，含有让事实说话的意味。"④具有客观叙述性质的直书与"说话"样式的主观叙述在表达思想和表现人物品德、揭示人物内心隐秘上的不同就是主观叙述由说书人点明，直书或直笔是在实录事迹中暗

---

① ［清］顾炎武《日知录》，甘肃民族出版社，1997年，第1118页。

② 石昌渝《春秋笔法与红楼梦的叙述方略》，载《红楼梦学刊》2004年第1辑。

③ 石昌渝《中国小说源流论》，三联书店，1994年，第74页。

④ 周振甫、冯其庸等《古代作家写作技巧漫谈》，人民文学出版社，1986年，第1页。

含褒贬，读者须经过一番揣摩方能领悟作者隐曲的心意。

金圣叹注意到了小说叙事中的这种案而不断、褒贬自现的直笔。《水浒传》第四十回，金圣叹批道："写宋江口口恪遵父训，宁死不肯落草，却前乎此，则收拾花荣、秦明、黄信、吕方、郭盛、燕顺、王矮虎、郑天寿、石勇等八个人，拉而归之山泊；后乎此，则又收拾戴宗、李逵、张横、张顺、李俊、李立、穆弘、穆春、童猛、薛永、侯健、欧鹏、蒋敬、马麟、陶宗旺等十六个人，拉而归之山泊。两边皆用大书，便显出中间奸诈，此史家案而不断之式也。"①《红楼梦》中也有很多蕴含深刻的直笔，如第五十四回，又是一个元宵节，贾母带着家人听戏，席间饮酒，宝玉给众长辈斟完酒后，贾母又命道："你连姐姐妹妹的一齐斟上。不许乱斟，都要叫他干了。"小说接着叙述道：

> 宝玉听说，答应着，按次斟了。至黛玉前，偏她不饮，拿起杯来，放在宝玉唇边，宝玉一气引干。黛玉笑说："多谢。"宝玉又替她斟上一杯，凤姐便笑道："宝玉，别喝冷酒，仔细手颤，明儿写不得字，拉不得弓。"宝玉忙道："没有喝冷酒。"凤姐笑道："我知道没有，不过白嘱咐你。"

其实，这就是一段意味深长的直书。小说在叙述这一事件时没带有任何的主观思想，但宝玉和黛玉之间不同于旁人的亲密关系却蕴含在直书中。不过，《红楼梦》的评点家们似乎没有注意到直书的妙笔，因此，《红楼梦》评点中很少有对这些精彩的直书的评点。

《儒林外史》的评点者注意到了这种直书笔法。卧闲草堂本《儒林外史》第四回回评云："所谓直书其事，不加断语，其是非自见也。"②于第七回回评亦云："此正古人所谓直书其事，不加论断，而是非立见者也。"如第四回，写范进因办理母亲丧事，费去很多银两，乡绅张静斋便怂恿范进一起到其老师高要县知县汤奉处打秋风。作者于此详细描述了严贡生关帝庙请饮、范进不用银镶杯箸、张静斋劝堆牛肉三件事，作者并未对关涉人物有丝毫评价，但严贡生的贪吝、范进汲汲于细枝末节的虚伪、张静斋的刻薄乃至残忍、汤奉的无知无能无不跃然纸上，无怪乎浴血生称："读《儒林外史》者，盖无不叹其用笔之妙，如神禹铸鼎，魑魅魍魉，莫遁其形。然而作者固未尝

---

① [清]金圣叹评《水浒传》第四十回回评，陈曦钟等辑校《水浒传会评本》，前引书，第750页。

② [清]卧闲草堂主人评《儒林外史》第四回回评，朱一玄编《儒林外史资料汇编》，前引书，第258页。

落一字褒贬也。”①

4. 论“曲笔”

与史论家们指出《春秋》多用“微而显”“志而晦”“婉而成章”之“讳书”“隐书”“曲笔”类似，古代小说评点家们也以慧眼卓识揭示了古典小说中的“曲笔”“隐笔”“冷笔”“阳秋之笔”。对于“曲笔”，古代评点家还有多种称说，如金圣叹的“目注此处，手写彼处”“褒贬固在笔墨之外”，哈斯宝的“暗中抨击之法”等。

金圣叹认为六才子书的共同写法就是“曲笔”，“文章之妙，是目注彼处，手写此处；若有时必欲目注此处，则必手写彼处。一部《左传》都用此法，若不解其意，而目亦注此处，手亦写此处，便一览已尽。《西厢记》最是解此意。”②而《水浒传》中的曲笔则最集中地表现在对宋江形象的刻写上：

> 一部书中，写一百七人最易，写宋江最难。故读此一部书，亦读一百七人传最易，读宋江传最难也。盖此书写一百七人处，皆直笔也，好即真好，劣即真劣。若写宋江则不然，骤读之而全好，再读之而好劣相半，又再读之而好不胜劣，又卒读之而全劣无好矣。……乃今读其传，迹其言行，抑何寸寸而求之，莫不宛然忠信笃敬君子也。……虽然，诚如是者，岂将以宋江真遂为仁人孝子之徒哉？……则是褒贬固在笔墨之外也。③

尤其是第五十九回叙晁盖之死，金圣叹以为“通篇皆用深文曲笔，以深明宋江之弑晁盖”④。金圣叹还具体指出了小说中十处曲笔隐写宋江之权诈处：一是晁盖欲打曾头市，调兵点将后，宋江、吴用等就山下金沙滩饯行，饮酒之间，忽有狂风吹折晁盖新制认军旗，独吴学究力谏晁盖缓行，而宋江不谏，是深文曲笔以著宋江之恶。二是晁盖引兵渡水去了，宋江回山寨，密叫戴宗下山探听消息，小说后来却未叙戴宗的回报，“非耐庵漏失，正故为此深文曲笔，以明曾头市之败，非宋江所不料，而绝不闻有救援之意，以深著其罪

---

① 浴血生《小说丛话》，转引自朱一玄编《儒林外史资料汇编》，前引书，第 452 页。

② ［清］金圣叹《读第六才子书〈西厢记〉法》，林乾主编《金圣叹评点才子全集》，第二卷，光明日报出版社，1997 年，第 11 页。

③ ［清］金圣叹评《水浒传》第三十五回回评，陈曦钟等辑校《水浒传会评本》，前引书，第 658 页。

④ ［清］金圣叹评《水浒传》第五十九回回评，陈曦钟等辑校《水浒传会评本》，前引书，第 1084 页。

也。”①三是晁盖中剑，却只得三阮、刘唐、白胜五个头领拼死相救，燕顺、欧鹏、宋万等各自顾逃命，“单写初聚义五人死救晁盖，便显出满山人无不心在宋江，而视晁盖如无”，是深文曲笔。四是晁盖已因伤被刘唐等六人送回山寨，其余十四个头领本“极该收兵，一齐回去”，却“必须等公明哥哥将令下来，方可回军”，亦是深文曲笔，“直写宋江平日使众人视晁盖为无也。”五，晁盖因伤，已自水米不进，浑身浮肿，宋江却只守定啼哭，不思疗治，“俗士读之，便谓宋江好，不知正极写宋江之诈也。”六，晁盖逝前，遗嘱宋江叫捉得射死自己的凶手者做梁山泊主，本属常理，却先云“贤弟莫怪”，可见晁盖亦知宋江觊觎梁山泊主之位久矣，是深文曲笔。七，众头领商议立宋江为梁山泊主，宋江百般谦让，而骤摄大位，即分拨众人，布令详明，是“深表宋江之权诈也”。八，宋江即已为寨主，并不思为晁盖报仇，反以丧制，缓于报仇。九，不思报仇，反和大圆法僧吃斋闲话。十，因僧人闲话生出玉麒麟卢俊义，“虽复文字转接处，亦是深文曲笔”，至此，“宋江在众人推举下坐了第一把交椅。”

金圣叹还形象地将这种“曲笔”比喻为“绵针泥刺法”：“有绵针泥刺法：如花荣要宋江开枷，宋江不肯，又晁盖番番要下山，宋江番番劝住，至最后一次便不劝是也。笔墨外，便有利刃直戳进来。”②“曲笔”的修辞特征就在于于语言文字之外进行褒贬讥刺，这种笔法又常表现出严冷的特点，这一点，金圣叹也注意到了，金批《水浒传》第三十六回评道：“此篇于宋江恪遵父训，不住山泊后，忽然闲中说写出一句不满其父语，一句悔不住在山泊语，皆作者用笔极冷，寓意极严处，处处不得漏过。”③

张竹坡以“隐笔”“阳秋之笔”指称这种“曲笔”。与金圣叹一样，张竹坡以为，《金瓶梅》中刻画吴月娘这一人物也“纯以隐笔”“纯是阳秋之笔”：

> 《金瓶》写月娘，人人谓西门氏亏此人一内助，不知作者写月娘之罪，纯以隐笔，而不知人也。何则？良人者，妻之所仰望而终生者也。若其夫千金买妾为宗嗣计，而月娘百依百顺，此诚《关雎》之雅，千古贤妇人也。若西门庆杀人之夫，劫人之妻，此真盗贼之行也。其夫为盗贼之行，而其妻不涕泣而告之，乃依违其间，视为路人，休戚不相关，而且自以好好先生为贤，其为心尚可问哉？至其于陈敬济，则作者已大书特

① [清]金圣叹评《水浒传》第五十九回夹批，陈曦钟等辑校《水浒传会评本》，前引书。本段以下引文皆出自本回夹批。

② [清]金圣叹《读第五才子书法》，陈曦钟等辑校《水浒传会评本》，前引书，第20页。

③ [清]金圣叹评《水浒传》第三十六回回评，陈曦钟等辑校《水浒传会评本》，前引书，第675页。

书月娘引贼入室之罪，可胜言哉？至后识破奸情，不知所为分处之计，乃白日关门，便为处此已毕。后之逐敬济，送大姐，嫁春梅，皆随风弄舵，毫无成见，而听尼宣卷，胡乱烧香，全非妇女所宜。而后知不甚读书四字，误尽西门一生，且误尽月娘一生也……①

此回上半写子虚之死是正文，写瓶儿、西门之恶是正文，不知其写月娘之恶又于旁文中带一正文也。何则？写西门留瓶儿所寄之银时，必先商之月娘，使贤妇相夫，正在此时，将邪正是非，天理人心，明白敷陈，西门或动念改过，其恶或不至于是也。乃食盒装银，墙头递物，主谋尽是月娘，转递又是月娘，又明言都送到月娘房里去了，则月娘为人，乃《金瓶梅》中第一绵里裹针之奸人，作者却用隐隐之笔写出来，令人不觉也。②

从作品对吴月娘的叙写来看，吴月娘恪守妇道，勤俭持家，是小说中为数极少的有好结局的人物之一，理应不是被贬斥的对象。但张竹坡却通过对小说中所叙写的吴月娘行为的精细分析，一再指出吴月娘是“权诈不堪之人”“第一恶人罪人”“老奸巨猾”“贪刻阴毒无耻”，产生这一结论的原因就在于在张竹坡看来，作者写吴月娘用了“隐笔”：“作者以阳秋之笔，隐罪月娘。”③“作者阳秋之笔，到底放不过月娘也。”④其实在张竹坡看来，《金瓶梅》中潘金莲的恶和吴月娘的恶是同一层级上的，所不同者只在于潘金莲的恶是“明写”，吴月娘的恶“纯以阳秋之笔”，是“隐写”，而这恰好形成了很好的对照。

蒙古族文论家哈斯宝则在金评《水浒》“深文曲笔”写宋江思想的直接启发下，评点《红楼梦》中对宝钗、袭人等人物的写法。哈斯宝在《新译红楼梦》第二十回回评中，明确说道：“卧则能寻索文义，起则能演述章法的，是圣叹先生。读小说稗官能效法圣叹，且能译为蒙古语的，是我。”同金圣叹以为《水浒传》写宋江用“曲笔”、张竹坡以为《金瓶梅》写吴月娘用“隐笔”一样，哈斯宝以为，《红楼梦》中写宝钗、袭人，全用“暗中抨击之法”：

这部书写宝钗、袭人，全用暗中抨击之法。粗略看去，她们都好像

---

① ［清］张竹坡《〈金瓶梅〉读法》，朱一玄编《金瓶梅资料汇编》，前引书，第 430 页。

② ［清］张竹坡评《金瓶梅》第十四回回评，朱一玄编《金瓶梅资料汇编》，前引书，第 471—472 页。

③ ［清］张竹坡评《金瓶梅》第七十五回回评，朱一玄编《金瓶梅资料汇编》，前引书，第 529 页。

④ ［清］张竹坡评《金瓶梅》第八十九回回评，朱一玄编《金瓶梅资料汇编》，前引书，第 549 页。

极好极忠厚的人，仔细想来却是恶极残极。这同当今一些深奸细诈之徒，嘴上说好话，见人和颜悦色，但行为特别险恶而又不被觉察，是一样的。作者对此深恶痛绝，特地以宝钗、袭人为例写出，指斥为妇人之举。①

全书那许多人写起来都容易，唯独宝钗写起来最难。因而读此书，看那许多人的故事都容易，唯独看宝钗的故事最难。大体上，写那许多人都用直笔，好的真好，坏的真坏。只有宝钗，不是那样写的。乍看全好，再看就好坏参半，又再看好处不及坏处多，反复看去，全是坏，压根没有什么好。一再反复，看出他全坏，一无好处，这不容易。但我又说，看出全好的宝钗全坏还容易，把全坏的宝钗写得全好便最难。读她的话语，看她行径，真是句句、步步都像个极明智极贤淑的人，却终究逃不脱被人指为最奸最诈的人，这又因什么？《纲目》臧否全在笔墨之外，便是如此。②

显然，哈斯宝对《红楼梦》中宝钗、袭人形象刻画手法“暗中抨击之法”和“臧否全在笔墨之外”的分析与归纳，与金圣叹对《水浒》中宋江形象刻画“深文曲笔”手法的评论如出一辙。

金圣叹、张竹坡、哈斯宝这里所论的“曲笔”都侧重指人物形象刻画上“注此写彼”“皮里阳秋”的叙写方法。当然，“深文曲笔”“阳秋之笔”“暗中抨击之法”在《水浒传》《金瓶梅》《红楼梦》中也许并不存在，它只是评点家根据自己对人物的好恶在评点中反复强调才得以彰显。胡适《〈水浒传〉考证》曾指出：“金圣叹《水浒》评的大毛病也正在这个‘史’字上。中国人心中的‘史’总脱不了《春秋》笔法‘寓褒贬，别善恶’的流毒。金圣叹把《春秋》的微言大义用到《水浒》上去，故有许多极迂腐的议论。他以为《水浒传》对于宋江，处处用《春秋》笔法责备他。……这种穿凿的议论实在是文学的障碍。……这种无中生有的主观见解，真正冤枉煞古人！圣叹常骂三家村学究不懂得‘作史笔法’，却不知圣叹正为懂得作史笔法太多了，所以他的迂腐比三家村学究的更可厌！”③但宋江的虚伪、吴月娘的贪财、宝钗的奸狡在小说中也确实存在。正因此，金圣叹将《水浒》对宋江的许多描写、张竹坡将《金瓶梅》对吴月娘的许多描写、哈斯宝将《红楼梦》对宝钗、袭人

① ［清］哈斯宝评《新译红楼梦》第五回回批，朱一玄编《红楼梦资料汇编》，前引书，第 778 页。

② ［清］哈斯宝评《新译红楼梦》第三十八回回批，朱一玄编《红楼梦资料汇编》，前引书，第 823 页。

③ 胡适《中国章回小说考证》，安徽教育出版社，1999 年，第 7—8 页。

的许多描写都理解为“皮里阳秋”的“《春秋》笔法”又自有其可以服人之处。

戚蓼生《〈石头记〉序》对《红楼梦》的“曲笔”艺术评论道：

> 吾闻绛树两歌，一声在喉，一声在鼻；黄华二牍，左腕能楷，右腕能草。神乎技矣！吾未见之也。今则两歌而不分喉鼻，二牍而无区乎左右；一声也而两歌，一手也而二牍：此万万所不能有之事，不可得之奇，而竟得之《石头记》一书。……第观其蕴于心而抒于手也，注彼而写此，目送而手挥，似谲而正，似则而淫，如《春秋》之有微词，史家之多曲笔。试一一读而绎之：写闺房则极其雍肃也，而艳冶已满纸矣；状阀阅则极其丰盛也，而式微已盈睫矣；写宝玉之淫而痴也，而多情善悟不减历下琅琊；写黛玉之妒而尖也，而笃爱深怜不啻桑娥石女。……盖声止一声，手止一手，而淫佚贞静，悲戚欢愉，不啻双管之齐下也。

“一声也而两歌”“一手也而二牍”“注彼而写此，目送而手挥”“双管齐下”等比喻，都指出了“曲笔”的特点。正因为“曲笔”有言在此意在彼、话中有话、弦外有音的特点，因此，在阅读时，读者要善于识别作者的笔法用意，才能得其弦外之音：“作者有两意，读者当只一心。譬之绘事，石有三面，佳处不过一峰；路看两蹊，幽处不逾一树。必得是意，以读是书，乃能得作者微旨，如捉水月，只挹清辉；如天雨花，但闻香气。”①

第二节　虚实相生

一、虚实范畴的理论界域

虚与实本是一对哲学范畴，常与有无对等使用。虚为空无之称，《广雅·释诂三》谓：“虚，空也。”道家视虚为宇宙本体，又以虚为一种内心境界。实即实有。古代哲学家以“气”把有无、虚实统一起来，王廷相称：“天内外皆气，地中亦气，物虚实皆气，通极上下造化之实体也，是故虚受乎气，非能生气也。”②有与无、虚与实的关系表现为“有生于无，实出于虚”，这种

① ［清］戚蓼生《〈石头记〉序》，朱一玄编《红楼梦资料汇编》，前引书，第561页。

② ［清］黄宗羲《明儒学案》，卷五十，《诸儒学案中四·肃敏王浚川先生廷相》，文渊阁《四库全书》，第457册，第846页。

哲学思想体现在文艺中，就构成虚与实这一对文艺美学范畴①。

虚与实在中国古典文艺美学中的理论域界颇为宽泛复杂。叶长海先生指出，在文艺研究的不同理论层次，都有用虚实来说明创作中一些带有规律性问题的情况，常见的有文学修辞领域中的实字与虚字的使用问题、艺术创作方法论领域中的真实与虚构关系问题、艺术哲学领域中关于有形与无形的各种表现及其精神实质问题三种情况②。胡立新从文艺活动的多种理论维面考察，归纳总结了虚实范畴的 8 大理论维面的表义系统③：

(1)从支配文艺活动的传统宇宙观上看，虚实与有无相关联，延伸而指向有形与无形、有声与无声、有色与无色、具体与抽象、已知与未知、实在与虚空、实体与空间、运动与静止、有限与无限等对立统一的关系义项。

(2)从文艺创造与客体对象的关系看，虚实包含真假的涵义，指向纪实与虚构、生活真实与艺术真实的关系义项。

(3)从文艺创造的具体对象看，虚实论与形神论有交叉涵义，实指有形的实体，虚指无形的虚神。

(4)从文艺作品内容的主客关系上看，虚实论与情景论有交叉涵义，实指景物，虚指情思。

(5)从文艺创作的具体技法上看，虚实与显隐、藏露、疏密、详略、浓淡、聚散、动静、明晦、宾主、奇正等均有交叉涵义。

(6)从创作主体的精神人格修养看，实即充实，指人生阅历广博和学养富足；虚既指虚怀若谷之胸襟，亦指虚静心理。

(7)从文艺创作的审美风貌上看，虚实指两种对立统一的审美风貌，既指质实与空泛的两种文风，亦指充实与空灵的优良风格形态。

(8)从文艺作品与接受者的关系上看，虚实指形象与再创造的关系，实指作品内的形象内容，虚指由作品形象引出的一系列联想。

这些研究，从文艺创作主客体、表现手法、作品风格、文艺接受等文艺理论的多个层面对虚与实作为文艺美学范畴的理论域界进行了广泛的探讨，这也说明了虚实范畴在中国文艺理论领域乃至文化领域的广泛应用和丰富内涵。文艺研究的不同理论层面，都常用虚实及其派生的一系列范畴与命题——真幻、真假、真实与虚构、有无、有限与无限、情景、疏密、阴阳、明暗、宾主、神形、隐显、空灵与质实等来言说文学艺术的基本问题，由此，又构成

① 参见张岱年《中国古典哲学概念范畴要论》，中国社会科学出版社，1989 年，第 59—60 页。

② 叶长海《中国艺术虚实论》，载《戏剧艺术》2001 年第 6 期。

③ 胡立新、沈嘉达《虚实范畴在传统文艺学中的表义系统辨析》，载《中南民族大学学报》2003 年第 5 期。

了极富中国特色的文艺美学虚实相生理论。

二、虚实相生叙事笔法理论

叙事领域里的虚实相生理论，侧重于艺术表现中的虚构与真实问题和叙事技法层面的虚实相生叙事笔法问题两个层面。

艺术表现中的虚构与真实问题，包括古代叙事理论家们常称的真与幻、幻奇与实录、真与假等问题，这一方面，前人多有论述①，本处不再讨论。本处着重讨论的是叙事修辞领域里属于技术操作层面的虚实相生的叙事笔法问题。虚实相生在中国古代叙事理论中属于叙事修辞论域，作为叙事修辞笔法的虚实相生笔法内涵丰富。从明代开始，随着中国叙事文学的蓬勃发展，叙事理论也开始昌盛。可以说，中国古代叙事理论从一开始就重视虚实关系，作为叙事修辞技法的虚实相生笔法更是中国古代叙事理论家讨论最多的问题。古代叙事理论家关于虚实相生叙事笔法的理论话语十分繁杂，除"虚写""实写""虚笔""实笔""以实传虚""实以虚行""避实取虚之法""虚实之法""虚实相生之法"等直接用虚、实命名的笔法属于虚实相生叙事笔法外，古代叙事理论家们所讨论的"衬染之法""反衬法""背面铺粉之法""注此写彼""烘云托月法""狮子滚球""画家三染法""衬叠法""宾主之法""轻重详略""近山浓抹，远树轻描""旁笔""正笔""闲笔""陪笔""明写""暗写"等，也都涉及虚实相生的叙事修辞问题，因此，也都是虚实相生叙事笔法的理论论域。通观这些关于虚实相生叙事修辞笔法的诸多称说，我们可以把它归纳整合为"虚实之法""衬染之法""宾主之法"三种内涵各有侧重，都以虚实相生为美学追求，但又各具审美特色的基本笔法。

1. 论"虚实之法"

从文艺创作技法上说，虚实是不同门类文艺创作必不可少的技巧法则。单就文学来说，诗歌创作中有实字(词)(名词和两类动词：行为动词和性质动词)和虚字(词)(全部的表示关系的"工具"词：人称代词、副词、介词、连词、表示比较的词、助词等)的使用技法②；景物与情思四实、四虚、虚实参半

---

① 如方正耀《中国古代小说理论史》(华东师范大学出版社，2005年)列专章专节讨论了幻奇理论的产生、内容、变化；实录理论的形成、突破；写实理论的崛起；虚构与真实等问题。谭帆、陆炜《中国古典戏剧理论史》(华东师范大学出版社，2005年)也以"虚构"与"真实"的关系为主要对象，阐述了戏剧叙事理论中的虚实范畴等。

② 〔法〕程抱一《中国诗画语言研究》，江苏人民出版社，2006年，第37页。

的安排技法等①。戏曲、小说等叙事文学也讲究实写(实笔)和虚写(虚笔)的技巧,实写(实笔)就是正面、直接叙述,虚写(虚笔)是侧面、间接叙述。如何安排叙事中的实写与虚写呢?古代叙事理论家对这一问题非常关注,提出了包括"以实传虚""避实取虚""虚实相生"等内容的叙事"虚实之法"。

"以实传虚"。清韩廷锡《与友人论文书》云:"文有虚神,然当从实处入,不当从虚处入。"指出文章的"神"是虚的,它的传达要靠实写来实现。不惟文章,一切事物的"神"都是虚的,都无法直接加以表现,其传达都只能靠对实物的逼真描写来实现,这就是"以实传虚"。清人邹一桂《小山画谱》说:"人言绘雪者,不能绘其清;绘月者,不能绘其明;绘花者,不能绘其馨;绘人者,不能绘其情;此数者虚,不可以形求也。不知实者必肖,虚者自出,故画北风图则生凉,画云汉图则生热,画水于壁,则夜闻水声。谓为不能者,固不知画者也。"一般而言,雪之清凉、月之明辉、花之芳香、人之情怀等都是"虚"的东西,似乎无法表达,但是邹一桂则指出只要把实在之物事描绘得"逼肖",则其神韵等"虚者"自然就表现出来,所谓"林间阴影,无处营心;山外清光,何从着笔?空本难图,实景清而空景现。神无可绘,真境逼而神境生。位置相戾,有画处多属赘疣。虚实相生,无画处皆成妙境"。"空""神"不好画,就求之于实景、真境,实景、真境描绘得清虚玲珑、惟妙惟肖,就可以体现出空景、神境的韵致。"阴影""清光"这些空明、神灵的境界,就是这样通过"以实传虚""虚者实之""实者虚之"的虚实相生手法而巧妙地显示出来。"以实传虚""以实写虚"就是用实有可感的景象表现出灵虚无形的机理精神。

绘画理论中的"以实传虚""以实写虚"思想,影响产生了古代叙事理论家关于小说叙事的实写理论,张竹坡就指出,《金瓶梅》中的潘金莲就总用"实写法":

> 写春梅用影写法,写瓶儿用遥写法,写金莲用实写法。然一部《金瓶》,春梅至不垂别泪时,总用影写,金莲总用实写也。②

《金瓶梅》中,作者是通过直接描写潘金莲的容貌、语言、行动等来完成对这一形象的刻画的:潘金莲欲勾搭武松,"一径将酥胸微露,云鬟半亸,脸上堆

---

① [宋]范晞文《对床夜语》卷二称周弼选唐诗,立四实、四虚、虚实相半的标准。"四实"指律诗中间四句皆写景物。四虚指四句皆为情思。虚实参半,指两句写景,两句写情。([清]丁福保辑《历代诗话续编》,中华书局,1983年,第420页。)

② [清]张竹坡评《金瓶梅》第一回回评,朱一玄编《金瓶梅资料汇编》,前引书,第445页。

下笑来”,真写得妇人淫荡如画。潘金莲激打孙雪娥,小说叙述了她如何生事、如何调唆、如何激将西门庆,将她的“恃宠生骄、颠寒作热”描画尽致。设计害死了宋惠莲还不够,对于她的一只鞋子,也要吩咐:“取刀来,等我把淫妇剁作几截子,掠到茅厕里去!叫贼淫妇阴山背后,永世不得超生!”如此的语言,刻画得潘金莲狠毒无比,确如张竹坡所说,对于潘金莲的淫荡、狠毒、嫉妒、骄宠,小说都是通过逼真的外貌、语言、行动等的实写来传达的,这种“以实传虚”的叙述笔法给读者带来的是不需要想象即能获得的直接的、鲜活的感受,显然与侧面间接描写具有完全不同的审美趣味。《西厢记》对莺莺的描写,写了她的脚、腰、头发,自始至终没有正面写其面容,作者造出的是一种毫不沉冗拖沓、简洁凝练的无限之虚美。莱辛曾以《伊利亚特》描写海伦之美为例说:“荷马故意对物体美作细节的描绘,从他的诗里我们偶尔听到说海伦的胳膊白,头发美之类话。但是尽管如此,正是荷马才使我们对海伦的美获得一种远远超过艺术所能引起的认识。”王实甫、荷马等对崔莺莺、海伦的美的侧面叙写法,与张竹坡所说的从正面实写的叙写方法,其效果大不一样。

“避实取虚”。固然,从文艺的基本特征的角度来考察虚写与实写问题,虚实相生是符合文艺辩证规律的创作规则,但偏重于虚是中国文艺创作的特色。古代叙事理论家也认识到了小说叙事虚实笔法的这一特点,在理论上对“用虚”笔法进行了广泛深入的讨论,“实以虚行”“避实取虚”“于无处写”被古代叙事理论家认为是真正的妙笔。

《水浒传》袁评本中多次论到小说虚实问题,尤其提出了“实以虚行”的命题,如第七十二回有眉批云:“事情与言语详细不见于前,却于燕青口中出。实以虚行,文家妙境。”①古代小说叙事中的这种“于……口中(眼中、耳中)”叙出、补出、看出、听来等的虚笔,常被古代叙事理论家称赞为“省笔”。如毛宗岗《三国演义》第八回夹批“张温事即在董卓口中叙出,省笔”等。脂砚斋称这种实事虚写而不琐碎的技巧为“避难法”:“细思大观园一事,若从如何奉旨起造,又如何分派众人,从头细细直写将来,几千样细事,如何能顺笔一气写清,又将落于死板拮据之乡。故只用琏、凤夫妻二人一问一答,上用赵妪讨情作引,下用蓉、蔷来说事作收,余者随笔顺笔,略一点染,则耀然洞彻矣。此是避难法。”②这就是袁批中通过对话的方式把实事虚写

① [明]李卓吾评《水浒传》第七十三回“袁眉”,陈曦钟等辑校《水浒传会评本》,前引书,第1345页。

② [清]脂砚斋评《红楼梦》第十六回“甲戌回前”,朱一玄编《红楼梦资料汇编》,前引书,第256页。

出来的“实以虚行”的省笔虚写，它虽只一句两句，“正不知包却几许事情，省却几许笔墨。”①

金评《水浒传》，在袁评本基础上提出了“避实取虚”的“用虚”笔法：

> 吾闻文章之家，固有所谓避实取虚之法矣。今兹略于破高廉而详于取公孙，意者其用此法与！然也已略于高廉而详于公孙，则何不并略公孙而特详于公孙之师？盖所谓避实取虚之法，至是乃为极尽其变，而李大哥特以妙人见借，助成局段者也。是故，凡李大哥插科打诨皆所以衬出真人；衬出真人，正所以衬出公孙也。②

《水浒传》第五十二回，其主要的故事事件是戴宗和李逵为破高廉、救柴进二次寻取公孙胜，而涉及人物有戴宗、李逵、公孙胜、罗真人。金圣叹以为，这一故事叙述采用了“避实取虚”之法：破高廉的战斗是《水浒传》第五十一至五十三回故事的核心事件，它是实，但小说于第五十二回避开了对它的直接叙述，而详细叙述战斗的准备工作——取公孙胜，因此，破高廉和取公孙胜两件事，前实后虚，小说在叙述上则避实取虚，前略后详；而要取公孙胜，必须征得其师父罗真人允许，取公孙和说服罗真人两件事，也是前实后虚，小说在叙述上再次采用了“避实取虚”之法，详细叙述了李逵暗杀罗真人的故事，也形成了叙述上的前略后详格局。小说在对李逵的叙写上着以浓墨重彩，也是一种避实取虚的衬染法，其本意并不在李逵，而是以李逵衬罗真人，以罗真人衬公孙胜，因此，公孙胜才是《水浒传》第五十一至五十三回故事的主角。金圣叹将《水浒传》视为传记之书，“《水浒传》一个人出来，分明便是一篇列传”，第五十一至五十三回显然就是为公孙胜立传，因此写高廉、写李逵、写罗真人，虽详细备至，却都是虚写，无非是要引出公孙胜；而“写公孙胜神功道法，只是一笔两笔，不肯出力铺张”③，真正实写公孙胜时，反倒几笔略过，这就是一种“避实取虚”、略实详虚的用虚笔法，金圣叹对此大为赞赏，称“是此书特特过人一筹处”④。

毛宗岗评《三国演义》，也多次赞叹小说的“用虚笔”“于无处写”等以

---

① ［清］毛宗岗《读〈三国志〉法》，朱一玄、刘毓忱编《三国演义资料汇编》，前引书，第265页。

② ［清］金圣叹评《水浒传》第五十二回回评，陈曦钟等辑校《水浒传会评本》，前引书，第965页。

③ ［清］金圣叹评《水浒传》第五十三回回评，陈曦钟等辑校《水浒传会评本》，前引书，第987页。

④ ［清］金圣叹评《水浒传》第五十三回回评，陈曦钟等辑校《水浒传会评本》，前引书，第987页。

无写有、以虚带实的笔法。如第三十五回回评：

> 此卷为刘玄德访孔明，孔明见玄德作一引子耳。将有南阳诸葛庐，先有南漳水镜庄以引之；特有孔明为军师，先有单福为军师以引之。不特此也，前卷有玉龙、金凤，此卷有伏龙、凤雏，前卷有一雀一马，此卷乃有一凤一龙：是前卷又为此卷作引也。究竟一凤一龙，未曾明指其为谁。不但水镜不肯说龙、凤姓名，即单福亦不肯自道其真姓名。“庞统”二字在童子口中轻轻逗出，而玄德却不知此人之即为凤雏；“元直”二字在水镜夜间轻轻逗出，而玄德却不知此人之即为单福。隐隐跃跃，如帘内美人，不露全身，只露半面，令人心神恍惚，猜测不定。至于“诸葛亮”三字，通篇更不一露，又如隔墙闻环佩声，并半面亦不得见。纯用虚笔，真绝世妙文！①

诸葛亮、庞统、徐庶三人的出现，作者纯用虚笔，隐隐约约，藏而不露，不是让读者一览无余，而是神秘莫测，扣紧读者心弦，步步紧迫，使情节充满张力。尤其是对写孔明的笔法，毛宗岗又以“于无处写”来概括：

> 此卷极写孔明，而篇中却无孔明。盖善写妙人者，不于有处写，正于无处写。写其人如闲云野鹤之不可定，而其人始远；写其人如威凤祥麟之不易睹，而其人始尊。且孔明虽未得一遇，而见孔明之居，则极其幽秀，见孔明之童，则极其古淡；见孔明之友，则极其高超；见孔明之弟，则极其旷逸；见孔明之丈人，则极其清韵；见孔明之题咏，则极其俊妙。不待接席言欢，而孔明之为孔明，于此领略过半矣！②

孔明是《三国演义》中第一妙人，作者对他的叙写是一味虚写，“写来如海上仙山，将近忽远。绝世妙人，须此绝世妙文以副之。”对于孔明的才计，小说中也多用虚写。毛宗岗指出，《三国演义》第六十回，“张松之至荆州，凡子龙、云长接待之礼，与玄德对答之言，明系孔明所教，篇中只写子龙，只写云长，只写玄德，更不写孔明如何打点，如何指使，而令读者心头眼底，处处有一孔明在焉。”小说叙述的是刘备、赵云、关羽的言行，但要实写的却是“有经天纬地之才，出鬼入神之计”的孔明，毛宗岗赞叹这种以虚写实的笔法“真神妙之笔！”虚写，对实写内容加以映衬，使实写内容若隐若现，故事情

---

① ［清］毛宗岗评《三国演义》第三十五回回评，陈曦钟等辑校《三国演义会评本》，前引书，第436页。

② ［清］毛宗岗评《三国演义》第三十七回回评，陈曦钟等辑校《三国演义会评本》，前引书，第460页。

节妙趣横生，留给读者丰富的想象空间。

“虚实相间”“虚实相生”。虚写和实写在叙事中经常相互交叉使用，虚虚实实，间隔开来，以使叙事有详有略，不雷同。如《三国演义》第三回写吕布出场，毛宗岗有四段评语：

> 先从李儒眼中虚画一吕布，此处先写戟。
>
> 又从董卓眼中虚画一吕布。前只写戟，此处添写马。
>
> 在李儒口中方实叙出吕布姓名。
>
> 又从董卓、李儒眼中实写一吕布，看他先写状貌，次写姓名，次写装束；先写戟，次写马，次写冠带、袍甲，都作三层出落，妙。

吕布的出场，经过二番虚写，二番实写后，其形象方完整、生动地呈现在读者眼中。这种人物出场的叙述方式是古代小说的惯用技法。在古代理论家看来，无论是写人物，还是叙述事件，都以虚实相间、参差变换为妙笔：

> 董承前拒傕、汜以救驾，今若能诛曹操，是再救驾也。马腾前同韩遂攻傕、汜，曾受密诏，今同董承谋曹操，是再受诏也。前之救驾是实事，而后之救驾是虚谈；前之受诏是虚叙，而后之受诏用实写。一虚一实，参差变换，各各入妙。①
>
> 当周瑜战曹仁之时，正孔明遣将取三城之时。妙在周瑜一边实写，孔明一边虚写。又妙在赵子龙一边，在周瑜眼中实写；云长、翼德两边，在周瑜耳中虚写。此叙事虚实之法。②

毛宗岗以绘画作喻，指出这种虚实相间叙事笔法的特点为“近山浓抹、远树轻描”：“《三国》一书，有近山浓抹，远树轻描之妙。画家之法于山于树之近者，则浓之重之；于山于树之远者，则轻之淡之。不然，林麓迢遥，峰峦层叠，岂能于尺幅之中一一而详绘乎？作文亦犹是。”发生在近处的事情实写、详写，远处的事情只通过人物之口、之耳、之眼叙出、听出、看出，即虚写、略写，一虚一实，使叙事参差变化。

不仅如此，虚实相间的叙事笔法还能避免叙事雷同，使叙事前后不致相犯。脂砚斋以为，《红楼梦》中对宝、黛相见和宝、钗相见的叙述，一实写，一虚写，一详写，一略写，就没有丝毫的雷同。《红楼梦》第三回林黛玉进贾

---

① [清]毛宗岗评《三国演义》第二十回回评，陈曦钟等辑校《三国演义会评本》，前引书，第243页。

② [清]毛宗岗评《三国演义》第五十一回回评，陈曦钟等辑校《三国演义会评本》，前引书，第633页。

府，处处详写、实写。首先从篇幅上看，整个一回的篇幅都是林黛玉，略其形迹，则有别父登舟——弃舟登岸——乘轿入荣国府——见贾母——拜见大舅母、二舅母、珠大嫂子——厮认迎、探、惜三姊妹——笑言“不足之症”——见凤姐——拜见大舅舅（不见）——拜见二舅舅（亦不见）——听王夫人谈宝玉——在贾母处吃饭——初见宝玉——再见宝玉——宝玉摔玉——在贾母房中碧纱橱内安歇等凡十数件事迹，通过这些事件的叙述，黛玉的灵心巧性、心思过人、自然风流态度、极奇极痴等，无不跃然纸上。而第四回写宝钗入贾府，则只在贾雨村乱判葫芦案中顺带叙出：“王氏……还有一女，比薛蟠小两岁，乳名宝钗，生得肌肤莹润，举止娴雅”“宝钗日与黛玉迎春姊妹等一处，或看书下棋，或作针黹，倒也十分乐业。”写宝钗的美，宝钗与黛玉等姊妹见面，都是作者抽象化的表述或概略，是略写、虚写，与前回写黛玉直接、正面的描写迥然不同，故脂砚斋称赞道：“写宝钗只如此，更妙！”①“金玉相见，却如此写，虚虚实实，总不相犯。”②第五回又接写黛玉，“不叙宝钗，反仍叙黛玉。盖前回只不过欲出宝钗。非实写之文耳。此回若仍叙写，则将二玉高搁矣，故急转笔仍归至黛玉，使荣府正文方不至于冷落也。”又“今写黛玉神妙之至，何也？因写黛玉实是写宝钗，非真有意去写黛玉，几乎被作者瞒过。”③黛玉实写，宝钗虚写，一实一虚、一详一略，相间成趣，而写黛玉又实是写宝钗，反之写宝钗也是写黛玉，实生虚，虚生实，虚实相生，正是作者妙笔。

不仅虚实相间形成文法变换不板、前后叙事不犯之妙，而且虚能救实，虚实互救，以此而虚实相生，全篇灵气飞动，正如孔衍《画诀》所云：“山水树石，实笔也；云烟，虚笔也。以虚运实，实者亦虚，通篇皆有灵气。”金圣叹、毛宗岗对此都有独到认识。金圣叹以为《水浒传》第五十九回虚构芒砀山公孙胜斗混世魔王樊瑞的故事在整部小说的几处山中战斗中就具有以虚救实、激活全篇的作用：

> 第二回写少华山，第四回写桃花山，第十六回写二龙山，第三十一回写白虎山，至上篇而一齐挽结，真可谓奇绝之笔。然而吾嫌其同。何谓同，同于前，若布棋后，若棋劫也。乃读此篇，而忽然添出混世魔王一

---

① ［清］脂砚斋评《红楼梦》第四回“甲戌侧”，朱一玄编《红楼梦资料汇编》，前引书，第147页。

② ［清］脂砚斋评《红楼梦》第四回“甲戌眉”，朱一玄编《红楼梦资料汇编》，前引书，第149页。

③ ［清］脂砚斋评《红楼梦》第五回“甲戌眉”，朱一玄编《红楼梦资料汇编》，前引书，第150—151页。

段，曾未尝有，突如其来。得此一虚，四实皆活。夫而后知文章真有相救之法也。①

毛宗岗也指出《三国演义》第六十三回的“涪水之决”一事也有着同样的“以虚运实”“虚实相生”的美学效果：“前文之决水者二：曹操之决泗水以淹下邳，决漳河以淹冀州是也；后文之决水者一：关公之决湘水以淹七军是也。独此卷于涪水之决，则欲决而不能决，遂不果决。有前之二实，不可无此一虚；有此之一虚，然后又有后之一实。文字有虚实相生之法，不意天然有此等妙事，以助成此等妙文。”②

2. 论“衬染之法”

“衬染之法”，又称“衬托法”，出自绘画领域，指在绢或纸的背面涂一层与正面景物相应的颜色，使正面颜色更厚或更鲜艳，造成丰富的层次感。如用汁绿染树叶，后面衬以石绿，用石绿染山石，后面衬以石青。金圣叹首先将其借用到小说叙事领域，指对要叙写的内容不作正面叙写，而是借助其他事物从侧面或反面去显示的一种方法。《水浒传》第六十三回回评：

写雪天擒索超，略写索超而勤写雪天者，写得雪天精神，便令索超精神。此画家所谓衬染之法，不可不一用也。③

这里指在刻画人物时，以对人物所处的环境的描写来烘托和映衬人物形象。用于衬染的内容，是虚写，常被称为“旁笔”，被衬染的内容是实写，常称为“正笔”，“大约文章之法，于正笔则着墨无多，全赖旁笔为之衬染。”④《水浒》要写索超英武，无法正面描画，只能去写雪天，“日无晶光，朔风乱吼”“彤云压城，天惨地裂”的雪天，恰衬出索超独引军马出城冲突的英武，“写得雪天精神，便令索超精神。”

对于“衬染之法”的这一虚实相生的特点与作用，金圣叹认识独到。在金圣叹看来，画静态景物易，画动态事物难，“画咸阳宫殿易，画楚人一炬难；画舳舻千里易，画八面潮水难。”描写人、事、物外在可见方面容易，描写其内在精神难。对于这样的情形，金圣叹决心“要纸上之无字、无句、无局、无思，而独能令千万世下人之读吾文者，其心头眼底乃窅窅有思、摇摇有局、

① ［清］金圣叹评《水浒传》第五十九回回评，陈曦钟等辑校《水浒传会评本》，前引书，第1085页。

② ［清］毛宗岗评《三国演义》第六十三回回评，陈曦钟等辑校《三国演义会评本》，前引书，第775页。

③ ［清］金圣叹评《水浒传》第六十三回回评，陈曦钟等辑校《水浒传会评本》，前引书，第1160页。

④ 侯百朋编《琵琶记资料汇编》，前引书，第311页。

铿铿有句,烨烨有字”①,而达到这种艺术效果的途径就是这种以“以实传虚”“虚实相生”为根本特点的“衬染之法”,金圣叹又将之称为“注彼写此”“狮子滚球”“烘云托月”:

> 文章最妙是目注彼处,手写此处。若有时必欲目注此处,则必手写彼处。
>
> 文章最妙是目注此处,却不便写,却去远远处发来,迤逦写到将至时,便且注。却去远远处发来,迤逦写到将至时,便又且注。如此更端数番,皆去远远处发来,迤逦写到将至时,即便注。更不复写出目所注处,使人自于文外瞥然亲见。
>
> 文章最妙是觑定阿堵一处,却于阿堵一处之四面,将笔来左盘右旋,右盘左旋,再不放脱,却不擒住,分明如狮子滚球相似。本只是一个球,却教狮子放出通身解数,一时满棚人看狮子眼都看花了,狮子却是并没交涉,人眼自射狮子,狮子眼自射球。盖滚者是狮子而狮子之所以如此滚,如彼滚,实都为球也。

金圣叹指出《西厢记》《左传》《史记》都善用这种虚实相生的叙事笔法,如《西厢记》第一折“惊艳”第四节写张生游寺:

> 随喜了上方佛殿,又来到下方僧院。厨房近西,法堂北,钟楼前面。游洞房,登宝塔,将回廊绕遍。我数毕罗汉,参过菩萨,拜罢圣贤。

“凡用佛殿,僧院,厨房,法堂,钟楼,洞房,宝塔,回廊无数字都是虚字”,“又用罗汉,菩萨,圣贤无数字,又都是虚字”,都是其手写处,而其眼觑处、目注处只在“蓦然见五百年风流业冤”。佛殿、僧院、厨房、法堂、钟楼、洞房、宝塔、回廊、罗汉、菩萨、圣贤,一切皆为衬惊艳而写,因此是烘云托月:“欲画月也,月不可画,因而画云。画云者意不在于云也,意不在于云者,意固在于月也。”“风流业冤是月也,佛殿等处皆云也”;是“手写此处,神注彼处”:“写佛殿及回廊与罗汉菩萨,其注神却在彼之风流业冤也。”

衬染、写此注彼、烘云托月的叙事笔法就是在写人叙事时,不着笔于其本人或本事,而从侧面虚写他周围的人、事、景等,以虚写实,实现对欲实写人、事物及其精神的叙写。这种虚实相生的叙事笔法受到了古代叙事理论家普遍的注意,后来毛纶评点《琵琶记》直接仿用了金圣叹的批语:

> 才子之文,有着笔在此而注意在彼,譬如画家,花可画,而花之香不

---

① [清]金圣叹《〈水浒传〉序一》,陈曦钟等辑校《水浒传会评本》,前引书,第6页。

可画，于是舍花而画花旁之蝶，非画蝶也，仍是画花。雪可画，而雪之寒不可画，于是舍雪而画雪中拥炉之人，非画炉也，仍是画雪也。月可画，而月之明不可画，于是舍月而画月下看书之人，非画书也，仍是画月也。①

是故才子之为文也，既一眼觑定紧要处，却不便一手抓住、一口擒住，却于此处之上下四旁，千回百折，左盘右旋，极纵横排宕之致，使观者眼光霍霍不定，斯称真正绝世妙文。②

金圣叹、毛纶这里所论的衬染、烘云托月、写此注彼，其被衬染的“月”之正笔和用于衬染的“云”之旁笔还都极易分辨，“至于衬染既精，觉旁笔皆成正笔，则才子之才，真有化工之妙”③，因为衬染之笔写得好，所以竟然不觉得衬染之笔是旁笔，反倒觉得衬染之笔也是正笔，这在下面金圣叹所提的“反衬法”一例中最为明显：

一路写宋江使权诈处，必紧接李逵粗言直叫，此又是画家所谓反衬法。读者但见李逵粗直，便知宋江权诈，则庶几得之矣。④

金圣叹又将这种“反衬法”称为“背面铺粉法”。他多次指出，《水浒传》每每用李逵的粗直来反面衬染宋江的奸诈，因此，李逵的粗直在小说中是旁笔、染笔、虚笔，但小说中对李逵的真率、粗直叙写得实在太精彩了，读者很容易以为这些笔墨就是写李逵的，金圣叹也注意到了这种情况，所以他提请读者注意这是一种“反衬法”，“读者但见李逵粗直，便知宋江权诈，则庶几得之矣。”“衬染之法”中的正笔是实，旁笔是虚，为正笔之衬染，故旁笔笔多，层层添设，步步渲染，最后如正笔一样，正笔笔少，但虽少而精，仍是主脑，控制着旁笔的铺设，使其散而不乱，多而不杂，紧紧围绕正笔这一枢纽和中心。这就是“衬染之法”中正笔与旁笔运用的艺术规律和虚实特点⑤。正笔和旁笔其本身也是虚实相生叙事笔法的重要内容，是作者追求不直达叙事中心，而是回环往复，使文字起伏跌宕，以臻“化工”之境的艺术技巧。

毛宗岗指出，衬染之法除有反衬外，还有正衬、顺衬、逆衬三种：

博望一烧，有无数衬染。写云浓、月淡是反衬，写秋飕、夜风、林木、

---

① 侯百朋编《琵琶记资料汇编》，前引书，第279—280页。

② 侯百朋编《琵琶记资料汇编》，前引书，第282页。

③ 侯百朋编《琵琶记资料汇编》，前引书，第311页。

④ ［清］金圣叹评《水浒传》第四十回回评，陈曦钟等辑校《水浒传会评本》，前引书，第750页。

⑤ 参见李正学《毛纶批评〈琵琶记〉的文学思想》，载《四川戏剧》2007年第2期。

芦苇是正衬，写徐庶夸奖是顺衬，写夏侯轻侮，关、张不信是逆衬。①

所谓正、反、顺、逆的衬染方法，其实质不过是正衬和反衬两种。云浓、月淡反衬后文火光之明，秋飚、林木正衬后文火势之猛，徐庶夸诸葛亮"有经天纬地之才，出鬼入神之计"正衬出博望火攻妙计，张飞打趣说"水攻"又反衬火攻。总之，这些衬染，都是为刻画诸葛亮服务的。毛宗岗以为，《三国演义》中诸葛亮形象的描写，常用衬染法："文有正衬，有反衬。写鲁肃老实以衬孔明之乖巧，是反衬也。写周瑜乖巧以衬孔明为加倍乖巧，是正衬也。譬如写国色者，以丑女形之而美，不若以美女形之而觉其更美。写虎将也，以懦夫形之而勇，不若以勇夫形之而觉其更勇。读此可悟文章相衬之法。"②

张竹坡称这种具有虚实相生意味的衬染法为衬叠法。《金瓶梅》第三十二回，西门庆生子加官之后，如何描写其势利豪华呢？最省手的写法就是写最热闹的豪宴，豪宴的热闹又怎么写得出呢？既有实写：写西门庆做官帽，又唤赵裁缝裁剪尺头，攒造圆领，又叫许多匠人，订了七八条带。有一条犀角带并鹤顶红，犀角是水犀角，水犀角号称通天犀，为无价之宝等。又有虚写：银姐、爱香、桂姐、金钏四妓前来助兴，桂姐要认月娘为干娘等。张竹坡认为这一虚写就是文字"衬叠法"："盖于西门做官之后，其势利豪华，于别处描写，便觉费手，看他算到必不止于一遭开宴，开宴正所以热闹，而开宴之热闹，止用诸妓乐工一衬，便有寒谷生春、花添锦上之致，文字固有衬叠法也。"③

脂砚斋指出了衬染之法反复皴染，即于侧面反复虚写的特点。脂砚斋以为，《红楼梦》中对荣国府豪华的庄院和庞杂的世系的叙述，采用的是"画家三染法"："此回亦非正文本旨，只在冷子兴一人，即俗谓冷中出热，无中生有也。其演说荣府一篇者，盖因族大人多，若从作者笔下一一叙出，尽一二回不能得明，则成何文字？故借用冷字（庚辰回前"冷字"作"冷子兴"）一人，略出其大半，使阅者心中，已有一荣府隐隐在心，然后用黛玉、宝钗等两三次皴染，则耀然于心中眼中矣。此即画家三染法也。"④一虚再虚、反复

① ［清］毛宗岗评《三国演义》第三十九回回评，陈曦钟等辑校《三国演义会评本》，前引书，第488页。

② ［清］毛宗岗评《三国演义》第四十五回回评，陈曦钟等辑校《三国演义会评本》，前引书，第563页。

③ ［清］张竹坡评《金瓶梅》第三十二回回评，朱一玄编《金瓶梅资料汇编》，前引书，第491页。

④ ［清］脂砚斋评《红楼梦》第二回"甲戌回前"，朱一玄编《红楼梦资料汇编》，前引书，第100页。

皴染也正是衬染之法不同于其他虚实相生叙事笔法的一大特色。

3. 论"宾主之法"

虚实有时指宾主。主为实，宾为虚。清代画家蒋和说："山水篇幅以山为主，山是实，水是虚。画水村图，水是实而坡岸是虚。"①蒋和从宾主关系的角度看待虚实关系，不仅揭示了山水画内容布置的主宾、实虚关系，还指出了虚实、主宾的相对性。无论是绘画还是文学创作，其主宾、虚实都具有相对性，二者可以互相转化，又生生不穷。

叙事中具有虚实意味的宾主之法，常常指的是以次要人物、事件写主要人物、事件，以宾写主的叙事笔法。其中，宾是虚写、陪笔，主是实写、正笔，虚写宾是为了实写主。关于宾主之法明清文论家金圣叹、毛宗岗、张竹坡、脂砚斋等都有精妙的论说。

在古代理论家看来，一部叙事作品，往往有主有宾。主，即主要人物、主要事件；宾即次要人物、次要事件，主是实，宾是虚，写宾是为了衬主。宾主之法也是一种虚实之法，宾虚写，常称闲笔、旁笔；主实写，是正笔。以宾衬主，即以虚写实。《水浒传》第十二回，写杨志与索超、周瑾东郭比武，虽叙写得绚烂纵横，但实是闲笔，而正笔则是梁中书因杨志武功高强，加意杨志，在文章叙述很少，因此，写比武、索超、周瑾实是闲笔、旁笔，是宾，都是为写杨志服务，又是为生辰纲一事作地，金圣叹对这段叙事的宾主旁正之法认识透彻，因此他评道："如此一篇大书，愚夫读之，则以为东郭争功，定是杨志分中一件惊天动地之事。殊不知止为后文生辰纲要重托杨志，故从空结出两层楼台，以为梁中书爱杨志地耳。故篇中凡写梁中书加意杨志处，文虽少，是正笔；写与周谨、索超比试处，文虽绚烂纵横，是闲笔。夫读书而能识宾主旁正者，我将与之遍读天下之书也。"②

毛宗岗评点《三国演义》，详细阐述了"以宾衬主"的妙法：

> 《三国》一书，有以宾衬主之妙。如将叙桃园三兄弟，先叙黄巾兄弟三人：桃园其主也，黄巾其宾也。将叙中山靖王之后，先叙鲁恭王之后：中山靖王其主也，鲁恭王其宾也……

主是作者的叙述目的，宾只是陪衬或引子，因此，宾实际是虚写，虚写宾是为了引出或陪衬实写之主。

脂砚斋也详细讨论了宾主之法，《红楼梦》第七十八回评道：

---

① 曾祖荫《中国古代美学范畴》，华中工学院出版社，1986年，第151页。

② [清]金圣叹评《水浒传》第十二回回评，陈曦钟等辑校《水浒传会评本》，前引书，第245—246页。

文有宾主不可误。此文以《芙蓉诔》为主,以《姽婳词》为宾;以宝玉古歌为主,以贾环、贾兰诗绝为宾。文有宾中宾不可误。以请客作序为宾,以宝玉出游作诗为宾中宾。由虚入实,可咏可歌。①

《红楼梦》第七十八回"老学士闲征姽婳词 痴公子杜撰芙蓉诔",前半回是宾,是虚写,后半回是主,是实写,所以说"由虚入实"。王希廉也认为"《姽婳词》是《芙蓉诔》陪衬,而姽婳将军是实事实写,芙蓉花神是虚言虚拟。宾主虚实,错综变化。"②王希廉还详细分析了《红楼梦》中人物的主宾层次,认为《红楼梦》人物有主中主、主中宾、宾中主、宾中宾:

《红楼梦》虽是说贾府盛衰情事,其实专为宝玉、黛玉、宝钗三人而作。若就贾、薛两家而论贾府为主,薛家为宾。若就宁、荣两府而论,荣府为主,宁府为宾。若就荣国一府而论,宝玉、黛玉、宝钗三人为主,余者为宾。若就宝玉、黛玉、宝钗三人而论,宝玉为主,钗、黛为宾。若就钗、黛两人而论,则黛玉却是主中主,宝钗却是主中宾。至副册之香菱,是宾中宾,又副册之袭人等不能入矣。③

正因为《红楼梦》中人物有这样的主宾层次,所以在人物的叙写上就有虚实之分,如先叙英莲,接着叙宝钗,是"因宾及主法"④,英莲是宾,是引子,是陪衬,因此写英莲属虚写、是陪笔,宝钗是主,写宝钗就是实写。王希廉在多处指出了《红楼梦》中人物、事件叙述上的宾主层次:

第三回专写黛玉形貌、神情,是此回之主。中间带写王熙凤、迎春、探春、惜春,是因主及宾,故亦写及装束、仪容,又带出王夫人、邢夫人、李纨及宁荣二府房屋、家人、小使、丫鬟、即点出袭人、鹦哥、王嬷、李嬷等人,其后带起薛宝钗家。看他不慌不忙,出落次序,有极力描写者,有淡描本色者,有略言大概者,有宾有主,有宾中之主,宾中之宾:笔墨笼罩全部。⑤

第九回专写宝玉与秦钟相厚是主,其余俱是宾。而香怜玉爱又是宾中宾。⑥

---

① [清]脂砚斋评《红楼梦》第七十八回"戚序回前",朱一玄编《红楼梦资料汇编》,前引书,第516页。

② [清]王希廉评《红楼梦》第七十八回回评,朱一玄编《红楼梦资料汇编》,前引书,第636页。

③ [清]王希廉《〈红楼梦〉总评》,朱一玄编《红楼梦资料汇编》,前引书,第580页。

④ [清]王希廉评《红楼梦》第四回回评,朱一玄编《红楼梦资料汇编》,前引书,第588页。

⑤ [清]王希廉评《红楼梦》第三回回评,朱一玄编《红楼梦资料汇编》,前引书,第587页。

⑥ [清]王希廉评《红楼梦》第九回回评,朱一玄编《红楼梦资料汇编》,前引书,第593页。

第二十七回写小红与贾芸情事是宾，写宝玉、黛玉两人心事是主。①

宾主之间的关系是以宾带主，以宾衬主。宾是虚笔、陪笔，是引子，它引出、生成主叙述之人、事。而主叙述之人事又和作为陪笔的宾相互映衬、生发。二者也体现出以虚生实、虚实相生的关系和特点。

另外，古代文论家常论的“轻重”“详略”“正笔”“闲笔”“陪笔”“明写”“暗写”“不写之写”等笔法也与虚实相生的叙事笔法有着意义上的交叉。一部叙事作品，不可能对所有的事件都使用相等的叙述力量，有轻有重、有详有略、有正有闲、叙事有法是叙事作品的基本叙事技巧，对于这种叙事技巧，古代的叙事理论家有着独到的认识。毛纶称高则诚作《琵琶记》，善于安排轻重详略，正笔闲笔，“真是左丘明、司马迁现身”②。正笔写伯喈、赵五娘、牛小姐、蔡公、蔡母、牛臣相、张大公等“极情尽致”，而闲笔写花，写月，写雪，写琴，写酒，写寒门，写阀阅，写旅次，写考场，写琼林，写早朝，写花烛，写义仓，写寺院，写道场，写书馆，写院子，写梅香，写老妪，写媒婆，写里正，写社长，写粮官，写试官，写赴试秀才，写陪宴官，写黄门官，写山神，写鬼使，写拐儿，写和尚，写马，“无不描头画脚，色色入妙。真所谓搏兔搏象俱用全力者也。”“虽云搏兔搏象俱用全力，而正笔闲笔，又有轻重详略之分。正笔宜重宜详，闲笔宜轻宜略。画家之法，远水无波，远山无皴，远人无目，远树无枝，非轻之略之，其理应如是也。盖其注意者，只在最近之一山、一水、一人、一树，而其余则止淡淡着墨而已。”正笔、闲笔，轻重、详略，一定意义上显然又具有虚实的意味。正笔是主意，譬如画幅中最近的一山、一水、一人、一树，所以要重、要详，要实写；闲笔是陪衬、是背景，所以要轻、要略、要虚写。绘画作文，其理归一。

脂砚斋、王希廉等特别提出了《红楼梦》中的“陪笔”“明写”“暗写”“不写之写”等虚实相生的叙事笔法。脂砚斋以为“陪笔”都是虚写，是指为了进入要正写的人物或事件，先虚拟一个人物或事件以作陪衬或引子，使叙事不板滞、有映照的叙事笔法。如为了通篇写宝玉痴情独爱女子，先于第四回虚陪一个冯渊，“酷爱男风，最厌女子”，自见英莲之后，“立意买来作妾，立誓再不交接男子”“也不再娶第二个了。”又第九回，欲出与宝玉闹学堂的金

① ［清］王希廉评《红楼梦》第二十七回回评，朱一玄编《红楼梦资料汇编》，前引书，第604页。

② 侯百朋编《琵琶记资料汇编》，前引书，第280页。以下本段引文均出自此处。

荣，先虚写被薛蟠哄上手的几个小学生，以为下文陪笔，使行文“不板不孤”①。

“明写”与“暗写”也体现出虚实相生的关系。如王希廉指出，《红楼梦》中“王夫人给袭人碗菜月钱是明写，给衣服在众丫头口中说出是暗写”②。明写，就是实写，暗写就是虚写。一明一暗、一实一虚，一样的事情用两样笔法，使叙事不雷同。这是一般的明写和暗写。脂砚斋指出《红楼梦》对秦钟、智能、宝玉情事的叙写，也是一明写一暗写。而对宝玉、秦钟情事是以“宝玉不知与秦钟算何账目，未见真切，未曾记得，此系疑案，不敢纂创”的评判方式进行的暗写、隐而不写，这种暗写“却是最妙之文。若不如此隐去，则又有何妙文可写哉？这方是世人意料不到之大奇笔。若通部中万万件细微之事俱备，《石头记》真亦觉太死板矣。故特因此二三件事隐写，借石之未见真切，淡淡隐去，越觉得云烟渺茫之中，无限丘壑在焉”。这种暗写其实就是一种“不写之写”。可卿情事亦用此法。第二十二回，写老太太为宝钗作生日，也是这种“不写之写”，作者想告诉读者的并不仅是老太太特意为薛宝钗作生日这一件事，而是同时告诉读者老太太从没有给最溺爱的黛玉作过生日，黛玉在老太太心中的地位于此可想而知，写出的内容中隐含着远比其文字表面深得多的含义，因此，脂砚斋以为这“最奇”，且《红楼梦》“通部皆用此法”。

脂砚斋所说的“不写之写”，还指文中没写或没有详细叙写，而以人物闲中话语或概括性文字带出其大致情形的虚写笔法。如第三回因贾雨村写林如海，其实是通过林如海的口叙写贾家、贾赦、贾政等，所以“写如海实系写政老”，是一种不写之写的虚写。同回，叙王夫人携黛玉经过凤姐屋子，“这院门上也有四五个才总角的小厮垂首侍立。”“也有”二字“是他处不写之写也”。第三十九回，有小厮向平儿告假，平儿道：“你们都好，都商议定了，一天一个告假，又不回奶奶，只和我胡缠。前日住儿去了，二爷偏生叫他，叫不着，我应起了，还说我作了情。……”脂砚斋夹评云：“分明几回没写到贾琏，今忽闲中一语，便补出贾琏这边天天热闹，令人却如看见、听见一般，所谓不写之写也。”③“不写之写”的艺术特点是留下空白，让读者想象。正是这种不说、不写的“虚”（无）、“空白”，往往比直接说出的“实”（有）更

---

① ［清］脂砚斋评《红楼梦》第九回“戚序”，朱一玄编《红楼梦资料汇编》，前引书，第213页。

② ［清］王希廉评《红楼梦》第三十七回回评，朱一玄编《红楼梦资料汇编》，前引书，第611页。

③ ［清］脂砚斋评《红楼梦》第三十九回“己卯夹”，朱一玄编《红楼梦资料汇编》，前引书，第454页。

意味深长，耐人寻味。它充分体现了虚实相生叙事笔法的含蓄蕴藉之美。中国文学历来讲究含蓄，不主张什么都直说出来，一语道尽。唐朱庆余《宫词》云："寂寞花时毕院门。美人相并立琼轩。含情欲说宫中事，鹦鹉前头不敢言。"欲说又不说的"宫中事"，给诗歌留下了空白，这一留白恰恰是此诗意蕴营造之处。

画论家沈宗骞《芥舟学画编》云："凡作一图，若不先立主见，漫为填补，东添西凑，使一局物色各不相顾，最是大病。先要将疏密虚实，大意早定，洒然落墨，彼此相生而相应，浓淡相间而相成，拆开则逐物有致，合拢则通体联络。自顶及踵，其烟岚云树，村落平原，曲折可通，总有一气贯注之势。密不嫌迫塞，疏不嫌空松。增之不得，减之不能，如天成如铸就，方合古人布局之法。"①诗文书画其理相通。叙事作品在布局行文上也要安排好虚实、主宾、衬染、明暗、详略、疏密等。总之要通过对虚实关系的创造性调度，缔造参差变换又内涵丰富、耐人寻味的艺术境界。

第三节 "闲笔"理论

一、"闲笔"解析

"闲笔"是中国古代小说评点常用概念，又被称为"闲文""旁文""旁笔"，常与"正文""正笔"相对。在具体评点时，还有"闲细之笔""闲心细笔""闲心妙笔""闲着一笔""闲中着色""闲处设色""闲闲叙出""闲闲写去"等提法。

"闲笔"概念，较早见于题名李卓吾评点的"袁本"《水浒传》，其第四十七回眉批云："此一段极战得乱，而接绪甚清，尚有闲笔点染情事。"②至金圣叹《水浒传》评点中，已广泛使用"闲笔""闲文"等概念与相关提法。《水浒传》第十二回回评称："凡写梁中书加意杨志处，文虽少，是正笔；写与周谨、索超比试处，文虽绚烂纵横，是闲笔。"③又第十九回夹批云："一路只是要宋江失事，便特特生出杀婆惜来。杀之无名，便特特倒装出张三勾搭来。……

① [清]沈宗骞述，齐振林写《芥舟学画编》，人民美术出版社，1959 年，第 51 页。

② [明]李卓吾评《水浒传》第四十七回"袁眉"，陈曦钟等辑校《水浒传会评本》，前引书，第 893 页。

③ [清]金圣叹评《水浒传》第十二回回评，陈曦钟等辑校《水浒传会评本》，前引书，第 246 页。

曲曲折折，层层次次，当知悉是闲文，不得亦比正文例，一概认真读也。”①

继金圣叹之后，毛宗岗评点《三国演义》，张竹坡评点《金瓶梅》，脂砚斋、王希廉、陈其泰等评点《红楼梦》都将“闲笔”“闲文”作为重要的理论批评概念加以使用。毛宗岗《读三国志法》称：“《三国》一书，有将雪见霰，将雨闻雷之妙。将有一段正文在后，必先有一段闲文以为之引；将有一段大文在后，必先有一段小文以为之端。”②脂砚斋评《红楼梦》第二回眉批云：“上半回已终写仙逝，正为黛玉也。故一句带过，恐闲文有妨正笔。”③王希廉评《红楼梦》第一〇九回回评称：“妙玉探望贾母却是闲文，要紧处在问知惜春住房，为异日遇盗埋根。”④陈其泰评《红楼梦》第八十回回评称：“薛蟠娶妇非人，迎春嫁夫失所，恰好同叙。在书中皆为闲文，无关正传。”⑤

但何谓“闲笔”？李贽、金圣叹、毛宗岗、张竹坡、脂砚斋等都没有明确的界说，只是在具体的评点中，标明什么情况属于闲笔，有什么艺术效果和审美功能。当代学者、作家依据古代评点家的评点，从不同角度对“闲笔”进行了阐说。学者童庆炳从叙事的角度指出所谓“闲笔”，“是指叙事文学作品人物和事件主要线索外穿插进去的部分，它的主要功能是调整叙述节奏，扩大叙述空间，延伸叙述时间，丰富文学叙事的内容，不但可以加强叙事的情趣，而且可以增强叙事的真实感和诗意感，所以说‘闲笔不闲’。”⑥叶朗从描写的角度出发，认为“闲笔就是用点缀穿插的手段，打破描写的单一性，使不同的节奏、不同的气氛互相交织，从而增加生活情景的空间感和真实感”⑦。贾平凹从趣味方面谈到闲话是作者“在写作时常常把一件事说得清楚之后又说些对主题可有可无的话，但是，这些话恰恰增加了文章的趣味”⑧。从叙事文法理论角度来看，古代评点家所讨论的“闲笔”“闲文”是一种文章笔法，指在叙事性文学作品的主叙述线条之外较为自由或看似随意地插入或点缀一句或一小部分与主故事或主叙述关系不很紧密，有时却颇为有趣或颇有意味，甚或必不可少的话语、事件，或叙述，或描写，以或映

---

① ［清］金圣叹评《水浒传》第十九回夹批，陈曦钟等辑校《水浒传会评本》，前引书，第 373 页。

② ［清］毛宗岗《读〈三国志〉法》，陈曦钟等辑校《三国演义会评本》，前引书，第 13 页。

③ ［清］脂砚斋评《红楼梦》第二回“甲戌眉”，朱一玄编《红楼梦资料汇编》，前引书，第 105 页。

④ ［清］王希廉评《红楼梦》第一〇九回回评，朱一玄编《红楼梦资料汇编》，前引书，第 655 页。

⑤ ［清］陈其泰评《水浒传》第八十回回评，朱一玄编《红楼梦资料汇编》，前引书，第 746 页。

⑥ 童庆炳等《现代学术视野中的中华古代文论》，北京出版社，2002 年版，第 376 页。

⑦ 叶朗《中国小说美学》，北京大学出版社，1982 年版，第 192 页。

⑧ 贾平凹《怕读当今的散文》，载《现代教育论丛》2007 年第 6 期。

衬、或补足、或伏案、或引逗、或收束主叙述,使作品文澜广阔,缜密有趣[①]。一般而言,"闲笔"有以下几个特点[②]:

一是与"正笔""正文"相对而言。古代小说评点家认为,一篇叙事性文学作品,其事件、人物均有宾主旁正之分。主,是作品中的主要人物和围绕主要人物性格或命运发展设计的主要事件、大场面,对之进行的叙述即是"正笔""正文""大文"。宾,是指作品中的次要人物、小人物和次要事件、小事件、小场面,但它们一般都与主要人物、大事件、大场面有些关联,为"正文"服务,称作"闲笔""闲文""旁文""小文"等。如毛宗岗《三国演义》第三十六回回评称:"此卷以孔明为主,而单福其宾也。即庞统亦其宾也。水镜双荐伏龙、凤雏;而单福专荐伏龙,带言凤雏,于孔明则详之,于庞统则略之,是又有宾主之别焉。盖主为重,则宾为轻。……注意在正笔,而旁笔皆在所省耳。"[③]又第三十九回回评:"前徐庶在玄德面前夸奖孔明,是正笔,紧笔;今在曹操面前夸奖孔明,是旁笔,闲笔。然无旁笔、闲笔,则不见正笔、紧笔之妙。不但孔明一边愈加渲染,又使徐庶一边亦不冷落,真叙事妙品。"[④]

二是常以穿插、点缀等方式存在于作品的主叙述、主故事或主线当中。一般来说,小说的主要情节,或章回小说各章回的主故事都是具有完整性的,它们是小说或各章回的主线、主叙述,前后严密完整。为避免主叙述单调,使故事更精彩,或情节过渡更自然,作家往往需要点缀、穿插一些必要的介绍、叙述或描写,古代评点家便将这些以穿插、点缀的方式存在于主叙述线周围的介绍、叙述、描写称为"闲笔"。如《红楼梦》第八回的主叙述是叙宝玉往梨香院看望在家养病的薛宝钗。为避免别事缠绕,兼避开父亲,作者让宝玉选择绕远路走,到穿堂,向东北绕厅后而去。不想却偏遇见清客相公詹光、单聘仁,唠叨半日。转弯向北奔梨香院去,又巧遇银库房的总领吴新登、仓上的头领戴良和几个管事的头目,共七个人,众人向宝玉讨字。对于这些事件安排,脂砚斋评称:

> 未入梨香院,先故作若许波澜曲折。瞧他无意中又写出宝玉写字

---

① 参见蒋柏连《闲话"闲笔不闲"》,载《当代戏剧》1987 年第 1 期。

② 参见韦慧敏《"不惟尚有闲力写此闲文"——论小说之"闲笔"》,载《青年文学家》2013 年第 4 期,第 14—15 页。

③ [清]毛宗岗评《三国演义》第三十六回回评,陈曦钟等辑校《三国演义会评本》,前引书,第 447 页。

④ [清]毛宗岗评《三国演义》第三十九回回评,陈曦钟等辑校《三国演义会评本》,前引书,第 488 页。

来，固是愚弄公子之闲文，然亦是暗逗宝玉历来文课事，不然，后文岂不太突。①

在脂砚斋看来，这一段所叙众人向宝玉讨字、愚弄宝玉事件，便是闲文，它点缀在去梨香院这一主叙述线周围，但也于暗处点明宝玉荒疏文课，以使后文宝玉因课业遭责骂等事件不突兀。

三是以“细”“周匝”等为叙事与审美追求。“闲笔”在叙事功能上是为了满足叙述细致、周匝、不疏漏的需要，审美上往往形成“闲细”“周匝”等特点。金圣叹评点《水浒传》，就多次评赞小说中的闲笔为“闲心细笔”“闲细之笔”“闲细”“闲笔周匝”。如第三十回叙武松寻杀张都监一事，从去公人尸首边解腰刀、朴刀，返回孟州城踅进张都监后花园墙外马院候机报仇，到杀尽张都监及家人奴仆十五人，至投城外树林里小古庙小睡被捉，金圣叹在评点中非常详细地指出了文中写腰刀、写灯、写月、写角门的次数，一再评赞这些闲笔“闲细”“闲细之极”。第三十三回叙清风山头领燕顺等三人于青州道上劫了黄信、刘高，救出宋江、花荣后，插叙了事件原因与安排，原来三人探听到宋江、花荣被囚，解投青州，遂“带了人马，大宽转兜出大路来，预先截住去路，小路里亦差人伺候”，金圣叹评称此叙述“闲笔周匝”②。第四十四回叙石秀晚间知悉潘巧云与海和尚的勾当，待天明急去告知杨雄，“巴得天明，把猪出去门前挂了，卖个早市；饭罢，讨了一遭赊钱；日中前后，迳到州衙来寻杨雄。”金圣叹评称：“偏有此闲细之笔。”“看他写出天明、饭罢、日中，前后次序，闲婉之甚。”③

二、“闲笔”的类别

古代小说评点家所说的“闲笔”，指涉的是什么样的内容？又是什么样的话语、叙述或描写呢？综观古代小说评点中被评称为“闲笔”的内容，大致有以下几种情形：

1. 次要情节事件

认为“闲笔”是小说的次要情节事件，在古代小说评点中最为普遍。古代小说评点家认为一部小说的情节事件是有主次之别的：主要情节事件是围绕主要人物命运发展设计的主要事件，是“正笔”，也称“主”；次要事件是

---

① ［清］脂砚斋评《红楼梦》第八回“甲戌夹”，朱一玄等编《红楼梦资料汇编》，第194页。

② ［清］金圣叹评《水浒传》第三十三回夹批，陈曦钟等辑校《水浒传会评本》，前引书，第625页。

③ ［清］金圣叹评《水浒传》第四十四回夹批，陈曦钟等辑校《水浒传会评本》，前引书，第844页。

与主要人物关系不大,或与次要人物相关的事件,是“闲笔”,又称“宾”“旁笔”,只是点缀、补充、说明主要情节。金圣叹评点《水浒传》第二回称“百忙中处处夹店小二,真是极忙者事,极闲者笔也”①,即指出本回叙述中,一边紧张地叙述鲁提辖捉弄、拳打镇关西这一主要事件,一边夹叙店小二来郑屠家报说金老之事——报信;不敢靠拢,只“远远的立住,在房檐下望”——观望;眼看二人打将起来,“惊得呆了”——看打等次要情节事件,用这样的“闲笔”衬托主要事件的精彩。又第十九回叙宋江偶遇王媒婆,被引得识阎婆,施资为阎公买棺材,被王媒婆撮合将阎婆惜讨做外宅,宋江不甚爱女色不中婆惜意,婆惜与后司贴书张三张文远勾搭等等事件,虽叙得“曲曲折折,层层次次”,但在金圣叹看来都是“闲文”,是为了引逗出杀婆惜,要宋江出事②。

王希廉评称《红楼梦》第一〇九回所叙妙玉得知贾母生病,前来探望的事件“却是闲文,要紧处在问知惜春住房,为异日遇盗埋根”③。不仅指出妙玉探望贾母这一情节事件是次要情节事件,还认为这一小事件在后文惜春和妙玉遇盗的大事件上具有伏笔作用。又第三十九回叙刘姥姥第二次来荣府,陈其泰评称:“刘老老再见,在此回仍是闲文。欲其渐见亲热,使后来不突也。”④对于《红楼梦》的第五十九至六十一回、第九十二回,陈其泰均认为是闲文,是非常次要的情节事件,但又有伏笔的功能或别有用意:“于事则琐屑,于文亦成一小片段。委屈入情,正是不恶。”“虽闲文,而晴雯之祸,芳官等之被逐,均已伏案于此。”⑤“此回皆闲文,而有用意处。”⑥

2. *次要人物*

“闲笔”有时指叙事性文学作品的次要人物,又称“宾”;与之相对的是“正笔”“主”——主要人物。如《水浒传》第四十回,为了实现捉拿黄文炳的计谋,小说特别设计了一个人物——黄文炳的哥哥黄文烨,一是以黄文烨的好善与黄文炳的为恶作对比,二是为了赚开黄文炳家门实施杀掠。金圣

① [清]金圣叹评《水浒传》第二回夹批,陈曦钟等辑校《水浒传会评本》,前引书,第93页。

② [清]金圣叹评《水浒传》第十九回夹批,陈曦钟等辑校《水浒传会评本》,前引书,第373页。

③ [清]王希廉评《红楼梦》第一〇九回回评,朱一玄编《红楼梦资料汇编》,前引书,第655页。

④ [清]陈其泰评《红楼梦》第三十九回回评,朱一玄编《红楼梦资料汇编》,前引书,第732页。

⑤ [清]陈其泰评《红楼梦》第六十一回回评,朱一玄编《红楼梦资料汇编》,前引书,第740页。

⑥ [清]陈其泰评《红楼梦》第九十二回回评,朱一玄编《红楼梦资料汇编》,前引书,第754页。

叹认为这一人物设计是闲文、闲笔，他评称："止为后要赚他开门，便预先添出一个大官人来。然又不必杀大官人，故反加倍写他好善，以形容文炳之恶，其实乃是闲文，无别意也。"①《水浒传》中这样的例子很多，如第一回中为要暴露史进与少华山寨头领朱武等有来往，随手生出矮丘乙郎、李吉、王四等人物；第三回为使鲁达转入五台山寺，就翠莲身上生出赵员外；第九回为使林冲获知陆虞候赶来相害的信息，特撰出李小二等等。这些人物在小说中都是次要人物，闲笔。

毛宗岗评点《三国演义》，也认为小说人物有宾主之分。《读〈三国志〉法》中称：

> 《三国》一书，有以宾衬主之妙。如将叙桃园兄弟三人，先叙黄巾兄弟三人：桃园其主也，黄巾其宾也。将叙中山靖王之后，先叙鲁恭王之后：中山靖王其主也，鲁恭王其宾也……②

这里的"宾"就是次要人物，也是闲笔。王希廉评点《红楼梦》不仅将小说中的人物作了宾主划分，还更为细致地相对区分为"主中主""主中宾""宾中主""宾中宾"等等级。他认为《红楼梦》是专为宝、黛、钗三人而作，故"若就荣国一府而论，宝玉、黛玉、宝钗三人为主，余者为宾。……若就钗、黛两人而论，则黛玉却是主中主，宝钗却是主中宾。至副册之香菱，是宾中宾……"，在具体回评中，他常称凡写宝、黛、钗人物及心事、情事处是"主"，是正笔，其他都是"宾"，是闲笔。如第三回"专写黛玉形貌、神情，是此回之主。中间带写王熙凤、迎春、探春、惜春，是因主及宾"，第二十七回"写小红与贾芸情事是宾，写宝玉、黛玉两人心事是主"。宾（闲笔）和主（正笔）的关系是"以宾衬主"。正笔、主是叙述目的，闲笔、宾是陪衬，能"蔓延闲话，阔其文澜"，具有丰富叙事内容，扩展文章波澜的艺术功用。

3. 景物、环境、时间等的描写或点明

"闲笔"还指对故事中涉及的重要景物、环境或时间等的描写或点明。

《水浒传》第二十回，叙宋江被阎婆扯着上到楼上会阎婆惜，有一段房屋格局摆设描写道：

> 本是一间六椽楼屋。前半间安一副春台，凳子；后半间铺着卧房，贴里安一张三面棱花的床，两边都是栏杆，上挂着一顶红罗幔帐；侧首

---

① ［清］金圣叹评《水浒传》第四十回夹批，陈曦钟等辑校《水浒传会评本》，前引书，第754页。

② ［清］毛宗岗《读〈三国志〉法》，陈曦钟等辑校《三国演义会评本》，前引书，第9页。

> 放个衣架，搭着手巾；这边放着个洗手盆，一个刷子；一张金漆桌子上，放一个锡灯台；边厢两个杌子；正面壁上挂一副仕女，对床排着四把一字交椅。

对于这段描写，李卓吾先批曰“可删”，后又称“画出房屋器具来，先布景，后着人，一一如见”①。金圣叹则称赞“上得楼来，无端先把几件铺陈数说一遍，到后文中或用着，或不用着，恰好虚实间杂成文，真是闲心妙笔”②。显然，在金圣叹和李卓吾看来，这一房内环境描写，纯是闲笔，但依然具有使情境真实、或安排好后文所用之物以使细节不疏漏的作用。又第五十四回叙高太尉攻打梁山泊，宋江调拨人马一定，点出时节称“此时虽是冬天，却喜和暖”，金圣叹于此点评云：“偏是百忙时，偏有本事作此闲笔。”李贽夹批称：“没紧要中点出时节。”③第六十一回叙燕青射杀薛霸、董超，救出卢俊义，背到小村店里暂时安歇，将息杖疮。不想被店小二告发，卢俊义被抓，燕青因外出觅下饭的吃食得脱。为救卢俊义，当即去梁山泊求助宋江。行到半夜，饥饿难当，身无分文。又走到土冈子上，在林子里睡到天明，“心中忧闷，只听得树枝上喜鹊咶咶噪噪”，“走出林子外抬头看时，那喜鹊朝着燕青噪。”金圣叹于此两处夹批道：“写至此处，可谓笔慌墨促，急不得了矣；偏有余力，作此奇波，才子洵非恒情可量耳。”“百忙中作闲笔。”④金圣叹认为这里极忙极紧张中忽然写一咶噪的喜鹊，便是闲笔，其作用则在于于人物穷途或情节难发展时借以生出新的生路或波折，以推动情节发展。小说本回也正是借咶噪的喜鹊以引起万分饥饿的燕青注意，遂生射下找村舍煮熟充饥之意，而不想只射中喜鹊后尾，喜鹊带箭飞下冈子，燕青追赶，恰逢被派下山打听卢员外消息的梁山泊头领杨雄、石秀，得以告知卢员外危急之事。这段叙事，正是借喜鹊这一闲笔“作引导过脉之关节”⑤，人物困境才得以解除，小说情节继续发展。

---

① [清]李卓吾评《水浒传》第二十回“容眉”“袁眉”，陈曦钟等辑校《水浒传会评本》，前引书，第383页。

② [清]金圣叹评《水浒传》第二十回夹批，陈曦钟等辑校《水浒传会评本》，前引书，第383页。

③ [明]李卓吾评《水浒传》第五十四回“袁夹”，陈曦钟等辑校《水浒传会评本》，前引书，第1006页。

④ [清]金圣叹评《水浒传》第六十一回夹批，陈曦钟等辑校《水浒传会评本》，前引书，第1140页。

⑤ [明]李卓吾评《水浒传》第六十一回“袁眉”，陈曦钟等辑校《水浒传会评本》，前引书，第1141页。

4. 总括性话语，或概括叙述

“闲笔”有时指的是一些概括、总结性叙述话语。

《水浒传》第一回叙述史进与朱武等结交后，有总括性叙述段落云：

> 史进至此常常与朱武等三人往来。不时间，只是王四去山寨里送物事，不止一日。寨里头领也频频地使人送金银来与史进。

金圣叹于此夹批道：“史进总结一句。山寨亦总结一句。已上文，散叙三段，总结二段，皆为下王四失事作引，非正文也。”①在金圣叹看来，这段总括性文字不是正文，而是闲文，其目的在于引出下文王四醉酒失事之事。又第三回叙赵员外送鲁智深去五台山出家，剃度、受记、参拜、选佛场坐地等一应事务安排停当后，有一句概述“当夜无事”，金圣叹于此夹批云：“只是闲着一笔，却便使读者眉飞肉舞，知道明夜必有可观，手法之妙至此。”②也是指出这种概括性叙述话语的闲笔性质。

5. 解释性话语

“闲笔”有时指的是对一些术语、称说等的必不可少的解释。

《水浒传》第三十七回，介绍吴用向宋江举荐的人是“江州两院押牢节级戴院长戴宗”后，有解释云：“那时故宋时金陵一路节级，都称呼‘家长’。湖南一路节级，都称呼做‘院长’。”金圣叹评称“正叙事中偏有此闲笔”③。此处闲笔，指的就是单纯的解释性话语。

6. 没要紧的闲话、趣话、谐语

古代小说评点家所说的“闲笔”有时指的是与主旨无关的、没要紧的闲话、趣话或谐语。《水浒传》第二十一回叙宋江杀了阎婆惜，与兄弟宋清一起逃难，正值秋末冬初，“是收租米害疟疾时”④，两个商量往沧州投奔柴进，“途中免不得登山涉水，过府冲州”，非常之苦。小说于此有这样的叙述话语：“但凡客商在路，早晚安歇，有两件事不好：吃癞碗，睡死人床。”李贽评称“闲话有趣”⑤。从上下文叙述来看，“吃癞碗，睡死人床”这句俗语在此完全是没要紧的谐语。

---

① [清]金圣叹评《水浒传》第一回夹批，陈曦钟等辑校《水浒传会评本》，前引书，第77页。

② [清]金圣叹评《水浒传》第三回夹批，陈曦钟等辑校《水浒传会评本》，前引书，第106页。

③ [清]金圣叹评《水浒传》第三十七回夹批，陈曦钟等辑校《水浒传会评本》，前引书，第695页。

④ [清]金圣叹评《水浒传》第二十一回夹批，陈曦钟等辑校《水浒传会评本》，前引书，第409页。

⑤ [明]李卓吾评《水浒传》第二十一回“袁眉”，陈曦钟等辑校《水浒传会评本》，前引书，第409页。

可见,闲笔所指涉的内容很宽泛,其特征都是“闲”,在文本结构中看起来总是些无关紧要的事件、人物、景物、物事、语言等,常常以点缀、穿插的方式看似随意、闲散地夹杂于主要人物的主要故事和紧张的场面描写当中,实际却是文章不可缺少的部分,也颇见出作者的艺术才干。

三、“闲笔不闲”——闲笔功能论

在叙事作品中,闲笔并非可有可无或可随意删去的文字,而是有着重要地位的笔墨,正如毛宗岗、陈其泰等所称“无旁笔、闲笔,则不见正笔、紧笔之妙”①,“盖此回之本事,在此书则为闲文,而此回所叙之闲文,在此书则实为要事也。”②古代小说评点家,也都从文法论的角度,总结出“闲笔”在叙事、审美上的艺术功能,如“闲闲补出”“闲闲伏案”“闲中映带”“闲笔交卸”等,名目繁多。概而言之,闲笔主要具有以下几种叙述作用或审美功能:

1. 作为正文的引子或余波

闲笔在叙事上具有作为正文的引子引出正文或作为正文的余波收束正文的功能。金圣叹将闲笔的这种功能称为“弄引法”和“獭尾法”,在《读第五才子书》中,他称:“有弄引法。谓有一段大文字,不好突然便起,且先作一段小文字在前引之。”“有獭尾法,谓一大段文字后,不好寂然便住,更作余波演漾之。”③毛宗岗则将闲笔的这种功能比喻为“将雪见霰,将雨闻雷”“浪后波纹,雨后霡霂”④。这种“将雪见霰,将雨闻雷”“浪后波纹,雨后霡霂”“弄引”“獭尾”的闲笔,是一种高妙的文法技巧,它指的是在叙述一大段主要的情节之前和之后,为了避免叙事的径遂率直,孤单突兀,淡然寡味,而叙述一些小的情节事件作为前引或收束煞尾,从而使文势曲折荡漾,余韵悠长,使读者真正感受到文情跌宕起伏,摇曳多姿的艺术效果。正如金圣叹所评称的:“每于事前先逗一线,如游丝惹花,将迎复脱,妙不可言”⑤,“又不好寂然便住,更作余波演漾之。”⑥起收束煞尾作用的“闲笔”与起弄引起始功能的“闲笔”一样,“都是贵曲忌直、力避突兀的审美思维作用于小说家审美观念的结果”,有了“闲笔”的巧妙设置,小说叙事就能做到“起始不突然,

---

① [清]毛宗岗评《三国演义》第三十九回回评,陈曦钟等辑校《三国演义会评本》,前引书,第488页。

② [清]陈其泰评《红楼梦》第十五回回评,朱一玄编《红楼梦资料汇编》,前引书,第723页。

③ [清]金圣叹《读第五才子书法》,陈曦钟等辑校《水浒传会评本》,前引书,第21页。

④ [清]毛宗岗《读〈三国志〉法》,陈曦钟等辑校《三国演义会评本》,前引书,第13—14页。

⑤ [清]金圣叹评《水浒传》第五十一回夹批,陈曦钟等辑校《水浒传会评本》,前引书,第950页。

⑥ [清]金圣叹《读第五才子书法》,陈曦钟等辑校《水浒传会评本》,前引书,第21页。

结尾不寂然”①。

古代小说评点家们还认识到作为引子或余波的闲文要有节制，不可太繁赘，以免妨碍正文。《水浒传》第十二回叙杨志与周谨、索超比武后，有几句总括性叙述云：“月中又有一份请受，自渐渐地有人来结识他。那索超见了杨志手段高强，心中也自钦伏。”金圣叹评称二句均为“闲笔”②。这两句闲笔，作为东郭比武的余波，不仅简洁，也交代了杨志比武后的境况，在文中也必不可少。脂砚斋评《红楼梦》第二回回前评称：

> 未写荣府正人，先写外戚，是由远及近，由小至大也。若使先叙出荣府，然后一一叙及外戚，又一一至朋友、至奴仆，其死板拮据之笔，岂作十二钗人手中之物也？今先写外戚者，正是写荣国一府也。故又怕闲文赘累，开笔即写贾夫人已死，是特使黛玉入荣之速也。③

眉批亦云：

> 上半回已终写仙逝，正为黛玉也。故一句带过，恐闲文有妨正笔。④

两次强调本回中写荣国府外戚林如海家是闲笔，目的是引出要叙述的正文荣国府，为了防止闲笔铺叙太多，累赘拖拉，妨碍正文，所以说贾夫人已死，以便主角黛玉快速进入荣国府，开始主故事。

2. 作为后文的伏笔

“闲笔”还有铺垫伏案的作用。古代小说评点家常用“闲闲伏案”“以闲笔为伏笔”“闲中铺引”“闲闲一笔，却将后半部线索提动”等评语来谈论闲笔的这种功能。

《水浒传》第三回叙鲁达在五台山削发为僧后，因吃酒醉闹了一场，一连三四个月不敢出寺门。一日出山门，“猛听得山下叮叮当当的响声”，下山竟见有市井，便想买酒与东西吃，“听得那响处，却是打铁的在那里打铁，间壁一家门上写着‘父子客店’”。这在本节中看似是无关紧要的“闲笔”，因为“此来正文专为吃酒”，但作者“却颠倒放过吃酒，接出铁店，衍成绝奇

---

① 参见陈才训《“闲笔”不闲——论古典小说中“闲笔”的审美功能》，载《内蒙古社会科学》（汉文版）2007年第6期。

② ［清］金圣叹评《水浒传》第十二回“夹批”，陈曦钟等辑校《水浒传会评本》，前引书，第254页。

③ ［清］脂砚斋评《红楼梦》第二回“甲戌回前”，朱一玄编《红楼梦资料汇编》，前引书，第100页。

④ ［清］脂砚斋评《红楼梦》第二回“甲戌眉”，朱一玄编《红楼梦资料汇编》，前引书，第105页。

一篇文字,已为奇绝矣。乃又于铁店文前,再颠倒放过铁店,反插出客店来”,其目的是“老远先放此一句,可谓‘隔年下种,来岁收粮’”。果然,至第四回鲁智深大闹五台山后,被打发去东京大相国寺,离了五台山,便“迳到铁匠间壁客店里歇了,等候打了禅杖、戒刀,完备就行”。这照应了前文“父子客店”“铁店”的“闲笔”,做到了前伏后应。对于这样的“闲笔”,金圣叹大为赞赏,称“其笔势之奇矫,虽虱龙怒走,何以喻之”“岂小笔所能”①!

毛宗岗对闲笔的伏笔功能也有充分的认识,在《三国演义》评点中多次指出闲笔的这一功能,如第六十二回回评称:

> 有以闲笔为伏笔者:正当干戈争斗之时,忽有一紫虚上人,如古木寒鸦,苍岩怪石,此极忙中之闲笔也。乃涪关之役,庞统未死,孔明未来,而紫虚早有“一凤坠地,一龙升天”之语,则已为后文伏笔也。与云长在镇国寺中见普净和尚,玄德在南漳庄上见水镜先生,一样笔墨。②

第六十九回回评称:

> 当庞统未死,孔明未入蜀之时,先有紫虚上人八句谶语以为之兆;今当夏侯渊未死,曹丕未篡汉之时,又先有管公明八句谶语以为之兆。此皆以前之闲文,为后之伏笔者也。③

张竹坡、脂砚斋等评点家对闲笔的伏笔功能也都给予了充分的关注和明确的评说。脂砚斋评《红楼梦》第七回有眉批云:“闲闲一笔,却将后半部线索提动。”④又第十六回叙贾琏的乳母赵嬷嬷为两个儿子向凤姐讨事情做,引出修建大观园和元妃省亲两件大事情,脂砚斋评称:“赵妪讨情闲文,却引出通部脉络”,并认为这是叙事文法中的“避难法”:“细思大观园一事,若从如何奉旨起造,又如何分派众人,从头细细直写将来,几千样细事,如何能顺笔一气写清?又将落于死板拮据之乡,故只用琏、凤夫妻二人一问一答,上用赵妪讨情作引,下用蓉、蔷来说事作收,余者随笔顺写,略一点染,则跃然洞彻矣。此是避难法。”⑤这里闲笔不仅是后文的伏笔,也是避繁就简

---

① [清]金圣叹评《水浒传》第三回夹批,陈曦钟等辑校《水浒传会评本》,前引书,第113页。

② [清]毛宗岗评《三国演义》第六十二回回评,朱一玄等编《三国演义资料汇编》,前引书,第348页。

③ [清]毛宗岗评《三国演义》第六十九回回评,朱一玄等编《三国演义资料汇编》,前引书,第356页。

④ [清]脂砚斋评《红楼梦》第七回“甲戌眉”,朱一玄编《红楼梦资料汇编》,前引书,第183页。

⑤ [清]脂砚斋评《红楼梦》第十六回“甲戌回前”,朱一玄编《红楼梦资料汇编》,前引书,第256页。

的一种叙事文法。

3. 补充必要的情节事件

长篇叙事性文学作品因涉及事件多,叙事线索也会不止一条,因此在叙事时往往会有顾了这边无法顾另一边,或者叙了后边还没有交代清楚前因或前缘等情况。小说家们常在叙述过程中用闲笔补充必要的情节事件或前因,以使故事清晰明了。小说评点家们也敏锐地体认到了小说叙事中闲笔使用的这一功效,在评点中精心批点出。

《水浒传》第二十三至二十五回叙武松和武大分开后,武大这边有潘金莲与西门庆勾搭成奸,毒死武大,何九叔收殓等诸多文章;武二那边则简单概述他领了知县言语,监送车仗到东京亲戚处,投下来书,交割箱笼,街上闲行几日。对于对武松情况的概述,金圣叹评称:"绝妙闲笔,补足那边,便衬起这边有许多事也。"①

《三国演义》第四十回,叙夏侯惇兵败博望后,曹操深以刘备、孙权为心腹之患,即刻传令起大兵五十万杀奔新野。时任太中大夫的孔融谏称此是"兴无义之师""不可轻伐",遭曹操斥退,遂有感叹"以至不仁伐至仁,安得不败乎?"恰被时任御史大夫的郗虑家客听到了,报于郗虑,郗虑因常被孔融侮慢,正怀恨在心,于是把孔融的感叹告知了曹操,又带叙出孔融与祢衡的日常交往与言谈,并歪曲为是对曹操的狎侮,激怒曹操,最终使孔融满门被斩。同回中,还叙刘表病逝,蔡夫人与蔡瑁、张允商议,立次子刘琮为荆州之主,蔡氏宗族分领荆州之兵,蔡夫人与刘琮至襄阳驻扎,以防刘琦、刘备。刚到襄阳,就报曹操引大军来。傅巽、蒯越建议将荆襄九郡,献于曹操,刘琮犹豫不允,王粲昂然进谏,支持傅、蒯建议。小说于此插入王粲生平及蔡邕倒履迎王粲的故事。毛宗岗于此回中有评点称:"叙孔融处补叙祢衡往事,叙荆州处详叙王粲生平。偏能于极忙中著此闲笔。"②这里,祢衡与孔融交善、王粲生平等故事,都是闲笔,作者于极忙叙述中偏插入这样的闲笔,是补充必要的情节事件,使故事的前因后果明白晓畅,或人物形象丰满完整。又第四十八回,叙曹操引兵南征,至长江边,扎下旱寨、水寨,乘大船于江中查视,甚是得意,遂令置酒设乐,宴会诸将,言谈间狂妄骄盈,称"如得江南,当娶二乔,置之台上,以娱暮年,吾愿足矣",又歌曰"对酒当歌,人生几何……"众人皆附和欢笑,刘馥直言曹操出言不吉。于此,作者夹叙刘馥生

① [清]金圣叹评《水浒传》第二十五回夹批,陈曦钟等辑校《水浒传会评本》,前引书,第490页。

② [清]毛宗岗评《三国演义》第四十回回评,朱一玄等编《三国演义资料汇编》,前引书,第314页。

平云：

> 馥起自合淝，创立州治，聚逃散之民，立学校，广屯田，兴治教，久事曹操，多立功绩。

毛宗岗于此评云："夹叙刘馥生平，闲笔甚妙。"此处夹叙刘馥生平，一是作必要的补充介绍，二是借此介绍使读者悉知刘馥功绩及对曹操的忠心，然曹操竟于醉中将刘馥刺死，反衬出曹操的凶狠。

4. 渲染环境气氛

有些写景的闲笔是为了渲染故事发生发展的环境气氛。《三国演义》中这种情形的闲笔很多，毛宗岗多处予以评点。如第六回，叙董卓在洛阳焚烧宫室，劫迁天子往长安去了，曹操引兵万余，追杀董卓，被吕布打败，退往荥阳，"走至一荒山脚下，时约二更，月明如昼。"毛宗岗于此评称："闲笔点缀，绝佳。"第十二回，叙曹操与吕布大战，陈宫为吕布设计，着濮阳城中富户田氏往曹操寨中下书，诈称吕布已移兵黎阳，城内空虚，愿为内应，邀曹操连夜进兵。待曹操率兵进城，再四门放火。曹操中计，亲自引兵入濮阳城，"时约初更，月光未上。"毛宗岗评称："忙中偏有此闲笔。""将写火光之明，先写月光之暗以形之。"又第四十一回回评云："又有旁笔：写秋风，写秋夜，写遍野哭声，将数千兵及数万百姓，无不点缀描画。"①

5. 作为陪衬

闲笔有时被作为正笔、忙笔的陪衬。毛宗岗称"《三国》一书，有以宾衬主之妙"。在毛宗岗看来，人、地、物均有宾主。人的宾主如：刘备将遇诸葛亮，而先遇司马徽、崔州平、石广元、孟公威等诸人，诸葛亮是主，司马徽等人是宾。地的宾主则有如：刘备失徐州而得荆州：荆州其主也，徐州其宾也。及得两川而复失荆州：两川其主也，而荆州又其宾也。物之宾主如：赤壁鏖兵，将叙孔明借风，先叙孔明借箭：风其主也，箭其宾也②。主是正笔，宾是闲笔，其作用便是衬托或陪衬。

6. 舒缓文章气势

闲笔能"舒气杀势"，调节叙述节奏，使情节缓急相间，摇曳多姿，富于趣味。这种闲笔往往出现在叙事很紧张的时刻。金圣叹对《水浒传》中的这类"闲笔"非常赞赏，他一再指出《水浒传》"偏是百忙时，偏有本事作此闲笔"。如第三回写鲁智深大闹五台山，两次醉打山门之间，有一段叙述：

---

① [清]毛宗岗评《三国演义》第四十一回回评，朱一玄等编《三国演义资料汇编》，前引书，第317页。

② [清]毛宗岗《读〈三国志〉法》，陈曦钟等辑校《三国演义会评本》，前引书，第9—10页。

> 但凡饮酒不可尽欢。常言“酒能成事,酒能败事”,便是小胆的吃了也胡乱做了大胆,何况性高的人?

金圣叹于此有一长段夹批:

> 不文之人见此一段,便谓作书者借此劝戒酒徒,以鲁达为殷鉴。吾若闻此言,便当以夏楚痛扑之。何也?夫千岩万壑,崔嵬突兀之后,必有平莽连延数十里,以舒其磅礴之气;水出三峡,倒冲滟滪,可谓怒矣,必有数十里迤逦东去,以杀其奔腾之势。今鲁达一番使酒,真是捶黄鹤,踢鹦鹉,岂惟作者腕脱,兼令读者头晕矣。此处不少息几笔,以舒其气而杀其势,则下文第二番使酒,必将直接上来,不惟文体有两头大中间细之病,兼写鲁达作何等人也。呜呼!作《水浒》者,才子胸中,岂村里小儿所知也!①

这一段叙述在金圣叹看来,是闲文,其目的便是“放缓后文使酒,不令两番接连”,也就是舒缓文势。

脂砚斋、陈其泰等对《红楼梦》以“闲笔”舒缓文势,调节叙述节奏的功能也大为赞赏,常评称“接闲文,是本意避繁也”②,“偏用这等闲文间住”③,“惯起波澜,惯能忙中写闲,又惯用曲笔,又惯综错,真妙。”④如陈其泰评《红楼梦》第三十六回称:

> 以上十余卷,将宝玉之钟情于黛玉,黛玉之被害于宝钗处,曲曲描写,已极透彻,以下着笔,易露痕迹,是以铺叙闲文,亦文字疏密相间之法也。⑤

在陈其泰看来,《红楼梦》第三十六回后结海棠社,拟菊花题,夺菊花诗,和螃蟹咏,史太君宴大观园,贾宝玉在栊翠庵品茶,刘姥姥再见等文字,都是闲文,这些闲文的铺叙,是为了缓解宝钗、黛玉之间紧张的争斗,以及宝钗、袭人等对黛玉的迫害,调节叙述节奏,使文字疏密相间。

“闲笔”这一功能的艺术效果,毛宗岗称有“笙箫夹鼓,琴瑟间钟”之妙,

---

① [清]金圣叹评《水浒传》第三回夹批,陈曦钟等辑校《水浒传会评本》,前引书,第112页。

② [清]脂砚斋评《红楼梦》第三回“甲戌侧”,朱一玄编《红楼梦资料汇编》,前引书,第123页。

③ [清]脂砚斋评《红楼梦》第十四回“庚辰侧”,朱一玄编《红楼梦资料汇编》,前引书,第244页。

④ [清]脂砚斋评《红楼梦》第十四回“甲戌侧”,朱一玄编《红楼梦资料汇编》,前引书,第244页。

⑤ [清]陈其泰评《红楼梦》第三十六回回评,朱一玄编《红楼梦资料汇编》,前引书,第731页。

脂砚斋亦云如“黄钟大吕后，转出羽调商声，别有清凉滋味”①。冯镇峦则赞如“从飓风大作，天地震炫后，忽闻琴声，直觉心清神爽，别是一番世界”②。

7. 出人生事

闲笔有时是作者借以自然出人、生事的笔法。

张竹坡对闲笔出人生事的功能颇有认识，《金瓶梅》第四十二回回评称：

> 文字不肯于忙处，不着闲笔衬，已比比然矣。今看其于闲处，却又必不肯徒以闲笔放过。如看灯，闲事也。又闹花灯，闲笔也。却即于此处出王三官，文字无一懈处可击，又善于指空便入，便捷如此，真如并州快剪刀矣。③

《金瓶梅》第四十二回叙西门庆逞豪华，元宵节在门前放烟花，在狮子街楼上赏花灯。西门庆和应伯爵在楼里看了回灯市，忽见人丛里谢希大、祝实念，同一个戴方巾的在灯棚下看灯，西门庆便叫玳安悄悄拉出谢希大，问明原来是王昭宣府里王三官儿。与西门庆有重要瓜葛的人物王三官儿，就是借“看灯”“闹花灯”这样的闲事闲笔得以生出。

《红楼梦》第四回紧接第三回黛玉来京后，要叙宝钗来京，如何写得别样又便利？脂砚斋评论道：

> 盖宝钗一家不得不细写者。若另起头绪，则文字死板，故仍只借雨村一人穿插出阿呆兄人命一事，且又带叙出英莲一向行踪，并以后之归结，是以故意戏用葫芦僧乱判等字样，撰成半回，略一解颐，略一叹世，盖非有意讥刺仕途，实亦出人之闲文也。

脂砚斋认为曹雪芹撰写此回前半回“葫芦僧乱判葫芦案”的故事，便是“闲文”，其目的是让薛宝钗出场入贾府。“略一解颐，略一叹世”，虽然此半回中世态炎凉、命运难料、官场颠倒等等都有涉及，但作者并非有意于此，作者立意还是在写闺阁，并不干涉朝廷廊庙，所以脂砚斋评称这些都是“闲文”，其用意“实欲出宝钗，不得不做此穿插。故云：此等皆非《石头记》正文

---

① [清]脂砚斋评《红楼梦》第五十五回“戚序回前”，朱一玄编《红楼梦资料汇编》，前引书，第485页。

② [清]蒲松龄著，张友鹤辑校《聊斋志异会校会注会评本》，上海古籍出版社，2011年，第1676页。

③ [清]张竹坡评《金瓶梅》第四十二回回评，朱一玄编《金瓶梅资料汇编》，前引书，第499页。

也"[1]。陈其泰评《红楼梦》第四十七回称："赖家开宴，半属闲文。借此生出事端耳。后几回佳境，俱从此开出。"[2]赖大家因儿子赖尚荣选了官，故设宴宴请主子，宴会上薛蟠、柳湘莲再次相会，遂有后文薛蟠"情误"柳湘莲遭痛打、只得外出游艺，香菱因此得进大观园。香菱学诗，李琦、宝琴等众姊妹相聚，芦雪庵吃鹿肉，即景联诗，暖香坞制灯谜，薛宝琴编咏怀古诗等风雅故事都有赖于赖家开宴这一闲事闲文。

8. 不中断线索，或不失其正

闲笔有时还起到不中断线索，或不使叙述偏离正文，把叙述随时拉回正文的作用。

《红楼梦》第七回叙宝玉于秦可卿处结识秦钟，第八回叙在薛姨妈处被留吃茶，有"宝玉因夸前日在那府里珍大嫂子的好鹅掌、鸭信"的叙述，脂砚斋评称"为前日秦钟之事，恐观者忘却，故忙中闲笔，重一渲染"[3]。王希廉评《红楼梦》第八十二回回评称：

> 惜春画大观园图久不提起，故用闲笔略描，又于探春、湘云口中评论多少疏密，以见图稿尚未定局。[4]

陈其泰评称《红楼梦》第九十二回巧姐评女传也是闲文，其用意在于在此回点缀下巧姐，让读者知道巧姐渐已长大，以使后文卖巧姐等事不突然[5]。

9. 填满叙述，不留空当，或不致疏漏，使情节严密完整，增强真实感

闲笔还具有填满叙述，使情节严密完整，没有疏漏，叙事真实可信的作用。古代评点家常评称"闲细""闲细之笔"。

《水浒传》第二十五回叙武松拿了王婆，邀邻居见证，要王婆从实招了武大遇害经过，把刀指着胡正卿着他记录，胡正卿肐嗒嗒抖着答应写，"讨了些砚水，磨起墨来。"金圣叹评称："妙。百忙中偏有此闲笔。"[6]讨砚水，

---

① [清]脂砚斋评《红楼梦》第四回"甲戌眉"，朱一玄编《红楼梦资料汇编》，前引书，第146页。

② [清]陈其泰评《红楼梦》第四十七回回评，朱一玄编《红楼梦资料汇编》，前引书，第735页。

③ [清]脂砚斋评《红楼梦》第八回"甲戌夹"，朱一玄等编《红楼梦资料汇编》，前引书，第200页。

④ [清]王希廉评《红楼梦》第八十二回回评，朱一玄等编《红楼梦资料汇编》，前引书，第638页。

⑤ [清]陈其泰评《红楼梦》第九十二回回评，朱一玄等编《红楼梦资料汇编》，前引书，第754页。

⑥ [清]金圣叹评《水浒传》第二十五回夹批，陈曦钟等辑校《水浒传会评本》，前引书，第504页。

虽是闲笔,但在此处也必不可少,便使叙事不疏漏。第二十六回,武松杀死潘金莲、西门庆后,准备到县里投案,交代四邻变卖家中物件“作随衙用度之资,听候使用”,“将了十二三两银子,与了郓哥的老爹。”“下在牢里,自有几个士兵送饭。”[①]这些叙述,在金圣叹看来,都是闲笔,也都是避免疏漏的极精细之笔。第三十回,叙武松返回孟州城杀张都监,金圣叹称:

> 此文妙处,不在写武松心狠手辣,逢人便斫。须要细细看他笔致闲处,笔尖细处,笔法严处,笔力大处,笔路别处。如马槽听得声音方才知是武松句,丫环骂客人一段酒器皆不曾收句,夫人兀自问谁句,此其笔致之闲也;杀后槽便把后槽尸首踢过句,吹灭马院灯火句,开角门便掇过门扇句,掩角门便把闩都提过句,丫环尸首拖放灶前句,灭了厨下灯火句,走出中门拴前门句,撇了刀鞘句,此其笔尖之细也;前书一更四点,后书四更三点,前插出施恩所送棉衣及碎银,后插出麻鞋,此其笔法之严也……一路凡有十一个灯字,四个月字,此其笔路之别也。[②]

在这段复仇情节中,金圣叹抓住了叙述中的“闲笔”,评称其写得“闲细”“闲细之极”,注意到了“闲笔”使叙述严谨周密,“事情如镜”的叙述功能与审美效果。第三十四回,叙宋江在清风寨杀了刘高一家,王矮虎夺了刘高夫人,回山寨。内中清风镇上人数,都发还了。金圣叹于此夹批称“闲心细笔,文所本无,事所必有”。又叙宋江获信青州慕容知府将来山寨征剿,宋江与众人打併起车辆、马匹等,欲去梁山泊。“小喽啰们有不愿去的,赍发他些银两,任从他下山去投别主。”金圣叹认为,这些虽是闲笔,却少不得[③]。第三十九回,叙宋江、戴宗即将被知府蔡九问斩,情况危急,作者却以闲细之笔,叙写早晨先差人去十字街口打扫法场,饭后点士兵和刀仗刽子,巳牌时分狱官禀请知府监斩,黄孔目呈犯由牌,知府判斩字,将片芦席贴起来;又叙匾扎宋江、戴宗,将胶水刷头发,绾个鹅梨角儿,各插一朵红绫纸花,驱至青面圣神案前吃长休饭、永别酒,吃罢搭上利子,六七十个狱卒推拥出牢门前;又叙押到十字路口,用枪棒团团围住,两人纳坐,众人看犯由牌。这些闲细之笔,真实地展现了行死刑的情景,使情节严密完整,同时还有效地延宕了故事的发展,造成了更加紧张的气氛。金圣叹盛赞这一类文字“偏是百忙时,偏有

---

① 陈曦钟等辑校《水浒传会评本》,前引书,第511—513页。

② [清]金圣叹评《水浒传》第三十回回评,陈曦钟等辑校《水浒传会评本》,前引书,第569页。

③ [清]金圣叹评《水浒传》第三十四回夹批,陈曦钟等辑校《水浒传会评本》,前引书,第640—642页。

本事作此闲笔”“急杀人事，偏又写得细”“写急事，需用缓笔，正此法也。”①第四十九回，叙宋江带人来打祝家庄，祝太公一家皆被杀戮，庄客都四散走了，李逵再抡板斧砍扈成，“扈成见局面不好，投马落荒而走，弃家逃命，投延安府去了。后来中兴内也做了个军官武将。”金圣叹称这种交代性叙述为百忙中之“闲笔”，李贽也评称“忙里偷闲”“闲中着色，假里认真。”②

长篇小说人物众多，事件繁杂，若一一详细叙述，必将喧宾夺主，且将作者意图分散开去，但若不细致，恐又有无数脱漏，善用闲笔，则既可使人物、情节不疏漏，并能不干扰主叙述与作者意图。王希廉指出，《红楼梦》结构细密，变换错综，固是尽善尽美，但亦有脱漏纰缪及未惬人意处，他摘出数条，如第二回冷子兴口述贾赦有二子，次子贾琏，其长子何名？是否早故，未叙明，是漏笔。又第十七回大观园工程告竣，栊翠庵已圈入园内。是何时建盖、何人题名？妙玉于何时进庵？如何与贾母等会面，没有一字提及，欠细致③，等等。这些疏漏欠细致处，恰恰是少了闲笔，若有闲笔点缀穿插，叙事自会缜密。

10. 插科打诨，增加作品的趣味性

小说中的某些闲笔，如戏曲中的科诨，能增添小说的奇趣、妙趣、谐趣，为评点家称赞。如《水浒传》第二回，叙鲁达打死了郑屠户，“自离了渭州，东逃西奔，急急忙忙，行过了几处州府，正是‘饥不择食，寒不择衣，慌不择路，贫不择妻’。”这里的四句谣谚，便是作者顺手写来的闲笔，如果说前三句还符合鲁达的实情，最后一句更是顺手写下去的调侃，充满谐趣，所以金圣叹评称：“忽入四句，如谣似谚，正是绝妙好词。第四句写成谐笑，千古独绝。”④又第三十一回，有一段“闲笔”：

> 众人见轿夫走得快，便说道：“你两个闲常在镇上抬轿时，只是鹅行鸭步，如今却怎地这等走得快？”那两个轿夫应道：“本是走不动，却被背后老大栗暴打将来。”众人笑道：“你莫不见鬼，背后那得人？”轿夫方才敢回头，看了道：“哎也！是我走得慌了，脚后跟直打着脑杓了。”

李贽评称：“鄙俚可笑，可删可删。”金圣叹则一连批了五个“妙”，称：“此文

---

① ［清］金圣叹评《水浒传》第三十九回夹批，陈曦钟等辑校《水浒传会评本》，前引书，第742页。

② ［清］李卓吾评《水浒传》第四十九回“袁夹”，陈曦钟等辑校《水浒传会评本》，前引书，第923页。

③ ［清］王希廉《〈红楼梦〉总评》，朱一玄编《红楼梦资料会编》，前引书，第582—583页。

④ ［清］金圣叹评《水浒传》第二回夹批，陈曦钟等辑校《水浒传会评本》，前引书，第96页。

只是花荣楔子，作者无可见长，故借此作闲中一笑也。”①

《红楼梦》中也有很多充满奇趣、妙趣或谐趣的闲笔，如第八十回王道士夸狗皮膏药和胡诌“疗妒汤”，便是充满谐趣的“闲笔”。小说此回叙薛蟠新娶夏金桂后，又寻趁上金桂丫鬟宝蟾，金桂、宝蟾闹得薛家鸡犬不宁；迎春嫁与孙绍祖，被万般辱没，王夫人将她接回家来，迎春向王夫人哭诉委屈。于这两件极为繁乱、极为伤情的事件之间，夹叙贾母要宝玉到天齐庙还愿，王一贴海夸膏药、胡诌“疗妒汤”两件小事，这两段叙述，在此都是充满谐趣的闲笔，尤其“疗妒汤”一段闲笔，最为有趣：

> 用极好的秋梨一个，二钱冰糖，一钱陈皮，水三碗，梨熟为度，每日清早吃这么一个梨，吃来吃去就好了。宝玉道：“这也不值什么，只怕未必见效。”王一贴道：“一剂不效吃十剂，今日不效明日再吃，明日不效吃到明年。横竖这三味药都是润肺开胃不伤人的，甜丝丝的，又止咳嗽，又好吃。吃过一百岁，人横竖要死去，还妒什么！那时就见效了。”

这段闲文，是王道士为解宝玉午盹的闲话，所以脂砚斋评称：“此科诨一收，方为奇趣之至。”同时，这段科诨还是作者唯恐海夸膏药一段闲笔太过闲散，与前文夏金桂拈酸泼醋游离太远，故紧接“疗妒汤”，使叙事“仍归缩结至上半回正文”，无怪乎脂砚斋赞叹“千古奇文奇语”“细密如此”②。

叙事性文学作品中的“闲笔”，指涉内容广泛，在作品中并非是真正的“闲笔”，往往“闲笔不闲”，有着非常重要的叙述功能和审美意趣。但是，闲笔毕竟是闲笔，在作品中是作为正笔的陪笔或辅笔存在，作品还应以正笔、正文为主，闲笔太多，太滥，不仅会淹没正笔，还会使文章拖泥带水，枝蔓丛生，甚至喧宾夺主，作者的意图不易达到，文章的效果也会不好③。

四、“闲笔”理论的比较分析

中国古代“闲笔”理论中的正笔/闲笔之分与西方叙事学理论中的关联细节/自由细节、核心/催化（从属）之分有着一定的可比性。

20 世纪 20 年代，俄国形式主义理论家鲍里斯·托马舍夫斯基在讨论

① ［清］金圣叹评《水浒传》第三十一回夹批，陈曦钟等辑校《水浒传会评本》，前引书，第 606 页。

② ［清］曹雪芹著，霍国玲、紫军校勘《脂砚斋全评石头记》，前引书，第 950 页。

③ 参见周品生《论闲笔》，载《楚雄师专学报》1992 年第 2 期。

主题、情节、情节分布、细节等问题时①，指出作品的细节是多种多样的，按照其在情节中的地位可分为关联细节和自由细节，“那种不可或减的细节叫做关联细节；那种可以减掉而并不破坏事件的因果——时间进程的完整性的细节叫做自由细节”②。对于情节来说，只有关联细节才有意义。而在情节分布中，有时却是自然、地域、环境、人物及其性格描写等这些“插话”式的自由细节控制和决定着作品的构成。这些“详情”等附加细节引入的目的在于艺术地建构故事。

法国文学批评家罗兰·巴特借鉴了托马舍夫斯基关于关联细节和自由细节的区分，及随后普罗普的“功能”概念③，提出了“核心”和“催化”的概念④。罗兰·巴特把叙事作品分为三个描写层次：功能层、行为层和叙述层。功能层讨论的是叙事作品的叙述单位及其组合；行为层讨论的是参加一定行为范围的人物及其行为⑤；叙述层基本与托多罗夫的“话语”层相同。在功能层，巴特将功能确定为故事最小、最基本的叙述单位，它是叙事作品不能再切分的单位。功能按照其意义的不同层次分为两大类别：分布类和归并类。分布类功能相当于普罗普所说的功能，巴特用“功能”这一名词专指这类功能；归并类功能包括所有“迹象”，巴特称之为“迹象”。功能之间的关系是横向分布性的，属于横向组合层；迹象的关系是纵向归并或聚合性的，属于纵向聚合层。功能和迹象还可再分别分出两子类。功能类按照叙述单位在作品中的重要性分为“核心”和“催化”。核心“是叙事作品（或者是叙事作品的一个片段）的真正的铰链”，催化“只不过用来‘填实’铰链功能之间的叙述空隙”。迹象类可以区分为严格意义上的迹象与情报，“前者表示性格、情感、气氛（比如可疑的气氛）和哲理，后者用来识别身份以及定

---

① 托马舍夫斯基关于这些概念的定义与说明是：“内部相互联系的事件之总和叫作情节。”“作品中事件的艺术建构分布叫做作品的情节分布。”“主题（所谈论的东西）是作品具体要素的意义统一。”“它由若干微小的相互之间发生一定关系的主题成分构成。”一部作品可以分解成若干主题部分，作品不可再分解的主题材料，叫做细节。从细节的角度来说，“情节就是处在逻辑的因果——时间关系中的众多细节之总和。”〔俄〕鲍里斯·托马舍夫斯基《主题》，见〔俄〕什克洛夫斯基等著，方姗等译《俄国形式主义文论选》，三联书店，1989 年，第 107—208 页。

② 〔俄〕鲍里斯·托马舍夫斯基《主题》，前引书，第 115 页。

③ 普罗普把功能确定为“人物的行为”，“这种人物行为是由其在情节发展过程中的意义来确定的。”见张寅德编选《叙述学研究》，前引书，第 10 页。

④ 〔法〕罗兰·巴特《叙事作品结构分析导论》，张寅德编选《叙述学研究》，前引书，第 2—41 页，以下本段引文均出自此处。

⑤ 巴特这里的人物，用的是格雷马斯把人物看作行动元的含义；行为也不是功能层上的微小行为，而是行为的大的分节，如欲望、交际、斗争等。〔法〕罗兰·巴特《叙事作品结构分析导论》，张寅德编选《叙述学研究》，前引书，第 26 页。

时定地。”核心与催化、迹象与情报就是对功能层上的叙述单位进行划分的初步类别。当然,一个叙述单位也可以同时属于两个不同的类别。叙事作品中,催化、迹象、情报都是核心的扩展。核心遵循某一逻辑形成一些为数不多的有限的功能,这一框架形成以后,其他单位便根据原则上无限增生的方式来充实这一框架。

美国叙事学家西蒙·查特曼继承了罗兰·巴特关于“核心”和“催化”的区分。他认为,一个故事的叙事事件之间不仅有联结逻辑,还有等级逻辑,即主要情节事件和次要情节事件,他称之为“核心”和“从属”。在情节结构链上,核心是“节点或枢纽,是促使行为进入一条或两条(甚至更多)路径的分岔点”。“它通过设置并解决问题而推进情节”①。核心若被去除,就会破坏叙事逻辑。从属则在意义上不那么重要,它可以被去除而不会扰乱情节逻辑,但会从美学上损伤叙事。

西方叙事理论中的自由细节/关联细节、核心/催化(从属)之分,类似于中国古典闲笔理论中正笔/闲笔、宾/主的区分,但又一定的差异。具体而言,可以从以下三个方面加以分析。

1. 言说层面

关联细节/自由细节、核心/催化(从属)、正笔/闲笔都有从情节结构层面区分的情况。托马舍夫斯基认为一部文字结构统一的作品必然有一个贯穿全部的中心主题,它又有若干微小的相互之间发生一定关系的主题成分构成,主题成分的最小分割单位是细节,如“天色晚了”“拉斯科尼科夫打死了老妇人”等,从这点出发,情节就是处在逻辑的因果——时间关系中的众多细节之总和。正是从在情节中的地位与作用的角度,托马舍夫斯基将细节区分为关联细节和自由细节。关联细节决定着事件的因果——时间联系,不可或减,自由细节则可以减掉而并不破坏情节结构。

正是依据功能在情节中的“重要性”,巴特将功能区分为核心和催化。核心“是叙事作品中冒险的时刻”,它的唯一条件是“功能依据的行为为故事的下文打开(或者维持,或者关闭)一个逻辑选择,简言之,打开或者结束一个未定局面”②。它既在时序上又在逻辑上连接下一个核心,故事据此得以发展。如“电话铃响了”作为一个核心,必然引起的选择是“接电话”或“不接电话”这一核心。而在这两个核心之间则可以插满一系列细小事件

---

① 〔美〕西摩·查特曼《故事与话语:小说和电影的叙事结构》,徐强译,中国人民大学出版社,2013 年,第 38 页。

② 〔法〕罗兰·巴特《叙事作品结构分析导论》,张寅德编选《叙述学研究》,前引书,第 15、14 页。

或简短描写，如“拿起听筒”“放下香烟”等就是催化。一系列合乎逻辑的、由连带关系结合在一起的核心便是一个序列，功能分析或叙事作品的情节结构分析便是看叙事作品如何逐步扩展开来：即由一系列核心构成序列，再由一系列微型序列构成更大的序列。查特曼继承了巴特的理论，直接将核心确定为是情节的主要事件，从属则是情节的次要事件。

闲笔理论中的正笔/闲笔之分，也有从情节结构层面讨论的情况。从情节结构层面看，正笔指的是围绕情节主线安排的主要事件，闲笔则是次要情节事件。如前举金圣叹评点《水浒传》第十二回，认为其中所占篇幅最多、叙述最详细、最精彩的杨志与周谨、索超比武的事件是闲笔，而笔墨极少的梁中书因杨志比武获胜大喜、教杨志替了周谨职役等欣赏、提拔杨志的事件是正笔，因为本回的情节主线是叙述梁中书厚爱杨志，将生辰纲重托杨志。故与周谨、索超比武，不过是“从空结出两层楼台，以为梁中书爱杨志地耳”①。

不同的是，闲笔理论中的正笔/闲笔、宾/主还有从人物层面区分的情况。如毛宗岗《三国演义》第十五回总评称：

> 前卷叙曹氏立国之始，此卷叙孙氏开国之由，两家已各自成一局面，而刘备则尚茕茕无依，然继汉正统者，备也。故前卷以刘备结，此卷以刘备起，叙两家必夹叙刘备。盖既以备为正统，则叙刘处文虽少，是正文；叙孙曹处文虽多，皆旁文。于旁文之中带出正文，如草中之蛇，于彼见头，于此见尾；又如空中之龙，于彼见麟，于此见爪。记事之妙，无过于是。②

这里，毛宗岗就是按照人物主次的关系来评定哪些叙述是正文，哪些是闲文，认为主要人物以及与主要人物相关的叙述是正文，次要人物以及与次要人物相关的叙述则是闲文。不过，毛宗岗这里是从血缘上确定人物的主次。毛宗岗认为，“三国”有正统、闰运、僭国之别。从血缘上言，刘氏承续汉室血脉，故虽地处蜀地，是正统。吴、魏是僭国，晋是闰运。所以第十四、十五回叙述曹操在许都定下基业，孙策在江东安定下来，虽然叙述得很详细，但都是旁笔、闲笔，而夹叙刘备，虽极为简略，却是正文。前文所论王希廉评点《红楼梦》对小说人物更为细致的宾主划分，也是从人物层面来评定叙述的

① ［清］金圣叹评《水浒传》第十二回回评，陈曦钟等辑校《水浒传会评本》，前引书，第 246 页。

② ［清］毛宗岗评《三国演义》第十五回回评，陈曦钟等辑校《三国演义会评本》，前引书，第 173 页。

宾主旁正。西方叙事理论一直有着认为人物是次要的、是完全从属于行为的概念的传统。所以巴特只在功能层讨论核心与催化,将人物作为叙事作品行为层讨论的对象,从人物参加的行为范围来分析人物。巴特指出其行为层中的行为并不是功能层上的微小行为,而是大的节点或范围,“这些行为范围是不多的、典型的、可以分类的”①,如欲望、交际、斗争等。行为层的人物分析就是确定人物在这些行为中是属于施动者、帮助者还是对手中的哪一角色类别。

2. 指涉内容

如前所论,中国古典闲笔理论中的闲笔常指的是次要情节事件、次要人物、时间或景物等的白描、概括叙述、解释性叙述话语、无要紧的闲话等。在托马舍夫斯基那里,自由细节常指的是包括自然、地域、环境、人物及其性格、服装等的描写②。它们又属于静态细节——从细节所包含的客观行为出发对细节的分类,这种细节不使情境发生变化,而另一类动态细节则使情境发生变化。托马舍夫斯基进一步指出,自由细节往往是静态的,但并非任何静态细节都是自由的。假设情节中有杀人事件,那么就需要一把手枪,作品中叙述手枪这一细节,虽然是静态的,但却是关联细节,因为它决定了枪杀的实现,是情节链条上不可缺少的环节。显然,自由细节与闲笔在指涉内容上有重合之处,如关于自然、环境等的描写,但所指涉内容不一致处更多。而且,闲笔未必都是静态的描写,作为闲笔的次要情节事件都是动态的,如前举《水浒传》第二回中店小二的诸多行动。作品中描写某些景物、物件等静态细节,被确定为自由细节或关联细节是相对的,取决于它在情节的因果——时间链上有没有作用,但一般都会被确定为闲笔,起着点缀联络前后文或为后文伏笔的作用。如金圣叹所指出的《水浒传》第九回中所叙草料场壁上挂着的老军的大葫芦,便是闲笔,它在林冲风雪山神庙这一情节中只起着点缀作用。若依据托马舍夫斯基的理论,则这一闲笔应是关联细节,因为若没有大葫芦和老军的交代,林冲可能不会去买酒吃,也就不会有回来时恰好看到草厅被雪压倒,只好到山神庙暂歇等在时间和逻辑上均相继的事件。

巴特的催化功能主要指的是故事中两个核心功能之间的细小事件或简短描写③。这与次要情节事件或时间、景物等的白描等闲笔类别极其一致,

---

① 〔法〕罗兰·巴特《叙事作品结构分析导论》,张寅德编选《叙述学研究》,前引书,第 26 页。

② 〔俄〕鲍里斯·托马舍夫斯基《主题》,〔俄〕什克洛夫斯基等著,方姗等译《俄国形式主义文论选》,前引书,第 117 页。

③ 〔法〕罗兰·巴特《叙事作品结构分析导论》,张寅德编选《叙述学研究》,前引书,第 15 页。

但闲笔指涉内容更宽泛些。查特曼的从属则单指次要情节事件，不再涉及其他内容了。

3. 区分意义

正笔/闲笔、关联细节/自由细节、核心/催化（从属）的区分有利于辨识叙事作品情节线条上哪些是主要的、不可或减的事件，哪些是次要的、并非必不可少的事件，同时认识不同单元在叙述中的作用与艺术效果。中西理论家在这一点上都作了详细分析。如前所论，中国古代理论家指出闲笔在作品中有引子、伏笔、调节叙述节奏、渲染环境气氛、做必要的补充说明、使叙述严密不疏漏等等作用。托马舍夫斯基也认为，对于情节来说，只有关联细节才有意义，而在情节分布中，却是自由细节控制和决定着作品的构成，这些附加细节引入的目的在于艺术地建构故事①。巴特指出催化虽然只是填充核心之间的叙述空隙，但仍然具有功能作用（可能较弱），"仍然是信息经济的组成部分""一笔一语表面是多余的，然而它始终具有一个话语功能。它使话语加快、减慢、重新开始；它简述、预述、有时甚至造成迷惑。"巴特更进一步从叙述交流的角度指出催化具有使叙述者和叙述接受者之间保持接触的交际性功能，它会不断地提请叙述接受者注意它"曾经具有、将要具有意义"②。查特曼也指出，从属的功能是"填充、说明、完足核心"。更为特别的是，查特曼指出从属还可以不遵从故事的普通次序，对嗣后的核心进行预叙和对早先的核心进行回溯③。催化的"预述"、改变话语速度等功能，从属的"预叙""回溯"等功能，和闲笔的伏笔、补充、舒缓文势等功能颇为类似。

关联细节/自由细节的区分还可以用于辨别不同时期的文学传统或文学思潮。托马舍夫斯基指出，自由细节的引入，很大程度上取决于文学的传统，因为每个流派都有自己与众不同的一些自由细节，与此对照的是，关联细节则无论在什么流派中，都表现出大致相同的形式。文学传统在制定情节方面起着很大作用，如19世纪40年代，典型的小说情节是关于小官吏的苦恼，果戈理的《外套》、陀思妥耶夫斯基的《穷人》等都是这样的作品，而20世纪典型情节是关于欧洲人对异邦女子的爱情悲剧，如普希金的《高加索的俘虏》《茨冈人》等。自由细节引入也有文学传统，如对服装的描写是19世纪初传统的自由细节。每个文学时代和每个流派都有其特殊的情节

---

① 〔俄〕鲍里斯·托马舍夫斯基《主题》，〔俄〕什克洛夫斯基等著，方姗等译《俄国形式主义文论选》，前引书，第115页。

② 〔法〕罗兰·巴特《叙事作品结构分析导论》，张寅德编选《叙述学研究》，前引书，第15页。

③ 〔美〕西蒙·查特曼《故事与话语》，徐强译，前引书，第39—40页。

分布系统，这个系统在整体上表现出文学传统或文学思潮的风格。

核心/催化（从属）的区分在丰富叙事理论、辨别经典叙事和现代主义叙事上颇有意义。对于有些人批评结构主义叙事理论上的核心/从属的区分仅仅是术语上的和机械的，并不增益什么，也没为阅读带来提高，查特曼认为它就是一种解释，“它必然对我们关于叙事形式及关于一般文本之理解的一个重要贡献。”这些叙事因素存在着，区分并阐述它们，对叙事理论来说是至关重要的。查特曼进一步指出，核心和从属的区分还可以用于辨别经典叙事和现代主义叙事。经典叙事是核心的网络或链条，它构成故事，它提供的选择途径只有一种可能，即这样一种叙事逻辑——“一件事导致且仅导致另外一件事，第二件事又导致且仅导致第三件事，依次类推，直到最后。”现代叙事则是“反故事”“反叙事”，它质疑经典叙事的逻辑，“把所有的选择视为同等有效”或“创造了在关注重要事件方面的故意‘失败’”①。

总之，中国古代“闲笔”理论中的正笔/闲笔之分与西方叙事学理论中的关联细节/自由细节、核心/催化（从属）之分在言说层面、指涉内容、区分意义等方面有交叉，也有分歧，对二者的比较，有利于我们更好地认识中西叙事理论的同与异，在求同存异的基础上实现中西叙事理论的互识与互补。

① 〔美〕西摩·查特曼《故事与话语》，徐强译，前引书，第41—42页。

结　语

中国古代叙事传统渊源深远，叙事作品文体繁多，关于叙事和叙事作品的理论总结也有着悠久的历史和多样的内容。中国文论中的"叙事"一词，与指有次序地安排社会生活事务的"序事"一词一直通用，作为中国古代叙事诗、文、戏曲、小说等文体的基本表现手法，指有条理、有次序地记述事件。它与西方"叙事"即"讲故事"的含义截然不同，由此形成了中西叙事理论论域的差别：西方叙事理论关注的是故事由谁、从什么角度、怎么讲等问题，因此生成了叙事者、叙事角度、叙事时间等理论话语；中国叙事理论则关注用什么方法记叙事件、安排人物和场景等，因此形成了诸多叙事文法理论话语。中国古代叙事理论在漫长的文化、文学发展中不断丰富自己的理论话语，逐渐形成了自己的特点：

一、中国古代叙事理论以"法"为核心内容

"法"在中国文论中处于中心地位。诗法、文法、叙法是中国古代诗论、文论、叙事理论的核心论域，它们又都以字法、句法、章法、篇法（部法）、笔法等为基本视阈。仅以小说叙事理论来说，金圣叹、张书绅等小说评论家就多次指出中国古代小说叙事字有字法、句有句法、章有章法、部有部法。古代理论家虽然针对叙事的不同层次提出了字法、句法、章法、部法、笔法等技法，但对这些范畴本身及其理论范围的界定却是模糊的、混乱的，它们往往笼统、含混地包含在古代理论家的文法、叙法、章法、笔法等论说中，繁琐碎乱、不成体系，被现代的研究者诟病为有"陋儒"的迂腐之气。但其中并不乏极有价值、极有生命力的理论话语，对其进行"披沙拣金"的工作，发现中国固有的叙事理论话语及其或潜或显的理论体系，以中国本有的叙事理论体系统摄其繁杂的理论论说，必将既能凸显中国叙事理论不同于西方叙事学理论的特色，又能很好地建设真正中国话语的中国叙事学。

如前文已指出的，诗、文叙事理论领域里，方东树、李绂、章学诚、刘熙载、唐彪等提出顺叙、倒叙、分叙、类叙、追叙、暗叙、借叙、补叙、特叙等叙法，邵作舟、林纾等把叙事笔法归为正笔、旁笔、原笔、伏笔、起笔等。小说叙事理论领域里，金圣叹指出《水浒传》的15种文法，毛宗岗总结《三国演义》的16“妙”，张竹坡提出《金瓶梅》的板定大章法、两对章法、曲笔、逆笔、直笔、顺笔、实写、虚写等文法，《红楼梦》脂砚斋批语中涉及的40余种叙事之法，蔡元放指出《水浒后传》的诸文法等。诸“法”名目繁琐碎乱之程度无以复加，统而观之，则无外乎仍是篇（部）章字句的文法法则。因此，有必要对“篇法”（“部法”）“章法”“句法”“字法”“笔法”等范畴本身的内涵与外延作出明晰的厘定，进而一一辨析这些名目繁杂的诸“法”理论话语，把其中具有较高理论价值的据其内容、性质使其有所归依。前文笔者尝试界定、辨析了中国古代叙事理论中的“部法”“章法”“笔法”三个范畴及其相关理论话语：“部法”是整体安排一部叙事作品的技法，它包括对一部叙事作品包括命意、故事、文辞等在内的整体构思、首中尾的关合照应、故事叙事的脉络等问题。“结构第一”“首尾大照应，中间大关锁”“伏脉”是中国古代叙事理论中关于“部法”的核心理论话语。“章法”是故事“段”与“段”之间连贯组织的法则。“弄引法”“獭尾法”“过枝接叶”“横云断山法”“拉来推去之法”“欲合故纵之法”等是形成起承转合的叙事节奏的叙事章法，故可命名为起承转结章法；“补叙”“插叙”“夹叙”常打断正在叙述的主故事时间流，属于时间章法；“两对章法”是依据对偶原则形成的具有中国特色的故事“段”组织法则。凡此是中国古代叙事理论中重要的“章法”理论话语。“笔法”是创造作品“意趣”的叙事修辞文笔。“《春秋》笔法”、虚实相生、“闲笔”是中国特色的笔法理论话语。

当然，试图将名目如此繁杂碎乱的“诸法”一一归并，并不是一件容易的事情，加之有些名目的“法”，论者语焉不详，又缺少必要的例证，所以很难有所归并。上述笔者已经完成的归并，也只是九牛一毛。笔者此为，重在寻找、尝试中国古代叙事理论研究的较为科学、周全的研究思路和方法，希望通过这样的研究思路和方法，有效重建中国叙事理论话语。

二、中国古代叙事理论尚有“道”“义”“意”“气”“趣”等层面

中国古代叙事理论除“法”这一核心论域外，还有“道”“义”“意”“气”

“趣”等属于思想、审美等方面的层面。

中国传统文学观素来认为文道相通、义法一贯，道、义居首要地位，文、法次之。而居于中国文学思想主体地位的儒家体系中，讲求“文以明道”“文以载道”“文以贯道”，即以文学为载体，传播儒家道义。这一文学思想引导着文论家的审美欣赏，使他们在评论作品时常对作品的思想内容、教化功用加以评判，从而形成了中国文学批评的“文道”论。从《诗大序》“经夫妇，成孝敬，厚人伦，美教化，易风俗”、《论语》“《诗三百》，一言以蔽之，思无邪”开始，重视教化的“文道”思想便渗透于文学家、理论家、批评家的创作、理论、批评思维中。刘勰《文心雕龙·原道》直接提出了“文原于道”的理论认识，认为自然和人文都是“道”的体现，日月山川、美的文章都是“道”派生和决定的，文学艺术的使命就是映现“道”：“道沿圣以垂文，圣因文而明道。”①不过，刘勰这里的“道”具有人伦秩序之人道和宇宙本体之天道双重含义。到韩愈那里，“道”则缩减为儒家的仁义之道了。《原道》云：“博爱之谓仁，行而宜之之谓义，由是而之焉之谓道”②，即明确了他所谓的“道”为仁义之道，韩愈还多次表示，他之所以“志于古者，不惟其辞之好，好其道焉尔”③，并称自己“非三代两汉之书不敢观，非圣人之志不敢存”“游之乎《诗》《书》之源”④。当诗文式微后，这种文道思想也被文论家们用以评论戏曲、小说等叙事文学作品。明代陈眉公批评《琵琶记》，称“《琵琶》饶多风化”“存三百篇遗意”，就是从“道”的层面对《琵琶记》的评论。毛声山以为，《琵琶记》所写者“皆孝、义、贞、淑之事”，所以并不是传奇，不可当传奇来看，从其文辞之妙上来看，“可当屈赋、杜诗读”，而从文意之妙上说，“则可当《孝经》《曲礼》读，更可当班孟坚《女史箴》一篇、曹大家《女论语》一部读。”⑤“关风化”由此成为戏剧在“道”“义”层面的基本理论话语。与之类似，“警世”“训世”“醒世”“训人以至常”“共成风化之美”等也成为小说在“文道”层面的基本理论话语。毛宗岗称《三国演义》“作者之意，自宦官妖术而外，尤重在严诛乱臣贼子以自附于《春秋》之义”“虽曰演义，直可继麟经而无愧耳”⑥，欣欣子称《金瓶梅》“无非明人伦，戒淫奔，分淑慝，化善

---

① ［南朝梁］刘勰著，范文澜注《文心雕龙注》，前引书，第 3 页。

② ［唐］韩愈《原道》，《东雅堂昌黎集注》卷十一，文渊阁《四库全书》本。

③ ［唐］韩愈《答李秀才书》，《东雅堂昌黎集注》卷十六，文渊阁《四库全书》本。

④ ［唐］韩愈《答李翊书》，《东雅堂昌黎集注》卷十六，文渊阁《四库全书》本。

⑤ 侯百朋编《琵琶记资料汇编》，前引书，第 279 页。

⑥ ［清］毛宗岗《读〈三国志〉法》，陈曦钟等辑校《三国演义会评本》，前引书，第 18 页。

恶"[①],张书绅以为"《西游》一书,古人命名为证道之书,原是证圣贤儒者之道"[②],甚至更把整部书一百回分成五十二篇以对应于《大学》内容等,都是从"道""义"层面对小说叙事的评论,至张书绅而完全以"道"遮蔽文学的文学性可谓是登峰造极了。

文意与文气常被古代文论家看成是包括叙事文在内的文章的灵魂和生命。曹丕《典论·论文》提出"文以气为主",指出作者的气质、气性不同,文章风格、气势有异。刘勰《文心雕龙》中有大量论"气"之处,以《风骨》《养气》二篇最集中,讨论作家的才气、血气和文章风貌问题。唐宋两代的古文运动,提倡文以明道、文以载道,文、道、气、意的关系成为中心议题。在唐宋古文论家看来,有"道"则文气充实,"气"就是"道"。宋吕南公云:"盖古人之于文,知由道以充其气,充气然后资以言,以了其心,则其序文之体,自然尽善,而不在准倣。"[③]王柏称:"夫道者,形而上者也;气者,形而下者也。形而上者不可见,必有形而下者为之题焉,故气亦道也。"[④]

较早重视文意的当推晋代陆机,《文赋》云"辞程才以效伎,意司契而为匠",指出辞藻虽纷至沓来,必须由"意""匠"之,由"意"来权衡取舍。南朝宋范晔则首次作出"文以意为主"的理论概括。他在《狱中与诸甥侄书》中指出作文要义时说:"尝谓情志所托,故当以意为主,以文传意。以意为主则其旨必见;以文传意,则其词不流;然后抽其芬芳,振其金石耳。"唐代对文章命意的重视成为文论家持久讨论的重要话题。令狐德棻《王褒庾信传赞》云:"原夫文章之作,本乎情性,覃思则变化无方,形言则条流遂广。虽诗赋与奏议异轸,铭诔与书论殊途,而撮其指要,举其大抵,莫若以气为主,以文传意。"[⑤]这里将魏晋的"以气为主"和"以文传意"结合起来,突出地反映了唐代文章命意理论辞、意并重,气、意并举的特点。这里所言之"意"皆意旨之意,即萦系文辞章句、贯穿文章始终的主要意旨。这一意旨的内涵极为丰富,在不同时代、不同理论家又有所不同,或类于"情",或同于"理",或通于"道"。宋代张耒、朱熹、陈骙等文论家在唐人的基础上,综合讨论了文、道、理、意、气的关系:

---

① [明]欣欣子《金瓶梅词话序》,朱一玄编《金瓶梅资料汇编》,前引书,第176页。

② [清]张书绅《〈新说西游记〉总评》,[明]吴承恩著,[清]张书绅评《西游记》,项纯文、赵国华校点,黄山书社,1992年,第11页。

③ [宋]吕南公《与汪秘校论文书》,《灌园集》,卷十一,文渊阁《四库全书》,第1123册,第113页。

④ [宋]王柏《题碧霞山人王公文集后》,《鲁斋集》,卷十一,文渊阁《四库全书》,第1186册,第172页。

⑤ [唐]令狐德棻《王褒庾信传》,《周书》,卷四十一,中华书局,1971年,第745页。

文以意为车，意以文为马。理强意乃胜，气盛文如驾。理维当即止，妄说即虚假。气如决江河，势胜乃倾泻。文莫如六经，此道亦不舍。但于文最高，窥不见隙罅。故令后世儒，其能及者寡。①

文字之设，要以达吾意而已。政使极其高妙而于理无得者，则亦何益于吾身，而何所用于斯世？②

辞以意为主，故辞有缓有急，有轻有重，皆生乎意也。③

元明两代在两个方面发展了命意理论。一是探讨具体的命意、立意之法。元陈绎曾《文说》，从养气、抱题、明体、分间、立意、用事、造语、下字八个方面谈为文之法。其论立意之法，先将文章内容分为意、景、事、情四方面：

意：凡议论思致曲折皆意也。意以理为主。

景：凡天文地理物象皆景也。景以气为主。

事：凡实事故事皆事也，事生于景则真。

情：凡喜怒哀乐爱恶欲之真趣皆情也，情出于意则切。④

陈氏以为，无论何种文体，无外包含意、景、事、情四方面内容，“凡文无景则苦，无意则粗，无事则虚，无情则诬”，因此，文章立意，应兼从意、景、事、情中构想，反复思量，“第一番来者，陈言也，扫去不用。第二番来者，正语也，停之不可用。第三番来者，精意也，方可用之。”而文意一旦立定，则全部文章无不围绕命意行文，“一篇之中三致意，一段之中三致意，一句之中三致意。”⑤二是将立意和辨体联系起来讨论。明徐师曾《文体明辨序说·文章纲领总论》称：“大明陈洪谟云：‘文章莫先于辨体，体正而后意以经之，气以贯之，辞以饰之。体者，文之干也；意者，文之帅也；气者，文之翼也；辞者，文之华也。体弗慎则文庞，意弗立则文舛，气弗昌则文萎，辞弗修则文芜。四者，文之病也。是故四病去，而文斯工矣。”⑥不同的文体，应该有不同的立意与方法，徐师曾借陈洪谟之口提出的辨体在先、立意在后的观点，对古代文章命意理论贡献独特，可惜陈氏并未进一步地指出不同文体在命意上的差异，因此，关于叙事文的命意理论仍然只能和其他文类混为一谈。明清小说戏曲理论也表现出对小说戏曲等叙事文学命意与立意方法的重视，如李

---

① ［宋］张耒《与友人论文因以诗投之》，《柯山集》，卷九，文渊阁《四库全书》本。

② ［宋］朱子《答曾景建》，《晦庵集》，卷六十一，文渊阁《四库全书》本。

③ ［宋］陈骙《文则》，《文则　文章精义》，王利器校点，人民文学出版社，1998年，第11页。

④ ［元］陈绎曾《文说》，文渊阁《四库全书》，第1482册，第244页。

⑤ ［元］陈绎曾《文说》引戴初语，前引书，第247页。

⑥ ［明］徐师曾《文体明辨序说》，《文章辨体序说　文体明辨序说》，前引书，第80页。

贽称《水浒传》如《说难》《孤愤》一样，是“发愤之所作”，施耐庵、罗贯中生于元朝，忧愤宋朝“大贤处下，不肖处上”“夷狄处上，中原处下”等黑暗的社会现实和朝廷的昏聩无能①，所以做传。金圣叹评《水浒传》称“其人不出绿林，其事不出劫杀，失教丧心，诚不可训”，所以自己“独欲略其行迹，申其神理”②，并将其神理与《论语》相类比，认为施耐庵叙写水浒一百零八人能如此神妙在于以忠恕之心格物，忠恕即施耐庵做传之立意，并非是一般所认为的忠义。金圣叹、毛宗岗等关于“首尾大照应，中间大关锁”的文法理论话语，正是从立意之法上的讨论。

对“道”“义”“意”等的重视严重遮蔽了文学之为文学的文学性和趣味。明清小说戏曲评点中提倡“趣”正是对这一现象的反正。小说、戏曲本就是起于民间，适应民众世俗审美需要的一种“适趣闲文”，士大夫们过度地从“道统”角度评论其道义、命意，有时着实牵强可厌。好在有不少的评论者认识到文学趣味的重要性，将“趣”作为小说、戏曲等通俗文学的重要审美追求，指出叙事文学在虚构故事、叙事文法、文辞表达等方面以“趣”为追求的表现。李贽评《水浒传》第五十二回云：“……《水浒传》文字当以此回为第一。试看种种摩写处，那一事不趣？那一言不趣？天下文章当以趣为第一。既是趣了，何必实有是事，并实有是人？若一一推究如何如何，岂不令人笑杀！”③即指出虚构故事本就是以有趣为审美追求的，并不必一定要实有其事。前文所论两对章法、闲笔等理论话语中，理论家们也指出这些叙事文法的设计，很多时候即是出于使文章有趣的考虑。

相较而言，中国古代叙事理论中，“道”“义”“意”“气”“趣”等思想、审美等理论层面的话语远少于“法”层面的理论话语，但对于中国古代叙事理论来说，仍具有不可忽视的意义。

三、中国古代不同文体叙事作品叙事理论之间具有融通性

中国古代叙事作品文体繁多，叙事性诗歌（包括赋）、叙事文（包括史传）、小说、戏曲是中国古代叙事作品的主体，不同文体叙事作品叙事理论之间是相互融通的。如意为铺叙的“赋”，在古代诗歌叙事理论中被认为是

① ［明］李贽《〈忠义水浒传〉序》，朱一玄、刘毓忱编《水浒传资料汇编》，前引书，第 171 页。

② ［清］金人瑞《〈水浒传〉序三》，朱一玄、刘毓忱编《水浒传资料汇编》，前引书，第 215 页。

③ ［明］李卓吾评《水浒传》第五十二回回末“容评”，陈曦钟等辑校《水浒传会评本》，前引书，第 984 页。

诗、赋等文体的基本叙事手法，它直接产生了戏曲、小说叙事理论中的“敷衍”“铺排”“正笔”“极不省法”等理论话语。首尾照应、伏脉、起承转合、插叙、倒叙、《春秋》笔法、虚实相生、道、义、意等则是中国古代诗、史、文、小说、戏曲共通的叙事理论话语。这种情形尤其突出地表现在明清时期的文论中。明清时期，诗、史、文、小说、戏曲等各文体都走向成熟，其批评理论也臻于密致，不同文体叙事理论之间出现了更为广泛、深入的交流与互动。如前述清代文论家方东树、赵翼、刘熙载、金圣叹等分别以插叙、补叙、倒叙等叙法论诗、史、文、小说的叙事，道义、命意、文气等在包括叙事文在内的文章和戏曲、小说评论中的一贯，都是不同文体叙事理论话语之间交流与互动的明证。

这种情形的产生与中国人的文体观念息息相关。在中国人看来，只有文章才是“经国之大业，不朽之盛世”，小说、戏曲都是旁门左道、低俗文学。为了提高小说、戏曲的身份地位，明清的小说、戏曲批评家金圣叹、毛宗岗、张竹坡、脂砚斋、闲斋老人、蔡元放等前后相继，都将小说、戏曲纳入广义的文章系统中，用分析文章的“一副手眼”来进行小说、戏曲的批评。金圣叹就直接将戏曲、小说称为“文”或“文章”，如他称《西厢记》“文章最妙，是目注彼处，手写此处，……文章最妙，是目注彼处，却不便写，……文章最妙，是先觑定阿睹一处……”①；又称“天下文章，无有出《水浒》右者。天下之格物君子，无有出施耐庵先生右者”②。明清小说、戏曲批评家的文章观是广义的文章观，它包括小说、戏曲、散文、诗歌诸文体。在这一观念影响下，他们并不着力于区分各文体之间的不同，而是用读诗、文（包括史传、古文、时文）的方法来读小说、戏曲，既从道、义、意等思想内容层面探讨诗文等庙堂文学与戏曲小说等世俗文学所共同传达的道义，又从“法”这一形式层面进行观照，探索适用于一切文体的普遍的“文法”，重视、强调它们之间的相同之处，甚至以为对小说、戏曲乃至歌本的叙事文法的了解都是有益于科考的。钟戴苍《花笺记》总论有云：

> 《花笺记》有极顺笔处，又有绝不肯顺笔处。如欲叙瑶仙，却不另起炉灶，只随手写去，是极顺笔处。至于每遇一事，却不直写正面，倒从后面补来，是绝不肯顺笔处。此种笔法，皆是作者极在行、极便宜、极灵变、极省手，如史家叙事，有顺序、有倒叙、有追叙、有补叙，至其叙

---

① ［清］金圣叹《读第六才子书〈西厢记〉法》，林乾主编《金圣叹评点才子全集》，前引书，第11—12页。

② ［清］金圣叹《〈水浒传〉序三》，朱一玄、刘毓忱编《水浒传资料汇编》，前引书，第213页。

法，又有详有略、有疏有密，举业家熟此，便与之作一切长题不难矣。吾尝闻前辈有云：古人观斗蛇而字法进，观舞剑而画事工，在会心者之自领尔。谁谓歌本，不可以通举业哉？①

将文章之外的小说、戏曲、歌本等“小道”视如同文章一样有益于举业，探讨其“义法”“文法”，这就必然导致其理论话语的融通。小说、戏曲和史传、叙事诗、文叙事理论话语之间的影响关联因此更多于二者的区别。钱锺书就曾深刻地指出这一情形：“明清评点章回小说者动以盲左、腐迁笔法相许，学士哂之。哂之诚是也，因其欲增稗史声价而攀援正史也。然其颇悟正史、稗史之意匠经营，同贯共规，泯町畦而通骑驿，则亦何可厚非哉！史家追叙真人真事，每须遥体人情，悬想事势，设身局中，潜心腔内，忖之度之，以揣以摩，庶几入情合理。盖与小说、院本之臆造人物、虚构境地，不尽同而可相通。……《左传》记言实乃拟言、代言，谓后世小说、院本中对话、宾白之椎轮草创，未遽过也。”②

打破文体界限，忽略文体个性，用文章学的视野来看诗歌、史传、古文、时文、小说、戏曲诸文体，凸显各文体之间的关联，探讨各文体文章所传之“道”和普遍适用于各文体的“文法”，这一批评方法，是明清文学批评的潮流。金圣叹、毛纶、毛宗岗、张竹坡、脂砚斋、张书绅等以成熟的诗、文叙事理论来评点戏曲、小说，必然使戏曲、小说叙事理论获得质的飞跃；反过来，戏曲、小说叙事理论的成熟又带动了诗、文等叙事理论的发展。总之，以广义的文章观为基础，从文章学的视角建立的中国古代诗、文、小说、戏曲的叙事批评系统，必然显示出各文体叙事理论之间互渗与融通的特点。王靖宇《金圣叹的生平及文学批评》中曾批判金圣叹的这种批评方法，说他“将其基本的批评方法不分青红皂白地运用于所有的文学类型，无论其为戏剧、哲学，抑或历史，而忽视其属类之间的区别，或各文学形式所特有的与众不同的特性差异”③。不管这是中国文学批评的缺点还是优点，它无疑是中国文学批评独具的特色，其中不乏批评者的真知灼见，不乏极有价值又生命力强的理论话语。

结言之，在中国古代文学理论家看来，诗、文、小说、戏曲等都是具有很浓的“程式化意味”的文学样式，“它体现在字法、句法到章法等一系列艺术

---

① ［明］佚名氏著，［清］钟戴苍批注《第八才子书〈花笺记〉》，邓加荣，赵云龙辑校，线装书局，2007年，第6页。

② 钱锺书《管锥编》（一），中华书局，1986年，第166页。

③ 〔美〕王靖宇《金圣叹的生平及其文学批评》，谈蓓芳译，上海古籍出版社，2004年，第44页。

讲求的有序展开中”[①]，因此，中国古代文学理论、文学批评虽广泛涉及“道”“气”“意”“趣”“法”等多个层面，但其核心论域还是“法”的层面，中国文论中的许多重要命题、概念和范畴都是关于“法”的理论话语，同时他们也很强调“以意运法”，自然行文，不胶着于死法。如沈德潜云：“诗贵性情，亦须论法。乱杂而无章，非诗也。然所谓法者，行所不得不行，止所不得不止。而起伏照应，承接转换，自神明变化于其中，若泥定此处应如何，不以意运法，转以意从法，则死法矣。试看天地间水流云在，月到风来，何处著得死法。”[②]朱庭珍亦云“能不守法，亦不离法，斯为得之”，《筱园诗话》中谈到诗法时说：

> 诗也者，无定法而有定法者也。诗人一缕心精，蟠天际地，上下千年，纵横万里，笔落则风雨惊，篇成则鬼神泣，此岂有定法哉！然而崇山峻岭，长江大河之中，自有天然筋节脉络，针线波澜，若蛛丝马迹，首尾贯注，各具精神结撰，则又未始无法。故起伏承接，转折呼应，开阖顿挫，擒纵抑扬，反正烘染，伸缩断续，此诗中有定之法也。或以错综出之，或以变化运之；或不明用而暗用之，或不正用而反用之；或以起伏承接而兼开阖纵擒，或以抑扬伸缩而为转折呼应；或不承接之承接，不呼应之呼应；或忽以纵为擒，以开为阖，忽以抑为扬，以断为续；或忽以开阖为开阖，以抑扬为抑扬，忽又以不开阖为开阖，不抑扬为抑扬；时奇时正，若明若灭，随心所欲，无不入妙：此无定之法也。作诗者以我运法，而不为法用。故始则以法为法，继则以无法为法。能不守法，亦不离法，斯为得之。[③]

李贽《焚书·杂说》更云：“风行水上之文，决不在于一字一句之奇。若夫结构之密，偶对之切；依于理道，合乎法度；首尾相应，虚实相生：种种痒病皆所以语文，而皆不可以语于天下之至文也。”[④]这些话语，都可以看出古代文论家对起伏承接、转折呼应、开阖顿挫、擒纵抑扬、反正烘染、伸缩断续、首尾相应、虚实相生等诗文之“法”的重视与辩证思考。从中国古代叙事理论逻辑链条上最重要一环——“法”——作为研究的切入点，钩沉梳理中国古代叙事文法理论话语，既可呈现中国古代叙事理论的独特原貌，也能为中国叙事理论话语重建奠下基础，为世界性的叙事理论建设提供具有民族特色的理论话语。

---

① 汪涌豪《论中国文学批评史研究中当代意识的植入》，载《复旦学报》2004年第3期。

② [清]沈德潜《说诗晬语》，卷上，《原诗 一瓢诗话 说诗晬语》，前引书，第188页。

③ [清]朱庭珍《筱园诗话》，郭绍虞编选《清诗话续编》（四），前引书，第2327页。

④ [明]李贽《焚书 续焚书》，卷三，《杂述·杂说》，前引书，第97页。

参考文献

古代、近代文献部分

阿英编:《晚清文学丛钞》,北京:中华书局,1960 年版。

[汉]班固著:《汉书》,北京:中华书局,1962 年版。

[宋]陈骙著,王利器校点:《文则》,北京:人民文学出版社,1960 年版。

[元]陈绎曾著:《文说》,文渊阁《四库全书》本。

[元]陈绎曾著:《文筌》,《续修四库全书》本。

[清]陈廷焯著,屈兴国校注:《白雨斋词话足本校注》,济南:齐鲁书社,1983 年版。

[清]陈朗编辑,董孟汾评释:《雪月梅》,《明清善本小说丛刊》,台北:天一出版社,1985 年版。

[清]陈朗著,董孟汾评释,孙永都、刘中光校点:《雪月梅传》,济南:齐鲁书社,1986 年版。

陈曦钟、宋祥瑞、鲁玉川辑校:《三国演义会评本》,北京:北京大学出版社,1986 年版。

陈曦钟、侯忠义、鲁玉川辑校:《水浒传会评本》,北京:北京大学出版社,1981 年版。

[清]陈其泰评,刘操南辑:《桐花凤阁评红楼梦辑录》,天津:天津人民出版社,1981 年版。

[清]丁福保辑:《历代诗话续编》,北京:中华书局,1983 年版。

丁锡根编著:《中国历代小说序跋集》,北京:人民文学出版社,1996 年版。

大连图书馆参考部编:《明清小说序跋选》,沈阳:春风文艺出版社,1983 年版。

[清]娥川主人编次,青门逸史点评:《生花梦》,刘世德、陈庆浩、石昌渝

主编:《古本小说丛刊》,北京:中华书局,1991 年版。

[清]封云山人编次,一啸居士评点,沈锡麟校点:《铁花仙史》,沈阳:春风文艺出版社,1985 年版。

[清]方东树著,汪绍楹校点:《昭昧詹言》,北京:人民文学出版社,1961 年版。

方铭编:《金瓶梅资料汇编》,合肥:黄山书社,1986 年版。

冯其庸纂校:《八家评批红楼梦》,北京:文化艺术出版社,1991 年版。

[汉]范晔著:《后汉书》,北京:中华书局,1965 年版。

郭绍虞编选,富寿荪校点:《清诗话续编》,上海:上海古籍出版社,1983 年版。

[明]胡震亨著:《唐音癸签》,上海:上海古籍出版社,1981 年版。

[清]花溪逸士编次,醉园狂客评点:《岭南逸史》,《明清善本小说丛刊》,台北:天一出版社,1985 年版。

[清]何文焕辑:《历代诗话》,北京:中华书局,1981 年版。

黄霖、韩同文选注:《中国历代小说论著选》(上、下),南昌:江西人民出版社,2000 年版。

[清]曹雪芹著,[清]脂砚斋评,霍国玲、紫军校勘:《脂砚斋全评石头记》,北京:东方出版社,2006 年版。

侯百朋编:《琵琶记资料汇编》,北京:书目文献出版社,1989 年版。

侯仲义、王汝梅编:《金瓶梅资料汇编》(增订本),北京:北京大学出版社,1986 年版。

贾文昭编:《中国近代文论类编》,合肥:黄山书社,1991 年版。

[汉]刘安著:《淮南子》,高诱注:《诸子集成》,第七册,北京:中华书局,1954 年版。

[南朝梁]刘勰著,范文澜注:《文心雕龙注》,北京:人民文学出版社,2006 年版。

[唐]刘知幾撰、浦起龙释:《史通通释》,上海:上海古籍出版社,1978 年版。

[清]刘熙载著:《艺概》,上海:上海古籍出版社,1978 年版。

[清]刘大櫆著,舒芜校点:《论文偶记》,北京:人民文学出版社,1959 年版。

[元]李淦著,王利器校点:《文章精义》,北京:人民文学出版社,1998 年版。

[明]李贽著:《焚书 续焚书》,北京:中华书局,1975 年版。

[清]李绂著:《秋山论文》,《穆堂别稿》卷四十四。

[清]李扶九选编、黄仁黼纂定:《古文笔法百篇》,长沙:岳麓书社,1984年版。

[清]李渔著,杜书瀛注:《闲情偶寄》,北京:学苑出版社,1998 年版。

[清]李渔著,陈多注释:《李笠翁曲话》,长沙:湖南人民出版社,1980年版。

[明]兰陵笑笑生著、[清]张道深评,王汝梅、李昭恂、于凤树校点:《金瓶梅》,济南:齐鲁书社,1991 年版。

来裕恂著,高维国、张格注释:《汉文典注释》,天津:南开大学出版社,1993 年版。

林乾主编:《金圣叹评点才子全集》(全四册),北京:光明日报出版社,1997 年版。

林纾著:《春觉斋论文》,北京:人民文学出版社,1959 年版。

[宋]吕祖谦著:《古文关键》,文渊阁《四库全书》本。

[明]吕天成撰,吴书荫校注:《曲品校注》,北京:中华书局,1990 年版。

[清]吕熊著,杨钟贤校点:《女仙外史》,天津:百花文艺出版社,1985年版。

[元]倪士毅著:《作义要诀》,文渊阁《四库全书》本。

[清]眠鹤主人编次,栖霞居士评阅:《花月痕》,《明清善本小说丛刊》,台北:天一出版社,1985 年版。

[清]蒲松龄著,张友鹤辑校:《聊斋志异会校会注会评本》,上海:上海古籍出版社,2011 年版。

[清]乔亿著:《剑溪说诗》,郭绍虞编选《清诗话续编》,上海:上海古籍出版社,1983 年版。

[清]仇兆鳌注:《杜诗详注》(全五册),北京:中华书局,1979 年版。

[宋]阮阅编,周本淳校点:《诗话总龟》,北京:人民文学出版社,1987年版。

[清]阮元刻:《十三经注疏》,北京:中华书局影印,2003 年版。

[汉]司马迁著:《史记》,北京:中华书局,1959 年版。

[清]随缘下士编辑,寄旅散人批点:《林兰香》,《明清善本小说丛刊》,台北:天一出版社,1985 年版。

[清]随缘下士编辑,寄旅散人评点,于植元校点:《林兰香》,沈阳:春风文艺出版社,1985 年版。

[清]沈宗骞述,齐振林写:《芥舟学画编》,北京:人民美术出版社,1959

年版。

[清]苏庵主人编次:《绣屏缘》,刘世德、陈庆浩、石昌渝主编:《古本小说丛刊》,北京:中华书局,1991 年版。

[清]沈德潜著,霍松林校注:《说诗晬语》,北京:人民文学出版社,1979年版。

[清]唐彪著,赵伯英、万恒德选注:《家塾教学法》,上海:华东师范大学出版社,1992 年版。

[明]王骥德著:《王骥德曲律》,长沙:湖南人民出版社,1983 年版。

[清]王夫之著,舒芜校点:《姜斋诗话》,北京:人民文学出版社,1961年版。

[清]王夫之等撰:《清诗话》,上海:上海古籍出版社,1978 年版。

王水照编:《历代文话》(全十册),上海:复旦大学出版社,2007 年版。

[明]吴纳著:《文章辨体序说》,北京:人民文学出版社,1962 年版。

[清]吴楚材、吴调侯编选:《古文观止》,北京:中华书局,1959 年版。

[清]吴敬梓著,李汉秋辑校:《儒林外史会校会评本》,上海:上海古籍出版社,1984 年版。

[明]吴承恩著,[清]张书绅评:《西游记》,合肥:黄山书社,1992 年版。

隗芾、吴毓华编:《古典戏曲美学资料集》,北京:文化艺术出版社,1992年版。

[明]徐师曾著:《文体明辨序说》,北京:人民文学出版社,1962 年版。

[元]杨载著:《诗法家数》,何文焕辑《历代诗话》,北京:中华书局,1981 年版。

[明]谢榛著,宛平校点:《四溟诗话》,北京:人民文学出版社,1961年版。

[宋]谢枋得著:《文章轨范》,文渊阁《四库全书》本。

[清]佚名氏著,冯伟民校点:《平山冷燕》,北京:人民文学出版社,1983年版。

[清]佚名氏著,钟戴苍批注,邓加荣、赵云龙辑校:《第八才子书花笺记》,北京:线装书局,2007 年版。

[宋]真德秀著:《文章正宗》,文渊阁《四库全书》本。

[明]赵宧光著:《寒山帚谈》,文渊阁《四库全书》本。

[清]赵翼著:《廿二史劄记》,北京:商务印书馆,1987 年版。

[清]章学诚著、叶瑛校注:《文史通义校注》,北京:中华书局,1985年版。

[清]章学诚著:《章学诚遗书》,北京:文物出版社,1985 年版。

[清]章学诚著、王重民通解:《校雠通义通解》,上海:上海古籍出版社,1987 年版。

朱一玄、刘毓忱编:《三国演义资料汇编》,天津:南开大学出版社,2003 年版。

朱一玄、刘毓忱编:《水浒传资料汇编》,天津:南开大学出版社,2002 年版。

朱一玄、刘毓忱编:《西游记资料汇编》,天津:南开大学出版社,2002 年版。

朱一玄、刘毓忱编:《儒林外史资料汇编》,天津:南开大学出版社,2002 年版。

朱一玄编:《金瓶梅资料汇编》,天津:南开大学出版社,2002 年版。

朱一玄编:《红楼梦资料汇编》,天津:南开大学出版社,2001 年版。

朱一玄编:《聊斋志异资料汇编》,天津:南开大学出版社,2002 年版。

朱一玄编:《明清小说资料选编》(上、下),济南:齐鲁书社,1990 年版。

郑奠、谭全基编:《古汉语修辞学资料汇编》,北京:商务印书馆,1980 年版。

中国戏曲研究院编:《中国古典戏曲论著集成》(1—10 辑),北京:中国戏剧出版社,1982 年版。

现代论著部分

(一)专著、编著

曹顺庆著:《中西比较诗学》,北京:北京出版社,1988 年版。

曹顺庆等著:《中国古代文论话语》,成都:巴蜀书社,2001 年版。

陈文新著:《传统小说与小说传统》,武汉:武汉大学出版社,2007 年版。

陈平原著:《中国小说叙事模式的转变》,北京:北京大学出版社,2003 年版。

陈平原、夏晓虹编:《二十世纪中国小说理论资料》,北京:北京大学出版社,1997 年版。

陈洪著:《中国小说理论史》,天津:天津教育出版社,2005 年版。

陈谦豫著:《中国小说理论批评史》,上海:华东师范大学出版社,1989 年版。

陈果安著:《金圣叹小说理论研究》,长沙:湖南师范大学出版社,1999

年版。

程锡麟、王晓路编著:《当代美国小说理论》,北京:外语教学与研究出版社,2001 年版。

董乃斌著:《中国古典小说的文体独立》,北京:中国社会科学出版社,1994 年版。

丁琴海著:《中国史传叙事研究》,北京:国际文化出版公司,2002 年版。

方孝岳著:《中国散文概论》,上海:世界书局,1935 年版。

方正耀著:《中国古代小说理论史》,上海:华东师范大学出版社,2005 年版。

傅修延著:《先秦叙事研究——关于中国叙事传统的形成》,北京:东方出版社,1999 年版。

高小康著:《中国古代叙事观念与意识形态》,北京:北京大学出版社,2005 年版。

顾颉刚著:《中国上古史研究讲义》,北京:中华书局,1988 年版。

郭瑞著:《金圣叹的小说理论与戏剧理论》,北京:中国文联出版公司,1993 年版。

郭英德著:《明清文人传奇研究》,北京:北京师范大学出版社,2000 年版。

郭英德著:《明清传奇戏曲文体研究》,北京:商务印书馆,2004 年版。

郭绍虞著:《中国文学批评史》,天津:百花文艺出版社,1999 年版。

胡适著:《中国章回小说考证》,合肥:安徽教育出版社,1999 年版。

胡亚敏著:《叙事学》,武汉:华中师范大学出版社,2004 年版。

黄霖、李桂奎、韩晓、邓百意著:《中国古代小说叙事三维论》,上海:上海世纪出版集团上海书店出版社,2009 年版。

康来新著:《明清小说理论研究》,台北:大安出版社,1986 年版。

鲁德才著:《古代白话小说形态发展史论》,天津:南开大学出版社,2002 年版。

鲁迅著:《中国小说史略》,上海:上海古籍出版社,2004 年版。

罗怀宇著:《中西叙事诗学比较研究:以西方经典叙事学和中国明清叙事思想为对象》,广州:世界图书出版广东有限公司,2016 年版。

李庆信著:《跨时代的超越——红楼梦叙事艺术新论》,成都:巴蜀出版社,1995 年版。

李作霖著:《魏晋至宋元叙事思想》,长沙:湖南师范大学出版社,2011 年版。

刘恪著:《现代小说技巧讲堂》,天津:百花文艺出版社,2006 年版。

刘孝存、曹国瑞著:《小说结构学》,北京:光明日报出版社,1989 年版。

刘良明著:《中国小说理论批评史》,武汉:武汉大学出版社,1994 年版。

刘良明等著:《近代小说理论批评流派研究》,武汉:武汉大学出版社,2003 年版。

刘云春著:《历史叙事传统语境下的中国古典小说审美研究》,北京:中国社会科学出版社,2010 年版。

刘宁著:《〈史记〉叙事学研究》,北京:中国社会科学出版社,2008 年版。

罗纲著:《叙事学导论》,昆明:云南人民出版社,1994 年版。

林岗著:《明清之际小说评点学之研究》,北京:北京大学出版社,1999 年版。

宁宗一、鲁德才编:《中国古典小说的艺术——台湾香港论著选辑》,天津:南开大学出版社,1984 年版。

敏泽著:《中国文学理论批评史》,北京:人民文学出版社,1981 年版。

钱玄著:《三礼通论》,南京:南京师范大学出版社,1996 年版。

石昌渝著:《中国小说源流论》,北京:三联书店,1994 年版。

申丹、韩加明著:《英美小说叙事理论研究》,北京:北京大学出版社,2005 年版。

申丹著:《叙述学与小说文体学研究》(第三版),北京:北京大学出版社,2004 年版。

孙琴安著:《中国评点文学史》,上海:上海社会科学出版社,1999 年版。

尚必武著:《当代西方后经典叙事学研究》,北京:人民文学出版社,2013 年版。

谭帆、陆炜著:《中国古典戏剧理论史》,上海:华东师范大学出版社,2005 年版。

谭帆著:《中国小说评点研究》,上海:华东师范大学出版社,2001 年版。

谭帆著:《中国古代小说文体文法术语考释》,上海:上海古籍出版社,2013 年版。

田兆民著:《历代名赋诠释》,哈尔滨:黑龙江人民出版社,1995 年版。

王先霈、周伟民著:《明清小说理论批评史》,广州:花城出版社,1988 年版。

王汝梅著:《金圣叹、毛宗岗、张竹坡》,沈阳:春风文艺出版社,1999 年版。

王平著:《中国古代小说叙事研究》,石家庄:河北人民出版社,2001年版。

王彬著:《红楼梦叙事》,北京:中国工人出版社,1998年版。

王凯符著:《古代文章学概论》,武汉:武汉大学出版社,1983年版。

王凯符、张会恩主编:《中国古代写作学》,北京:中国人民大学出版社,1992年版。

王晓路著:《西方汉学界的中国文论研究》,成都:巴蜀书社,2003年版。

王成军著:《纪实与纪虚:中西叙事文学研究》,南昌:百花洲文艺出版社,2003年版。

汪涌豪著:《中国文学批评范畴及体系》,上海:复旦大学出版社,2007年版。

吴国盛著:《时间的观念》,北京:北京大学出版社,2006年版。

吴士余著:《中国小说思维的文化机制》,上海:华东师范大学出版社,1990年版。

徐英著:《诗法通微》,台北:正中书局,1943年版。

徐志啸编:《历代赋论辑要》,上海:复旦大学出版社,1991年版。

徐岱著:《小说叙事学》,北京:中国社会科学出版社,1992年版。

熊江梅著:《先秦两汉叙事思想》,长沙:湖南师范大学出版社,2011年版。

杨义著:《中国叙事学》,北京:人民出版社,1997年版。

杨义著:《中国古典小说史论》,北京:人民出版社,1987年版。

杨志平著:《中国古代小说文法论研究》,济南:齐鲁书社,2013年版。

姚永朴著:《文学研究法》,合肥:黄山书社,1989年版。

姚文放著:《中国戏剧美学的文化阐释》,北京:中国人民大学出版社,1977年版。

周振甫著:《诗词例话》,南京:江苏教育出版社,2006年版。

周振甫著:《文章例话》,南京:江苏教育出版社,2006年版。

周振甫著:《小说例话》,南京:江苏教育出版社,2006年版。

周振甫著:《中国文章学史》,南京:江苏教育出版社,2006年版。

周振甫著:《中国修辞学史》,南京:江苏教育出版社,2006年版。

周振甫、冯其庸等著:《古代作家写作技巧漫谈》,北京:人民文学出版社,1986年版。

周汝昌著:《红楼小讲》,北京:北京出版社,2002年版。

周汝昌著:《红楼艺术》,北京:人民文学出版社,1995年版。

张健著:《元代诗法校考》,北京:北京大学出版社,2001 年版。

张寿康著:《古代文章学概论》,武汉:武汉大学出版社,1983 年版。

张寿康主编:《现代文章学资料汇编》,济南:山东教育出版社,1991 年版。

张新科著:《唐前史传文学研究》,西安:西北大学出版社,2000 年版。

张振军著:《传统小说与中国文化》,桂林:广西师范大学出版社,1996 年版。

张世君著:《明清小说评点叙事概念研究》,北京:中国社会科学出版社,2007 年版。

曾祖荫著:《中国古代美学范畴》,武汉:华中工学院出版社,1986 年版。

朱万曙著:《明代戏曲评点研究》,合肥:安徽教育出版社,2002 年版。

朱东润著:《中国文学批评史大纲》,上海:上海古籍出版社,2001 年版。

郑铁生著:《〈三国演义〉叙事艺术》,北京:新华出版社,2000 年版。

郑铁生著:《中国古典小说叙事研究》,兰州:甘肃人民出版社,2003 年版。

章培恒、王靖宇主编:《中国文学评点研究论集》,上海:上海古籍出版社,2002 年版。

赵毅衡著:《当说者被说的时候:比较叙述学导论》,北京:中国人民大学出版社,1998 年版。

赵毅衡著:《苦恼的叙述者》,成都:四川文艺出版社,2013 年版。

赵毅衡著:《广义叙述学》,成都:四川大学出版社,2013 年版。

赵炎秋等著:《明清叙事思想研究》,长沙:湖南师范大学出版社,2008 年版。

赵炎秋著:《明清近代叙事思想》,长沙:湖南师范大学出版社,2011 年版。

褚斌杰等著:《儒家经典与中国文化》,武汉:湖北教育出版社,2000 年版。

褚斌杰著:《中国古代文体概论》,北京:北京大学出版社,1990 年版。

祖国颂主编:《叙事学的中国之路——全国首届叙事学学术研讨会论文集》,北京:中国社会科学出版社,2006 年版。

(二)译著、编译

〔美〕阿瑟·阿萨·伯格著,姚媛译:《通俗文化、媒介和日常生活中的叙事》,南京:南京大学出版社,2006 年版。

〔美〕艾梅兰著，罗琳译：《竞争的话语：明清小说的正统性、本真性及所生成之意义》，南京：江苏人民出版社，2005 年版。

〔法〕巴尔扎克著，傅雷译：《欧也尼·葛朗台》，北京：人民文学出版社，1978 年版。

〔古希腊〕柏拉图著，朱光潜译：《柏拉图文艺对话集》，北京：人民文学出版社，1959 年版。

〔法〕贝尔纳·瓦莱特著，陈艳译：《小说——文学分析的现代方法与技巧》，天津：天津人民出版社，2003 年版。

〔法〕保尔·利科著，王文融译：《虚构叙事中的时间塑形》，北京：三联书店，2006 年版。

〔法〕程抱一著，涂卫群译：《中国诗画语言研究》，南京：江苏人民出版社，2006 年版。

〔英〕E. M. 佛斯特著，冯涛译：《小说面面观》，北京：人民文学出版社，2009 年版。

〔美〕厄尔·迈纳著，王宇根、宋伟杰等译：《比较诗学》，北京：中央编译出版社，2004 年版。

〔英〕弗兰克·克默德著，刘建华译：《结尾的意义：虚构理论研究》，沈阳：辽宁教育出版社，2000 年版。

〔法〕弗朗索瓦·于连著，杜小真译：《迂回与进入》，北京：三联书店，2003 年版。

〔俄〕弗拉基米尔·雅可夫列维奇·普罗普著，贾放译：《故事形态学》，北京：中华书局，2006 年版。

〔美〕韩南著，徐侠译：《中国近代小说的兴起》，上海：上海教育出版社，2004 年版。

〔古希腊〕荷马著，袁飞译：《荷马史诗》，呼和浩特：远方出版社，1998 年版。

〔美〕华莱士·马丁著，伍晓明译：《当代叙事学》，北京：北京大学出版社，2005 年版。

〔美〕J. 希利斯·米勒著，申丹译：《解读叙事》，北京：北京大学出版社，2002 年版。

〔美〕J. 希利斯·米勒著：《重复的两种形式》，朱立元、李钧主编《二十世纪西方文论选》，北京：高等教育出版社，2002 年版。

〔美〕J. 希利斯·米勒著，王宏图译：《小说与重复：七部英国小说》，天津：天津人民出版社，2008 年版。

〔美〕James Phelan、Peter J. Rabinowitz 主编，申丹、马海良等译：《当代叙事理论指南》，北京：北京大学出版社，2007 年版。

〔美〕杰拉德·普林斯著，徐强译：《叙事学：叙事的形式与功能》，北京：中国人民大学出版社，2013 年版。

〔美〕杰拉德·普林斯著，乔国强、李孝弟译：《叙述学词典》，上海：上海译文出版社，2011 年版。

〔以色列〕里蒙·凯南著，姚锦清等译：《叙事虚构作品：当代诗学》，北京：三联书店，1989 年版。

吕同六编选：《20 世纪世界小说理论经典》，北京：华夏出版社，1995 年版。

〔荷兰〕米克·巴尔著，谭君强译：《叙述学：叙事理论导论》（第二版），北京：中国社会科学出版社，2003 年版。

〔加〕诺斯罗普·弗莱著，陈慧等译：《批评的解剖》，天津：百花文艺出版社，2006 年版。

〔美〕浦安迪著：《中国叙事学》，北京：北京大学出版社，1996 年版。

〔俄〕什克洛夫斯基等著，方姗等译：《俄国形式主义文论选》，北京：三联书店，1989 年版。

〔英〕珀·卢伯克、爱·福斯特、爱·缪尔著：《小说美学经典三种》，上海：上海文艺出版社，1990 年版。

〔法〕热拉尔·热奈特著，王文融译：《叙事话语　新叙事话语》，北京：中国社会科学出版社，1990 年版。

〔法〕热拉尔·热奈特著，史忠义译：《热奈特论文集》，天津：百花文艺出版社，2001 年版。

王水照、吴鸿春编选：《日本学者中国文章学论著选》，上海：上海古籍出版社，1994 年版。

王泰来等编译：《叙事美学》，重庆：重庆出版社，1987 年版。

〔美〕王靖宇著，谈蓓芳译：《金圣叹的生平与文学批评》，上海：上海古籍出版社，2004 年版。

〔美〕W·C·布斯著，华明、胡苏晓、周宪译：《小说修辞学》，北京：北京大学出版社，1987 年版。

〔美〕西蒙·查特曼著，徐强译：《故事与话语：小说和电影的叙事结构》，北京：中国人民大学出版社，2013 年版。

〔古希腊〕亚里士多德著，陈中梅译注：《诗学》，北京：商务印书馆，1996 年版。

〔美〕伊恩·P·瓦特著:《小说的兴起》,北京:三联书店,1992年版。

〔美〕詹姆斯·费伦著:《作为修辞的叙事:技巧、读者、伦理、意识形态》,北京:北京大学出版社,2002年版。

张寅德编译:《叙述学研究》,北京:中国社会科学出版社,1989年版。

后　记

拙著是在我的博士论文基础上增补修订而成，也是国家社科基金后期资助项目“中国古代叙事文法理论研究”的最终成果。自 2000 年我考入四川师范大学攻读美学专业硕士学位，后又于 2005 年考入四川大学攻读文艺学专业博士学位，匆匆二十年韶华逝去，其间求学、求生的艰辛、坎坷犹然在目，现在回想起来，或许这一路支持我走下来的除了生存需要外，还是对学术的热爱与崇敬。

犹然记得 1999 年的那个 7 月，酷暑中我第一次从遥远的中原一个名不见经传的小山城，在老式的绿皮火车厢里站了二十多个小时，翻越秦岭，去到闻名、富庶的成都平原，带着青年的狂热寻找生活的意义。转眼近二十年过去，我回到家乡工作也已十年了，当年的青年早已中年，也渐渐明白生活就是一种永恒而沉重的努力——努力使自己不迷失方向，努力使自己在自我中、在平凡的生活、热爱的事业中永远坚韧、诚实地存在。

感谢我的博士导师曹顺庆先生。不管是跟随导师读博时，还是工作后，他总能在学业上时时给我以有益的指导。他的平和、深思、睿智、仁厚，永远是照彻我一生的明灯。还有师母蒋晓丽先生，她温和秀美的笑容、孜孜不倦的研究精神永如灿烂的春阳，温暖着我的生活。感谢我的硕士导师钟仕伦先生，他是我学术道路上的第一位引路人，没有他对青年人的热心扶持和殷切期望，我难以走上学术研究的道路。感谢我硕士、博士阶段的授业恩师皮朝纲、李天道、赵毅衡、王晓路、吴兴明、阎嘉等教授，他们一直给予我无私的指点和帮助，给予我温暖的关怀和爱护。感谢在我对课题内容把握不定时当面或书信热心诚恳地指导我的胡晓明先生、赵毅衡先生，感谢给我的课题提出宝贵修改意见的评审专家们。诸位先生对我的课题既有肯定、鼓励，又坦诚、直切地指出存在的问题和需要完善之处。作为海内外知名的学者，他们卓越的学识、严谨的学风、诚恳的为人都是我一生学习的榜样。

感谢给我提供访学机会的中国人民大学文学院程光炜先生，能让我利用在人大访学的时间和便利丰富的书籍资料，为课题查找更多宝贵的文献。

感谢我的本科同学汤君教授,感谢靳义增、李国辉、付品晶等众位博士同门,总是在我最困厄的时候给我最无私的帮助。

人民文学出版社的徐文凯老师为本书出版付出了可敬的辛劳,在此也特致谢意。

中国古代叙事文法理论研究是目前中国叙事理论研究、中国叙事学建设亟待深入的领域,以我有限的学力从事此项重要的工作,虽然竭力而为,还是觉得有不少问题终因才力不逮无法臻于完美。第一,中国古代叙事文法理论研究究竟要不要体系化,要在一个怎样的体系下对古代杂多碎乱的叙事文法理论话语、叙事理论进行归并才是科学的、完备的?本论著用中国本土的叙事文法理论话语部法、章法、笔法等来进行归并,虽具有合理性但尚不完备,好在这个体系是开放的,无论是纲、目上都可以再增添以使研究更为丰富、全面、深入;第二,中国古代叙事理论话语除“法”外,尚有“道”“意”“趣”等思想与审美层面的理论话语,这些话语之间有着不可分割的联系,如何在阐述“法”层面的理论话语时兼顾、融合其他层面的理论话语?第三,中国古代叙事文法理论话语是在中国文化与文学的发展过程中逐渐丰富完善起来的,是文学与艺术等其他文化门类、不同文体文学通用的理论话语,如何在理论话语的阐述中梳理清晰其发展脉络及与其他文化门类的通用情况?第四,如何在本土理论话语的发掘与阐述中全面展开与西方叙事学理论的比较对话?这些问题都有进一步深入研究的必要。笔者也会以本课题研究为起点,继续进行中国古代叙事理论发展史、中西叙事理论比较、中国叙事学等的研究与理论建设,也恳请学界师友不吝赐教,以便能更好地开展研究。

2019 年 3 月 28 日于信阳